魅丽文化　花火工作室

kaojin ni
you zenyang

靠近你又怎样

南书百城 著

"我上天入地,
还是最喜欢你。"

百花洲文艺出版社
BAIHUAZHOU LITERATURE AND ART PUBLISHING HOUSE

图书在版编目（CIP）数据

靠近你又怎样 / 南书百城著． —— 南昌：百花洲文
艺出版社，2019.11
ISBN 978-7-5500-3400-6

Ⅰ．①靠… Ⅱ．①南… Ⅲ．①长篇小说－中国－当代
Ⅳ．① I247.5

中国版本图书馆 CIP 数据核字 (2019) 第 210371 号

靠近你又怎样
南书百城 著

责任编辑	郝玮刚　张兆磊	
选题策划	朵　爷　王小明	
特约编辑	王小明	
出版发行	百花洲文艺出版社	
社　　址	南昌市红谷滩新区世贸路 898 号博能中心 A 座 20 楼	
邮　　编	330038	
经　　销	全国新华书店	
印　　刷	湖南关山美印有限公司	
开　　本	880mm×1230mm　1/32　印张 9.5	
版　　次	2019 年 11 月第 1 版第 1 次印刷	
字　　数	301 千字	
书　　号	ISBN 978-7-5500-3400-6	
定　　价	38.60 元	

赣版权登字　05-2019-252

网址 http://www.bhzwy.com
图书若有印装错误，影响阅读，可向承印厂联系调换。

目录

CONTENTS

目录

CONTENTS

第一章 乌龙

初次见面，请不要招惹我。

初秋阳光稀薄，走廊上热风吹拂。天空碧透，巨大的云层飞快地游走。

沈稚子在盛苒的帮助下，摇摇晃晃地，将一桶水放到打开四十五度角的教室门上。

"你这玩意儿靠谱吗？"盛苒扶稳课桌，投来担忧的目光，"会不会砸到别人？"

这会儿午休还没有结束，教室里没什么人，窗帘下光影游移，一片寂静。

沈稚子想了想，"不行，不解气，去给我拿瓶墨水来。"

见盛苒面带犹豫，她动作麻利地跳下地，"算了，我去。你在这儿看着，别让别人碰到门。"

"要不算了吧。"盛苒眼疾手快，拉住她，"都那么多年了，沈湛好歹是你堂哥，你给人砸出个好歹怎么办？"

沈稚子收回手，表情严肃："盛苒。"

"哎。"

"复习一遍，沈湛当年是怎么对待我的？"

能怎么对沈稚子？她从小到大被人捧在手心，走到哪都横成这样，谁不是好吃好喝地供着她，把她宠成小公主？不就是小时候有一年，她一个人跑到临市婶婶家玩，被比她大三个月的堂哥沈湛抢了东西嘛。果然仙女都不需要良心，也真是难为她，能耿耿于怀记恨到现在。

盛苒不再反驳："行吧，你去，反正砸傻了也是你亲堂哥。"

沈稚子脚下生风，走进办公室。

班主任老陈没在，墨水瓶底下压了张入学申请，落款字迹明晰，写着沈湛的名字。只是看着这么两个字，她就觉得火大。

憋一口气，她攥住纸和墨水就往外跑。走廊外天光明朗，她垂着头一路狂奔，跨过拐角，一个人影正往楼上走，她猝不及防地正好撞了上去。

少年端着浅棕色纸箱，来不及收回手，手腕一歪，箱子里的文件就雪花一样零零散散地飞了出去，然后铺天盖地坠落下来。满目飞扬的纸张里，装墨水的小玻璃瓶砸上他的鼻梁，然后一路向下滚，在他校服外套的前襟蜿蜒出歪歪扭扭的痕迹。

一滴、两滴……沈稚子目光向下扫，看见滴落在文件上的鼻血，愣了一下，赶紧抬起眼。

第一反应是……好高啊。

沈家基因好，她一米六八的个头，放在女生里怎么也不算矮。可是这个人……她咬咬牙，不情愿地仰起头——两个人距离很近，初秋的风轻且软，男生微微垂着眼，鼻梁高挺，五官分明，下颔的线条流畅干净，薄唇抿成一条线。他的眼睛是偏深的琥珀色，阳光落进去时，像照入一池落着星星的湖水。

只是目光无波无澜，他安静地望着她，表情冷俊得近乎淡漠。

人……人间美色。沈稚子情不自禁，咽咽口水。

对视两秒，男生若有所觉，抬起手，不怎么在意地摸摸鼻子，只见掌心一片红。

"对……对不起，"沈稚子一个激灵，终于回过神，"我送你去医务室吧？"

少年没看她，淡漠地低下头，声音低沉而清冷："不用。"说着，他草草将地上的文件拢到一起，随意收进箱子，躬身的时候，又有几滴血落下来。

"没事的，我顺路。"沈稚子绕到他面前，故意夸大事实，"你看你的脸都被抹花了，不想让我带你去洗一洗吗？"

她就差没有号了，我这么美！你为什么不看我……你看看我！看我！

静默两秒，他停住脚步。

映着明亮的天光，他折过身，投给她淡漠的一瞥："不想。"

被拒绝了，沈稚子有点儿蒙。她，明里附中叱咤风云的沈三爷，被一个目测一米九的"巨人怪"拒绝了？回到教室，她心绪不宁，翻来覆去地叹气："唉……"

午休时间结束，陆陆续续有同学走进来。盛苒靠在门口，把想要走前门的人都赶去后门，避免水桶伤及无辜。她环抱着胳膊，第三次听见沈稚子叹气。

"唉……"

盛苒眼皮微动："你的良心是不是正在隐隐作痛？"

"不是，"沈稚子舔舔唇，"我刚刚从办公室回来，看见一个小帅哥。他真的长得超级好看……而且你知道吗？他一看见我，就流鼻血了。

"他肯定暗恋我很久了，一直不敢跟我讲，好不容易今天见到了，激动得连句话都说不出来。"沈稚子揪揪自己的头发，忧伤地道，"压抑了自己那么久，真可怜。"

"所以你在陶醉什么？"

"他被我撞伤时，流下来的鼻血呀。"沈稚子理直气壮，"你别不信，他连鼻血的形状都比别人好看。"

"你变态吗？"盛苒受不了了，探着头往外看，"上课铃都打过一道了，老陈怎么还不来？"

下午第一节是班主任的课。沈稚子早早就收到消息，沈湛搭乘上午的航班，中午到达明里市。按照老陈的习惯，他一定会在下午的第一节课就向大家介绍新同学。

"来了来了，你快坐回去。"下一秒，盛苒飞快地从门缝里缩回脑袋，把沈稚子推回座位，"你堂哥个子好高啊，老陈那种西北大汉，站在他身边矮得跟个小姑娘似的。"

沈湛很高吗？沈稚子没有印象了，上次见她那个不学无术的堂哥，是在她好小好小的时候了。

教室后门大敞着，她盯着前门上的那桶水，在心里默不作声地数秒：六、五……余光不经意地扫过后门，那里不急不慢地走过两道人影。

沈稚子一愣，迅速转过头，两个人已经走了过去。

盛苒的手在桌上敲："三、二……"

电光火石间，沈稚子突然反应过来，拍案而起："等一……"

"下"字还未脱口，几乎是她开口的同时，教室前门被人一推。

"啪啦"一声，一桶水轰然而下。

靳余生下意识闭上眼。

十月初秋，风中暑气尽消，带着丝丝缕缕的凉。

阳光混着草木香气，少年立在一片晃眼的光芒里，头发和上衣被水迅速浸湿，柔软地贴在额角两鬓，顺着发梢滴滴答答朝下渗水。水迹沿着脖颈儿向下蜿蜒，在他蓝白相间的校服上，留下一块又一块灰暗的几何状印记。

他睁开眼时，睫毛上都挂着水珠，发梢流下的水一滴一滴地向下滚，顺着喉结落进胸膛。校服外套没有拉拉链，白色Ｔ恤衫下的弧线隐隐约约，随着呼吸起伏。

班上的同学们一时都愣在原地。高中之后，沈稚子很少再主动惹事，也从不殃及无辜。原本见她那么大张旗鼓地放了一桶水，还以为她要对付什么不得了的人，没想到是个长得这么好看的转学生。不过，重点是……

沈稚子也愣在原地。

他被水浇湿之后，为什么……这么性感啊！

老陈气急败坏："沈稚子！又是你干的好事！写检讨！没有三千字别回来上学！"

"我……"

"没关系。"他话音刚落，男生竟也跟着开了口，声音意外好听，像瓷槌击打在编钟上的回响，低沉内敛，如珠玉落盘。

顿了顿，男生沉声道："这样的见面礼很特别，我会记住的。"

"我叫靳余生。"话语微停，少年折身走上讲台，拿起粉笔，"笃笃"几声写下名字。

他身上湿漉漉的，写字仿佛也带着水汽，手写笔迹稳重大方，看起来大气而克制。

最后一笔落下，他将粉笔扔回笔槽，转过来，朝着全班同学微微颔首："初次见面——"

淡漠的目光扫过整间教室，与沈稚子的眼神撞到一起。少年眼瞳深不见底，却明亮得堪敌春光美景。

沈稚子强撑起笑脸，心虚地对他笑着，心里已经开始呼天唤地想掐死人。到底是谁告诉她，沈湛今天来的？

她那桶水……浇错人了啊！

沈稚子觉得，"活着"是件异常矛盾的事。

绝大多数人的高中生活大同小异，高考之前是过着"三点一线"刷题、吃饭的生活。高考一结束，等大家开始一边抹眼泪告别，一边窃喜着想哭完之后去玩点什么时，也就差不多能跟自己纯洁无瑕的单纯的青春时光说拜拜了。

咬着笔，她在稿纸上写：所以人生得意须尽欢，要趁着自己青春尚在，多搞点事，这样等以后老了，跟子子孙孙谈起当年闯江湖的往事，才不会被他们嘲笑自家奶奶的人生经历干瘪得宛如白纸。

课间一片喧闹，沈稚子奋笔疾书。

盛苒从教室外风风火火跑进来，小指头往她腰上戳："稚子，稚子。"

沈稚子挥开她的手："烦着呢，老陈说写不够三千字就不让上学了。"

盛苒"咚"地一拍桌子："有人找！"

沈稚子的笔头一沉，在白纸上画出长长的黑线。

"谁啊……"

视线不耐烦地上移，她目光朝后门一扫，看见一个局促不安的人影。

天啊，又来了。

沈稚子不动声色地皱皱眉头，合上笔盖，漫不经心地站起来。她个子高，运动装的校服尤其显腿长，转身时高马尾从肩膀后扫过，看起来元气十足。

走过去几步，抱着手靠上门框，她歪着头笑笑。

男生原本在后门徘徊，见她出来了，连忙迎上去，有些紧张地挠挠头，耳根发红："稚……稚子。"

"你叫我什么？"

男生声音一紧："三……三爷。"

沈稚子满意地点点头。

"我，我抄了一首诗，可不可以给你……"男生局促地涨红了脸，半晌才憋出后半句话，"给你看一看？"说着，他递出一个信封。白色外壳，简单至极，理工男做派。

沈稚子的手顿了顿，还是接过来："谢谢你。"

不等对方开口，她紧接着又道："但是我说过，我抽屉小，没有地方放。"

男生愣了愣。

"所以你以后不要送了。"不等他反应过来，她旋即折身回教室。

盛苒坐在位置上，好整以暇地看着她笑："又是齐越？"

沈稚子脚尖钩出桌下的书箱，把信封原封不动塞到最底下："嗯。"

"他怎么这么执着？"盛苒感慨，"给你送了那么多情书，现在还没写腻？从入学追到现在，他该给你写出一部史诗了吧？"

"这我怎么知道。"沈稚子揪揪头发，有点烦，"我太美了吧。"

"那怎么不拒绝得干脆一点？不知道的还以为你故意吊着他。"

"我又不是没拒绝过他！"沈稚子简直想咆哮，"我让他不要再送了！说了很多遍好不好！让他别来烦……"

她的吼声明明不大，然而一片喧闹中，坐在她前面几排的靳余生突然动了动。眼神轻飘飘扫过来，淡漠一片，没什么情绪。

沈稚子一个激灵，一瞬间尿如鹌鹑，声音陡然降下去："别送我这种东西。"

盛苒眨眨眼。

沈稚子摆出副三好学生的做派，一本正经："毕竟我们还是高中生，要好好学习。"

"而且，"见靳余生又转了回去，她舔舔嘴唇，严肃地压低声音，"你们以后，不要再叫我沈三爷了。叫我……"她想了想，"沈三好。"

盛苒愣了三秒，发出爆笑："你没毛病吧？"

"你有哪三好？清音、体柔、易推倒？"顿了顿，她用目光丈量沈稚子的身高，又指出，"不对，你这个身高，应该没那么容易被推倒。"

沈稚子懒得跟她理论。

靳余生背脊笔直，周身气场清冷，校服外套还带着潮气，像一株挺直的植物。有女生在细声细气地向他要联系方式，隔着几排沈稚子听不大清楚，也不知道给了没有。她盯着看了一会儿："我说的是刘三好那个'三好'。"

《宫心计》里的"白莲花"，男生可能都喜欢那一款……

"别吧，听起来酸臭得像追你的那个小文青。"

提到小文青，沈稚子又觉得烦了："怎么甩掉他？"

"你把他的小酸诗贴到公告栏上，任他有铁打的脸皮，也不敢再来找你。"

"可是那样，好像有点儿过分。"

"你怎么磨磨叽叽的？"

沈稚子想了想，揉揉鼻子，"就是觉得……嘲笑别人的喜欢，不太好。"

如果有一天她喜欢上别人了，那个人也把她的心意放在脚底下踩的话……沈稚子情不自禁，往靳余生的方向看。

刚刚要联系方式的女生已经走了，也不知道，他到底有没有给。要是给了的话，晚上会跟那个女生聊天吗？会视频吗？会发语音吗？

沈稚子心烦意乱，想跳起来把靳余生的手机扔出窗外。

如果有谁把她的心意放在脚底下踩……她就揍他！

日暮西沉，阳光渐稀。整座学校被笼入安静的橘色光芒之中，偶尔有白鸟飞过。

入秋之后天黑得早，大多住校生在周五回家了，走廊上空荡荡的。

沈稚子上交了检讨书，打过电话才知道，家里的司机先去机场接沈湛了。她百无聊赖，打算回教室坐着等。

"稚子，"值日生正在擦黑板，见她进来，笑着打招呼，"你还不走？"

沈稚子"嗯"了一声："要帮忙吗？"

"马上好了。"这意思是不用。

沈稚子点点头，目光随意一扫，又定住——靳余生还没走。一片空荡的桌椅间，他端端正正地坐在座位上，校服袖子稍稍向上挽起，露出一截手臂。神情疏淡，笔直而静默，像一棵树。

沈稚子顿了顿，抓紧书包带，笑吟吟地朝他走过去："靳余生同学，今天星期五，你怎么还不回家呀？"

靳余生写字的手一滞，抬起头，清清淡淡睨她一眼，又默然地低下去。

"你别听老陈乱说，他那人心眼小得很，一直看我不顺眼，就爱往我身上泼脏水。"沈稚子跨过桌椅，亲切地在他身旁坐下来。

她歪着头，去看灯光在他侧脸打下的阴影，"我这人心好，对待新同学一向是很友善的，比如你看，你今天一整个下午都坐在座位上没挪窝，就只有我注意到了吧？"

他还是不说话。

但沈稚子并不气馁："这样不行的呀靳同学，你知道吗？人的脊柱是很脆弱的，年轻人就更要保护腰椎和尾椎骨，课间没事就该多出去走动走动，跟同学们联络一下感情，做做广播操、跳跳广场舞……"

"沈稚子，"他笔尖一停，沉声打断她，"你很得意吗？"

沈稚子愣了愣，不好意思地摆摆手："也不是，主要我吧，平时就乐于助人，还……"不待说完，她的耳畔卷过一阵疾风。他一拳击到她背后的墙面上，手臂青筋凸起，墙面上白色的浮粉簌灰簌簌而落。

沈稚子蒙了一下，一瞬间满脑子想的都是"完了完了，他要打死我了，我这条命今天要交待在这儿了"。可是……她被迫抬头与他对视，少年气质卓然，五官分明，眼瞳深不见底，如同平静而广袤的海。

离得这样近，他的呼吸有些急促，一下一下地打在她脸上……就算他要打她，她还是觉得，他好好看啊！

沈稚子飞快地眨眨眼，余光看到他有力的小臂，灯光之下，肌肉线条流畅结实。美色当前，沈稚子迟钝地咽咽嗓子："你……你要干什……"

靳余生不置一语。他斜斜瞥了她一眼，眼神晦暗不明，另一只手向下，开始慢慢地脱裤子。

沈稚子："什么情况……"等等，不是这么个玩法吧？她一下子慌了，两只手竟然扒不开挡在自己面前的手臂，被吓得冷汗倒流，几乎要扑上去咬他："靳……靳余生，咱们有话好好说，你别……别冲动……"

他看也不看她，自顾自地把裤子脱了下来。沈稚子下意识地尖叫一声。

耳畔静默许久。半响，她颤巍巍地撩起眼皮。

白色的灯光下，靳余生不知何时收回了挡在她眼前的手臂，他微微垂着眼，低头去看自己手上那片葱翠的落叶，腰杆挺得笔直，眼睫密如一把小扇。

沈稚子一愣，下意识地摸摸自己的头……是刚才去办公室的路上蹭到的吗？不过……她的视线偷偷向下，看清他刚刚脱下的裤子，怔了半天，整张脸都烫起来："你……你……"也太狡猾了，他的校服裤子里……竟然还穿着一条牛仔裤！沈稚子人生头一回，被噎得一句话也说不出来，也终于想起来，靳余生坐的就是自己当初亲手涂上胶水的座位。

见她"你"了半天也没"你"出个所以然来，靳余生沉默了一阵，缓缓开口："如果有下一次，我不介意把里面那条也脱掉。"

"初次见面——"他转过来，流转到脖颈儿间的白色灯光被入夜的凉意一点一点地晕开，照出眼底一片凉薄寒气，"请不要招惹我。"

沈稚子望着他，半天，迟疑地……舔舔嘴角。

灯光流泻到他的发端，荡开墨色的水汽，少年望着她，眼瞳光泽清冷，如同浅褐色的琉璃。

不受控制地，沈稚子脑海里浮现出盛苒那句话——你这个身高，应该没那么容易被推倒。

谁说推不倒……谁说推不倒！这棵"巨人怪白菜"，她拱定了。

沈稚子回到家中，天已经完全黑下来。月光莹白，暑热未褪。路灯藏在茂盛的梧桐枝叶里，光影婆娑。

大门被缓缓推开，车平稳地驶进小花园，沈稚子松松垮垮地背着书包跳下车，一路小跑进门。

沈家祖上家业大，本家到了这一代就只有她这一个姑娘，论辈分排下来又年纪最小，一家子都拿她当祖宗宠，要什么给什么。

除了她堂哥——沈湛。

刚刚走到玄关，她就听见男生爽朗的笑声："我一定跟稚子好好相处，哎呀小时候在我家，她可听我的话了，哈哈哈哈。"

放屁吧。沈稚子在心里翻白眼。

听见她的脚步声，蹲在沙发旁的威风堂堂耳朵一动，兴奋地摇着尾巴跑过来，吐着舌头求抱抱。沈稚子躬身挠挠狗，毛团发出一串舒服的呼噜声。沈妈妈看见了，神色一软："稚子总算回来了，快洗手，让小孟开饭吧。"

小孟是家里的私厨。

空气中流动着帝王蟹的味道，沈稚子慢吞吞撸了几下狗，见沈湛也站起身，不急不慢地转过来。他黑衣黑裤，长身玉立，比记忆里还要夺目几分。吊灯之下，桃花眼里笑意满满，一如既往写尽风流："好久不见了呀，稚子堂妹。"

目光交会，就是现在。沈稚子猛地松开手："威风堂堂！咬他的裆！"

"汪！"说时迟那时快，威风堂堂飞快冲上去，炮弹一样直直冲进沈湛怀里。

沈湛膝盖一弯，退后一步。借着这股冲劲儿，轻轻松松就抱住了怀中毛发蓬松的二哈，龇牙咧嘴的狗脸近在咫尺，他乐不可支："这么久不见了，你就不想念哥哥吗？竟然放狗咬我。"

"你今天下午为什么不去上课？"沈稚子指责他，"刚转学过来就想着逃课，这样很不好你知道吗？"

最糟糕的是，害她那桶水浇错了人。

"航班延误，我到机场都四点了。"他十分意外，"你很关心我？"

"那当然。"沈稚子大大方方地承认，"我给你准备了很多礼物。"

"比如？"

"教室门上的水桶，座位上的强力胶。"她摸摸下巴，"还捉了毛毛虫，就是没来得及放。"

沈湛痛心疾首："稚子，你已经是个大孩子了，不能再拿小时候我对付你的方式来对付我了。"

沈稚子深以为然，"对，毕竟你现在已经落到我手里了，我不能急躁。"她笑，"你放心，小时候你抢我的零食、扔我的玩具、放狗吓我，我全都记得。日子还长，咱们慢慢清算。"

沈湛惆怅地在帝王蟹面前坐下，进行记忆倒带。

那是他很小的时候了，有一年，沈稚子独自到临市的婶婶家消夏，遇见同样被娇养着长大的沈湛大魔王。两个小学生住在一起，每天都鸡飞狗跳。谁知道风水轮流转……现在他爸妈要出国进修一年，怕他一个人在家惹是生非，好说歹说，竟然把他扔到明里市的堂妹家来了。

一年……他至少要在她家住一年啊！"咔嚓"一声，沈湛悲伤地剥开蟹腿。他现在觉得，自己随时可能被暗杀。

"小湛不开心吗？"沈妈妈一抬头，就看见他那张没什么求生欲的脸，"明天周末，让稚子带你出去玩吧。"

"不是，我在为逝去的生命悲鸣。"沈湛说着，又难过地开了一条蟹腿，"一只帝王蟹，要多少年，才能长出这么长的腿啊。它就像离开父母的我一样，无助、孤独、可怜。"

沈稚子飞快地补充："但是能吃。"

翌日大清早，沈稚子被人从被窝里"挖"出来。

沈妈妈周末有工作，出门前，贴着她的脸，温温柔柔地问："稚子，你这个周末去上书法课吗？"

沈稚子捂着被子瓮声瓮气道："要上要上……"

"胡说！你的老师上周就去临市出差了，现在都没回来，你上什么课！"

"那你还问什么。"

"既然不用上课，就带小湛出去吧。"她循循善诱，"我把钱放在你闹钟下面，你睡够了，带你堂哥出去买点儿生活用品，看看他还缺什么。"

沈稚子一动不动。

"记得去啊。"戳来戳去也不见她有反应，沈妈妈低头，在她脑门上"吧唧"一口，"咔嗒"一声合上房门，室内又恢复沉寂。半晌，沈稚子一点点清醒过来。想了一会儿，还是决定叫上沈湛，出门花钱。

她一直这样，吃软不吃硬。

周末的市中心步行街，人潮涌动，熙熙攘攘。这几日"秋老虎"厉害，沈稚子没走几步就被晒蔫儿了，沈湛看着她笑："就逛个街，你比我还累。"

沈稚子抬眼，看见他身上的T恤衫。眼底微动，问："你那个牌子的衣服，多少钱？"

"你指哪件？"沈湛低头看看，入秋之后天气显凉，他原本只穿了件印着骷髅头的白T，临出门，又在外头加了件黑色的开衫外套。

沈稚子想了想："里面那件。"校服不值钱，她那桶水浇坏了的，是靳余生里面那件T恤衫。

沈湛随口报个数字，她"啧"了一声："贵。"

"这种衣服，都只是卖个牌子而已。"沈湛好笑，"喜欢啊？我脱下来送你？"

"你走开。"

阳光明晃晃，她蔫巴巴的，拖着沉重的步伐，由着沈湛带着走。

"你怎么了？"沈湛纳罕。

"就，上一秒突然发觉，自己瘦弱的小肩膀上，竟然背负着生命所不能承受的沉重债务。"

两个人踏出扶梯，到达商城顶层。

耳畔乐音震耳欲聋，空气中流动着爆米花的香气。顶层被划分成了两部分，一半是电影院，另一半是电玩城。

沈稚子有点儿中暑，神情恹恹地坐下来，小声嘟囔："没劲。"

沈湛也不是真的有玩心，游戏币噼里啪啦地往下掉，他笑："那你觉得什么带劲？"

沈稚子不说话，沈湛悠闲地低着头，分出半盒游戏币给她："来，年轻人，去奔跑去跳跃。"

"我才不……"沈稚子还在想白 T 恤衫，游戏币递到眼前，她不耐烦地抬起眼，余光中骤然闪过一道人影。她微怔，脑袋飞快地跟着转过去。

人流涌动，光线摇晃，高个子少年戴着电玩城工作人员的黑色鸭舌帽，脸庞被灯光照亮，露出白皙的下颌，侧脸鼻梁高挺，薄唇抿成一条线，长手长脚，英俊得不像话。

沈稚子迟疑了一下，缓慢地揪住沈湛的衣摆，放软声音："那……那麻烦哥哥了。"

突然被巨大的惊喜击中，她竟然觉得……很紧张。

很……不真实。

突如其来的画风转变，把沈湛吓了一跳："你犯什么病？"顺着她的视线看过去，他看了半天，也没看出个所以然。好像是那边有台机器坏了，技术小哥正开箱维修，几个小姑娘娇滴滴地围在那儿，不知道在面红耳赤地讨论什么。

"我……我第一次来电玩城。"沈稚子细声细气地嗫嚅，双手绞着他的衣角，余光疯狂往靳余生的方向扫射，"原本我是不爱玩电玩的……但是，谢谢哥哥帮我买游戏币。"

啊，啊啊啊，靳余生走过来了——

啊啊啊，他……

沈稚子突然面色冷漠地放开沈湛的衣摆。

那个人看都不看她一眼，就走了。人间的情情爱爱，真是令人心如死灰。

沈湛还没反应过来，她拿过游戏币，折身就面无表情地进了电玩城，剩沈湛站在原地摸不着头脑。

这个堂妹好像一秒前还在撒娇说自己第一次来电玩城。

电玩城内灯光摇晃，耳畔一片喧闹，沈稚子站在离吧台最近的一台娃娃机前，透过机器的玻璃，偷看靳余生。

修完机器回来，他靠在服务台喝了小半瓶水，不疾不徐，喉结缓慢地滚动。黑色衬衣的袖子向上挽起，灯光昏昧不明，整个人都散发着一股慵懒的贵气。

沈稚子也无意识地跟着他重复吞咽的动作，百思不得其解。世界上怎么会有人，能长得这么俊美不凡。可是……低头看看自己，她又觉得很不爽。

他刚刚为什么不跟自己打招呼，是不是他走得太快了，没看见她？可是她已经很显眼了啊！人群里最美的就是她！在场的除了他之外，有谁能比她更美！

等等，沈稚子下意识地咬住唇。靳余生这么好看，会不会，他眼里其实只有他自己。如果真是这样的话，那就麻烦了，因为她没有他美。说不定在他眼里，凡是长相不如他的，都是丑东西。

沈稚子的眉头皱成一团，越想越觉得有道理……

不行。

"啪"地放下装游戏币的塑料盒，她伤心欲绝地往服务台的方向走。她要去问问他，她要听他亲口说，你是个丑东西！

可是想想又觉得好残忍。走出去没两步，她停下来，心头十分惆怅。

算了，还是不要问了。

沮丧地垂着头，沈稚子尿如鹌鹑。没想到一转身，就"嘭"地撞上了一堵人墙。耳边噼里啪啦一阵清脆的乱响，等她再回过神，满地都是滚落的游戏币。对方胸膛坚硬如铁，沈稚子脑子"嗡嗡"响，来不及揉脑袋，赶紧先颔首道歉："对不起，我不是故意撞到您的。"

沉默三秒，一股蛮力揪住她的头发，迫使她抬起头。沈稚子吃痛，抬眼，正对上一张凶神恶煞的脸。大哥花臂缠身，嘴角一斜："道个歉就想没事了？"

她这是撞上了哪路神仙。

沈稚子一点一点地把自己的头发从他手里夺回来，默不作声地打量四周，这是商场的电玩城，人流量大，安保充足，这边如果有什么动静，安保在五秒钟之内就会赶到。

"我确实不是故意的。"她不想多生事端，主动提议，"要不这样，我帮您把游戏币捡起来，或者照着这个数目赔您新的——您看行吗？"

对方看了她一会儿，粗声粗气地笑："行啊。"

沈稚子松了一口气。

"你跪着给我捡起来，一个都不能少。"

沈稚子心头的火"噌"地蹿起来，"你是出门没带脑子吧！"爆炸少女二话不说，捋起袖子就打算打人。可她的拳还没打出去，手腕处突然传来一股大力，沈稚子猝不及防地被人一拉，来不及反应，整个人都朝后摔去，然后落进一个怀抱。

一只手臂环住她，头顶传来清淡的声音："第一次来电玩城？"

沈稚子愣愣地看着他，缓慢地眨眨眼。靳余生皱眉，又问了一遍："嗯？"

"嗯……嗯。"沈稚子思维迟缓，迟钝地点点头。

"那我替你打。"

她还没反应过来，靳余生一拳落到对方脸上。

少年下手快且狠。

沈稚子几乎来不及看清，靳余生两步向前，腿朝旁扫，手肘重击对方的背脊，已经将他掀翻在地。手法干脆利落，掌风迅疾，男人吃痛地半跪到地上，被死死钳制住。直到安保赶到，将男人带走。

这儿闹出不小的动静，聚来一圈围观的人。姑娘们压低声音红着脸叽叽喳喳，沈稚子睁圆眼，许久，迟缓地咽咽嗓子。

"不好意思，不好意思。"前台经理小跑过来向她道歉，"给您带来不愉快了，我送您一些游戏币作为补偿吧。"说着，就要去开抽屉。

沈稚子赶紧谢绝："不用不用，我不玩了。"说完，偷偷去看靳余生的反应。

少年身形颀长，额角带着薄汗，看不出情绪。他拿着手机回消息，下巴被屏幕映亮一小块，手指修长漂亮。

沈稚子等了一会儿，没等到他开口。不甘心，她眼巴巴看着他，又说了一遍："我……我走了？"

靳余生垂着眼，长久地沉默。直到沈稚子觉得他再也不会开口，而她再站下去就会变成望夫石，她气急败坏地转身，揪紧背包带——走就走，谁稀罕谁。现在对她爱答不理，迟早让他跪下来求她。

沈稚子气成一只河豚，愤怒地走到门口，感应式的玻璃门"哗啦"打开，机械的女音喜气洋洋："感谢您的光临，明里市电玩城欢迎您下次再……"

沈稚子恶向胆边生，仰起头破口大骂："什么破电玩城！我再也不……"

抬起眼，她一愣。玻璃门的倒影里，她身后站着一道沉默的人影。少年身姿如松，两只手插在口袋里，默不作声地立在离她三步远的地方，就这样一言不发地看着她，像只忠诚的"背后灵"。沈稚子一瞬间偃旗息鼓："不骂你了。"

　　他跟着她走了一路……沈稚子突然乐了。她猛地转过身，几步跳到他身边，故意仰起脸："你跟着我做什么？"

　　靳余生有些意外，下意识地退后半步。都到门口了，他没料到她会突然转过来。女生白皙的皮肤被灯光照亮，眼睛深处亮晶晶，像在期待什么不得了的答案。

　　靳余生突然感到不知所措，他微顿，移开视线："送你出门。"

　　"都到门口了，"沈稚子自然而然地道，"送佛送到西，不如顺路也送我下楼吧。"

　　四舍五入，她可以当靳余生是送她回了一次家。靳余生送她回家啊……沈稚子眯着眼想，她可以回味半年。

　　他陷入沉默。

　　见他微微皱起眉，她赶紧补充："你看我孤零零的一个人，万一回去的路上再遇到坏人多不好，你肯定也不会放心啊，像刚才……"说着，她无意识地向前倾身，抬手碰了碰他的手臂。

　　酥麻的触感，过电一样，一触即离。靳余生连忙退后一步，避开她的手："以后不要一个人来电玩城。"

　　沈稚子微怔，读错了他的意思。她有些无措，不知道自己哪里这么招人讨厌。

　　"你……你手臂好像青了一块。"估计是刚刚不小心被打到了。她茫然地低下头，视线落到他的小臂上，结结巴巴地提醒他，"我……我帮你吹吹吧。"说着，还真的垂下脑袋，打算吹。额前几根头发扫过手臂，勾得他心里也痒痒的。

　　靳余生无可奈何，叹口气，把手臂抽回来："沈稚子。"

　　沈稚子委屈巴巴地点点头："嗯。"

　　"早点回去，别让家里人担心。"

　　她低着头，从他的角度望过去，能看到头顶。她的头发黑而软，随意落在肩膀上，蓬松得像某种小动物的毛，让人想放在怀里揉一揉。喉结微微滚动一下，他犹豫一阵，试探着将手抬起来，像是想到什么，又飞快地收回去。

还是算了。靳余生舌尖抵住上腭，叹息："听话。"

沈稚子张张嘴，来不及拦，他已经转身消失在光影里。

沈稚子很悲伤，她不知道怎么才能打动一个男孩坚硬的心。

偏偏沈湛收获颇丰，一上车就开始跟刚刚要到联系方式的小姐姐聊天，狭小的空间里一时间充满活泼的气息，气得她想把沈湛连人带手机扔出去。

"少安毋躁，"沈湛注意到堂妹嫉妒的眼神，主动安慰她，"你的真爱也已经在路上了，万事不可操之过急，你等等他。"

呸。

她的真爱，一个小时前还在跟她说，别去他兼职的地方找他——虽然原话并非如此，但他肯定就是不想看见她，他讨厌她。

沈稚子郁闷地捧着自己的脸，疯狂地想念靳余生的脸。想着想着，平白想出一股……内疚。不管怎么说，是她害他被打了。想起他手臂上的瘀青，她沮丧地小声嘟囔："其实我未必就打不过那个人……"

沈稚子心烦意乱，垂下眼皮，踢踢满面桃花的沈湛："那个……"

"嗯？"

"你……"她犹豫了一下，"你会喜欢上一个第一次见面，就泼你一身水的女生吗？

"还往你座位上涂了强力胶。

"还，还害你被打了，并且有可能失去工作。"

沈湛纳罕："我是神经病？我为什么要喜欢这种女生？"

沈稚子差点儿哭出来，靳余生果然讨厌她！可是——她像是受了天大的委屈，红着眼眶指责沈湛："可那些原本是给你准备的！我没有针对他！"

路遇红灯，司机一个急刹车，沈湛的脸"噗"的一声栽进爆米花桶。

沈湛："你下去。"

度过这个惶惑孤独的周末，沈稚子提前返校搬书。

明里附中是省重点，校风却很自由。学校鼓励学生自己安排空余的时间，把教学楼顶层一整层楼都开放成了自习室。所以偶尔遇到考试占用教室，大家就会把书箱先搬到自习室，事后再搬回去。

沈稚子去得早，顶楼这会儿还没什么人，地板上映着夕阳的残影，沉寂一片。

哼着歌把钥匙插进门，拧一圈，她脚步一顿……门没锁？

没锁为什么还要关门，营造这种锁了门的假象！她正想踹开门看看谁在里面鬼鬼祟祟，脑子突然"叮"一声——等等，顶楼一般没老师上来，那会躲在这儿的……眼睛一眯，她偷偷躬下身，开始兴奋地像苍蝇一样搓手手。嘻嘻，让她来看看——

沈稚子小心翼翼地将门推开一条缝，流窜在地板上的夕阳流光四溢，跳跃着照进眼睛。

日暮西沉，倦鸟在空中连成线，赤红的光线把天空晕染开，透过巨大的落地窗，倾洒到少年身上。

他坐在窗边，阳光一分一毫地勾勒过侧影，描摹出他眉骨的曲线，好像踏错时空的贵公子。

沈稚子几乎忘记呼吸，可视线稍稍偏移发觉，他对面还坐着一个人。

女生穿着显大的校服，短发乖巧地留到下巴，大眼睛扑闪扑闪，一副弱不禁风的样子。

沈稚子皱皱眉头，上次去找他要联系方式的，好像也是这个女生。

女生反坐在座位上，双手捧着脸，不知道盯着靳余生看了多久，他一点儿反应都没有。良久，她轻轻咳嗽一声："靳余生。"

没有回应。

"我……"女生有些不好意思，自顾自地低着头娇羞地道，"我的书有点儿多，等会儿可以拜托你帮我搬一下书箱吗？"

靳余生还是没有说话。

可沈稚子先炸了。天啊，枉她还在专心致志地，一本正经地，为欺负了靳余生而感到愧疚！他却在这里背着她，摆弄自己的美色给别的女生看！

"嘭"的一声，沈稚子怒气冲冲地踹开门。

晚风带着浅浅的清凉穿堂而过，靳余生抬头看过来。沈稚子目不斜视，看也不看他一眼，端起巨大的书箱，转身就走。

靳余生不明所以。

许时萱一脸期待，还在等他的回复。可他没有说话，目光跟着沈稚子走。

他看着沈稚子一脸愤怒地抱着书箱"噌噌"跑远，直至消失在视线尽头，才慢慢把目光落回来。半响，他问："你的书，比她还要多吗？"

沈稚子那个箱子看起来超级沉，可她一个人拿起来就跑了。为什么不找他帮忙……他有点不开心。

许时萱愣了愣，她的书，和沈稚子有什么关系？

于是靳余生又问："为什么她可以，你不可以？"

许时萱怔了半天，才明白他是在说为什么你不能自己搬。她涨红脸："因为……因为我力气比较小……"

靳余生眼一弯，嘴角微微勾起来。

许时萱的心漏跳一拍。映着夕阳与和风，少年笑起来，好看得不食人间烟火。可他眼中光芒流转，笑意难以抵达眼底，连笑脸都是冷的。因为下一刻，他便漫不经心地问——

"为什么只有你，这么弱？"

许时萱哭着跑了。自习室里恢复寂静，又只剩他一个人。夕阳光晕游移，霞光将万物打磨成老电影，白色的窗帘被风带着，一起一落。

靳余生一动不动地坐在原地，许久，他不受控制地，回忆起刚刚沈稚子的表情。

她好像生气了，为什么？是不是因为那天在电玩城，他没有把那个玩偶抓出来送给她？他记得，那天她在机器前面站了好久，拿着一盒游戏币，却一个娃娃都没有抓。

靳余生想了半天，若有所思。他后知后觉地，觉得自己好像撞破了她的一个秘密。原来她……不会用抓娃娃机。

沈稚子回到教室放下书箱，盛苒也刚好走进来："楼上自习室开门了？"

她"嗯"了一声。

"那我等会儿也上去，把我的书箱拿下来。"盛苒感叹，"啧，有个电梯就好了，这么沉的玩意儿搬来搬去多累人……不对，有个亲近点的男同学也是好的，可以充当人工电梯。"

"别吧，"她一说这话，沈稚子不受控制地浮想联翩，满脑子都是靳余生那双漂亮的手，"我肯定舍不得让他帮我搬东西。"

"那种美少年的手啊，不沾阳春水。"沈稚子眯着眼想了半天，得出结论，"应该坐在高阁里绣花。"

盛苒："神经病。"

她话音刚落，教室门口刮过一阵风，许时萱捂着脸小跑进来。一进门就直奔自己的座位，然后两臂交叠，将脸埋进臂弯，压抑而小声地哭起来。几个女生连忙凑上前，低声安慰她。

沈稚子一愣："她怎么了？"

"很奇怪吗？"盛苒不以为意，"她上次忘做作业，老陈教训她两句，不也站在门口哭了一晚上。"

看着许时萱颤抖如同风中落叶的小肩膀，沈稚子迟疑地舔舔嘴唇，许久，心里涌起一股……劫后余生的狂喜。天哪，幸好她没有让靳余生帮忙搬箱子！不然现在坐在这儿哭的就是她了吧！

"呀，要打铃了。"盛苒看了一眼表，"不跟你废话了，我上去拿书，跟不跟我一起去？"

沈稚子看了看许时萱，疯狂摇头。不要，沈稚子觉得靳余生有点凶。她要缓一缓，回一回血，再去觊觎他的美色。

"行。"盛苒站起身。

沈稚子犹豫了一下，拽住她："你上去的时候，记得别让靳余生帮你搬箱子。"

"怎么？"

"他脾气好像不太好……"沈稚子咬咬唇，严肃地说，"我怕他打你。"

沈湛没有参加周末的晚自习，第二天才来报到。趁着大课间，沈稚子带他去教务处领校服。附中的校服有四套，两套冬季两套夏季，其中冬夏各有一身运动装。

衣服材质一般，沈湛抱在怀里："我需要现在换上吗？"

"今天升国旗，不穿校服的话，会被教导主任骂。"沈稚子漫不经心道，"不过你不用担心啦，你以前在学校里，不是也天天挨骂。"

话音刚落，沈湛飞快地套上校服。

附中的校服蓝白相间，是最普通的那种样式。偏偏沈湛个子高，又长了双沈家祖传的桃花眼，万能的衣架子，穿什么都很打眼，挺拔而俊秀。他拉上拉链，示意道："走吧，去升旗。"

沈稚子走了一下神，走到门口突然想起什么，又甩开他跑回去："你等我一下。"

沈湛靠在门上等她两分钟，见她拿着个袋子出来了，透明的袋子，里面装着另一套校服。他下意识低下头，以为自己漏了东西："那套我拿了，你怎么又拿一套？"

自作多情。沈稚子懒得解释，拽着他下楼："走。"

初秋天幕高远，万里晴空，阳光薄而透明。

广播里正在催促场外的同学赶紧入场，教导主任眯着眼巡视一圈，在高三年级停下脚步，手中的书册卷成筒，在男生身上拍拍："你的校服呢？"

阳光有些刺眼，靳余生盯着他看了一会儿："忘了。"

"我说你们这些学生，一个个都把学校当什么地方？校服都能忘，怎么不把脑子忘在家里？"

靳余生抿住唇，他确实是忘了。来明里市之后，他头脑昏昏沉沉，过了一个周末都没想起来，应该再去教务处买一套。

"说话啊，"教导主任最近正在抓典型，对方越沉默他越不耐烦，"你几班的？班主任是谁？去把他叫过来见我！"

靳余生有点烦，但又不太好表露出来："我……"

他话没说完，被一道清亮急促的声音打断："老师老师！"

声音由远及近，他视线微斜，一道人影闯进视线。女生肤色莹白，穿着校服，拉链大开，露出里面明黄色的卫衣。跑起来时风穿过长袖，长发也被带着飘起来，衣服鼓成帆。

"老师！"沈稚子气喘吁吁，扶着膝盖停下来，挥着手中的袋子，"他的校服在我手里，你别骂他！"她站在两人之间，双臂张开，维持着一个微妙的保护姿态……像母鸡护崽。

靳余生微微眯起眼。

"他的校服怎么会在你手里？"升旗仪式快开始了，广播催促大家尽快列队，教导主任不依不饶，"还有你，衣服要穿就穿，要脱就脱，拉链这样敞着像什么话！"

呀，烦死了。

"他上一套被我弄坏了行不行！"

话一出口，全场沉寂三秒。沈稚子耳根突然红了……这话怎么这么奇怪。

"行了行了，你俩都赶紧归队站好。"教导主任不耐烦地拧着眉，看他们两眼，"哼"一声，背着手走了。

只剩两个人，沈稚子咽咽口水，小心翼翼地抬头看他。少年宽肩窄腰，穿着深灰色卫衣，长衣长裤，脸上表情很淡。浅褐色的眼睛里没什么情绪，视线相撞，他的唇抿成一条线。

沈稚子突然不知道该说什么。背地里她是很能说，但见到他本人的时候，一句话也讲不出来。

"那个……"她想了想，"上一次，我不是故意的。"

靳余生静静地看着她，不说话。

"就是，那桶水，还有胶水，都不是给你准备的。"她语无伦次，"其实我原本是想恶作剧另一个人，但没想到他航班晚点了，而且我平时不是那样的，我……总之，我没有针对你！"

半晌，他回了一个字："嗯。"

沈稚子有些无措，一股脑把校服塞进他手里："这个给你。"

他接过去了，没有说话。一秒、两秒……沈稚子咬住唇。说什么说什么，快说点儿什么啊！她快疯了。这个人是不会说话吗！谢谢你！你真好看！我的心从今天起就是你的了！你能不能别在我眼前晃，我一看到你就不受控制地小鹿乱撞！——随便来一句都行啊！

算了。半晌，她垂下脑袋，颓丧地摆摆手："我归队了，再见。"真让人筋疲力尽，她要回去查一下，怎么靠意念跟人交流。

走出去两步，田径场上天高云淡，风声轻和，阳光落下来，他低声说："谢谢你。"

沈稚子走路轻飘飘的，回到队伍里，盛苒问她："你干吗去了？"

"帮靳余生拿校服。"

"我的天，你好热心啊，"盛苒肉麻，"怎么以前不见你助人为乐？"

"你不懂，"沈稚子痛心，"他太诱人了，我不得不用丑陋的校服，遮盖住他美丽的躯体。"

盛苒嘴角一抽，"我刚刚才看见一个女生，给他送早餐。"

"然后？"

"当然是被拒绝了。"

沈稚子嗤笑："真蠢。"

"他都吃过早餐了，当然不会接受。"沈稚子言之凿凿，"是我的话，就先把他的早餐偷着扔了，等他饥肠辘辘可怜巴巴如同被抛弃的家犬时，再光芒万丈地伴着BGM（背景音乐）从天而降。"

盛苒气笑了："这跟找人打他一顿再跑去给他上药，有什么差别？"

沈稚子灵机一动，眼睛亮起来："等等，你提醒我了。"

"什么？"

"我确实可以找个人打他一顿，再去给他送药啊。他肯定对我感恩戴德。"

"疯了吧你。"

沈稚子舔舔唇。

国歌响起时，红旗飘扬，她的余光转一圈，又不自觉地落到他身上。少年长身玉立，身子骨挺拔，唱国歌时也很认真，脸上有种肃然的正气。

"我觉得他有点无情，"顿了一会儿，她掂量措辞，"就像那种……带刺的玫瑰。"

把一个男人比喻成玫瑰……

"可我还是觉得他好好看，"沈稚子叹息，"好想占有他。"

"天哪！"盛苒崩溃。沉默三秒，她捂住耳朵，"求你，不要再跟我说这种污言秽语，太肮脏了。"

升旗仪式结束时，沈湛来找沈稚子。他一边往教室走，一边问："我刚刚听班长说，周末要去观星？"

"好像是，"沈稚子想了想，"那个活动每年都有，是自愿的，可以不参加。"

"这样啊……"沈湛沉吟一阵，试探着问，"你们学校那些平时喜欢看星星的姑娘，都长得怎么样呀？"

沈稚子停下脚步，遗憾地提醒他："我们学校的姑娘都很聪明，不太容易看上弱智。"

沈湛张张嘴，手臂揽上她的肩膀："别这样，稚子小妹妹。"

"你还小，你不明白。"他循循善诱，"跟漂亮的小姐姐一起看星星看月亮，从诗词歌赋谈到人生哲学，是这个世界上最有趣的事。"

"哦。"沈稚子不为所动。

沈湛想来想去，还是想说服她，让她跟着一起去。刚要开口，身边迎面走过去一个人——神情寡淡，目不斜视，身形颀长挺拔，比他还要稍微高一点点。沈湛微愣，脱口而出："靳子瑜？"

少年没有反应，更没有回头。沈湛鼓足气力，又大喊了一声："靳子瑜！"

少年仍然没有回头，而沈湛这一声中气十足，倒是吸引来很多人的目光。

沈稚子嫌弃地踢踢他："瞎叫唤什么？"

"不是，刚刚……"沈湛挠挠头，云里雾里地嘟囔，"刚刚那个男生你看见没？比我还高那个，我好像认识他。"

"他啊，我也认识，"一提到靳余生沈稚子就自动变蔫儿，她小声嘟囔，"就是我们班那个无情无义的新同学。"

"不是……我说的是靳子瑜。"沈湛解释，"我们市的中考状元。"

沈稚子脚步一顿。

"不过……应该不是他吧，他怎么可能出现在这里。"沈湛想了想，又嘟嘟囔囔地自我否定，"何况，我上次见他都是三四年前的事了，记错也正常。"

沈稚子咬咬唇，低着头，扯扯他："等等，你别动。"

"嗯？"他停下脚步。

沈稚子神情认真地踩到他的脚上，撑着他的肩膀，用力地踮起脚尖，一脸严肃："我现在比你高了。"

"啊？"

"我也是中考状元。"

沈湛："你下去。"

回到教室，靳余生坐下来，脑海里不受控制地，浮现出刚刚她和沈湛在一起时的画面。

不让齐越叫她"稚子"，但沈湛可以；不让齐越送她情诗，但沈湛越过这一步，直接搂了她的肩膀。

靳余生想了半天，得出结论，她喜欢长得好看的男生。

最好……还要有一双桃花眼。

沈稚子和沈湛回到教室，盛苒来统计周末观星的人数和名单。

沈湛喋喋不休："去吧去吧，帐篷睡袋防潮垫的钱，统统我来出。"

沈稚子的心思缠在别的事情上，目光游移，半晌，慢吞吞地开口："你说……"

"嗯？"

"怎么才能在不被一个人发现的情况下，偷走他的早餐？"

沈湛沉默一下，纳罕地侧过身，在她眼前坐下来："你在家吃不饱吗？要偷谁的早餐？"

沈稚子抬手推开他的脑袋。移开遮挡物，靳余生的背影又显现出来。他坐在教室前排，校服一丝不苟，背脊永远挺直，浑身上下都是清冷的味道。

她舔舔唇："你觉得，他好看吗？"

沈湛敷衍地瞥了一眼："还行。"也就勉勉强强，能比得上他半根手指头吧。

"你看见他身上那套校服了吗？"

"嗯。"然后呢？

沈稚子不满地强调："新的，我帮他买的。"

"所以？"

她理直气壮："所以礼尚往来，他脱衣服的时候，也应该脱给我看。"话音刚落，一个男生不小心撞上靳余生课桌，噼里啪啦一通乱响，水杯、课本、文具盒一起滚落到地上。

沈湛觉得，靳余生可能听见了。

沈稚子毫无察觉，还在自顾自地叨叨："如果他不愿意脱给我看，就应该用别的东西补偿我，比如给我送早餐……你别用那种眼神看着我，这才不是因为我贪图美色。

"如果物质流动不平衡，宇宙会坍塌的——我是在为全人类的幸福着想啊，你应该庆幸你有一个这么无私的妹妹。"

沈湛："求你闭嘴吧，好吗？"

但沈稚子还没说完，"可我觉得他不会给我送早餐，因为他是一个无情的人。"眼睛骨碌碌地转一圈，她咬着唇压低声音，"你不知道吧？上周我们班有个女生，就问他了句，'能不能帮忙搬一下书箱'，就被他打了一顿。"

沈湛语塞。

这种事情，要他怎么相信。

"真的，他好凶。"沈稚子心有余悸，"所以没有办法，我要想维持宇宙和平，只能去偷他的早餐。"

沈湛沉默半晌，问："我不想让你陪我去观星了，你可以闭嘴了吗？"

转眼到周末。入秋之后雨水变少，明里市的天气反而好起来，天空一碧万顷，蓝得像巨大的果冻。

事到临头，沈稚子临时变卦，还是跟着去了。周六早上要回学校体检，而她的书法课老师出差未归，私厨小孟周末也请了假。所以一看沈湛背着烧烤架，她就立刻决定，跟他一起去。

沈湛有些意外："你连帐篷和睡袋都没有准备，今天晚上去哪睡？"

观星行程占用整个周末，要在山上住一夜，学生们自己准备器材。

沈稚子并不担心："我没记错的话，你的睡袋和防潮垫，准备的都是双份。"

沈湛心里陡然涌起一股不祥的预感。

"有睡袋和防潮垫就行了，帐篷的话，我可以跟你睡同一个。"沈稚子眉目含笑，眨眨眼，"你不用担心我，我可省地方了，小袋子缩一缩，角落里团个窝就行。"

沈湛无语。

他突然觉得，这个妹妹，是上天派来的魔鬼，是专门来折磨他的，是……

不等他想出下一个比喻句，盛苒风风火火地跑过来，拽住沈稚子就跑："快走快走，轮到我们班抽血了！"女生个子小，刘海细细碎碎地散落在额前，跑起来像一阵风，带起悦耳的响声。

阳光侵入，沈湛没有来由地愣了一下神，连忙屏息去听。目光转了一圈，才在盛苒手上找到那条绕腕的红绳。红绳缠两圈，拴着个小小的金铃铛，暗纹繁复，走起路来轻声作响，似有若无，活泼动人。初秋的阳光透过走廊，晕开婆娑的树影。最后一眼看过去，光柱流转到少女细而白的脖颈儿上，好像天鹅的后颈。

他再回过神，两个人都走远了。

抽完血就完成了体检的最后一项，将体检表交还给班长，沈稚子和盛苒一前一后走出门。

盛苒披着外套，低头按紧棉签："我听说，晕血的人不能做这个。"

"会怎么样？"沈稚子好奇，"扑通一声就地晕倒，血流成河吗？"

"也不是，听说会头晕。"

沈稚子"哦"了一声，非常上道，低头就往她颈窝里埋，一边埋一边娇声娇气地嘟囔："呜，我头晕眼花站不稳，想找个肩膀倚靠一下……你、你能不能张开你温暖的怀抱，把我按进你的胸膛！"

盛苒后悔提这茬："你别乱蹭，我外套要掉了。"

刚刚两个人抽完血，都把外套半披在了肩上。可沈稚子比她还要高半个头，一躬身，衣服就先一步软绵绵地滑落了下去。沈稚子下意识转身去捡，一回身，正对上靳余生的脸。

晨光破开雾霭，光柱像薄而透的蜂蜜，从眉骨向下，光线一寸寸把他分明的五官勾勒出来，碎发散落在额前，双眼明亮，情绪清淡一如既往。

他伸出双手，拿着她的外套。

沈稚子缓慢地眨眨眼，这人为什么总是一句话也不说，就突然出现在她背后。

靳余生目光平静，脸上没什么表情，拿着外套一动不动。沈稚子耐着性子，也不说话。半晌，他提醒："你衣服掉了。"

"嗯。"沈稚子死死按住心里的小鹿，冷静地点头，"谢谢你帮我捡起来。"

"那……"看她没有表示，他犹豫了一下，问，"要我帮你叠起来吗？"

沈稚子："啊？"

是不是她听错了。叠起来……叠起来？为什么要叠起来！她在心里疯狂咆哮，想摇着他的肩膀让他清醒一下。难道不该你给我披上吗！不然你捡它干吗！

"我……"沈稚子心塞得无言以对，放开按着棉签的手，将外套接过来，"谢谢你，这样就好，不用叠。"棉签落地，伤口失去遮挡。明明都看不见伤口了，血一瞬间涌了出来。

靳余生一愣。

沈稚子飞快地推开他，一边在心里骂自己白痴，一边跑回保健室。

血珠小而密集，很快在胳膊上画出长长一道红线。医生手忙脚乱，一边帮她止血，一边絮絮叨叨："你们这些小姑娘怎么都这么不听话，我刚刚说了多少遍，伤口要按十分钟，一个个都怎么啦，出门就把我的话忘啦？"

沈稚子舔舔唇，搜索枯肠，发现无从辩驳。所以她能说什么？说自己为了看帅哥，扔了棉签吗？还是不要了吧，听起来像个弱智。

处理好伤口，沈稚子垂头丧气，被盛苒拖着往食堂走。

早上为了空腹做检查，大家都没有吃早餐，所以在出发去天文台之前，还多预留了一个小时的早餐时间。

沈稚子有点气闷，她不太能理解，靳余生在想什么，他好像一直很回避她。盛苒帮她买了一小碗粥，沈稚子没什么胃口，喝两口就放下了："我去买盒薄荷糖。"等她买糖回来，盛苒的云吞已经吃掉了半碗。她拿着铁盒"咔嗒咔嗒"地开着玩，盛苒瞥一眼："出新口味了？"

"不是，"沈稚子摇头，"我只是觉得这个味道，让人很想一口吃掉。"

盛苒眨眨眼，突然皱起眉头："你的胳膊，刚才就是那个样子吗？"

"刚才……"沈稚子漫不经心，顺着盛苒的目光一低头，也吓了一跳。刚刚扎过针的地方微微鼓起来，连带着肘内一片都成了青紫色。

沈稚子微怔，然后惊慌失措："这……刚刚还不是这样的，为什么会这样？这个包会不会破？破了之后会不会流血？我会不会流血过多英年早逝？"

盛苒："我觉得不会。"

沈稚子的眉头纠结地皱起来，"那我能不能挠……"说着，就要伸手去碰它。

靳余生一走进食堂，就看到这个画面。眼神一凛，他快步走过去，"啪"地一声打掉她的手。

沈稚子整个人都蒙了："你从哪儿来的……不是，你为什么要打我？"

她又没有让他帮忙搬东西。愣了一会儿，她后知后觉地生起气来。对啊，她又没有让他帮忙搬东西，他凭什么打她！沈稚子皮肤白，手上迅速聚起一团红印。

靳余生明显也愣了一下，继而沉声道："那个不能碰，会感染。"

"我知道啊，"沈稚子委屈死了，她又不是真的弱智，"那你就打我？"

"因为你，我变得伤痕累累。"

靳余生是真的没有多想。他只是觉得，如果冲上去就抓住她的手，好像太暧昧了。有很高的概率，她会反过来打死他……想了想，实在不知道该说什么，他放下手提袋，将一个小保温饭盒递给她："这个给你。"

她认得那个小盒子，他平时用它装早饭。

"你打了我，然后把你的早餐给我吃。"她冷静而悲伤地陈述事实，"你在补偿我。"

"不是，这本来就是要给你的。"只是早上耽误了太久，没来得及说。

沈稚子缓慢地眨眨眼，来不及反应，心里的小人先放了一串烟花。他为什么要送她吃的……她舔舔嘴唇。堵在心口的那股气，突然就消散得无影无踪。压抑着心里的狂喜，沈稚子表面上还是要故作矜持："你为什么要给我这个？"

靳余生陷入沉默。因为她虎视眈眈，盯着他的抽屉看了一整个星期，他觉得，她喜欢他的早餐。而且，更重要的是……思考半天，他说，"我不想脱衣服。"微顿，又补充，"给你看。"

沈稚子蒙了。他听见了？她那天讲的话，他全都听见了？

她指着他，结结巴巴："你……你长了顺风耳吗？"

靳余生沉默了一下："不是。"实在是她声音太大，想听不见也很难。

沈稚子觉得很羞耻，但她想了想，还是稳定心神，神态高傲地将它接了过来："好吧，那我就勉为其难收下了。"

靳余生觉得，她眼里明明很雀跃，一点儿也看不出勉为其难。

她不满地强调："这是为了你的清白。"

随她怎么说吧。

沈稚子把保温盒放到桌上，心里揣着一只唱歌的云雀，小心翼翼地打开它。掀开盖子，水汽氤氲。她兴奋地眨眨眼，看清盒子里的东西，沉默一下，心头涌起巨大的悲凉，又默默地把盖子盖了回去。

靳余生有些意外："怎么了？"

她看了看他，表情复杂道："靳余生，虽然开学的时候我对你做了很多不对的事，但我道过歉了。"

他一头雾水："嗯。"

"扪心自问，我平时对你也不算坏。"

"嗯。"

她委屈地指责："那你实话告诉我，这早餐是不是别的女生送给你的，你不想吃，然后给我了？"

靳余生不懂，她是怎么得出结论的。

沈稚子见他不说话，又掀开盖子，理直气壮地道："我不相信，你平时的早餐，一直都是这样的。"

保温盒分上下两层，一层放着冒热气的银耳粥，另一层分成三格。三个格子里分别放着甜点、蔬果和做成了卡通小猪形状的糯米饭团，玫瑰卷花瓣微张，紫甘蓝上水珠滚动，上面压着半个切开的鸭蛋。不管怎么看，都是满满的……少女感。她记得，以前有女生向喜欢的男孩子告白，送的就是这种细致又很做作的饭。

"这种便当，一看就很费时间。"沈稚子絮絮叨叨，话语里充斥着不信任，"难道你每天的早饭，都吃这种少女便当吗？"

她到底在想什么……靳余生："不是。"

"看吧我就说！"果然是别人送他的！

"但也差不太远。"一样讲究，只是没有这么强烈的少女感。

离家之后，他什么都没留下，独独留住了那些讲究的生活习惯。一时半会儿，想改也改不掉。

沈稚子微怔，立刻破涕为笑："那这是你特地给我做的吗？"

"不是，"他想也不想，"我在外面买的。"

他长这么大，没有下过厨。他家里的情况，不需要他会做饭。

沈稚子陷入沉默。今天是招邪了吗。

"那好吧，"她略一挣扎，立刻决定和解，"谢谢你，我带走了。"说完努努下巴，示意盛菁一起走。

沈稚子还拿着保温盒，这架势是要去哪……靳余生微微拧起清秀的眉毛："在这儿吃。"

沈稚子身体一顿，骑虎难下……其实她没有打算吃。于是下一秒，她脱口而出："这个太少了，我吃不饱。"

靳余生无奈……

沈稚子想跳起来抽自己一耳光。她刚刚说了什么！她是饭桶吗！于是她赶紧挽救："其实我是想吃肉。"

好像也不对，拿到了东西又嫌弃，搞得她像个"渣女"。

"不是，我的意思是，我没想要抢你的早餐……"

靳余生不说话。

"当、当然了，我也不是想脱你衣服……"她结结巴巴，"我，我没有觊觎你的肉体！"

越描越黑，她忐忑不安，尿得不敢抬头跟他对视。

靳余生看着她，目光一点一点冷下去。半晌，他沉下声："沈稚子，你每天都在想什么？"

第二章 观星

属于少女的……橘子汽水的味道。

——沈稚子，你每天都在想什么？

大巴破开晨雾，穿梭过摇晃的树影，驶离蜿蜒的公路。进入山区之后气温又降了几度，天气很好，光影婆娑，窗外风景如画，漫山遍野的枫树红成一片海。

沈稚子瘫在座位上，一动不动，脑海里还在循环播放靳余生那句话。

——我每天都在想你啊！

她说不出口。抑郁地瘫了一会儿，她不甘心，还是爬起来，虎视眈眈地盯住前排。

唯一一件让她意外的事情是，靳余生竟然也来观星了。这多多少少，给了她一点儿信心。不管他是为什么来的……她都可以自行解读成，他是为她来的。想来想去，她拍拍她眼中的智障堂哥："你说，怎么才能追到一个看起来好像不太喜欢貌美如花的女孩子的男生？"

"我怎么知道，我又没追过。"沈湛正在跟几个男生打牌，语气漫不经心，"而且就算你把定语拉得这么长，我也必须得提醒你，他可能不是不喜欢貌美如花的女孩子，只是不喜欢你——你也老大不小了，清醒一点啊妹妹。"

沈稚子眨眨眼，忍不住转眼去看前排。

许时萱带着小零食，刚刚拆了一盒果冻，问靳余生要不要吃。可是他连头都没有抬，想也不想就拒绝了。许时萱脸上有些挂不住，表情变得不太好看。

沈稚子"啧"了一声，不知道许时萱这次会不会哭。她忍不住小声道："许时萱也真是的，都被他打了，还那么执着。"话一出口，她觉得不对。她好像也被打了，可她比许时萱还执着。

"靠近一个人的方法多得是，没那么麻烦。"沈湛低头看牌，"比如……你靠过来，我跟你说一个。"沈稚子附耳过去。耐心地等他说完，她十分嫌弃，"听起来很不靠谱。"

沈湛一脸无辜："怎么会！你不相信哥吗？"

"我不信你会诚心诚意地帮我。"沈稚子坦诚，"这要是飞出去了，我会摔成一个真弱智。"

沈湛信誓旦旦："他会接住你的。"

从沈稚子的角度望过去，只能看到靳余生在玻璃里的倒影。窗外的阳光慵懒疲倦，他望着婆娑的树影，眉头紧锁，唇抿成一条线，不知道在想什么。

她怯怯地道："我觉得不会。"

"那试一试。"说着，沈湛站起身，就要往司机的方向走。

"别……你冷静一点！"沈稚子连忙去拽他，朝前走两步，却扑了个空。

电光火石之间，司机一个急刹车。刺耳的响声里，她身体猛地前倾，趔趄了一下被人眼疾手快地用力拽住。借着惯性，她直直地摔到座椅上，脑袋"嗡"的一声，背上一阵麻。同一时间，她听见沈湛那头"嘭"的一声巨响，脑袋正好砸在窗玻璃上。

她摸摸鼻子，天道好轮回。

沈湛原本的意思，是去干扰司机，让他制造一个人为刹车。现在很好……她过了许久才回过神，慢吞吞地想，天公作美。她把视线落到靳余生身上。少年穿着浅色的风衣，身后的树叶绿影飞快后退，阳光倾下，他眼中情绪疏淡，琉璃般的浅褐色瞳孔中，游离着压抑的情绪。

她咽咽口水，试探着问："靳余生，你是睫毛精吗？"

"你的睫毛好长，"阳光一照，在他眼睛下方留下小小的阴影。她故作惊奇，试着伸出手，"我能摸摸吗？"

即将碰到的上一秒，被他偏头躲开。沈稚子顿时有些委屈，小声嘟囔："我冒着被摔傻的风险，鼓起勇气过来的……"

靳余生喉结动了动，声音里染上明显的怒气："沈稚子。"

她眨眨眼。

他沉声："坐好，别乱动。"万一真的在车上摔一跤怎么办，她本来就不怎么聪明。

沈稚子乖乖地"哦"了一句，过一会儿，想起什么，又强调："我再发誓，我真的没有觊觎你的肉体……"不让觊觎肉体也没关系，她可以觊觎脸。

不知道是她的声音太小，还是他的注意力已经游离了，靳余生没有说话。窗外静物一一掠过，树影间筛落的光斑滚动着落到他的脸上。视线从沈稚子身上离开时，他眼中涌起无法遮掩的烦躁。

许久，他低头，最后看了一眼那条短信——"小瑜，你在不在家？姑姑到你家门口了，给姑姑开一下门啊？"然后将手机卡拔出来，扔出了窗外。

风轻而柔，顷刻便消失在秋天的空气里。

沈稚子坐在靳余生身旁，如坐针毡。她觉得他可能不太喜欢她，不过没关系……她是个执着的人，最擅长没话找话。想了想，她轻咳一声："那个……"靳余生顿了顿，看过来，神情清淡，眼中有浅褐色的流光。

沈稚子鼓起勇气，厚颜无耻地问："我们认识也有一段时间了，你为什么都不惊讶呢？"

这话没头没脑，他眉头微动："惊讶什么？"

她一本正经："惊讶世界上怎么会有我这么美好的人。"

靳余生的表情明显滞了一下，旋即又冷下来。

这人真的好开不起玩笑啊！沈稚子心力交瘁，连忙讨好道："我，我跟你开玩笑的。"靳余生耐着性子，听她说。

"我是觉得，我们俩都认识这么久了，连对方的联系方式都没有留，好像不太好。"她有些心虚，还要装作理直气壮，"而且你没有加我们的班群，万一等会儿不小心走散了，万一再出现什么猛兽黑熊狐狸精，万一山上的妖怪垂涎你的美色把你掳走……"

靳余生的手无意识地扣住水杯杯沿，她到底想说什么？

"所以就是，"沈稚子一脸真诚地叨叨，"我们能不能交换一下联系方式，然后我把我的号码写在你的背上，万一你被掳走了，就偷偷联系我，我再想办法去救你……你放心，我一定会去救你的！"

靳余生的表情一言难尽。她这么能耐，怎么不在他背上画一张越狱地图？

沈稚子一脸期待。他微顿，移开视线："你是想要我的联系方式？"

他这一次很上道啊！沈稚子疯狂点头："嗯嗯。"

他想也不想："我没有。"他十分钟前才扔掉电话卡。

沈稚子好心塞……她刚刚还看见他在玩手机！沈稚子委屈坏了，她长这么大，从没被人拒绝过。她一个铁血硬汉，硬生生被逼成了小姑娘，可他一直在拒绝她。想来想去，越想越生气。沈稚子气急败坏："那就让狐狸精抓走你好了！我不会去救你的！"

她话音落下，大巴驶过郁郁葱葱的山林，在半山腰的研究所停下来。晴空蔚蓝如洗，燥热的天气中带点儿凉。天文台建在山顶，再往上只能步行，大家下车做简单的休整，然后徒步背器材上山。

走掉半车人，沈稚子还若无其事地坐在原地，不见动弹。靳余生的位置靠里，她不起身他就出不去。耐着性子等所有人都下了车，他忍不住问："不走吗？"

沈稚子轻哼一声，转过来，一本正经地吸吸鼻子："你走不掉了。"

她神情高傲："我就是狐狸精，你怕不怕。"

靳余生沉默。

"知道你怕，活该。"她沉浸在自己的戏里，根本不需要别人接茬，"谁让你拒绝我，现在你喊吧，喊破喉咙，也没有人会来救你了。"

初秋天空湛蓝，天光明亮，空中飘浮着辽阔无边的云团。玻璃窗外飘着大片大片红色的枫叶，草木清香从门窗侵入，车上只有他们两个人。女生肤色白皙，下巴小巧玲珑。柔和的光线落在她的脸上，桃花眼中水光潋滟，眼尾带着一点点清淡的红。她自顾自地低着头说，可有个瞬间天地希声，靳余生只是出了一下神，她背后色彩鲜明的景物就飞速撤退，全都失去了光彩。

许久，他喉结微动，迟缓地移开视线，眼中不自觉地浮起一丝笑，挡也挡不住。

山间浓荫蔽日，巨大的叶伞筛出一小缕一小缕的光线。

研究所建在一片巨大的枫树林里，平日里游人不多，清净得像世外桃源。二层开发成了一个小型科技馆，站在阳台上能看到整片枫林。遥遥望去，漫山遍野的红色好像在燃烧，浓烈而纯粹。

沈稚子拿出相机拍照，盛茜凑到取景器前："你不吃点儿东西吗？"

"我早餐吃得有点饱……"沈稚子摸摸肚子，"现在不觉得饿。"

"可是下午要爬山，"说着，盛苒塞给她一堆小零食，"不想吃你也先装着吧，我包里快放不下了。"

沈稚子"哦"了一声，接过来，眼尾一抽。这些拆分成小包装的零食，好像有点眼熟……

"沈湛给你的？"

盛苒没多想："嗯。"

沈稚子哼了一声，她就知道，沈湛在大巴车上那么积极地把自己支开，没安什么好心。肯定是她的位置一空，他就立刻在自己小闺密身边坐下了。

犹豫了一下，她还是拉住盛苒："沈湛是我堂哥。"

"我知道，你跟我说过。"

"他……他不太靠谱。"沈稚子委婉地挑了个不那么伤人的词，提醒她，"我觉得，你还是谨慎一点比较好。"沈湛家世好，又生得好看，从小到大要多招人有多招人。所以沈稚子觉得，她得守好自己的"窝边草"。

盛苒轻描淡写："我不怎么喜欢沈湛这一款，所以你暂时不用担心。说到这个……你那边现在是什么情况？"

山势遮阳，林中起了风，外面的落叶哗哗作响。两个人一起往屋内走，沈稚子很纠结："我不知道。"

"有时候我觉得他不讨厌我，可有时候又觉得……那只是我的错觉。"沈稚子挠挠头，"他就像个喜怒无常的神经病。"想了想，她补充，"但是，是个帅得让人心花怒放的神经病。"

"我觉得你也有病。"盛苒上前两步，走到一个球形模型前，"你看，新型测谎仪。"

球体呈银白色，正中落着一个凹陷的手掌印，放在落地的木质展架上，长得很像高压电球。

沈稚子舔舔嘴角，"我明白你的意思。"说着，她将手掌放上去，郑重地开口，"我不是世界上最美、最可爱的人。"等了半天，测谎仪很安静，没有任何反应。沈稚子眼里浮起茫然，她撒谎了，为什么不电她？

盛苒微怔，发出爆笑："谁让你问这个了！你瞎说什么大实话！"

"难道我不是世界上最美的人吗？"沈稚子很困惑，这不公平，测谎仪又没有见过靳余生。可是除了靳余生，谁还会比她美！

"这又不是白雪公主后妈的魔镜，"盛苒笑出了眼泪，"我的意思是，你干脆直接把他叫到这儿来，让他对着测谎仪读，'我不喜欢沈稚子'！"

沈稚子瞬间瞪大眼："那怎么行！他被电死了怎么办？"

"哈哈哈，你这么有自信，还在这里瞎纠结什么！"

秋高气爽，风轻云淡，窗外树叶簌簌地落。女生们在寂静清凉的展厅内笑成一团，仪器在旁一闪一闪。靳余生在门口停住脚步，有些清瘦的身体在地板上投出模糊的影子。

他站着听了一会儿，摸摸下巴，若有所思。

"他"是谁？

日暮西沉时，一行人登上山顶。夜色初临，山巅尚有落日余晖，远方山脉绵延，层层叠叠一片透亮。

带队老师选定了露营的地方，沈湛叽叽歪歪地叫沈稚子一起帮忙搭帐篷："我一个人撑不起来，你帮我搭个架子。"

"我帮你把架子都搭好了，你干什么？"

沈湛想也不想："我去帮盛苒搭架子。"

沈稚子好气又好笑："你滚远一点。"

靳余生从背后路过，闻言，脚步顿了顿，果断地抱着帐篷往相反的方向走，脸上结起一层霜。

太阳彻底落下去时，烤架也烧热了。星火微明，山林间草木茂盛，一地树影。林间的虫子们蠢蠢欲动，蚊子、飞蛾迎着光飞。沈湛拿着花露水狂喷，沈稚子憋了几次，没憋住，接二连三地打喷嚏："你神经病吗，为什么喷这么多？"

"我刚刚被蚊子咬了，"沈湛很无辜，"怎么，你也来一点儿？"说着，就作势要往她身上喷。

"这都秋天了，哪来的蚊……阿嚏！"鼻息一动，沈稚子没忍住，又打了个喷嚏。她眼泪汪汪地揉着鼻子，一脸嫌弃地朝他挥手，"你身上香得发臭，离我远点。"

山顶的实际温度比山腰更低，沈湛虽然嘴贫，心里面其实也怕她感冒。叹口气，他把自己的外套脱下来："你穿这个，防风。"

沈稚子眨眨眼："给我了，你穿什么？"

沈湛早有准备，他带了别的外套。但是……想了想，他抿着唇，虚虚环抱住自己："你觉不觉得我这副样子，看起来很虚弱，很冷，很需要抱抱？"

他舔舔唇："我去问问盛苒，看能不能穿她的外套。"

"神经病……"

回到烤架前，靳余生也在。光线明灭不定，斑驳的光影虚晃着，将他的脸切割成了一明一暗的两部分，他微微低着头，头发散落在额前，乍看有些凌厉。沈稚子果断地拉开椅子，开开心心地坐到他对面。美色在侧，什么都是美味的。

盛苒递给她半条鱼："刚刚烤的，尝一尝。"用筷子撕开外面那层有些焦黑的皮，金黄色的鱼肚露出来，在夜色中腾起一股袅袅的热气。

靳余生的筷子微微一顿。沈稚子穿着别人的外套，身上有一股浓烈的花露水的味道。舌尖抵住上腭，他心里突然涌起一股烦躁。好烦……最烦的是，他不知道自己在烦什么。

"这鱼是你买的？"扒开鱼肚，沈稚子转过去，探着头嘲笑沈湛，"你是不是买错了？这种鱼刺特别多，一般不拿来烤。"

"不好吃吗？"沈湛俯身，随手夹走一筷子，"我觉得还行……呸，我也吃到刺了……"

靳余生呼吸不稳，灯光扑簌着从他脸上滑过，明暗交替，他微微眯起眼。下一刻，两指并拢，把自己的碟子推到沈稚子面前。眼前突然出现半条剔了刺的鱼，沈稚子蒙了一下："怎，怎么了？"

他沉声："你不是要吃肉？"

静了一瞬，耳边"咣当"一声巨响。她循声抬头，见许时萱面色难看地推开桌子，扬长而去，带倒了两把椅子。

沈稚子难得迟钝："可是，为什么要……"

他面无表情："你剔不干净。"

灯火微明，星光如海。靳余生眼中映着晃动的火光，透出一种奇怪的执拗。沈稚子愣了半天，耳根有些烫。想来想去，她决定夸夸他："你怎么这么聪明。"

他没说话。

"竟然猜到我剔不干净，"她絮絮叨叨，"不瞒你说，我从小到大，只要吃鱼就剔不干净刺，小时候还被卡到过，所以我很久不吃鱼了。"

靳余生一言不发，目光微微向下，像是在沉思。白皙的指节稍稍弯曲，扣在桌面上。

"我觉得，你肯定会魔法。"她的声音很特别，比一般的女生要清脆，声音放软时却显得清媚，像低吟的耳语，"你看，沈湛买的鱼又丑刺又多，可你的这半条，连骨头都比其他那些好看——"

星光离散，浓稠的夜色中，靳余生沉默地抿着唇，眼中情绪昏晦不明。下一秒，他像是情绪达到极值，忍无可忍，突然推开椅子站起身，头也不回地转身走了。

沈稚子的筷子还悬在半空，一脸茫然。这是什么情况，他在犯什么病？哪有这种上一秒还在柔情万丈地帮人剔鱼刺，下一秒就推开桌子走了的人！沈稚子愤怒地将筷子拍到桌子上："他人格分裂吗！他有什么资格问我在想什么？我还想知道他在想什么呢！你见过这样的人吗！你见过吗！"

盛苒头也不抬："那你还吃不吃？"

"吃。"沈稚子吃了两口，越想越不解，"可他为什么要这样？我又没有招惹他，夸他聪明难道还成了我的错？这不是很奇怪吗？你会因为别人夸你聪明而生气吗？不会的吧？他这个人真的好分裂啊！"

盛苒噎了一下："我觉得应该不是这个事儿，估计有别的原因。"

"可我刚刚没说什么啊。"沈稚子咬着筷子，努力回忆，"我就说，我一直不怎么会剔鱼刺，小时候还被鱼刺卡过……"声音突然停住。心里"咯噔"一声，她惊慌地拽住盛苒，"我，我突然想起来。"

"嗯？"

"他不会是去追许时萱了吧？"

盛苒无言以对："你到底长了一个什么样的脑子？"

沈稚子纠结起来，"我，我之前就经常看到许时萱去找靳余生……可他也一直都不怎么理许时萱的啊，为什么今天突然……"她顿了一下，若有所思，"是不是因为许时萱哭了？"

盛苒："你想太多了。"

"是的吧，一定是因为许时萱哭了。"沈稚子越想越觉得有道理，"沈湛以前告诉过我，他最喜欢看白白净净的小女生掉眼泪，委屈巴巴的招人心疼。”

沈湛赶紧否认：“不可能，我没说过，你别瞎说。”

“但是他明明就……”

盛苒忍无可忍：“你闭嘴！你不是我认识的沈三爷！”

沈稚子立刻懂了：“行，我这就去绑架他。”然后带回去囚禁起来。

盛苒哭笑不得，拽住她，“冷静点儿。”摸着下巴想了一阵，她说，“我们想想别的办法。”

靳余生脑子有点儿乱，不知道自己为什么要逃跑，心里像是点了一簇火。他深呼吸，慢慢冷静下来。夜风沁凉，背离天文台的方向灯火熹微，远离嘈杂的人群，一切归于沉静。星空璀璨，天幕气势汹汹地向下压，满天星辰近得仿佛触手可及。

他并没有在山崖边待太久，扔掉手机卡之后，没人能再联系上他，万一出了什么问题，会很麻烦。他在心里“啧”一声。离开靳家之后，可能连他也疯了。

等他回到营地，烧烤已经吃得差不多了，大家已经渐渐分散开来。剩下比较集中的人群在草地上围了个圈，班长站在中间，手中扣着一张牌。环顾四周，他有些促狭地道：“黑桃三和方块三，把你们的鞋带绑到一起。”

一片喧闹中，靳余生找了个空，也坐下来。余光之外有两个人影，闹哄哄地站起来，将彼此的鞋带解开又重新系上。默不作声地看了一会儿，他心里了然——国王游戏。以前他也见过朋友们聚会时玩，但自己从没有参与过。

沈湛眼尖，见靳余生回来了，飞快地朝盛苒使一个眼色。

新一轮游戏由上一个国王发牌，班长飞快地洗了牌，发到靳余生，他摇头：“我不玩。”

沈湛连忙打圆场，“来都来了，别扫兴呀。”说着，自作主张地帮他抽了一张，塞进他手中，“自己留着，不要让别人看到牌面。”

靳余生垂眼看了看牌，没有说话。

眼见班长转身走过来，盛苒突然拍拍沈稚子：“我有点渴。”

“自己去拿饮料。”

盛苒很坚持：“可你离饮料箱比较近。”沈稚子回头看了看，还真是。

懒得再扯，沈稚子手掌撑地爬起来，走过去。

班长发牌发到沈稚子，发现她的位置空了："人呢？"

"拿饮料去了，"盛莳搓搓手，笑得很乖巧，"我帮她抽，你放心，我不会看牌面的。"

星光璀璨，夜色仿佛浓艳的绸缎，白色的雾气在山林间弥漫，一层层包裹上来。

这一局的国王是沈湛。沈家祖传桃花眼和大长腿，长在男生身上尤其勾人。他眼中带笑时，光芒潋滟，眼尾若有流光，自带一股少年风流气。"这一局，我是国王呀。"他笑眯眯地道，"游戏也玩了好几局了，我看大家好像都不太能提起兴趣，我们这局玩点儿刺激的呗。"

顿时有女生亮起星星眼。

"嗯……"沈湛佯作思考，"这样，不如我们抽两个人，隔着纸牌亲一下吧。"

女生们嘘声一片，男生们不嫌事大，吹起响亮的口哨。

国王算不上严格的游戏参与者，所以不可能抽到沈湛。但剔除掉他，在座的还有一个……女生们偷偷看过去。

靳余生坐在人群之间，清隽而沉默，出挑得能让人一眼就认出来。他手指修长，骨节很好看，食指、中指之间夹着张纸牌，注意力却好像全然不在游戏上，一如既往目光清淡，脸上的表情淡漠疏离，不知道在想什么。

星光垂落，衬得他像一个不食人间烟火的贵公子。

女生们突然有些脸红，概率……概率还是很高的。

"那就，黑桃六，和——"沈湛高高地起调，在一片绷紧的呼吸声中，煞有介事地停顿了很久，"红心七！"人群沉默三秒，没有一个人站出来。沈湛奇怪，"没有这两张牌吗？大家再检查一下？"

班长突然想起什么，提醒他："刚刚我发牌的时候，有个人去拿饮料了……但我一下子想不起来是谁了，谁来着……"

是沈稚子吧！她去天上拿饮料了吗，怎么现在还不回来！关键时刻掉链子，沈湛气得想掐死她。

"可是就算有一个人去拿饮料了，抽到另一张牌的人也应该还在场啊。"沈湛垂死挣扎，"大家再看看？"

大家交头接耳地看了一圈，最后默契地沉默下来，纷纷将目光集中在靳余生身上。靳余生注意力游移，许久，才若有所觉地回过神。他低下头，将牌翻过来，果不其然，黑桃六——那么……舌尖抵住上腭，他的瞳孔微微收缩，表情变得有些难看——另一张牌，是沈稚子。

星光如同薄霜，诡异的沉默里，沈稚子兴冲冲地拿着两瓶饮料跑回来。玻璃瓶晶莹剔透，她献宝似的举到盛苒面前："我拿了樱桃味和橙子味，你要哪一个？"

"刚刚国王下了指令，"盛苒随手接了一瓶，压低声音提醒她，"抽到黑桃六和红心七的人，隔着纸牌亲一下。"

"哇，我去拿个饮料的工夫，你们就玩到成人频道了？"沈稚子将另一瓶饮料也打开，目光在场内打量一圈，"那怎么不见人动弹？"

"黑桃六是靳余生，红心七……"盛苒顿了顿，提醒道，"在你手上。"

汽水入喉，沈稚子毫不意外地呛了一下。她捂住嘴，咳得她面色通红。先前盛苒说要找个别的方法，但并没有挑明是什么。沈稚子原先以为，玩这游戏顶多也就牵个小手啊、勾个小指头啊什么的，没想到沈湛直接来这招。

擦干手上的汽水，沈稚子目光向上，眼神偷偷摸摸地落到靳余生身上。火光映亮少年半边脸，他微微低着头，纸牌在手指尖转来转去，侧脸也好看得不可方物。心漏跳一拍，沈稚子不知不觉地，又点起星星眼。

真想跳起来给沈湛一个抱抱！堂哥怎么这么棒，回去就跟他冰释前嫌！

"没有吗？"余光见智障妹妹回来了，沈湛心中大石落地，故意又重复了一遍，"我再问一遍，还没有的话，就重新下指令了？"

死死按住心里疯跳的小鹿，沈稚子拿着红心七，虔诚得像是捧着通往爱的号码牌。下一刻，她小心地举起手："我。"

所有人的目光聚焦过来，纷繁的情绪集中到一起，女生们愤怒嫉妒的眼神，像是要隔空切断她的神经。可她们又不敢表现得太明显。

沈稚子耳根不易察觉地泛红，又缓声解释："我拿到了红心七。"

沈湛做恍然大悟状，又明知故问："那另一张——"众目睽睽，所有人的心提到嗓子眼。

靳余生身体顿了一下，眼中情绪莫辨。他沉吟片刻，下定决心般站起身，两指松松夹着那张牌，声音低沉而冷淡："在我手里。"

即使早有猜测，他话音一落，人群中还是不可抑制地响起叹息声。有男生笑着小声揶揄："这要搁别人，三爷早捋袖子了吧？"

"长得帅就是好啊，这样玩都不会被打……"

"别吧，三爷还挺能玩得开的，你见我们平时出去，她什么时候为游戏生过气？倒是咱们这转学生，我怎么看着有点儿不乐意……"

立刻有人小声嘟囔："不乐意就换牌让我来呀，三爷都长成这样了他还有什么不情愿的……再帅，再帅能有沈仙女好看吗！"

嘈杂的交谈声细细碎碎地灌入耳，靳余生心头那把火"噌"的一声，又蹿了起来。沁凉的夜风扑在脸上，指尖掐入掌心，他微微闭眼，深吸一口气，然后迈动长腿，走向她。

少女站在原地，长发黑而柔软，山风带起落在额前的刘海，火光将桃花眼映得明亮如晨星。他从没这么近距离地观察过她，借着漫天星辰的光辉。

她个子不矮，刚刚到达他下巴的高度，肤色白如象牙，眉下生一双漂亮的眼，光芒落进去时深不见底，却能折射出四溢的流光。所以当她目光专注地望着一个人时，那么亮的眼睛，好像一瞬间便容不下全世界，满满的只有眼前人。

让他生出一种贪婪的错觉，仿佛她眼中只有他……

一直只有他。

靳余生的喉结缓慢地滚动了一下。

火光荧荧，沈稚子缓慢地眨眨眼，自觉地将扑克牌举到两个人之间。

靳余生停下脚步。

她睫毛上有属于夜雾的水汽，让他一时间无法分辨，她目光之中是不是也有期待。风吹动衣袖，鼻息之间萦绕着柔软的，属于少女的……橘子汽水的味道。

"靳同学。"靳余生一动不动，听见她小声叫他。

他脑海中在一瞬间，零零碎碎地浮现出很多东西。春天的羽毛，夏天的果冻，还有里尔克的诗。

一切中央的中央，一切核的核，杏仁一样包裹着自己，日益甜蜜——

整个宇宙，最遥不可及的银河，甚至更远……

巨大的壳在浩瀚空间里扩张，浓稠的汁液正涌动、漫溢……被你无限的和平与宁静照亮。

他眸光不自觉地下沉，这么，这么近的距离……她的呼吸近在咫尺，轻而易举地，"轰"的一声，点燃骨子里的破坏欲。他想让她只能看着他。

"靳余生？"沈稚子见他不动弹，忍不住又眨眨眼。他再磨蹭下去，她会忍不住跳起来强吻他，不隔纸牌的那种。

靳余生眸色昏晦，呼吸急促起来。不可以——不能靠近她——

理智燃烧殆尽之前，他心底突然生出一种强烈的懊恼，甚至是愤怒。太过分了……怎么会有这么过分的游戏！他猛地避开她的手，沉声呵斥："牌给我！"

沈稚子原以为他在发条，想戳戳他，结果戳了一个空。愣了半秒，她下意识照做："牌……"不待回过神，两张牌已经在他手中化成了碎片。夜空下光影斑驳，风从指缝间穿过，她连一块碎片都没能抓住。

沈稚子愣愣地站在原地，围观的人都看呆了，大气不敢出。靳余生转身，大步离开天文台。沈稚子站了好一阵，才迟缓地回过神。想也不想，她立刻朝着他离开的方向追过去。

人群再一次陷入诡异的沉默。

班长顿了一会儿，干笑着出来打哈哈，召唤大家继续玩游戏。沈湛不由得皱起眉："怎么没人跟我说过，靳余生这么玩不起？"要不劝智障妹妹收手算了，他这个当堂哥的看着好累啊。

"那倒未必。"盛莴若有所思，"我觉得，靳余生很可能是突然改变主意的。"他没理由把气撒在沈稚子身上，排除前一个可能，那就大概……是在气自己。

"可稚子去追他了……"沈湛不放心，"追他干吗？别等会儿找不着人，再把自己搞丢了。"

"呵，"盛莴嘲笑，"知道吗，沈三爷的优点之一，就是方向感巨强。"

"她要是想追，能追着靳余生跑两个山头。"

沈稚子觉得自己追不了两个山头，她很委屈。

靳余生已经把她的心意放在脚底下踩了，于情于理她都应该揍他一顿，趁着这黑灯瞎火，这深山老林。

沈稚子气鼓鼓的，一脚踢到路边的草丛上。尘土飞扬，两颗石子破空而起，精准无误地击上靳余生的后脑勺。脑壳突然一痛的靳余生身体顿了顿，终于停下刻意放慢的脚步。转过来，他看了她一会儿，语气无可奈何："跟着我做什么？"

伺机而动，揍你啊！

沈稚子神情怏怏地低着头，不说话。

靳余生平复情绪，立刻便被强烈的无措感包裹住。其实只要离开那个环境就好了，不要离她太近，不要太认真地看她。可他好像把话痨都搞抑郁了……想来想去，他尽量将语气放轻："为什么不说话？"

沈稚子沉默片刻，小声嘟囔："被凶得不敢吱声。"

凉风浮动，星光笼罩山林，夜雾在树木之间穿梭。

靳余生看着闷闷不乐的少女，有点发愁……他不知道这种情况下，该怎么办。

"你是不是很讨厌我？"沈稚子见他又不说话了，在心里恶狠狠地骂自己没出息，"为什么每次你一碰到我就生气？"

他飞快道，"没有。"顿了一下，又强调，"不讨厌你。"

沈稚子微怔，眼睛倏地一亮，猛地抬起头："那你喜欢我？"

靳余生默了默，沉声，"沈稚子，不要瞎说。"沈稚子心塞到爆炸，好吧，她瞎说。可是想了想，她又很不甘心，"那你在生什么气？"

靳余生陷入沉默。

时间一分一秒过去，就在沈稚子心里的小人即将暴怒，想要揭竿而起的时候，靳余生低声道："你们以前经常玩这样的游戏吗？"

"不是啊。"沈稚子心说，要不是因为你在，谁会玩这么过分的局。

"五十四分之二，二十七分之一的概率。"他顿了顿，"你希望谁抽到黑桃六？"

沈稚子抓心挠肝，她要怎么跟他解释？不会有别人的，那是沈湛的魔术。只要靳余生在场，国王就一定是沈湛，沈湛就一定知道他们俩的牌面，一定会把他俩弄到一起。不就是个游戏吗，为什么这么在意游戏规则！他……突然想到什么，沈稚子一愣。有个不要脸的想法从心里狂奔出来。

"靳余生，"她不可思议般拽住他的胳膊，"你不会真的喜欢我吧？"

靳余生眸光一沉，把她的手拿开："你站好。"

沈稚子乖乖站好。

"跟我保持距离。"

"为什么！"沈稚子猛地抬起头。

"外套味道太重了。"

"我……"她刚想反驳，恋爱脑灵机一动，突然解读出另一种意思。

回想他此前种种异常行为，难道他是在……吃醋？沈稚子觉得自己很异想天开，可这种想法快把她甜爆炸了。攥住心里疯狂的小鹿，她认真地望着他："沈湛是我堂哥。"

靳余生眼底微动，但什么都没说。一秒，两秒……沈稚子心塞，为什么啊，为什么连个"嗯"都没有……连"嗯"都没有！他不该狂喜吗！不该如释重负吗！不该眼中掀起狂澜吗！

她忍不住："你不意外吗？不惊喜吗？不开心吗？"

靳余生微微眯眼："在我家，亲兄妹也要避嫌。"

"那是你家太封建了！"沈稚子好想甩他一耳光让他清醒一下！

"而且，"他想了想，"你们住在一起，同一个帐篷。"

又不是同一个睡袋！沈稚子要疯了，气急败坏："可我不跟他住还能去哪，我睡你帐篷里吗？"

靳余生的身体顿了一下，表情很认真，像是在沉思。半晌，他一本正经地说："好啊。"

夜色渐深，烤炉里的炭火渐渐熄灭，头顶的星星一颗接一颗地亮起来。

迎着满天星斗，山坡上的帐篷像一个个色彩各异的蘑菇灯，光线柔和地分散在天文台下。

沈湛搬个小凳子，歪歪斜斜地靠坐在帐篷前，打了几局游戏，困意逐渐袭来："沈稚子怎么还不回来啊——"

在他长长的哈欠里，盛苒笑："说不定他们浪迹天涯，趁机私奔了。"

"真私奔倒省事了，"沈湛懒洋洋的，眼中蒙上一层水雾，"现在电话打不通，短信也没人回……搞得我跟她爹似的。我以后肯定不养女儿，闹心。"

"说得轻松，万一等你结婚了，妻子怀上的是女儿怎么办？"盛苒低着头玩手机，脸上的表情似笑非笑，"总不能不要吧？"

"哈，我不生孩子。"沈湛得意洋洋，"二人世界多好，干吗加个小的，烦人。"

盛茜像是还想说什么，未待开口，视野内闯入两个人的身影。一高一矮，两人之间隔着几步路的距离，看起来并不亲密。她提醒："稚子回来了。"

说话间，他们已经走到了眼前。沈稚子两手插兜，表情散漫，情绪看起来很稳定，打底长袖外还穿着堂哥的外套，松松垮垮没系扣子，白色风衣上画满五彩斑斓的涂鸦。

"哟，您还知道回来。"看她没什么事，沈湛端出大家长的架势，语气冷冷的，"两个山头跑完了？"

"什么两个山头？"沈稚子不知道这个话题，走过去，踢踢他，"商量个事。"

沈湛："放。"

"我今晚不在你这儿睡了。"她云淡风轻，"你不用等我。"

沈湛惊呆了："你再说一遍？"

"你们两个……"他有些怀疑人生，努力掂量措辞，"这个进展，是不是有点儿太……太风驰电掣了？"

"有吗？"沈稚子短暂地皱了一下眉头，"我觉得没有。"

她从头到尾，都跟靳余生没有眼神交流。于是靳余生几次三番欲言又止，还是选择了闭嘴。

"那……"沈湛无话可说，"祝你们幸福。"

沈稚子低低地"嗯"一声，从帐篷里捞出自己装着洗漱用品的背包，转身就走了。

靳余生没有跟上去，他目送她离开，半晌，转回来。对上沈湛探究的表情，他微微垂眸："麻烦了。"

沈湛没反应过来："什么？"下一秒，他看着这个比他还高一点的、一米八八的怪物，躬下身，钻进了他的帐篷。

"什么玩意儿？"即刻反应过来，他"唰"地拉开帐篷，不敢相信，"不是，几个意思，敢情她去你的帐篷睡，你来我这儿睡？"

靳余生回过头，微微蹙眉，脸上写满"这有什么问题吗"。

"费不费劲啊你们俩？"沈湛好气又好笑，"图什么？交换睡袋体验对方的气息？"

靳余生皱了一下眉，旋即想到，他们俩的睡袋都是新买的，不存在"体验对方气息"这种说法。于是他冷静地拉开睡袋，声音清冷："男女授受不亲。"

沈湛痛苦地捂住了脸。

夜深人静，更深露重。沈稚子抱着睡袋在靳余生的帐篷里打滚。

他的帐篷是灰色的，睡袋也是灰色的。她从这头滚到那头，再慢慢地滚回来，满心满眼都是冷淡的颜色。突然想到什么，她猛地停下来。舔舔嘴唇，觉得自己像一条毛毛虫……一条孤独凄清又寂寞的毛毛虫。

"大苒苒，大苒苒。"她慢吞吞地滑进睡袋，掏出手机，"你睡了吗？"

盛苒："还没。"

沈稚子："在干吗？"

盛苒："在嘲笑男女授受不亲。"

沈稚子："友谊的小狗死了.jpg"

"不过说真的，唉，好愁人。"打了个滚，她忧心忡忡，"你说，他为什么这么娇羞。"

盛苒："这样不是很好？至少不用担心被渣男骗。"

"可是按照这个速度……"沈稚子不甘心，"我可能到高中毕业都摸不到他的手。"

盛苒："哈哈哈哈哈哈哈。"

"你知道吗，今天晚上，我就那么轻轻地，蜻蜓点水地，碰了一下他的胳膊……真的很轻！我一点儿别的意思都没有！我当时甚至都没意识到我在碰他！然后……你知道他是怎么跟我说的吗！"

沈稚子噼里啪啦打完字，愤怒地发了段语音："他——'沈稚子，站好！跟我保持距离！'。"

盛苒笑到抽搐："您学得还挺像？"

沈稚子觉得不好笑，她被巨大的惆怅包裹着。她跟靳余生之间好像隔着一道鸿沟，每次眼见着要靠到一起了，又在下一刻远远地分开，像无解的渐近线。唉，这无情的命运。攥紧睡袋，她闷闷不乐："算了，不跟你说了，后半夜还要起床……我睡得死，你记得叫我。"

观星分前后半夜，她想先睡一会儿，等着银河升起来。满天星辰如盖，光芒如银瓶泻浆。周遭一片寂静，林间灯火阑珊。

晚上跑来跑去，沈稚子也被折腾困了，不知不觉进入梦乡。可昏昏沉沉的，还没睡熟，就隐约听到有人在说话。

是个女生，声音温柔婉转，距离不远不近，听着很轻和。

本以为是在做梦，她没去搭理，结果说着说着，对方竟然哽咽起来，断断续续地，沈稚子听见零星几个字眼："你说……是不是在怪我……可我就是这个样子……我也知道我不该闹小脾气，但是……嘤嘤嘤……"

半夜鬼敲门？沈稚子一个激灵，猛地睁开眼。她熄了灯，光线昏暗，只能看到帐篷上投射出一个人影，被拉得老长。

沈稚子迟疑地舔舔唇。帐篷的隔音效果几乎为零，那声音的来源像是在门口，她小心翼翼地竖起耳朵，偷偷摸摸地凑过去。离得近了，声音一时间清晰很多，沈稚子皱皱眉头，觉得有点儿耳熟……可一时间，又想不起她是谁，结果下一秒，就被她点了名："我不是沈稚子那样的人，没有她那么强大的神经，我当然需要人安慰……但正常的女生，不都是我这样的吗？"

沈稚子愣了一下，迟缓地舔舔嘴角，她知道这是谁了——许时萱。

对于"小白花"，沈稚子的理念一直是井水不犯河水，她们是两类人，互不干涉就好。可许时萱好像一直看不惯自己，毫无道理，也没有缘由。以前沈稚子懒得管，也就由着她去。可是眼下，"嘤嘤怪"不停嘟嘟囔囔，沈稚子有点烦。

就在她想要掀开帘子，告诉对方靳余生根本不在这儿的时候，许时萱压低声音，放了个大招："而且你不知道吧？沈稚子以前交过好多任男朋友，别看她现在黏你黏得这么紧，她对每个男生都是这样的……真的，连套路都一样，你别上她的当……"

沈稚子的火气"噌"地蹿上来。她什么时候交过很多任男朋友！"嘤嘤嘤"不是病，但诋毁别人、无中生有就该治脑子了吧！

冷静，冷静，不要打女人。

连做三个深呼吸，她气鼓鼓地思考两秒钟，飞快地把自己的头发揉乱，然后深吸一口气，睡眼惺忪地揉着眼睛，慵懒地掀开帐篷——

"你说什么？"

夜幕低垂，帐篷前的小夜灯一闪一闪。两人相对无言三秒钟，沈稚子眼睁睁地看着许时萱的脸色一点点变青，然后变白，面色五彩斑斓。

"你……你……"许时萱一张脸涨红，憋了半天憋出一句，"你要不要脸！"

沈稚子摸摸下巴，认真地思考了一下，她要不要脸。其实也不是太想要……以前她妈妈就是太要脸了，才放不下架子去教训家里那群亲戚，搞得他们蹬鼻子上脸。

"你，你太过分了……"可是不等她开口，许时萱就先哭了起来，"你怎么能这样！"

"我哪样了？"沈稚子好笑，"住别人的帐篷很奇怪吗？他邀请我来的啊。"指天发誓，她一句假话都没说。

"倒是你，大半夜不睡觉，跑到别人床头碎碎念，"沈稚子一脸玩味，桃花眼在夜色里显得尤其妩媚，"你不觉得你更不要脸？"

"你怎么能这么说我！"许时萱像是很震惊，脸颊挂着巨大的泪珠，"你怎么能说我不要脸？"

沈稚子语塞……不是她先提这茬的吗？

山坡上原本很安静，许时萱哭得惊天动地，声音惊动了其他人，帐篷的灯一盏盏亮起来。几个远远立在高处支着相机拍星轨的同学也放下手中的器材，小跑过来："大半夜的，怎么了？"

许时萱整个人都哭得颤抖，带队老师走过来时，沈稚子还在歪着头想，人怎么能有这么多眼泪……不会哭出结膜炎来吗？

许时萱哭得说不出话，带队老师犹豫了一下，问沈稚子："你欺负她了？"

"我欺负她干吗？对天祭祀，还是宣告主权？"沈稚子好笑，"谁知道她来干什么，大半夜跑到我这儿，二话不说就开始哭。"

许时萱听她这么说，哭得更厉害了。

带队女老师是新来的，优柔寡断，不太会处理紧急事件。对于沈三爷的名号，女老师来附中之前就早有耳闻，可同时听说沈稚子上高中后就不怎么闹事了，没想到该来的躲不掉，最后还是让她给撞上。看看左边，再看看右边，老师犹豫一阵，挑了个折中的方法："要不，你们两个都给对方道个歉，然后和好吧。"

沈稚子无语，疯了吧，她凭什么要道歉，她做错什么了。

"因为你看……"老师很纠结，"另外这位同学，她已经哭得说不出话来了……我们这样僵持下去的话，这事儿就会没完没了。"

"我说了，是她自己跑过来，莫名其妙就坐下开始哭的。"沈稚子努力按捺住她那颗暴走的心，"跟我没有关系。"

老师犹犹豫豫："可是……"听起来太不可思议了，她不信。

沈稚子一言难尽地思考一阵，抬起头，问那群围观的同学："你们也觉得我欺负她了？"

围观的同学们眼观鼻、鼻观心，想点头，但是不敢。

"那行吧，没办法了。"沈稚子像模像样地叹口气，慢条斯理地捋着袖子站起身，"那我只好真的打她一顿，再向她道歉了。"唉，她不做大哥好多年了，如今又被逼着，要重出江湖。

那语气带着戏谑，许时萱被吓得睁大了眼，她觉得，沈稚子没有开玩笑。因为下一秒，对方原本慵懒的眼神就陡然变得凌厉，眼角流光闪过，不待许时萱反应，拳风便破空而来！

"等等。"

夜风吹动刘海，许时萱颤巍巍地闭着眼等了很久，没有等到想象中的疼。她小心翼翼地睁开眼，目光向上，映入眼帘一张神情冷峻的脸，心不自觉地漏跳一拍。

晚风沁凉，靳余生的眉宇似峰峦隐淡，外套里面的衬衣随意地敞着两颗扣子，露出一截干净的锁骨。他声音清越，但眼神并没有在她身上停留。

短暂地沉吟了一下，他目光飞快地扫过沈稚子，然后抬手，拧下了自己装在三角架上的相机。

沈稚子被他拦下，云里雾里，不知道他要干什么。

相机定点长曝光可以拍摄出行星的运动轨迹，因此前后半夜中间这段休息时间，很多人都把相机放在山坡上拍星轨。

不过……靳余生的不是。

手指拨动参数朝前翻，他调出一段录像。一片屏住呼吸的寂静里，相机屏幕里的帐篷像个发光的小蘑菇，许时萱的声音清晰地在夜色中飘荡开来。

"靳余生你睡了吗，我有点儿事想给你说……"

"今天我有点失态了，但我不是故意的，也绝对不是在针对你。可是，鱼明明是沈湛买的，沈稚子吃了还要嫌刺多，我就有点儿不开心……

"沈稚子好像很亲近你……可我们学校有句话说，流水的男生，铁打的沈三……"

录音里从头到尾，沈稚子一句话也没有说，直到最后，她语气慵懒地回了一句："你说什么？"

夜风徐徐，流萤飞舞。靳余生神色平静地拿着相机，围观同学们的表情却渐渐变得微妙。许时萱忘了哭，惨白着一张脸。

沈湛憋不住，纳闷地问："那鱼确实刺多，嫌弃几句怎么了？我都没生气，你瞎操什么心？"盛苒捅捅他，示意他闭嘴。

可这句话惊醒了陷入沉思的其他人，老师回过神，尴尬地朝沈稚子道："对不起啊，老师错怪你了。"

沈稚子敷衍地笑笑。她不怎么在意老师，只是靳余生突然掏出一段录像，让她有点儿心虚，录像放到最后，她毫不意外地听到了那句"住别人的帐篷很奇怪吗？他邀请我来的啊"——触电一样，一颗心都悬到嗓子眼……不知道他会不会生气。毕竟先斩后奏，还打着他的名号。

她小心翼翼地抬起头。山顶上没有其他光源，银河压得极低，繁星浩浩荡荡地在少年身后透迤。他没有看她，唇紧紧绷着，侧脸把星空切割成两个部分。沈稚子愣了两秒，在心里"啪"地甩自己一耳光，清醒一点，这个关口，就不要沉迷他的美色了！

"那既然事情水落石出，大家就都别围在这儿了。"老师只想赶紧把这事儿给糊弄过去，"散了吧，该干什么就干什么去。"

许时萱很尴尬，哭也不是，不哭也不是。老师的话无形之中给了她一个台阶。许时萱松口气，正打算借坡下驴，刚一站起身，却又被人拦住。星光璀璨，少年的声音清冷如同冰雪——

"道歉。"

许时萱愣了半天，不可思议地抬起头，瞪大眼："你在跟我说话？"

靳余生没有回应，也没有看她，手臂固执地横在她面前，挡住她的去路。

许时萱眼眶一红，又想落泪："我为什么要跟她道歉！我不道歉！"说着，就要往前走。

靳余生没有说话，她往前走了两步，他硬生生把她拽回来两步。

许时萱的眼泪噼里啪啦掉下来。她从没见过这样的靳余生，往常气场发冷，也是井水不犯河水的冷。可发起火来，却一点儿情面都不留。她"啪嗒啪嗒"掉眼泪，靳余生就也一动不动，站在铺天盖地的低气压里，一言不发地陪她耗。

沈湛和盛茜懒得管，已经开始讨论明天回去之后吃什么。最后还是班长看不下去，踌躇着过来打圆场："靳余生，要不算了吧。"

不等靳余生发作，他赶紧又拍拍许时萱："你也是，话说得太脏了，不管有没有录像，都不该那样说同学啊。"

许时萱哽咽着揉眼睛，发出声若蚊蝇的"嗯"。

靳余生没有说话，沉默一下，目光落到沈稚子身上。她还坐在他的帐篷前，怀里抱着相机，龇牙咧嘴的，不知道在小声嘀咕什么。

他走过去。

眼前投下一片阴影，沈稚子愣了一下："靳……"后两个字还没出口，他躬身从帐篷里扯出睡袋，塞进她怀里。

沈稚子蒙了一下，不明白他这是什么意思，忍不住主动解释："我说那话没有别的意思，就是想气气许时萱。"

靳余生不说话，垂着眼。

"你不会又生气了吧？"半晌，沈稚子小心翼翼地戳戳他，"可，可我也没有撒谎啊……"

"后半夜，"他的唇绷成一条线，"去跟盛茜睡。"

沈稚子一愣，瞬间炸了："为什么！你讲不讲道理！是许时萱自己跑到我这里来闹了一通，关我什么事！"

他不说话，她想来想去，越想越不爽，都怪那段录像。虽然录像帮她迅速解决了这件事，可也让靳余生听到了她那句狐假虎威的话……那她宁愿没有录像啊！

靳余生一言不发，将她垂到地上的睡袋一角捡起来。

"而且，"她不服气，"为什么别人的相机都是开长曝光，只有你开的是录像！"

虽说他录的是帐篷外面，可还是很奇怪啊！他是变态吗？

靳余生心里有些纠结，犹豫着沉默了一阵。许久，语气平静地道："按错了。"

时过凌晨，沈稚子缩在睡袋里，跟盛苒大眼对小眼。

"那个，大苒苒。"半晌，她终于开口。

"嗯。"

"我有点儿冷，就是心口这个地方，凉飕飕的。"沈稚子可怜极了，"觉得自己既像孤傲的荒原狼，又宛如猛虎落平阳，无家可归，被人踢来踢去。"

"你比喻还挺多。"盛苒顿了顿，放下手机，"靳余生只是不想再生事。"沈稚子跟她住同一个帐篷，确实能省很多麻烦，也不会被人误会。

沈稚子不听："他抛弃了我。"

"我觉得他没有。"

"唉，都怪那段录像。"沈稚子自顾自地叨叨，"我从一开始就不该认识沈湛，如果我不认识沈湛，就不会有那桶水，如果没有那桶水，我就发现不了靳余生的美色，如果我发现不了他的美色，我就不会一直觊觎他，如果我不觊觎他……"

她根本没听她在说什么！盛苒："我再理你我是狗。"

"我都被抛弃了，你也不安慰我。"沈稚子小声嘟囔，"明天我就扛把斧头，去找个荒无人烟的小树林……"

盛苒眼皮一跳："干吗？"

沈稚子接得飞快："狗。"

盛苒在心里反手给自己一耳光。

沈稚子轻声道："我去葬花，祭奠自己死去的爱情，和这无情的青春。"

盛苒沉默了会儿："我跟你讲，我再理你我真的是狗。"

"主要我觉得……靳余生这个人，挺不按常理出牌的。"沈稚子舔舔嘴角，"跟我以前遇到的那些长相好看的男生，都不太一样。"

盛苒死死闭着嘴。

"这感觉类似于，'呵，很好，男人，你成功地引起了我的注意'。"沈稚子想了想，"按照总裁文的说法，他不是一个安分的男人，他跟那些妖艳贱货都不一样。"

盛苒很想反驳，明明就是因为他长得好看。

沈稚子这种颜控，从小到大就对漂亮的东西没有抵抗力。可做人又很不负责，不管什么东西，一到手就立刻觉得失去价值。

"而且，你没发现吗？"黑暗中，沈稚子拼命扑闪她的大眼睛，"靳余生一直在违反校规，他比我还猖狂……这可是附中，明里市纪律最严格的附中！敢这么挑战权威，不是很酷很吸引人吗？"

盛苒没忍住："我是狗！可他除了上次周会没穿校服，还干过什么？"

"他还戴首饰了，在手上！"沈稚子惊奇，"很明显，你没见到吗？"

"有吗？戴了什么？"

沈稚子自我陶醉："我和他的红线。"

盛苒沉默三秒，"唰"地一声拉上睡袋。

智障。

夜色沉寂，星辉熠熠，林间一片寂静。

过了很久很久，沈稚子安静地望着帐篷顶，缩在睡袋里，轻声说："除美色之外，还因为……他是个好人啊。"

很好很好的人。

最后一句话融进风里，只有她自己听见了。

第三章 号码

他身上的味道，像是薄荷糖。

观星之后回到学校，没多久就是期中考，整个班级又进入备战状态。

附中的准入门槛很高，中考时"掐"走了全省的尖子，跟一群学霸混在一起，时间长了，沈稚子也很有危机感，不得不打起精神认真对待每一场考试。所以考试期间，她按捺住躁动的少女心，没有去见靳余生。

考试的时间过得很快，最后一科英语考完，老师上一秒收掉答题卡，沈稚子下一秒就扔开笔，抓住书包往楼下跑。整整三天没说过话了，她迫不及待地想去见见她的大可爱。问问他考得怎么样，题目难不难，最后一个考场是不是作弊现象很严重，监考的老师是不是很严……

走廊上人群熙熙攘攘，沈稚子一路逆着人流狂奔，在最后一个考场前停下脚步，深呼吸，冷静，拿出镜子照一照自己——一如既往美艳动人，满分。

轻舒一口气，她故作平静地收起小镜子，双手交叠放在手提包上，若无其事地站到考场的后门，凑到窗玻璃前，目光到处扫，做贼一样探头探脑。这个角度只能看到考生们的背影，可靳余生很显眼，如果他在人群中，她有自信，一眼就能认出来。看来看去，直到考场里的人都已经走得七七八八，她还没见到他。

奇怪……沈稚子疑惑，他好像不在。可她跑得已经够快了，刚刚过来的时候，明明考场门都还没开。她长着这么大一双眼，总不能让一个一米八八的大活人从自己眼前消失吧……

等等，其实还是有可能的。

沈稚子的眉头纠结地皱成一团。万一靳余生他……会遁地呢。这里是二楼，如果他向下遁一层，就能直接落到一楼，避开走廊上汹涌的人流。她不甘心地咬住唇。为了快点回家，他使用超能力，不仅避开其他人，也避开了她。

他们又一次错过了。命运多么无情，他们该怎么冲破世俗的藩篱，才能紧紧地拥抱在一起。

"嘿！"脑子里正疯狂开小剧场，猝不及防肩膀一沉，背后突然响起少年音。

沈稚子想也不想，立刻惊喜地转过去。天光明朗，少年长身玉立，桃花眼微微上翘，笑意满满，像是有光溢出来。

她眼中燃起来的光，一瞬间就熄灭下去。

"我长得也不丑吧？"沈湛见到她脸上毫不掩饰的嫌弃，忍不住"啧"一声，"怎么你一见到我，就失望成这样？"

沈稚子肩膀一转甩开他的手，闹别扭似的别开脸。

"来找靳余生？"沈湛语气悠闲，"我跟他一个考场，我看见他了。"

沈稚子撩起眼皮，睨他一眼。新来的转学生，第一场考试全都默认归入最后一个考场，他没有撒谎。

"想知道他去哪了？"沈湛眉梢一扬，"你求求我呗。"

沈稚子转身就走："我去把你以前那些干妹妹、女同桌们的联系方式给盛苒，让她们建个群，一起搞场足球联赛。"

沈湛差点儿给她跪下："别别，有话好好说。"

拽住面无表情的堂妹，他顿了顿，不情不愿地交代："靳余生提前交卷了。"

沈稚子微怔："为什么？"

"这哪有为什么？可能他手速快吧。"沈湛挠挠头，"不过他今天本来就迟到了二十多分钟，还错过了听力……那也可能是不会做题，所以干脆交卷了吧。"

沈稚子又是一愣："为什么？"

"我是十万个为什么吗？"他好气又好笑，"你不能自己去问他？"

沈稚子怀揣着十万个为什么，然而接下来的几天里，她连跟靳余生搭上话的机会都没碰到。

期中考后明里市进入深秋，雨一场接一场地下。

靳余生每天早上卡着点来学校，下课第一个走人，中午吃完饭就立刻消失，课间不是在打电话，就是在补觉。少年趴在桌上时，背脊弯成一张弓。她很想摸摸他的睫毛，但是不愿意叫醒他，他看起来很累，她不知道原因。

这种情况持续到第四天，沈稚子突然醒悟，不能再这么下去了。所以周五下午一打下课铃，她就双手合十抵住下巴，闭上眼睛开始祈祷，祈祷雨再下大一点，最好淹掉这座城市。

这几日天气不好，大家都走得很早。盛苒从自习室回来时教室里已经没什么人，沈稚子却还乖巧地坐在原地。

她纳闷："你干吗呢？"

"向雨神祈祷，"沈稚子神神道道的，"拜托雷公电母这对恩爱夫妻，赐我无与伦比的绝世爱情。"

"呵，"盛苒冷嗤，"雷公可能觉得你需要被电一电。"

"你不懂。"沈稚子小声道，"我偷了靳余生的伞，只要有耐心，熬到最后，就有机会送他回家。"

今天有些异常，人都快走完了，靳余生还没走。她猜测，肯定是因为他的伞被她偷了。他就像丢了衣服的七仙女一样，只能可怜又无助地，等着她撑着伞去救他。

"你脑子坏了吧？"盛苒都不知道该从哪里开始吐槽，"你比他矮那么多，跳起来给他撑伞吗？"

沈稚子脸上的笑容突然消失："对哦。"

盛苒好笑："你真的就这么喜欢他？"

"不然呢！"

"不是因为脸？"

沈稚子委屈："我是那么肤浅的人吗！"

盛苒想也不想，答道："你是。"

插科打诨，跟小闺密告了别，窗外雨势慢慢变大。天色阴沉，一场秋雨一场寒，冷风裹挟着水汽，气势汹汹地过境。沈稚子趴在桌子上，眼睛一眨不眨地盯着靳余生。他在做作业，这一个小时内，他已经用"我没带伞"为由，拒绝了四个问他方不方便送自己到校门口的女生。

呵！沈稚子在心里得意地想，带了也没用，她已经把他储物柜里唯一的伞给偷走了。

最后一个女生离开教室，沈稚子心里一喜，胜利在望了……

雨水噼里啪啦砸下来，密集如同珠玉。电闪雷鸣，窗外狂风大作，树叶在风中摇晃。

许久，靳余生像是做完了最后一道题，合上笔。沈稚子眼睛一亮，满心欢喜，正打算迎上去——下一秒，就眼睁睁地看着他，从包里拿出了另一把伞。沈稚子愣了一下，惊呆了。这人是多没有安全感？为什么偷了他一把伞……他还有一把伞啊！

沈稚子压抑住破口大骂的冲动，崩溃地捂住脸。该怪命运太无情，还是雨神捉弄人？她和靳余生，就像被一支银钗隔在银河两岸的牛郎和织女，哪怕有雨神助力，也相望不相亲，只能成为悲惨的神话，活在传说里！

沈稚子痛苦地挣扎在自己的内心戏里，她好想就地打个滚……眼前突然一暗。她愣了愣，挪开挡在眼前的手掌。少年身形高大，神情清淡，身上的校服规整而服帖。他微微垂眼，凝眸看她。

她飞快地眨眨眼。

靳余生沉默一阵，骨节分明的手指握在伞柄上，低声问她——

"走吗？"

轰隆隆——

闪电如同游走在天际的青蛇，雷电交加，雨声骤急。

两个人一前一后走出教学楼，巨大的雨点噼里啪啦，不要命似的砸下来。

出了校门，行人稀少，有对小情侣走在他们前面十几米，男生搂着女生的肩膀，女生死死地依偎在他怀里，撑着把不顶屁用的小遮阳伞，在妖风中晃成筛子。

沈稚子眼巴巴地看看他们，再看看自己。

哪怕备用，靳余生也一点儿不马虎，撑的是把二十四骨的大黑伞。伞面大得遮天蔽日，防风防雷又防雨。别说在狂风暴雨里生死相依了，他俩隔得这么远，她连他的手肘都碰不到。

沈稚子嫉妒得快要变形。为什么要发明这么大的伞，又不是去卖西瓜……叹口气，她忧愁地将手伸到伞外，手心迅速凝起一串圆润的水珠："啊，你看这淅淅沥沥的雨，多么美妙绝伦的好天气。"

靳余生身体僵了一下：她又在犯什么病。

"我知道你肯定想问我，为什么要说雨天是好天气。"沈稚子埋着头，自顾自地叨叨，"道理很简单，你想想，历史上多少经典故事都发生在雨天，什么梁祝初遇，白蛇许仙，还有周杰伦歌词里的那些'她'……不都是因为天公作美，给他们下了场雨吗？"

"而且，"她舔舔嘴唇，"主角们都特别默契，他们出门时，不管什么天气，都绝对不带伞。"

靳余生无奈……她仿佛在暗示他什么。

"所以，"她神情期待地小声提议，"不如我们也把伞扔了？"

靳余生沉默了一下，不知道该气还是该笑："你……"他话音未落，下一秒，一道惊雷毫无征兆地凌空劈下。紫蓝色的光像脱轨的电车，重重地落下来！

沈稚子毫无所觉，半条胳膊还悬在外面。

靳余生眼神一凛，眼疾手快地攥住她，手腕朝后用力。电光火石间天旋地转，沈稚子来不及反应，猝不及防地膝盖一软，然后——跌进他怀中。

视野之内，水汽蔓延。

她趴在靳余生怀里，气息温暖，少年的心跳平稳而有力。

身后传来巨大的"咔嚓"声。天地苍茫，水珠四溢。

不知道过去了多久。沈稚子的理智一点点回流，半晌，才晕晕乎乎地想起来——他身上的味道，好像跟初遇时不太一样了……甜甜的，像是薄荷糖。

雨还在下。

靳余生身上味道实在太好闻，沈稚子没有闲情去想原因，可这一刻她陶醉得找不着北，恨不得在这一秒内待一辈子。最后还是靳余生拽着她的手腕，把八爪鱼一样吸在自己身上的人扯了下来。

他沉着脸："你要不要命？"

被迫脱离了他的温暖源，沈稚子很不开心。别扭了半天，她不情不愿地回头，看看刚刚被惊雷劈倒的小树。树干从中劈开，半棵重重地砸到地上，正落在她刚刚站立的地方。她肃然起敬，飞快地在心里给这棵树敬了个礼。

"可，可我没有向雨神祈祷，来一道雷劈死我呀……"转回去，沈稚子心虚地狡辩，"而且，你肯定会拉住我的啊！"

靳余生的脸色，以肉眼可见的速度冷下去。其实他平时也没什么表情，可不知道为什么，每次他露出这副神色，沈稚子都会不受控制地感到凰。她从没对谁有过这种感觉。像是连自己的心跳都匀出去了一部分，那部分变得好像属于她又好像不属于她，情绪丝丝缕缕地，都跟对方联系在一起。他低气压的时候，她也会跟着慌。

鬼使神差，她咽咽口水，不敢置信地小声问："你，你不会是后悔刚刚拽住我了吧？"

他不说话。

"不会吧？"仿佛什么可怕的猜想得到了验证，沈稚子顿时慌乱起来，"你，你竟然后悔救了我？"

"亏我刚刚还在心里，对你感激不尽！"她指责他，"你知不知道，如果我不幸被劈倒了，世界上就少了一个仙女！"

靳余生被强烈的不知所措包裹着。她就像一个小孩子，完全没办法用大人的思维去劝……只能哄。可是，他该怎么哄。

雨势丝毫不见减小，沈稚子义正词严："或者在你心里，你也一直在嫉妒我的美貌？你是不是觉得只要没有了我，你就是世界上最美的人了？你怎么能这样想，嫉妒心太重不好你知道吗……"

他看着她，看她嘴唇一开一合。靳余生沉默半天，几次三番想开口，几次三番被她堵回去，滔天的耐心都被磨没了，他心好累。半晌，他无力地说："回去吧。"

好不容易把喋喋不休的沈稚子送上车，靳余生撑伞途经营业厅时，进去买了一张新的电话卡。

回到周家时，天色渐渐暗下来。朱漆大门，庭院深深，门前挂着光线柔和的小灯笼，镇宅兽昂首挺胸，古朴而低调。他穿花拂柳，经过精致小巧的石桥。甫一转过月门，耳畔传来一阵惊呼。

院中一片狼藉，到处是水，何见月正束手无策，看到他，眼睛立时一亮："子瑜，快帮我抓住那条鱼！"靳余生愣了一下，马上反应过来。眼疾手快，他上前几步躬身一捞，便将那条快要蹦进观景池的鲫鱼握在了手中。

小梅难为情极了，面红耳赤地跑过来，接住鱼。

何见月哭笑不得，一边抽出湿巾帮他擦手，一边又嗔怪："我早说过，不让小梅在院子里杀鱼。现在倒好，连条活鱼都按不住。"

靳余生低声道了谢，示意他自己来。顿了顿，又有些意外："今天，您亲自下厨？"

"对呀，"南方女人的腔调，说句话都像是在撒娇。何见月温温柔柔，在石桌旁坐下，"你周老师今天回来，我给他做两道菜。"

周有恒是靳余生的书法老师。

周家书香门第，国学世家，周有恒在人前也被尊称一声先生。旧礼拜过的老师，于靳余生算半个父亲，何况周有恒一直以来都待靳余生很好，这次也是因为靳余生的事，才出门这么久。

靳余生没有犹豫："那我等他回来，当面道过谢再走。"

"你就不能安心好好在这儿住着？"何见月有些无奈，"非要搬出去？"

懂得她关心自己，靳余生神色一软："我已经叨扰您和老师够久了，周老师帮我解决了那么大的麻烦，其他的事情，还是我自己来吧。"

夜风沁凉，眼前的少年清朗如月。何见月有些心疼，但凡他家里不是那样的状况，他都走不到这一步。话到嘴边，化作一句叹息："这几日，警察还有没有来找过你？"

靳余生略一犹豫："有。他们找我，重新录了一遍口供。"

所以这些天，他一直在往警局跑。

何见月忍不住，多问了一句："那你父母的事，还是没有新线索？"

靳余生沉默了一下，舌尖抵住上腭："没有。"

他父母死得那么惨，已经过去这么久了，连嫌犯都还没有锁定，希望越来越渺茫。

"那……"何见月怕他不开心，立刻转移话题，"你姑姑还来找过你吗？"

"找过，"靳余生想起什么，又有些好笑，"但我不在。"

他去观星了，就为躲开他那些穷追不舍的亲戚。

"唉，"何见月一时有些无话可说，"人都去了……这一大家子，还有这么多人惦记遗产。"

靳余生嘴角浮起一丝嘲笑："就是人去了，才敢惦记啊。"可惜他一点儿也不好欺负，让靳家的人大跌眼镜。

沉默一阵，何见月轻柔地笑："不说这些了，丧气。换了新环境，学校怎么样？"

"挺好的……"话一出口，他像是突然想到什么，又忍不住改口，"还行。"只是来明里市之后，他感到茫然无措的次数，陡然增多了……也不知道为什么。

何见月笑了："有没有遇见可爱的小女生？"

靳余生身体微顿，眸光渐渐暗下去："没有。"

有又怎么样？他想要的，从来都不是他的。

他从小就知道，这个世界上，没什么东西真正属于他，他从来无能为力，什么也留不住，所以但凡有一点两点的喜欢，也要藏着掖着。

不可以奢求太多……

靳子瑜。

会遭报应的。

周有恒航班延误，回来得有些迟。何见月为他接风洗尘，几个人吃完晚饭，已是深夜。

离开靳家之后，靳余生在老师家也没住多久。为数不多的行李早在几天前就陆陆续续都搬出去了，只剩几本书还在这儿，他今天回来拿。拿上书，他认认真真地向老师道谢，然后留下了自己新的电话号码。

周有恒吓了一跳："这都几点了，你还打算走？"

"毕竟麻烦了您这么久……"

"别闹。"周有恒板起脸，"今晚在这儿睡，非要走，也等明天再说。"

靳余生有些犹豫。周有恒不再赘言，拽着他往后院走。

雨势小了不少，檐下还在落雨，叮叮咚咚的，在池塘中砸开一圈圈涟漪。

周有恒拉开自己的背包，从夹层里掏出一个文件夹，一样一样拿给他看："更名证明、银行卡、学籍变更……还有其他文件，你父母所有遗产都在这上面。"

靳余生垂眼，没有说话。

"手续我全给你办好了，以后，只要你想，你可以再也不跟靳家有任何瓜葛。"周有恒叹口气，拍拍他，"树挪死，人挪活。既然走都走了，你就开心一点，行不行？"

靳余生张了张嘴，半晌，低声道："谢谢您。"

"那你今晚就在这儿待着，早点睡。"周有恒向来干脆利落，不喜欢别人几次三番拒绝他，"别让我发现你半夜偷跑。"

靳余生哭笑不得："不会的。"

雨声破碎，夜色绵长。檐前细碎的水汽侵入梦中，变幻成化不开的雾。

靳余生认床，这几个月休息得少，梦却一日比一日多。内容零碎而纷乱，梦深处人影憧憧，看什么都不大明朗。他在梦里，第无数次经过周有恒的书房。

轩窗外修竹飒飒，盛夏的院落内，浓荫蔽日。老师半伏在案前教人写字，身边坐着雪团似的少女。他揣着前所未有的耐心，一笔一画地告诉她，怎么运笔，如何行势，哪里轻，哪里重。可她一点儿都不安分，坐在凳子上时，神态很无辜，眼睛骨碌碌地转。老师离开不过片刻，她就失手打碎了他的砚台。

传世的徐公砚台价值连城，然而周有恒一看见她泫然欲泣的脸，便不知该笑还是该怒。

戒尺重重地抬起、轻轻地落下，她犯了错，撒个娇便揭过这一页，老师骂里带笑，连恼她淘气的口吻，也是宠溺的。

这么多年，他始终站在窗外，也始终想不明白：要有多富裕的爱，多周全的保护，才能这样养大一个人……才能留住这种不谙世事的、玻璃罐子里的笑。

一年复一年，他不敢推门，不敢靠近。

他嫉妒她，嫉妒得快要发疯。

他就这样远远地看着，看着她一点一点长大。直到他终于积攒到足够的勇气，才敢走过去，在梦里小心翼翼地伸出手——

手指碰到门的瞬间，一刹那天崩地裂，周遭景色迅速凋零，他不知怎么了，就又站在手术室门口。他脑子里一片空白，被巨大的恐惧笼罩住，只能听见水滴流动的声音，一滴一滴地，积蓄起来，慢慢流到他的脚边。过了很久，他迟钝地低下头，铺天盖地的血雾里，看见触目惊心的红。

汗从额角滚落，靳余生深深地皱起眉。迷迷糊糊间，半梦半醒，他下意识地将手伸进枕头下——什么都没摸到。心里一惊，他猛地睁开眼，心跳一声一声落到耳畔，胸口剧烈起伏，室内一片沉寂。

清晨出了太阳，窗下光影游移，水洗过的阳光薄而脆，鸟儿在枝头啁啾不停。仿佛劫后余生，他大口大口地呼吸。平复情绪后，忍不住，又回头看了眼枕头。

在周老师家。

他微微闭眼，将悬在嗓子眼的心放回去，抬头看看表，刚刚七点半。

靳余生想了想，起身穿衣洗漱。走进院子，周有恒也刚刚起床，正在院子里晨练。见他走过来，周有恒飞快地抢话："醒了？再等一会儿，早饭马上好了，不吃不让走，敢走就绝交。"

靳余生默默把原本要做的道别咽回去。

院中清净，靳余生站了一会儿，耳畔鸟儿啁啾，他微微凝神，听见巷子外遥远的鸣笛声，和……若有似无的叩门声？他疑惑地望向周有恒，周有恒下巴一抬："我也听见了，你没有出幻觉。"

"敲了快有十分钟了，"周有恒很淡定，"估计门房没听见，你去开一下吧。"

靳余生点头："好。"

他折身，转过月门，走过回桥。每近一步，叩门声就更清晰一点。隐隐约约，还能听到门外人闷闷的嘟囔声："老师！你睡醒了没有呀！"

靳余生心里好笑，上前一步打开大门，下意识地道："不好意思，让您……"下一刻目光相撞，话硬生生地卡在嗓子眼。

清风拂面，小巷中绿树浓荫，清晨的阳光肆意地滚落，滚到女生白皙的脖颈儿间，在领口消失不见。

沈稚子也愣在原地。彼此相对无言三秒钟，她先回过神，在他发怔的目光中，眼睛一点一点地亮起来。

"这位漂亮的小哥哥……"沈稚子一动不动地看着他，桃花眼中光芒潋滟，慢吞吞地舔舔唇，"你看着这么面善，我们是不是在哪儿见过？"

"比如在前世……"她眨眨眼，声音清媚地拖长音，"或在梦里？"

靳余生望着她，舌尖抵住上腭。女生肤色凝白，面上带笑，眼底有流光——跟梦里的人脸，一寸寸重合。

许久，他别开眼，在心里恶狠狠地骂了一声脏话。

真是疯了……总算疯了。

回廊九曲，靳余生一如既往的一言不发。

沈稚子像条尾巴似的跟在他身后："你，你跟着周老师学书法？不对，问题不该这么问，另一个跟着周老师学书法的人，竟然是你？"

他淡淡地"嗯"了一声。

"天哪，这个世界也太小了吧！"沈稚子追悔莫及，"那我们应该很早之前就认识才对，为什么我这些年从没见过你？"

靳余生身体微顿，没有搭话。

"以前周老师总是跟我说，我有个小师兄，不仅字写得比我漂亮、做事比我认真，为人处世也比我靠谱……我一直不相信，以为周老师是不愿意接受我这样的白痴徒弟，才编了个不存在的人出来麻痹他自己。"她旁敲侧击，不遗余力地夸他，"可是今天见到你，我就信了。"

她美滋滋地道："周老师说得还不够，你比他形容得好多了。"

靳余生突然停下脚步。

沈稚子心里一慌，以为自己又说错了什么。他转过来，垂眼看着她，睫毛留下小小的阴影。张了张嘴，像是要说什么。沈稚子一脸期待，又有些忐忑。

可是……不受控制地，靳余生心底那种无措感又浮现出来。

他该说什么？是说其实我偷窥了你很多年，我们根本不是第一次见面，你见不到我，是因为我根本不想让你见到我。还是说，你不要对我说这种话，也不要靠我太近，我怕我哪天忍不住，对你做一些不好的事。

好像都不太对。

他几次三番，在她期待又疑惑的眼神里欲言又止，半晌，冷静地道："去吃早饭吧。"

吃完早饭，靳余生道了别就要走。沈稚子连忙将最后一口包子塞进嘴里，含混不清地道："我，我也要走……"

周有恒在她脑袋上弹一下："你不是来上课的？"

"我是来拜访老师的呀。"沈稚子咽下包子，无辜地眨眼，"顺路来拿您这次出门带给我妈妈的特产……"

周家和沈妈妈是通家之好，每次周老师出门，都会给她带手信，让她早一些来拿。

周有恒好气又好笑："特产在门房，吃完赶紧滚。"

沈稚子快乐得像只鸟，连声应好。然后又亦步亦趋地，跟着靳余生到门口。

他怀抱两本书，背着个黑色的背包。要上公交车的时候，终于忍无可忍，回过头："跟着我做什么？"

"我没有跟着你。"沈稚子死皮赖脸，"我碰巧也要坐这趟车。"

靳余生无话可说，转回去，刷完自己的公交卡，他手掌微顿，又多刷了一个人。

沈稚子的眼睛立刻笑成月牙："谢谢你。"

他没有搭话。

隔了一会儿——

"靳余生。"

"你是不是住在市中心？我周末能叫上你一起去逛街吗？"他身体微滞，眼神轻飘飘扫过来。沈稚子连忙补充，"我还欠你一件T恤衫……"

"不用。"这次没有犹豫，声音一如既往地清冷。

"这样啊……"沈稚子有些失望，想了想，又小心翼翼地试探，"那，不以赔你T恤衫为目的的逛街呢？"

靳余生的表情一言难尽。他想说不可以，可是拒绝她，她又会不开心。沉默一阵，他叹息："我周末要打工。"

沈稚子的眼睛"噌"地亮起来："在电玩城？"

靳余生突然有点后悔，他是不是不该提这件事。

"我可以等你的呀。"她兴奋起来，"我最喜欢电玩城了，尤其是……"

你在的那家。

电玩城里灯光摇晃，一片喧闹。

靳余生半个小时内第三次忍不住，抬头打量坐在服务台的沈稚子。她真的有种神奇的天赋，能跟任何不认识的人迅速打成一片。这才坐下来不到一个小时，就让领班心甘情愿地拿出了他从不跟人分享的小零食。

靳余生甘拜下风……

可是，看着坐在凳子上晃着腿背单词的沈稚子，他又有点想不明白。她为什么要大老远地，跑到电玩城来背单词。总不会，真的只是因为他吧。他微微眯眼，想来想去，不大可能。那……

"小哥，小哥。"正想得出神，手肘突然被人拽了拽。

他微微低头，看到一个身形娇小的姑娘，脸红地指着个玻璃柜："娃娃都被抓乱了，可不可以拜托你，把它们摆正呀？"

靳余生看了一眼，掏出钥匙："可以。"

打开柜门，他一低头，看见玻璃柜里的那堆小熊，一个个毛茸茸的，神态各异，憨态可掬。突然想到什么，他沉默了一下，放下钥匙，把熊一个一个地拿了出来。

一旁的姑娘发蒙。

他很快清空了玻璃柜。十八只熊，一共有六种表情。揽在手臂内，最里面一排紧紧贴着他的胸膛。高冷的少年和布偶熊，放到一起，有种奇异的反差萌。

姑娘耳根红得快要滴出血："你、你把它们都拿出来，是想……"

靳余生没有搭话，直起身，往另一个方向走。

时间推移，电玩城里的人逐渐多起来，领班也被人叫走。沈稚子一个人坐在服务台，专心致志地低头背单词，乖巧地等靳同学结束工作。这种感觉……她无不亢奋地想，就像在等男朋友下班。下一秒，眼前一暗，她微微一怔，来不及反应，怀里被塞进一只小熊。然后是第二个、第三个……直到塞不下。

沈稚子愣了半天，缓缓抬起头，靳余生居高临下，怀中抱着一堆熊。他看着她，半晌，低声说："剩下这几只，我帮你拿着。"

沈稚子愣了半天，迟迟反应不过来，下一秒，"噌"地亮起星星眼："天哪，你好厉害！"

在夸人这件事上，她向来不遗余力，表情兴奋得像是下一秒就要把他抱起来举高高："这些全都是你抓的吗？你抓了多久？"

他不说话，但是一点儿都不打击沈稚子叨叨的热情，"我听说，电玩城的抓娃娃机是能调概率的……你是不是作弊了？把概率调成百分之百？你好狡猾。"

"没。"因为根本不需要。

"果然，我就说，"沈稚子迅速接话，兴奋兮兮地撸熊，"从见你第一面我就知道，靳余生肯定是一个超级厉害的人，周老师以前夸你什么都会，我还不相信。可是我现在觉得，他一点儿都没有夸大其词，你会的比他说的还要多。"

靳余生沉默半晌，纠结着犹豫了一下，还是决定告诉她真相："我有钥匙，可以开箱。"

沈稚子在心里"啪"地抽自己一嘴巴。脸上的表情短暂地僵了僵，她若无其事地转移话题："可是，你怎么突然想起来，要送我这个？"

低下头，一窝布偶熊神态各异，每个都伸着小短手向她要抱抱，毛短短的，黑豆眼小而明亮。她人生第一次收到这么多娃娃，还每一个都像他一样可爱……沈稚子开心得想就地打个滚。

靳余生沉默了一下。

因为那天他看她在装熊的柜子前站了很久……却一个娃娃也没有抓。他猜，她可能很想要那些熊，或者是其中的某一个。可他不知道她想要哪个，索性全拿来给她。

两人之间沉寂半秒，他顿了顿，慢慢地道："我觉得，你想要。"

电玩城里一片喧闹，少年垂眸看她，眼神沉默而认真。沈稚子呼吸一滞，脸突然红了。

沈稚子回到家时，沈爸爸还没有下班。

沈湛正坐在沙发上玩 iPad，听见声音，余光睨她："你不是去老师家拿特产吗，怎么去了这么久？"

"要你管。"沈稚子还沉浸在那堆熊的愉悦里，哼着歌把周有恒的特产放到客厅茶几上，就打算上楼。

沈湛眼尖，目光朝着她手中那个巨大的手提袋里一探，就知道她去了哪："啧，你把电玩城搬空了？"眼疾手快，他伸着手臂小指微曲，钩出来一只。低头一看，钩出来的是只微笑熊，绒毛整齐，大大的笑脸一路咧到耳朵根。

"还挺好看的，"沈湛一乐，"这么多，给我一只呗？"

"走开！"沈稚子"啪"地打掉他的手，把玩偶抢回来，"不要碰我的熊！"

至于反应这么大吗？摸摸被她打红了的手，沈湛无辜地眨眨眼，突然想起什么："对了，刚刚有个人打电话过来，说找婶婶。"

"我就奇怪，你说这都什么年代了，谁还打固话啊？"他絮絮叨叨，"你老实告诉我，你们家是不是跟什么封建残余有联系？"

沈稚子噎了一下："你闭嘴，是周老师。"唯一一个会打她家固话的人。

"估计不是什么大事，我给我妈发条消息，让她打回去。"沈稚子在沙发上坐下，软绵绵地凹进去一块，"周老师也就这么点儿爱好了，你别那么说他……天！"

沈湛探头过来："怎么了？"

"出成绩了。"

学霸扎堆的地方，成绩是每个人的头等大事。因此班长刚一拿到期中考排名，就把它发到了群里。教务处还没整理出班级信息，没有发正式的成绩单，班长就发了张巨长的图。年级两千多人，总排名的图片放大之后中间隔着各科成绩，得左右来回拉着看。

沈稚子想了想，从中段开始，往上找……结果盯着数据足足看了十分钟，从年级一千名找到年级两百名，也没有找到靳余生的名字。

"你看到靳余生的成绩了吗？"数字越看越心烦，她忍不住发语音通话问盛苒，"我眼前已经出现小黑点了，再找下去可能会瞎。"

盛苒纳罕："你找他的成绩干什么？"

"不找到他的成绩，怎么安慰他？"话一出口，沈稚子突然想到什么，眼睛"噌"地一亮，"欸，等等，你说得对，其实不知道成绩也没关系。"

盛苒语塞……她还什么都没说。

"就算不知道他的成绩，我也可以去安慰他呀。"沈稚子兴奋不已，"考完英语那天我就打好腹稿了，还做了一个思维导图……你看我从这三个方面切入怎么样？首先附中学霸很多，被压下去很正常；其次他刚转学过来，有可能不适应附中老师出题的风格；再者，这次期中考来得这么快，他可能没有充足的时间复习……"

她絮叨起来没完没了，话多得宛如在做一场盛况空前的演讲。盛苒耐着性子沉默一阵，还是没憋住："你为什么要安慰他？"

沈稚子纠结地揪住熊耳朵，眉头皱成一团："沈湛跟我说，靳余生没有考英语听力，而且提前交卷了。

"但是我想，他能插班进附中，成绩应该不会太差……所以我就猜，他可能这次考得不太好。"

垂着眼想了想，她都快要被自己感动了："唉，我真是为他操碎了心。

"他连手机号码都不肯给我，考完试，我却还要想方设法安慰他……感天动地，我真是一个以德报怨的大善人。

"可是，我真的好怕他难过。

"不知道他会不会哭……我的天，万一他哭了怎么办？"沈稚子越说越离谱，"那，那我是不是跟他一起哭会比较好？"

天哪。盛苒听不下去了："他是年级第一。"

沈稚子脸上的笑容突然消失。

"你再说一遍？"她不相信，"他年级第几？"

"年级第一！你清醒一点！"盛苒截图点击发送，恨不得隔着屏幕把图片塞在她眼睛里，"我刚刚还奇怪，那么显眼，怎么会找不到？第一个名字就是他，你到底是被什么蒙蔽了双眼！"

沈稚子在心里甩了自己一耳光。她根本没想着从前面开始顺着找，附中这么多学霸，前两百的总分又咬得这么紧，谁能在少了三十分听力成绩的情况下考年级第一啊……进前五十都很难好吗！她沉默半晌，悲愤欲绝："你有没有他的手机号？"

"干什么？"

"我要打电话过去，骂他。"

沈稚子的语气平静而悲伤："他欺骗我的感情，浪费我的思维导图。"

盛苒"啪"地挂掉语音："神经病。"

电话没要到，沈稚子忧心忡忡。

年级上一共二十个班，这次他们班的总体排名较上次考试略有下滑。老陈趁着周末在班级群里发了个投票，问大家想不想像别的班级那样，成立一对一的学习小组。沈稚子第一个不同意，想也不想，狂按反对。

她的成绩在附中算优良，常年游走在年级一两百名之间，虽然算不上超级好，但也没有差到要被年级第一一对一辅导的程度。但是，这样的话……万一老陈想不开，真的成立学习小组，靳余生就大概率会被分给别人！

沈稚子愁死了，如果故意考得很差，又会显得她很蠢，靳余生肯定不喜欢蠢货……那她该怎么办！

"唉——"沈稚子捧着脸叹气，果然命运无常，造化弄人。

每一对命中注定的恋人，都会像油锅煎鱼一样被上帝之手无情地捉弄来捉弄去，捉弄来捉弄……

下一秒，一根修长的手指伸过来，戳戳她的脸。

小女儿伤春悲秋起来像模像样，沈爸爸乐不可支："年轻人别老叹气。我刚刚说的事，你怎么想？"

沈稚子茫然地抬起头："什么事？"

"简单地说呢，就是……"沈爸爸也不生气，又和和气气地重复一遍，"你妈妈想接个小男孩，来家里住一阵子。"

沈稚子十分警惕："多久？"

"嗯……一两年吧。"

"疯了吗！"沈稚子大惊失色，"我们家又不是酒店！"

沈爸爸嘴角一勾，对着沈妈妈耸耸肩："看吧，我就说她不会同意的。"语气里竟然很得意。

沈妈妈犹豫了一下，试探着跟她商量："那……如果时间再短一点呢？一年？"

"一个沈湛还不够吗！"沈稚子悲愤欲绝，"我们家连狗都是公的，再住进来一个小男孩！你们不怕我也被养成男人吗！"

沈湛小声："我觉得现在已经是了……嗷！"沈稚子一脚踢在他的小腿上。

"而且……我爸刚才说的是什么？"她不敢想象，"小男孩……小男孩？那种根本无法进行交流的人类幼崽、没有安装任何杀毒系统的电脑裸机？"

沈爸爸若有所思，摸摸下巴，他说过这个词吗？算了……反正在他眼里，男人、少年和小男孩没什么差别，所有雄性生物，他都不喜欢。

沈稚子冷静而悲伤："总之，要是再接人来家里，我就去住校。"

前几天那场暴雨不仅劈开了一棵树，还劈碎了宿舍区的两盏路灯。这几日，但凡女生们回宿舍时怕黑，就叫男同学送自己到楼下。她每天远远地路过宿舍区，都能看到他们在那片难得的黑暗里难舍难分，看得她都想住校了。

沈妈妈没办法，不再强求："那好吧。"

"不过，既然你那朋友的儿子来了明里市。"沈爸爸安慰她，"我们做东，请他吃顿饭也是应该的。"他想了想，"择日不如撞日，你看明天怎么样？"

沈妈妈立刻拒绝："明天不行，我周末有工作。"

"是吧，我也觉得明天不合适。"沈爸爸的记忆连七秒都没有，他自然而然地道，"那就下周。"

沈妈妈点点头。

"如果他还没找到合适的住处，我也可以帮他租房子。"沈爸爸笑得很和善，"再请个人照顾他。"

"行，"话已经说到这个地步，沈妈妈冷静地擦擦手，"我吃好了，小孟不在，你去刷碗吧。"

"好的。"

厨房里水声哗哗，沈稚子想来想去，觉得有点不对劲。她敏锐地凑过去，小声问："你是不是很不想让别人住到我们家来？"

"你不要问这种问题，"沈爸爸一脸严肃，"被你妈妈听见了不好！"沈爸爸想了想，十分感慨，"主要是我觉得，你妈妈对待威风堂堂和对待沈湛，都比对我好，"他叹气，"她从来不让威风堂堂和沈湛洗碗。"

沈稚子无法想象，一条狗站在水池前洗碗的画面。沉默了一下，她拿起一只碗，决定帮帮她可怜的父亲。

"所以今天，你干得很好。"沈爸爸夸她，"不能再让别人住进来了，不然我就会彻底失宠。"

"但是稚子你不要误会她，你妈妈结婚前不是这样的，她以前很宠我的。"

沈稚子努力耐住性子。

"对了，你知道我为什么不生二胎吗？"

沈稚子突然有点明白，自己叨叨的能力是从谁那儿遗传来的了。她默默放下碗："你自己洗吧，记得洗干净一点。"

学校动作很快，周一一返校，就把年级前十的红榜贴了出来。

其他人用的都是入学时统一拍摄的蓝底证件照，只有靳余生的照片，是在走廊上临时拍的。映着背后晴空万里，少年目光冷淡，看起来心不在焉，清俊得不食人间烟火。

沈稚子一走出办公室，就看到围在红榜前叽叽喳喳的人群。

"年级前十每次都是这几个人，什么时候才能挪挪窝换换血啊……"有人嘟囔，"不过这个第一看起来很面生，我们年级以前有这个人吗？他是从哪里冒出来的？"

"天上掉下来的吧，毕竟他的画风跟其他人都不一样……而且你觉不觉得，这个人的颜值，把红榜都变得比从前好看了？"

"啊啊啊是的是的！我刚刚就想说！他好好看啊！"

"这男生好像是前几周转学来的……天哪我好羡慕他们班的女生，不知道他有没有喜欢的人。"

"别吧，学霸不都是热爱学习的好宝宝吗，你别一天到晚想着腐蚀人家……"

沈稚子气成河豚。背后叨叨什么，你们又不在榜上。问题是……她也不在榜上，好恨。沈稚子拖着沉重的步伐回到教室，忧伤异常，在角落里蜷成团："唉，我好不开心。"

盛苒不为所动："这个学期，你每天都很不开心。"

"爱情使人多愁善感，还使人脱发。"她撸撸头发，半晌，又有些愤愤不平，"可是我跟你说，你都没见到那些女生看他照片的表情，就像是要脱掉他的衣服！"

"我觉得……只有你是这样想的。"

"不是呀，"沈稚子趴在座位上，眼睛骨碌碌地转，抬手往前方指指，小声道，"我都看见好几波了，来找他问问题的女生。"

盛苒顺着她的手指往前看，果不其然，看到有人在拿着题目，找靳余生问问题。少年单手撑着额头，话一如既往地少，但也会礼貌地指出问题。手落在试卷上时，再也不往前靠一步，始终保持着疏远的距离。

"我的天，有毒吧？"看着看着就觉出了不对，盛苒笑得花枝乱颤，"为什么别班女生也要来找他问问题？"

"你看，我就说吧！"沈稚子委屈得不行，"他每天在外面招蜂引蝶，一点都不懂得遮掩自己的美色！"

不知道是不是这一声的音量有些高，靳余生的背脊突然僵了僵。沈稚子莫名反了。可是想想……她很懂得反侦察，从没真正提过他的名字，他应该不知道她在说他，那就没关系。

盛苒欲言又止，沈湛从门外进来，往她桌角放了一盒奶。两个人短暂地对视了一秒，什么也没有说。

沈稚子眨眨眼，竟然有点儿羡慕这种默契："我是不是也应该每天早上给他送盒奶？"

盛苒呵呵："他再喝奶，身高就会从一米八八蹿到两米。"

沈稚子立刻决定放弃："那太突破人类极限了。"她以后要是想亲他，踮起脚尖也只能吻到下巴。

"不过，"盛苒想了想，"你觉不觉得，其实你直到现在，连最基本的步骤都还没有完成？"

"比如？"

"你没有他的联系方式。"盛苒神神道道，"'直男尬撩术'里，早中晚问'吃了吗'不单单是拿来当笑话讲的。背后的深层原因是，添加对方为微信好友，是唯一一种能让你二十四小时不间断、随时出现在他生活里的方法。"

沈稚子恍然大悟："你的意思是，我应该用这种方式，去刷存在感？"

"也不是……"盛苒卡了一下，"你开发点儿别的玩法，别被他发现你其实是个弱智。"

"可他没有联系方式，上一次观星的路上，他亲口告诉我的。"沈稚子垂下眼，认真地道，"我觉得，他不会骗我。"

盛苒犹豫一下，决定带领她面对现实。盛苒看看周围，压低声音："可他就是在骗你。我听说，许时萱有他的电话。"

"你不是认真的吧？这个难度也太大了。"沈稚子疯狂摇头，"怎么要？你让我去黑了教务处，都比找她要号容易。"

盛苒咕咕噜噜地吸空了盒子，满足地拍拍她："那你黑了教务处吧。记得小心点儿别留下痕迹，不然要被处分的。"

沈稚子开始偷偷摸摸地观察许时萱。

许同学最近人气迷之旺，总有很多人不是在找她，就是奔赴在来找她的路上。不知道真的找她有事，还是听说她手上有谁谁谁的手机号……打算曲线救国。

沈稚子有些嫉妒，她没有靳余生的电话，可是许时萱有。叹口气，她拿上水杯，今天第七次假装不经意地，经过许时萱的课桌。果不其然，又听到她在声音柔软地跟人说："没有啦，我手上没有他的联系方式。"

对方有些失望："这样吗？可是大家都说，他的手机号，就只给了你一个人……"

开学第一天，许时萱是第一个去问他联系方式的人，也是唯一一个记了他电话号码的人。

许时萱有些脸红："确实是这样，可他不太希望别人打扰他……"这话就说得很微妙。明里暗里，仿佛对于靳余生来说，只有许时萱是不同的。

那人果然懂了，若有所悟："哦……这样啊。"

这段对话，沈稚子今天已经听了不下四遍……她觉得她在自虐。可这次来的这个人，自虐倾向竟然比她还严重。前几个姑娘都是听到这儿就"不好意思，打扰了，谢谢你"，然后红着脸冷着心离开了，可这个人听许时萱这么说，居然还多问了一句："那你跟靳余生，现在是什么关系？"

半个教室的耳朵都竖了起来。

许时萱愣了愣，一张脸涨得通红："我……我跟他……"她有些无措，不知道该做什么解释，下意识地，用余光往靳余生的方向扫。

他好像精神不济，从上上个课间起，一打下课铃就立即躺倒。少年趴在桌上时，背脊绷成弓，气场冷冽，没有人敢上前打扰。她甚至不敢大声说话，生怕吵醒他。

"我们……"许时萱想来想去，反正靳余生都睡着了，应该也听不见……

她轻轻咳一声："我们的关系，还有很多种可能性呀。"

下一秒，就听到少年清冷的嗓音——

"没有关系。"

众人微怔，纷纷看过去。

许时萱见他醒了，惊慌失措："我，我们吵醒你了吗？"

靳余生眸光冷淡，一言未发，就又歪着头倒下去。

半晌，有女生小声问："他是什么意思？"

没有人回答。

沉默了很久，直到杯中接满水，沈稚子折身返回座位，看见许时萱脸上一阵红一阵白，才反应过来。

你跟靳余生是什么关系？

没有关系。

沈稚子突然有点儿想笑。不行，不能太嚣张，不然"嘤嘤怪"又要哭唧唧。她要找个角落，偷偷地放声大笑。

白色的灯光下，靳余生枕在手臂上，睁着眼，一动不动地看着窗玻璃。玻璃的倒影里，饮水机前已经没人了。他垂下眼，想起刚刚沈稚子的表情。

她拿着个雨滴形小水杯，淡蓝色的瓷面，正中画着小小一尾鱼。少女微微低着头，高马尾的末梢掉下来，乌黑微鬈的发尾落到肩膀前，衬得脖颈儿白皙如瓷。她像是在玩饮水机，一下一下地按开关，水流一截一截落到杯子里。耳畔声音清脆，她一副闷闷不乐的样子。

许时萱的话落入耳朵，他心里突然涌起强烈的烦躁。

他来明里附中之前，在以前的学校里，也会出现这种情况。他那时候觉得没什么，毕竟那些女生的脸，他一张都记不住。可问题是……不知道为什么，他现在好烦，不想看见那些脸，谁也不想理。

靳余生微微眯眼，早知道，他应该少考两百分。那样的话，就不会有这么多人来找他问问题了。

这样，或许她也会开心一点。

沈稚子决定放弃许时萱这条线，与其曲线救国，还不如直接去找靳余生。毕竟他好歹也算自己的师兄……大概、也许、可能……也不是那么难以接近吧？忐忑地看着前排那个背影挺拔的少年，沈稚子想来想去，心里还是有点没底……不能怂，怂就输了一半。

晚自习进行到一半，教室里一片安静，她屏住呼吸。时钟"嘀嗒嘀嗒"走着，巡逻老师背着手从后门一闪而过——就是现在！瞅准时机，她赶紧伸长手臂拍拍靳余生："嗨，朋友！"声音低而小，靳余生顿了一下，转过来。

为了提高自习效率，学校将每个班的学生都分成了两部分，晚自习时一半留在本班教室，一半去楼上的自习室。所以座位被打乱后，沈稚子迅速抱着作业占领了靳余生后座。

"你能不能教我做道题？"她拿出自己毕生最大的真诚，朝他眨眨眼，"我尝试了很多答案，都不对。"她声音很小，可他还是微不可察地皱了皱眉。

默了默，他在草稿纸上写：去问老师。

四个字一笔到底，清隽有力，风骨俱佳。

沈稚子有种冲动，想把他的草稿本撕下来，带回去珍藏。

"可是我怕被语文老师骂。"沈稚子瑟缩一下，"老陈好凶。"

靳余生一言不发地看着她。浅褐色的眼睛不像黑色一样深不见底，可他这样看着她的时候，她还是会觉得有压迫感。高高在上，气势逼人。

沈稚子突然又有点尿。她犹豫了一下，赴死一样举起昨天的语文作业："一眼，就看一眼……"

靳余生顿了顿，忍耐地叹口气，接过来。是道小说阅读题，她做错了一个填空。

他顺着题目看下来，问题问的是，谁是最可爱的人？答案是，辛勤的劳动人民。

而她填的，是工工整整的三个字：靳余生。

靳余生一口气上不来。

"沈稚子，"他把卷子塞回去，沉声道，"好好做作业。"

她神情恍恍的："哦。"气压又变低了……真是开不得玩笑。

没有来由地，沈稚子突然有点灰心，因为她完全不知道，靳余生在想什么。从她认识他以来，好像就一直是她在用各种方式……试探他的怒点和底线。而且无一例外，每次都成功地惹他生气。

"那个，你别生气。"她轻轻戳戳他，"我以后不……不跟你开这种玩笑了。"

只是下一秒，想到他的脸，她沉默一下，又对自己产生了怀疑："等等，不对，我重说。我的意思是，我以后努力忍着，忍不住的话，就靠你多担待一点。"

靳余生身体一滞，不知道该气还是该笑。他有些无言以对，转过去，女生的眼神却很认真，黑而明亮的桃花眼，光芒潋滟，天生带笑。喉结不自觉地滚了一下，他移开目光，站起身："出去说。"

沈稚子微愣，连忙也跟着他跑出去。

时节进入初冬，天气变得有些凉，晚风迎面来，夜空中星辰明亮。两栋教学楼在夜色中灯火通明，走廊上没有开灯，影影绰绰的，有人在低声讲题，有人在小声背书。

靠在围栏上，他看着她。许久，低声问："你想跟我说什么？"他声音低沉，微微带着点儿哑。离得这么近，沈稚子能清晰地闻到他身上的味道……没有错，就是薄荷糖！让人想要一口吃掉的那种味道！

脑子里"轰"的一声，她一紧张，什么想法都没了，开始胡言乱语："我，我想跟你学遁地。"

靳余生沉默……这是什么技能，他有吗？

下一秒，像是突然意识到自己说了什么，沈稚子心里一慌，无意识地揪住他的衣角："不，不是，我的意思是……你身上的薄荷味实在太好闻了，让人情不自禁想靠近。"

他冷静地把衣角从她手中拽了回来。

"你好好说话，不要动手。"

"我……"沈稚子很懊恼，她想抖几个包袱来缓和一下气氛，可一张嘴，说出来的都是他不知道的话题，"那个，我跟你说实话吧。"

靳余生看着她。

"我原本以为你考得不好，所以想安慰你。"她顿了顿，有些生气，"可是你考得比我好……比我好很多！"

靳余生微顿："嗯……"他又开始怀疑，自己是不是不该考那么高分。所以，她不开心不是因为太多女生找他问问题，也跟他没什么关系。她只是单纯地讨厌，有人比她考得好。

靳余生垂下眼。

"所以，那个……"沈稚子低着头叽叽歪歪，没有注意到他的情绪变化，顿了一下，破罐子破摔，"你能不能安慰一下我！"

夜色清明，清淡的雾气在空气中缓缓飘散。云层之上，群星璀璨。

沁凉的风带动女生细碎的刘海，她不服输地望着他，扬起的下巴白皙小巧，表情像只张牙舞爪的猫，有点儿故作张扬，又有点儿隐含的畏怯。

他一动不动，看着她，仿佛一瞬，又好像过去了很久。靳余生的舌尖向上抵，许久，他迟缓地移开视线。没有救了，她这个样子，他竟然也会觉得……可爱得要命。想亲……想拥抱。

在心里长叹一口气，他缓慢地开口："前几天，陈老师问我，要不要做学习小组。"

沈稚子飞快地眨眨眼，在心里尖叫，当然不要！

"我跟他说，不要。"

沈稚子不说话，看着他。

"理由是……"他顿了一下，声音像低缓的大提琴，"班上绝大多数同学，都像沈稚子一样聪明。

"建立学习小组，反而会拖慢前面同学的进度。"

她不需要学习援助，所以，他也不想援助别人。

夜风徐徐，良久，他问她："这算不算安慰？"

沈稚子缓慢地眨眼，靳余生是不是被什么附了身……她觉得，他把半辈子的话都讲完了。可是……她舔舔唇，觉得他真的好可爱，她得寸进尺，还想要他的电话号码。

"算……吧。"按住心里疯狂的小鹿，沈稚子故作矜持，微微皱眉，"可是，不够。"

她犹犹豫豫，小心地观察他的反应："你，你能不能把你的电话号码给我？"

靳余生眉峰微聚，眸光不自觉地向下沉了沉。这是她第二次，向他要电话号码。可是他想不出什么理由，为什么非要他的电话号码……她又不喜欢他。他好想直接问……又很怕自取其辱。

沈稚子见他眼色微沉，赶紧摆手："不，不给我也没关系。"她真的好怕他生气。

靳余生站着不动。纠结了很久，犹豫着问："你……不会把它卖了吧？"

沈稚子愣住，半天才反应过来。"你在说什么！"她惊了，"我是那种人吗？！我在你心里，就是那种人？"她怎么可能拿他的电话号码去卖！她有那么丧心病狂吗！

靳余生很想说，是的。因为他想不到别的理由，只有这一条，稍微靠谱点。可是，看到她悲愤欲绝的表情，他又开始想……算了，卖就卖吧。反正他也不能拿她怎么样，他从来拿她没办法……他只能认输。抽出口袋里的笔，靳余生撕下一张便利贴，低下头，借着她的手掌，在纸上留下一串流畅的数字。

"我的号码，"夜风中，他声音清冷，一本正经，"望惠存。"

第四章 白菜

子瑜哥哥，我们握握手吧。

这串数字，让沈稚子一直兴奋到周末。

学校里没有网，她平时用手机的次数也少，周末加了靳余生的微信，从早到晚都在等回复。就像在还没有通电的年代里，等待一封心上人从远方寄来的信，酸涩又甜蜜。

沈爸爸见她一直如坐针毡，关注点全程落在手机上，忍不住小声赞赏："装得好。"

"等会儿客人来了，你就也摆出这副架子，千万别给他好脸看。"沈爸爸提醒，"一定要做出心不在焉、不欢迎他来的样子。我听你妈说，那个小男孩好像也不太想住到我们家来……呵，这样正好。别给他好脸，万一对他太好，他突然改变主意，那就糟糕了。"

沈稚子看着他，警惕地问："为什么不是你唱黑脸？"

"大人不能这样，太没有礼貌了。"沈爸爸一本正经，"但你这样没关系，你待客不周，他们顶多在背后说一句，'沈家姑娘没家教'。"

"你确定，我没有家教，跟你无关吗？"

沈爸爸笑了："因为认识我的人都知道，那不是事实。他们会理智地将错误归咎在你个人身上。"

"哦，"呵呵。低头看了眼手机，消息仍然在等待验证，沈稚子想了想，站起身，"我去趟卫生间。"

"行，你手机就放这儿吧。"

本来都走到门口了，听见这句话，她又不放心地折回来："算了，我还是带着去。"

怎么对爸爸一点信任都没有？看着女儿出门，沈爸爸慢悠悠地收回目光，也垂着眼看手机信息。沈妈妈想了想，不放心地提醒他："这男生的父亲家，以前跟我家关系很好……等会儿你别乱说话。"

他怎么会乱说话！沈爸爸觉得很冤枉，嘴上直应好："不说不说。"顺手回复了几封工作邮件，藤木编织的包厢门微微一响，他下意识望过去。

天将黑未黑，天边晃着一抹澄澈的蓝。男生被服务员领着进门，个子很高，立在门口，像一株健康挺拔的植物，他向服务员低声道谢，声音低沉清澈，周到而疏离。

踏进包厢门，柔和的灯光照下来，沈爸爸这才看清他的脸。面容白净，五官分明，气场干净而清冷。

迎入门，他主动问好："白阿姨好。"

沈妈妈连忙介绍："子瑜，这是你沈叔叔。"

靳余生礼貌地颔首："沈叔叔好。"

沈爸爸回过神，连忙招呼："好好，你快坐下。"

简单寒暄几句，沈妈妈解释："我姑娘刚刚出去了，马上就回来。等她过来了，我介绍你们认识。"

靳余生点了点头，目光很淡。沈爸爸敏锐地在他脸上，捕捉到细微的心不在焉。

呵。沈爸爸在心里冷笑，不喜欢我姑娘吗，可巧，我家姑娘也不待见你。正在心里想着，就看到窗前浮现出一个人影。沈爸爸不易察觉地勾起嘴角。

下一秒，沈稚子推开包厢门。靳余生下意识地回过头。四目相对，沉寂三秒。两个人在对方眼中捕捉到同样天崩地裂、破云穿石的惊愕。

沈爸爸以为女儿在心里思考对付靳余生的招数，得意洋洋地朝她使了个眼神：快，让他看看你的厉害。接着，沈爸爸看到沈稚子不可思议地咽咽口水，耳根泛红，声音激动得开始颤抖——

"你、你愿不愿意在我家住下？

"一、一辈子都可以。"

沈爸爸脸上的笑容突然消失。下一秒，他猛地站起身，绕过桌子，拽住女儿就要往门外拖："肯定是你打开这扇门的方式不对，来，让我们重新开一遍门，彼此都冷静一下。"

沈妈妈："滚回来。"

他立刻安静乖巧地坐回去。

"让你看笑话了，"沈妈妈笑笑，朝着站在门口一动不动的沈稚子招招手，"稚子，来。"

沈稚子回过神，压住心头疯狂涌动的惊喜，低低地"嗯"了一声，轻快地走过去，脚步停在靳余生身边。

"这是我们家姑娘，沈稚子。"沈妈妈笑容柔软，顿了顿，又转向靳余生，"这是你靳叔叔的儿子，靳子瑜。算算年纪，你们同级，但你能叫他一声哥哥。"

沈稚子眨眨眼，看看他，又看看母亲："临城那个靳叔叔？"

"是。"

沈稚子又眨眨眼。临城靳家，她是知道的。沈妈妈出身书香门第，白家与包括周家在内的很多家族都关系不错，在沈妈妈结婚之前，还跟大多数人都保持着联系。即使后来联系少了，也偶尔会听妈妈提起。

深宅大户的……小公子。

沈稚子舔舔唇，下一秒，乖巧地伸出手，"那我们握握手吧，"柔软的灯光下，她笑得甜美动人，"子瑜哥哥。"

声音入耳，靳余生的身体无意识地颤了一颤。他不知道为什么，心里突然有点儿毛毛的。像是谁在他耳朵旁边吹了口气，轻而易举地，"噌"地点起一把小小的火焰。实在是……听不得这种语调。深吸一口气，他硬着头皮跟她握手。少女十指修长白皙，比他的要软许多。一触即离，他飞快地放开她。

沈稚子不依不饶，眼中浮现出认真的困惑："你为什么不叫我稚子妹妹？"

他想消失，谁来把他带走吧！

菜很快上齐。

沈爸爸挑的地方是城郊一座山庄，曲水回桥，环境清幽。周遭原先是片农田，后来开发成了综合性的庄园，打着绿色蔬菜的口号，专做素食。他在这儿买了一小片地，让农户帮忙种植指定的蔬菜。蔬菜成熟，再差人寄到家里。

"所以……来，稚子，尝一尝爸爸特地为你偷的西红柿。"

番茄蛋汤喷香扑鼻，汤勺已经悬到了碗面前，沈稚子连忙拿碗去接："谢谢爸爸，偷菜辛苦了！"

"没事，你能理解爸爸，爸爸就不觉得辛苦。"沈爸爸乐此不疲，"我刚刚偷西红柿时还看见旁边种着一溜小白菜，等会儿吃完饭，带你一起去偷。"

"好呀！"

"你记得隐蔽一点，不要被人发现了。"

两个人插科打诨十几年，沈妈妈早就见怪不怪。只是靳余生从开始吃饭起就没再开口说过话，他太安静也太斯文，整个人像是被隔在一层玻璃罩里，冷淡而疏离，仿佛另一个世界里的人。让沈妈妈想起小时候的自己。

心下微动，沈妈妈忍不住道："子瑜。"

靳余生愣了愣："嗯？"

"我们家吃饭没有那么多规矩，"沈妈妈掂量措辞，"你可以更随意一点。"

靳余生张了张嘴，半晌，憋出一句："谢谢阿姨。"

"我年轻的时候，跟你爸爸还有姑姑，关系都很好。"沈妈妈想跟他拉近距离，挑着他家里的事讲，"只不过后来我跟老沈出了一趟国……都以为不会再回来了，那年头交通不发达，联系说断就断了。"顿了顿，想到故友已阴阳两隔，她又有些唏嘘，"没想到我再搭上这条线，就已经出了这么大的事。要不是你周老师打电话给我，让我多照顾照顾你，我都不知道……"

她感慨："你也已经这么大了。"

靳余生不说话，长久地沉默着。灯光倾下，他的面庞被切割成一明一暗的两部分。许久，他低声道："谢谢阿姨。"

沈妈妈一时无言，看看成熟稳重的少年，再转眼看看身边正斗志昂扬地跟父亲抢最后一截玉米的沈稚子，心头涌起一种割裂的感叹……果然，哪一种成长都要付出代价。可是沈妈妈觉得，能在父母眼里做一辈子小孩子，快快乐乐的，就很好。

斟酌半晌，沈妈妈没有忍住，又问了一遍："你真的不考虑一下，来阿姨家住吗？"

这个问题，不久之前，在他刚进门时，沈稚子也问过。然而眼下，他的回答也跟刚刚一样："不了。"一样清淡，一样礼貌地保持着微妙的距离。

"谢谢您的好意，"靳余生略一沉默，"但我在外面租好了房子，也已经签了合约，一直租到高考前。"

沈妈妈有些惋惜。起初接到周有恒的电话，她还很诧异。可后来转念一想，就觉得他找对人了，多一个不多、少一个不少，家里再添一个成绩这么好的高考备考生，对她来说不是什么坏事。何况退一步说，还有她和靳家的交情在，没道理放着不管。没想到到头来，反而是人家不愿意。

沈妈妈不强求，笑笑，转移话题："坐下来这么久了，我都还没问，子瑜在哪个学校？"

靳余生犹豫了一下："明里附中。"

"跟稚子同校？"沈妈妈意外，"我听说稚子在学校人缘特别好，那你们俩应该是认识的吧？"

"不认识，"沈稚子头也不抬，语气傲娇又果断，"我人缘确实好，可我没在学校见过这个人。"

靳余生抬起头，眼睛一眨不眨地盯着她，眸色悄然变深。

"但我们班上有个叫靳余生的，"她语调轻松，"跟他长得特别像……但长得比他好看多了。"

靳余生微微眯眼，舌尖无意识地抵住上腭。

沈稚子其实有点生气，因为她直到今天才发现，她对靳余生一无所知。枉她一直把他当朋友，好吃好喝第一个想到他……可他拒绝去她家里住也就算了，他们认识这么久，他什么也不告诉她，竟然连名字都是假的。他是间谍吗！为什么真名还要藏着掖着？又不会有人在知道他名字之后跑去暗杀他！

她现在甚至怀疑，他的脸也是假的！他其实贴着人皮面具，一出门就撕掉这张皮、换上另一张脸，冷酷无情地在背后晃着红酒杯嘲笑她是小智障，对着一众俯首称臣的兄弟指着她的照片冷嘲，"呵，又是一个为我美色上钩的小猎物！"

沈稚子气得想咬手绢，所以她决定，要跟靳余生绝交。

这次不是闹着玩的，她要绝交很久，这一个小时内，哪怕他跪下来求她，她都会高贵冷艳地不跟他讲话……等一下，沈稚子突然想到，一个小时是不是太长了点。这顿饭眼看就要吃完了，如果她生气生太久，等会儿还要端着架子，故作矜持地在道别时闭着嘴不说"再见"，那样的话，他说不定会难过……可她又很怕他难过。

短短几秒，沈稚子在脑子里演完了一部二十集的电视剧。半晌，她咬着筷子，沮丧地决定，好吧，就绝交到他下一次开口。如果他开口了，她就勉为其难地原谅他，还做他的好朋友。

一秒，两秒，三秒……沈稚子屏住呼吸，在心里数秒数。

四秒，五秒……靳余生没有说话。

数到一百三十八秒，她看到靳余生重新拿起筷子，夹起了一个流馅奶黄包。

沈稚子无语。

夜色逐渐笼罩，夜幕低垂，庄园里点起一盏盏灯笼。水声潺潺，攀爬在花藤上的植株清香馥郁，风吹过檐下的纸风车，"哗啦啦"地响。

沈稚子神情忧郁地吃完这顿饭，沈爸爸打着带她偷白菜的名头，领着几个人在庄园里散步。不知不觉，她就跟走在前面的父母拉开了距离。靳余生走在中间，又怕沈稚子跟丢，不停地回头看。她像条小尾巴……总是没办法放心。

第四次回头，沈稚子埋着脑袋闷声问："你是不是突然发现，我长得貌若天仙，看见了就忘不掉，一步就想一回头？"

靳余生微怔，轻咳一声："怕你跟丢。"

这个地方，她比他都熟悉，沈稚子在心里笑，她怎么可能会丢？可嘴上仍然不饶人，"关你什么事，"她冷嗤，"我们俩又不熟。"

靳余生愣了一下，后知后觉地回味过来，有些哭笑不得。他放缓声音："来明里附中之前，我改过名。"

"那，你以前确实叫靳子瑜？"沈稚子突然想到，他是中考状元啊，"为什么要改名字？"

靳余生眸光微沉，抿住唇。说来话长，不知道该从何说起。

见他脸色不太好，沈稚子心里有些慌，表面上仍故作轻松："不想说就算了。"反正你现在的名字也很好听。可后半句话她没有说出口，前半句一落进靳余生的耳朵，就全都变了味。

他几乎是下意识地道："我不知道。"

"什么？"

他低声道："不知道该怎么解释。"

行吧。沈稚子想了想，觉得这也算完美解释了。他真的一点儿都不敷衍……一点都不！

夜风沁凉，草木的香气在两人之间弥漫。"不过今天……"突然想起什么，她又颓丧地低下头，"其实我真的生气了。"

"或者说是，我很难过。"她小声地说，"我发现，我一点儿都不了解你，我不知道你住哪，不知道你为什么要转学来明里市，甚至连你的原名叫什么都不知道。"

靳余生眉峰微聚……怎么办，他好想抱住她。

"可是就算我已经这么难过了，之前在妈妈面前，我也没有拆穿你。"她吸吸鼻子，"你骗了我，但我很善良，在她面前，仍然帮你维持着不撒谎好少年的优良形象。"

"嗯？"他眼皮一跳，心头突然浮现出一种奇怪的预感。

"所以，"她舔舔嘴角，"你要报答我。"

靳余生脑子里瞬间拉响火警，来不及喊停。

下一秒，她转过来，仰着白净的小脸，一脸认真地望着他："你叫我一声，稚子妹妹。"

"噌"的一声，脑子里燃起一团火，仿佛不可阻挡地，要把一切理智都燃烧殆尽，靳余生眸色深沉，死死抿住唇。

良久。

"你不愿意啊？"等了半天也不见他开口，沈稚子脸上浮现出肉眼可见的失望，"那就算了。"

她低着头，声音轻而小："反正你也很了解我，像你知道的那样，我这个人大度，就算生气也不会气太久，找个小角落自己消化一下舔舔伤口，第二天还是活蹦乱跳……

"就算我心里难过得要死了，表面上还是会故作开心，因为很害怕把这种情绪传递给别人……

"唉，所以我经常就想，如果我能像你一样就好了，每一次不开心，都有我这样的人在身边哄着……可是没有，我每一次失望伤心难过，都没有人哄我。

"所以你还是很幸福的你知道吗，你不要一直这样绷着脸了，生气有人哄就已经很幸运了，做人要知足，毕竟我身边连一个会哄我的人都没有……"

她埋着头唠唠叨叨，柔软的嗓音像把利刃，每一声都精准无误，割在靳余生的神经上，岌岌可危，即将走向崩溃边缘。

"稚子。"喉结滚了滚，他出声打断她，声音低沉，隐忍而清越。

夜色浓稠，花藤走廊已经走到了尽头，月门的另一端是片视野开阔的湖，银白的月光荡在水面上，晃出潋滟的光。少年身形颀长，垂眼望她时，眼中的情绪像化不开的墨。

沈稚子耳根突然烫起来。她惊喜地眨眨眼，几乎要停止呼吸。许久，她小声提醒："你中间这一下停顿也停得太久了，漏了两个字……还有'妹妹'。"

靳余生立时沉声："不要得寸进尺。"

她得寸进尺！沈稚子心塞得要命，不服气："喊声妹妹怎么了！你没有妹妹吗！"

他还真没有妹妹，何况……靳余生皱眉："我总觉得，这个词有别的意思。"
你知道得还挺多。

沈稚子没敢讲，其实从认识他的第一天起，她就觉得，听这种清冷少年叫"妹妹"，肯定让人喜不自禁。

见她哼哼唧唧像只小鹌鹑，靳余生叹口气，语气又软下来："而且，沈稚子。"
沈稚子悲愤欲绝，为什么又把姓给带上了！

"不要让陌生的男生，住到你家里，"他一本正经，清淡的声音在夜风中徐徐飘散，"很不安全。"

沈稚子想要暴走。

"陌生的男生！他怎么会是陌生的男生！

"我长这么大，除了我爸和家里的狗，异性里面我就跟他走得最近好吗！

"我都恨不得把他绑起来带回家了，表现得还不够明显吗？还想让我怎么样？怎么才叫熟啊？大家放到铁板上一起煎一煎吗？

"而且！他那是什么语气！

"说得好像我天天把不熟的男生请回家住似的！"

盛苒趴在桌子上，乐不可支："我懂我懂，你当然不会随随便便就叫人回家住。"

"就是！"

"毕竟你们小区连监控器都是自动识别颜值的，丑东西连沈家大门都进不了，还会被雷射激光撕得粉碎。"

沈稚子面无表情地拿过她手中那个大号的棒棒糖，放在桌上，平静地敲碎："我们的友谊就像它一样，四分五裂不可挽回了，滚吧。"

盛苒乐坏了，顺手解开透明包装袋，抽出木棍扔掉，分糖给她吃："来，尝尝你'直男'堂哥送的平安夜礼物。"比盛苒脸还要大的彩色棒棒糖，如果不是沈稚子刚刚把它摔成了小碎块，盛苒大概能舔上一年。

"你说，这上面到底有多少种色素？"盛苒悠闲地拾起一块，"吃完之后，我的舌头会不会变成彩虹色？"

沈稚子脑海中立刻浮现出那个呕彩虹的表情包，她默默放下糖："算了，我还是去擦窗户吧。"

元旦放假之前，要把楼上楼下的教室都打扫一遍，她们两个被分到同一组，去擦玻璃。

水管在走廊的另一端，沈稚子拿着塑料桶，一边接水一边叨叨："你说，我要不要给他也买一支你这样的淘宝爆款？"

"干什么……向他展示你的'直男'心吗？"

"不是呀。到时候我就在暗处伺机而动，等他的舌头被染成彩色，就跑过去，趾高气扬地告诉他——"沈稚子舔舔嘴角，"哈哈哈哈哈你上当了，这是江湖奇毒！如果不跟我住在一起，七天之内一定毙命！还不快来求我！求我我就让你住进我家！"

盛苒嘴角抽搐："你以为他跟你一样，是弱智吗？"

"说什么呢？"沈稚子作势要踢她，下一秒余光一晃，眼前突然横出半条手臂。是个女人，肤色凝白，腕间戴着玉镯，十指纤长。沈稚子微微一怔，抬起头，眼前映入一张精致的脸。

女人看起来不算年轻，面颊瘦削，颧骨很高，化着精致冷漠的妆。长风衣下身材玲珑有致，下巴小巧，眼角微微有弧度。

沈稚子眼底微动，在她眉梢捕捉到难掩的傲气。目光相撞，对方微微笑："同学你好，可不可以问一下，高三年级一班，在哪个方向？"

高三一班，就是她们在的班级。

盛苒随手一指："走到头就是。"

"谢谢你们。"女人稍稍领首，又踩着高跟鞋，不疾不徐地离开了。

沈稚子望着她的背影，有些出神。盛苒低头往楼梯上走两步，发现沈稚子没跟上来，又折回身："怎么了？"

"不是，我觉得……"沈稚子皱皱眉，说不上来，"刚刚那个女的，有点儿眼熟。"

"你看好看的东西都眼熟。"

"胡说！"想了想，还是想不起来。沈稚子放弃了，边走边嘟囔，"可是不知道为什么……我总觉得，刚刚不该给她指路。"应该叫保安，把她撵走。可沈稚子明明没见过这个女的。想来想去想不出原因，沈稚子只好再一次忧伤地把这种迷之直觉，归结给爱情："唉，都怪靳余生。"

"他拒绝我，给我留下心理创伤，影响了我的第六感。"

"你能不能别什么锅都推给人家？"盛苒冷嗤，"背这么多锅，他也很累的好吗？"放下水桶，盛苒帮沈稚子扶好课桌，"而且，你真的好执着……干吗抓心挠肝地想让他住你家？现在不好吗？一样低头不见抬头见。"

"当然不一样！"沈稚子爬上桌子，"他现在一个人在外面租房子，也不知道是什么情况……肯定寂寞凄清又惆怅。而且你想啊，我们俩的书法老师是同一个，我妈妈又跟他爸爸关系那么好……这放在哪儿不是天赐的缘分？连天意也让我们在一起，他却不好好珍惜。"

"不可以违背天意，"沈稚子手脚麻利地擦玻璃，嘴上一刻不停，"违背天意会被雷劈的，那多可怕！我不想让他被雷劈，所以为了保命，跟我住在一起就是最好的选择啊，我这么为他着想，他为什么不懂我……"

"你不要说了，"盛苒崩溃，"污言秽语，我耳朵疼。"

沈稚子还要开口，目光转到楼下，视线内突然闯进一个人。少年身形颀长，规规矩矩地穿着校服，浅色的卫衣帽子垂在外面，周身气场清冷得不近人情。

他站在楼下，面前立着个女人。夕阳在天边烧成一片，赤红色的阳光中，沈稚子看不清他的表情。可沈稚子旋即认出，站在他面前的女人不是别人，正是刚刚自己和盛苒在走廊上遇到的那个。

这是什么缘分呀……沈稚子舔舔嘴唇，心里一乐，开始无意识地在玻璃上画圈圈。不知道他能不能感受到她……沈稚子被自己的脑洞逗笑，可是楼下的谈话好像不太愉快。她的第六感一向很敏锐，隔着五层楼，都能感受到靳余生的低气压。

女人连珠炮似的说着话，沈稚子听不清她在说什么，可他好像在忍耐。没有来由地，沈稚子的心也跟着悬到半空。她趴在窗户上，抓着窗户的手无意识地收紧。

靳余生沉默着一言不发，女人却越说越激动，面红耳赤，一点一点逼近他。他稍稍后退，不着痕迹地跟她拉开距离。然而下一秒——女人高高扬起手掌，狠狠地落在了他脸上！

沈稚子倏地睁大眼。

这一耳光打得很重，靳余生整张脸都被打得侧过去，迅速浮起掌形的红印。

沈稚子短暂地愣了一下，心里的邪火"嗖"地蹿上来……有没有搞错！这么久了，她连他一根手指头都不敢碰！就连隔着衣服摸摸他，她都要犹豫很久！她那么小心，生怕惹他生气！可竟然有人打他！还当着她的面！

那可是她的"白菜"！

沈稚子眼眶都气红了，松开抹布，转身跳下桌。盛苒站在地上，没看到楼下发生的事，见她下来，眼皮一动："玻璃没擦完呢，你怎么突然下来了？"

沈稚子语气平静："我看见靳余生了。"

盛苒没察觉到她压抑的怒气，以为她要为爱跳楼："不是，你专心一点，别光顾着看他啊！生活真的不是偶像剧，你从五楼掉下去，他根本不可能接……"下一秒，她就看到沈稚子一个健步抄起水桶，"噌噌"爬上桌子。然后，把一整桶脏水都泼了下去！

五楼的高度，水落下去，停顿了两秒，才听见"刷拉"的响声。沈稚子居高临下，冷静地收起水桶。

盛苒吓呆了。愣了半天，才颤巍巍地问："你干吗呢？"

沈稚子平静地跳下桌，坐下来："让楼下的人冷静一下。"她也要冷静一下。冷静完了，再去找靳余生。

盛苒不知道她在发什么疯，站在窗边朝下看一眼，底下连个人影都没有。盛苒一下子也不好再说什么："行吧……那我再去接桶水。"

耳畔响起短暂的关门声，沈稚子垂着眼，有些出神。白色的灯光流泻下来，她脑海中不受控制地，又浮现出刚刚的画面。

他站在一片夕阳里，赤红的光流转到脖颈儿间，脸上的表情复杂而隐忍。

他孤立无援，她却只能看着，什么也做不了。

她难过极了。

晚自习之前，沈稚子回到教室，眼神不着痕迹地在教室里扫一圈，靳余生还没回来。自己桌子上……却多了一堆花花绿绿的塑料包装纸。

她走过去，随手翻一翻，没看到署名卡："谁把垃圾放我这儿了？"

"平安果，"班长啃着颗苹果，含混不清地解释，"齐越刚刚来过。"

沈稚子张张嘴，没有说话。去年也是这样，收到一堆平安果。包装巨丑，又重得要命，她拿都拿不动……深吸一口气，她把那堆苹果抱起来，起身往门外走。

"哎，我帮你拿几个吧。"班长顺手将果核一扔，猜到她又要去还礼物。年年这样，但凡齐越送的东西，除了信件，她一件都不肯收。

"正好我要去趟办公室，咱们顺路。"

沈稚子随口问："马上要上晚自习了，你去办公室干吗？"

"靳余生前几天说他下学期想住校，我去找老陈要张申请表。"班长边走边说，"说实话，我有时候挺羡慕你们这些走读生的，但一想到住校每天早上能多睡会儿，我就觉得我还是住校吧，毕竟睡觉是天大的事……"

后面的话，沈稚子一句也没听进去。她只听到前半句，靳余生下学期要住校。可他明明告诉沈妈妈，他租房子的时候跟房东签订协议，一直住到高考结束。

他骗她？沈稚子皱皱眉，鼓成一只河豚。他这么不诚实，她为什么要对他这么好。

班长自顾自地说完，在三班门口停下脚步，把帮她拿的那几个平安果还回去："行了，你去找齐越，我走了。"

"谢谢你！"沈稚子下意识接过来，电光火石间突然想到什么，赶紧又叫住他，"等一下！"

"嗯？"班长回过头。

她一脸警惕："你等会儿拿了表，还要去找靳余生？"

"对啊。"

沈稚子想也不想，吼他："疯了吗！我不准你去找他！"

那一记耳光打得那么重，靳余生的脸肯定还没有消肿。她不想让任何人看见他，谁都不行。

"我……"班长不明白她怎么突然就炸了，"怎，怎么？他破相了？"

"我……"沈稚子默了默，语气一软，"我的意思是，我替你去找他。"

说着，她飞快地站在门口把齐越叫出来，向他道了谢再将苹果还回去，拽住班长转身就走："走，速战速决。"

附中学生多，宿舍一向没有空余。走读生如果想要住宿，得提前一个学期向教务处申请。拿了表格，沈稚子跟班长一起回教室。

自习刚刚开始，教室里一片寂静，她的目光扫了一圈，还是没看见靳余生。可书包还在原地，他没有回来，也没有走。心里顿时有了数，她摸摸肚子："我突然有点儿饿，我去食堂买点吃的。"

"等等，"班长赶紧叫住她，"过会儿巡逻老师过来，发现你不在，我怎么说啊？"

她"啧"一声："说我变成蝴蝶飞走了。"

走出教室，光线一下变得昏黄。夜风微凉，走廊上有人在站着背书，低声碎碎念，声音飘进风里。沈稚子两手插兜目不斜视，转过拐角，在垃圾桶前停住脚步，手悬到半空。

周围没有经过的人，风吹动纸张，"哗啦哗啦"响。

纠结着犹豫了很久，她叹口气，又收回来，低下头，目光落到申请人的名字上——靳余生。五号宋体字，机器打印，远没有他本人手写好看。风吹到脸上，许久，沈稚子闭上眼，然后认命一般地，把那张申请表从中对折，认认真真地叠好，放进口袋。

她在食堂买了两个鸡蛋。

附中的食堂随时有加餐，她把鸡蛋贴在脸上试了试温度，拼命摇头："不行不行，太凉了。"

阿姨不信："我刚从保温锅里捞出来的。"

"那……保'温'锅啊，是温的。能不能再给我热一下？我想要那种，很烫很烫的。"见阿姨面露不悦，沈稚子一副委屈巴巴的样子，装得像模像样，

"阿姨您不知道，我肠胃特别不好，不能吃一点点冷的东西，一碰就拉肚子。像上次考试吧，只是因为不小心喝了同学一口水，我的胃就闹了好几天革命，试也没有考好，排名下滑了好多名……之后我妈妈克扣我的零花钱，我现在连一块五的茶叶蛋都吃不起，只能吃一块钱的鸡蛋，您说我回去之后拿茶叶水泡一泡，这个鸡蛋能不能吃出茶叶蛋的味道……"

阿姨劈手夺过那两枚蛋，面无表情地把它们丢进沸水。

沈稚子两眼立刻笑成月牙："谢谢阿姨！"

两分钟后，阿姨用漏勺把鸡蛋捞出来："拿着。"

蛋已经烫手，沈稚子还是不满意："还是凉……"

阿姨警告："再煮会炸。"

"行吧……"

下一秒，阿姨看她从口袋里抽出一条学校小卖部买的花手帕，小心翼翼地把鸡蛋包进去，揣孩子似的。

沈稚子捧着两颗蛋，在办公室转了一圈，在教室转了一圈，在自习室转了一圈，都没找到靳余生。妥了，排除掉这些地方，她知道他在哪儿了。她果断地转身上楼，往顶层的阳台走。

夜风沁凉，繁星璀璨。教学楼顶层是一间间自习室，灯光炽烈，仿佛要逼退夜色。屋内的人纷纷低头写字，走廊上安静得不见人声。

她穿过走廊，在阳台的尽头转过拐角，心里一喜。果不其然，靳余生正背对着她，坐在阳台前，沉默地望着远方。

这是个学校的制高点，正对着学校的田径场，视野开阔，远处的高楼明明灭灭，隐隐能望见川流的人群。

他好像格外喜欢这个地方，做完作业之后，她常常见他一个人坐在这里。风鼓动衣袖，把他的校服撑成帆，仿佛下一刻就能远航，不回头地离开这个地方。

沈稚子摸摸口袋里的蛋，往前走两步。脑子里灵光一闪，又绕两步路，跑到他的右边，语气充满惊奇，"呀，看我多聪明，你果然在这里。"她若无其事地在他身旁蹲下，仰着脸笑，"靳同学，圣诞节快乐呀。"

靳余生身体顿了顿，转过来一个角度。

她的位置很讨巧，只能看见他另外半张脸。少年下颌线条流畅，脸上表情很清淡，眼中有询问的意味。

沈稚子眨眨眼，从手提袋里捞出一个扁而大的盒子："我给你准备了礼物。"是盒国产的巧克力，红色的方形包装盒，右下角落着一个手绘的唇印。

他垂眼看她，并不伸手去接。

"看我对你多好，不辞辛苦，大老远跑去给你买糖糖。"沈稚子也不在意，认认真真地帮他拆开包装，露出里面放在小格子里一颗一颗的巧克力，"你快夸夸我。"

巧克力递到眼前，女生的眼睛在夜色中发亮。靳余生喉结动了动，低声问："为什么。"

"什么？"

"往楼下泼水。"

沈稚子愣了愣，难为情地挠挠头："这，这么巧被你看到了？"

"说起来，挺不好意思的。"她尴尬地笑笑，"水管在楼下，五楼那么高，我擦完窗户后懒得再下去一趟。然后我看楼下没有人，就顺手给绿化带浇了个水。"

他不说话，唇绷成一条线，眼神微沉，在夜色中显得飘忽不定。

沈稚子心里"咯噔"一声，像是突然想到什么："你，你当时不会在楼下吧？"

靳余生神色微妙，许久，低声"嗯"了一声。

"水淋到你了？"沈稚子猛地睁大眼，"不可能吧？我瞎了？当时楼下明明没有人！"她瞪大眼，说得像真的一样，"除非你看到我站在窗边、举着水桶，打算往楼下浇水，就立刻小跑过去，用你的身体接住水！"

靳余生想，他疯了吗，为什么要那么做。

"好了，我知道了。"她冷静地将包装盒的盖子盖回去，心如死灰，"你想举报我。"

"你看见我往楼下泼水了，就套我的话，想向老陈举报我违反校规。"她冷静地推理，"可惜那是一个监控死角，你没有证据，于是你只好以身试险，制造证据。"

靳余生无力地张张嘴："我没有。"

那时候，他突然挨了一耳光，正恍惚着没有回过神。站在他对面的姑姑，突然就被兜头一桶水……浇了个通透。不偏不倚，分毫不差，连一滴水渍都没溅到他身上。他不敢相信，到底什么人才能有这种准头，标枪运动员吗？

听见他否认，沈稚子一颗心落回实处，眼中笑意又浮现出来。

"那你来尝尝我买的巧克力。我可喜欢这个牌子了，名字好听得跟开过光似的。"她一本正经地安利，"来，你看一眼。"

靳余生望着缥缈的夜色，不说话。

他连茬都不接，剩下的戏要她怎么往下演。沈稚子恼羞成怒，一巴掌拍在他胳膊上："看一眼！"

靳余生身体一僵，没办法，低头垂眼看过去，看到壳子上写着一个大大的"AMOVO"。

沈稚子美滋滋："你觉不觉得，它的名字，最后这三个字母，特别像那个好萌好萌的颜文字？"

"就是那个'OVO'。"沈稚子见他没什么反应，顿时了然，"我知道了，肯定是你没见过那个颜文字。没事，我这人最乐于助人了，你不知道的话，我可以表演给你看。"

靳余生太阳穴开始疼。下一秒，他眼睁睁地看着她，鬼鬼祟祟地，小心翼翼地，从口袋里掏出两个煮鸡蛋，悬到了眼前。

夜风微凉，带起少女的刘海，露出光洁的额头。自习室里的灯光从窗口流泻出来，在她身后洒下一大片糖霜。她努力笑得弧度大一些，两颗蛋举起的高度却不大一致，乍一看过去，像是一个狡黠而快乐的"ov0"。

靳余生微怔，呼吸一滞。心仿佛坠入深海，全世界没有声音，一瞬间安静下来。

只剩她。

全是她。

沈稚子的视线被鸡蛋挡住，看不到他的神情，许久听不到回复，只好一直问："你看你看，像不像，像不像？"

他不说话。

半晌，沈稚子顿了顿，有些失望地放下手。她低下头，失落像潮水一样涌上来。逗他笑一笑好难啊，如果生在古代就好了，他不开心的时候，她还能烽火戏诸侯给他看。不像现在，她永远不知道什么事情，能让他快乐。

这边正在心里疯狂打退堂鼓，那一头，靳余生突然低咳一声："烫吗？"

沈稚子一愣："什么？"

"蛋。"虽然拿在手中，可她小心翼翼，只用两根手指，好像很烫的样子。

"还……还行。"沈稚子摸一摸，还嫌它不够烫。毕竟这个东西，太凉的话就用不了了……思绪兜转一圈，她随口胡诌，"你不知道，这是我们家祖传的武功，拿两个滚烫的鸡蛋放在手里玩，长年累月可以强身健体。"

你家里祖宗知道这事儿吗……

"所以，"她犹豫了一下，舔舔嘴唇，"你要不要也试试？"

"鸡蛋很好玩的，真的。"她苦口婆心，毕竟绕了那么大个圈子，这才是今天的重点，"我们家祖传的玩法特别多，我最喜欢把它剥掉壳，隔一层手帕，放在脸上滚了。"

靳余生看着她，眼底微动。

沈稚子有些心虚，还要假装自信地叨叨："你想啊，鸡蛋里面有这么多蛋白质，它有什么营养物质，我都可以直接用毛孔吸收……"

前几天刚刚下过雨，空气中有潮气。她眼中盛着不息的灯火，有流动的光从中经过。

靳余生喉结微动。

风带起她高马尾的末梢时，乌黑的发丝在空气中伸展，他想抬手碰一碰，手指动了动，挣扎一阵，却还是收回来。

这种时候，他总是羡慕风，风能拥抱她。

闭上眼，靳余生叹息："回去做作业吧。"

突然被打断的沈稚子如鲠在喉，她叨叨了那么多，就换回句……就换回句，去做作业吧！去他的做作业！为什么对做作业这么执着，做作业能做成年级第一吗……等一下，她心塞地意识到，好像真的能。

沈稚子挫败极了，觉得自己像只无家可归的小可怜鹌鹑。

"哦……"沮丧地站起身，沈稚子把巧克力和鸡蛋还有手帕一股脑地塞给他，"那你记得好好玩那两个蛋。"想到什么，她赶紧补充，"那两个鸡蛋。"

靳余生的指骨无力地抵上眉心。

"那我走了。"她有些依依不舍，转身的瞬间，听见他低沉的声音。

“谢谢你。”微顿，他低声说，“我会认真玩的，那两个鸡蛋。”

等她离开，靳余生垂眼看着放在手帕里的鸡蛋。半晌，他伸出手，一点一点地剥开蛋壳，露出光滑而烫手的蛋白，然后把它裹进手帕，覆上被打过的左半边脸，来回揉一揉。

沈稚子拖着沉重的步伐回到教室，班长见到她，赶紧小跑过去：“刚刚老陈找你。”

沈稚子撩起眼皮看了一眼，盛苒也不在，估计是为了泼水的事。

她烦躁地揪揪头发。虽然……泼人的确不太对，但如果能重来一次，她甚至想把那一耳光还回去。什么话不能好好说，非要打人。

想到靳余生，她心里的小酸水又不受控制地冒上来。好像在心口切开了一个小柠檬，青而酸涩，可放在口中含得时间长了，又觉得甜到舍不得……自虐一样。

她垂头丧气地走进办公室，除去老陈和盛苒，屋子里还有几个或站或立的学生，正捧着课本，低声向老师们请教问题。

老陈眼尖，一眼望见她：“沈稚子！过来！”

她不情不愿走过去。

“我让你们打扫卫生，没让你们报复社会，你往楼下泼水干什么！”

沈稚子抬起头，接住电光火石间盛苒投来的眼色，表情立即变得惊讶而无辜：“没泼啊。”

老陈气急败坏，“盛苒也说你们没泼！”

沈稚子眨眨眼：“口供对上了不就对了嘛。”

“胡扯！人家家长刚刚都找上门了！”老陈怒斥，“她过来的时候，从头到脚都是湿的，就问我刚刚有没有学生在楼上！今天整栋楼擦玻璃的人就你俩，不认账还想把锅推给谁！”

沈稚子小声试探：“哪位家长？”

“靳余生的家长！”

沈稚子若有所思，长长地“哦”了一声。

难怪她看那个女人眼熟……现在想想，眉眼的确跟靳余生有一两分相似。可也只有一两分，那应该不是他的母亲，或许是他的哪个亲戚。思绪转一圈，沈稚子点点头："那我去跟靳余生道个歉。"说着，就要走。

"回来！"老陈怒喝。

沈稚子只好又转回来。

原以为他要发作，没想到他沉默了一瞬，竟然叹了口气："人家家长不追究，是找不到能追究的人。我是真懒得管你们，你们都高三了马上要高考，能不能消停会儿？"

领完老陈的耳提面命，盛苒跟沈稚子一起出门。

"你刚刚干吗去了？"盛苒问，"老陈找你半天找不到，活生生把那女人都耗走了。"

沈稚子心不在焉："我去烽火戏诸侯。"

这话说得没头没脑，盛苒却突然反应过来："你往楼下泼水，是因为看见了靳余生的家长？"

"嗯。"

"为什么！"盛苒睁大眼，"正常人遇到暗恋对象的家长，第一反应难道不是争取印象分吗！哪有一上来就结仇的，自寻死路吗！以后的日子还过不过！"

沈稚子垂着眼，手指无意识地搅上自己的发梢。哪有为什么？她就从来都不问为什么。

就像她从没有问过，为什么靳余生明明穿着跟沈湛一个牌子的T恤衫，却在电玩城打工；为什么他成绩那么好，却要转学来明里市；为什么他看起来拥有那么多，却永远没有安全感。

"我只是觉得……"她垂着眼，灯光打到睫毛上，留下小小的阴影，"他家里人，好像对他不太好。

"如果他家里人对他不好的话，那我……"

我应该对他更好一点。

再好一点。

第二天，靳余生是戴着口罩来上课的。

他个子高，气场本来就清冷，黑色的口罩遮住半张脸，像某个刻意低调却反而变得更加显眼的明星。

沈稚子撑着脑袋，遗憾地想——果然，想要一夜就彻底消肿，根本是不可能的事。下了晚自习，她思索一阵，"噌噌"跑到靳余生面前，叹息："我觉得我已经老了，一天不跟你说话，像是老了八十岁。"

靳余生正在收书包的手微微一停……这个话，他该怎么接？他是不是该说，我也老了八十岁。

"可是看到你的时候，又觉得自己年轻了八十岁。"猜到他不会开口，她自顾自地一本正经，"一定是因为你认真修炼了沈家的武林绝学，内力四溢影响了我，让站在你身边的我也跟着返老还童。"

靳余生沉默了会儿，声音低沉："想说什么？"

能不能直说？他尝试过了，可他实在是猜不到她的想法。

沈稚子眨眨眼："鸡蛋好玩吗？"

靳余生想了想："好玩。"

"那你今天也要记得玩。"沈稚子眼巴巴地看着他。

他皮肤白，口罩遮不住整张脸，眼角下方仍然隐隐有红晕。只不过其他同学都以为他感冒了，没有多问。

他点头："好。"

"但，但是，"沈稚子有些慌张，"你不要误会，我不是在推销鸡蛋……只是我想，如果今天我也给你送现成的鸡蛋，万一没人看着你练功，它很快就会凉……那你还得拿回去重新热。"她有些纠结，"可是昨天食堂的阿姨告诉我，鸡蛋热久了会爆炸。"

她很害怕，他连早饭都不会做，如果带鸡蛋回去热，会不会被两颗蛋炸瞎。

靳余生张了张嘴，说不出别的话："我知道……"语气里有满满的无可奈何。

"那，既然……我把沈家的武林绝学都告诉你了。"沈稚子眼睛骨碌碌地转，"这个周末，我能去找你玩吗？"

靳余生抿唇："嗯。"

他这么爽快，沈稚子倒是愣了愣，半晌才反应过来。

他说什么？他说嗯！他没有再拒绝她！也没有再神情冷淡地让她滚回家写作业！

沈稚子开心得想出去放一挂鞭炮："你真棒！那我们电玩城见！"

靳余生下意识道："别去电玩城。"电玩城不适合做作业，所以他换了打工地点。

沈稚子一颗心飞快地冷下来。

"我的意思是，"他赶紧补救，"我不在那儿打工。"

沈稚子倏地睁大眼："你被开除啦？"

"没。"

她不相信，表情十分痛心："是不是因为上一次，你滥用职权开箱，把所有娃娃都给了我？"

靳余生开始怀疑人生。是他声音太小了吗，她好像听不见他说话。

"如果是因为这个的话，我可以勉为其难，把那些娃娃都还回去的！"沈稚子只是想在他面前表现一下自己的大度与无私，满脸都是苦情剧女主的大义凛然，"我也可以解释给你的领班听，那都不是你的错！要怪就怪无情的命运，让我们相遇！"

他不想听这个了，他想听点儿别的声音。靳余生抿住唇，眼眸微沉，薄唇绷成一条线。

"但，如果全都还回去的话……"说着说着，她又有些舍不得，"我留一个行不行？只留一个。"

靳余生忍不住，"娃娃是我付钱买的，不用还。"他微顿，声音低沉，"我把新的打工地址发给你。"

沈稚子缓慢地眨眨眼："你没有加我微信好友。"

他犹豫了一下："因为我没有你的手机号。"

他把自己的号码给她之后，明明等了很久，可一直不见她来加他，他以为她忘了。可她如果真的忘了……他又觉得，情有可原。毕竟……他凭什么被人记得。

"这怎么能怪我，我很早之前就加了！可你一直没有回复！"沈稚子不可思议地睁圆眼，语气很委屈，"我还一个人难过了好多天！"

靳余生微愣，立马反应过来。微信绑定的是旧号码……可她存的却是自己的新号。那她搜到的人很可能不是他，又怎么会通过她的好友请求。

"我知道了，那现在加吧。"手伸进口袋，靳余生微微一怔，声音闷闷地道，"我的手机不见了。"

沈稚子沮丧得要死："能不能别找这么多借口？"

靳余生放下书包："我去楼上看看。"

正巧班长从自习室回来，见他俩站着不动，好奇道："怎么了？"

"我手机找不到了，不知道丢在了哪。"

"那简单，开声音了吗？"

靳余生"嗯"了一声："开了振动。"

"找个有你手机号码的，打个电话不就行了。"班长是个热心肠，顺着周围问了一圈，"你们谁有靳余生的电话？"

沈稚子有。

靳余生张了张嘴，没说出口。她看起来好像有点儿生气……是在生他的气，如果现在过去跟她说话，她会不会更生气。他垂下眼，不想让她不开心。

晚自习已经下了课，教室里还剩一半多点儿的同学。听到班长这话，大家的神情都变得有些微妙。班上没人存靳余生的电话，他的电话号码跟黑客机密似的，根本就没人能活着拿到。

"那个……"教室里沉寂半晌，有人轻轻地提醒，"许时萱不是有吗？"她那么高调，恨不得告诉全年级，只有她存有靳余生的电话号码。

说曹操曹操到，下一秒，许时萱刚好抱着课本从楼上下来，推开教室的门，所有人的目光齐刷刷地聚集过去。她微怔，声音细细地问："怎么了？"

班长简明扼要地说明原委，许时萱恍然大悟，笑道："这样啊，小事。"下一刻，她的目光不疾不徐地扫过每一个人的脸，最终落在面色不那么好看的沈稚子身上。

她看着沈稚子，在心里冷笑。死皮赖脸地黏着靳余生又有什么用，这么久了，他连号码都没给沈稚子。冷嗤一声，她从口袋里掏出手机，慢条斯理地调出靳余生的电话，点击绿键，再顺手按免提。

下一秒，静寂的空间里，众人屏住呼吸，听见一个响亮的机械女音——

"对不起，您拨打的电话是空号。"

教室中陷入一片诡异的死寂。

许时萱拿着电话，脸色一阵青一阵白，手腕慢慢开始颤抖。没有人敢说话，生怕稍一触发，她就"哇"地一声哭出来。

盛苒从门外回来，一推门就吓了一跳："怎么了啊这是？谁给你们下咒了？"下一秒，许时萱"哇"地一声哭了出来，周围几个人连忙上去劝。

盛苒一脸蒙。她不想理"嘤嘤怪"，上前两步，把手机还给沈稚子，"给，我打完了。"顿了顿，又忍不住问，"我就出门打个电话，这一个个儿的都怎么了？"

"许时萱自告奋勇，要给靳余生打电话。"沈稚子有些不忍心，又带着点儿难以言喻的窃喜，"结果电话是个空号。"

盛苒愣了愣，不可思议地捂住嘴。"太刺激了吧？"她不敢表现得太明显，手掌下传出断断续续的笑声，"他……他给许时萱的电话是假的？那她这段时间是在装什么？"

"何止电话号码是假的，"沈稚子小声嘟囔，后半句话压得很低，"他连给许时萱的名字都不是真的。"

靳余生的表情一言难尽。下一秒，他看着沈稚子走过来，停在自己面前，仰起头，她的神情平静而认真："我警告你，如果我存的这个电话也打不通……我就揍你。"

靳余生垂下眼，目光落到她白皙的手指上，看着她在通信录上点击名字首字母，自人海中调出名片——"靳余生"。她按下绿键，沉默三秒，教室中响起一阵低低的振动声。盛苒循着声源，在最后一排的礼品袋中找到他的手机。

场面一时之间变得更加尴尬。

沈稚子也愣了一下，旋即飞快地反应过来。舔舔嘴角，她心里那点儿不受控制的窃喜，在一瞬间发酵成疯狂涌动的雀跃。

他怎么这么可爱……连给其他人的电话号码，都跟给她的不一样。

沈稚子抬起眼，赶紧道歉："对不起，我误会你了。"

白色的灯光下，她长而鬈的睫毛轻轻颤动。靳余生别开眼，没有说话。

"我就说嘛，靳余生是个好孩子。"她垂着头扯他的校服衣角，语气轻松得仿佛根本不是在卖乖，"对谁都很诚实，从来不会骗我。"

刚刚谁说要揍他。

"不过，我这个人平时很犟，轻易不向人低头。"她舔舔嘴角，试探着说，"所以，你得接受我。"

他微微眯起眼，低气压又隐隐压下来。沈稚子秒怂："接……接受我的道歉。"

靳余生喉结滚动，没有说话。许时萱哭得抽抽搭搭，他屏息听了一会儿，心里涌起一股烦躁。下一刻，又拿起背包："走吧。"

沈稚子像只小鹌鹑，低低地"哦"了一声，心里头有点儿挫败。不过想想……又觉得，算了。靳余生还是有进步的，进步很大。她应该多夸夸他，不可以操之过急。安慰完自己，她跟盛茜挥手道别，先他一步出教室门。

他走在她身后，隔着几步路的距离，眼睛一眨不眨地，视线始终停留在她身上，目光深沉，像浓得化不开的夜色。

许时萱也在他身后，望着他。可他一次头都没有回。

靳余生换了兼职，新的打工地点在图书馆。

清晨出门，沈稚子照他先前的嘱咐，带了几本习题。站在穿衣镜前，她提着平时补课才用的帆布背包，慢吞吞地想，周末从没这么早起来过，这感觉……像是约了人，要一起考清华北大。

天微亮，沈爸爸穿着睡衣起来倒水，见女儿穿得整整齐齐，犹豫了一下才敢凑过去："你……梦游？"

沈稚子呸他："醒着呢，我要去图书馆。"

沈爸爸："说什么胡话！回去躺着！"

沈稚子无语……

"不是，这大清早的。"沈爸爸看眼表，才七点多，"今天是周末，你跟谁出去？"

"我约了靳子瑜，"沈稚子想想就开心，陶醉得像个怀春的小姑娘，"一起考清华北大。"

沈爸爸的表情瞬间冷下来。

"崽，"他放下水杯，语气平静又悲伤，"阿爸对你非常失望。"

"啥？"

"你临阵倒戈，叛国投敌。"他指责她，"阿爸不仅失去了你妈妈的爱，现在眼看着又要失去你的。"

沈稚子沉默了会儿，语气柔软而可怜："那你还要我吗？"

"要，"沈爸爸想也不想，从钱夹中抽出几张钞票，"拿去花。"

"谢谢爸爸！"沈稚子开开心心地接过钱，飞快地在他脸上"吧唧"一口，

"我不回来吃午饭了，晚上会早点回家。"

"崽，"沈爸爸眼疾手快拽住她，"你不要走，爸爸跟你说两句掏心窝子的话。"

"嗯？"

"美色都是靠不住的，你爸爸当年玉树临风风流倜傥，现在不还是落得这个家里狗都不如的下场……"

"够了，"沈稚子冷漠地抽出胳膊，"我走了。"

沈爸爸小声："他以后在家里，地位也会不如狗的。"

手本来已经摸到门把，听见"家"的字眼，沈稚子心下一动，又转回来："等等，爸爸。"

"嗯？突然想通了？"

"不是……但我突然想起来。"她顿了顿，"我好像从来没有问过你——靳子瑜为什么要来明里市？"

"具体为什么，我也不太清楚。我听你妈提过一次，好像是他家里有人去世了。"沈爸爸想了想，"似乎是发生了一场车祸……"

沈稚子的心跟着一揪。所以果然……跟他的家人有关系。

"但靳家人情关系挺复杂的，我也搞不清。"沈爸爸说，"具体的，等你晚上回来，再问问你妈。"

第五章　别怕

是沈三岁，也是沈仙女。

即使是周末，图书馆的上午，人流量也不算大。

初冬的阳光稀薄干净，沈稚子摊开作业，乖巧地坐在阅览室的桌子上……偷瞄跟她隔着一个书架的靳余生。

时节接近年底，气温一天天转低，他穿着件深色的大衣，里面是浅灰色的高领毛衣，色差反衬，下巴显得更白。少年气场清冷，低着头看索引号，戴着白色手套的手指落到书脊上，曲起优雅的弧度。

沈稚子眨着星星眼，觉得他整个人都在发光。今天也好想摸摸他……她小心翼翼，苍蝇搓手似的凑过去："靳同学，你这儿这么多书，怎么不让热心肠的沈三好帮帮你呀？"

靳余生身体僵了僵，抬起头，目光很警惕。

她毫不在意，不着痕迹地靠近他："你别怕呀，这里又没有别人，没人会看到的。"

就是没人看到，他才更害怕！本来以为，换了地方安静下来，沈稚子就能更专心地背单词。可他忘了，她根本就是只停不下来的猴子。眼看她的手就要若无其事地碰到他的外套，靳余生赶紧退后半步："你不要站得……离我这么近。"

"为什么？"沈稚子看起来很受伤，"上次电话号码的事情，我已经跟你道过歉了。我们是同学，你不能一直这么冷漠，拒我于千里之外。"

靳余生有些无措："我没有。"

"你总是这样，有什么话都藏着掖着。"她垂下眼，睫毛颤啊颤，"你不开口，我怎么猜得到你在想什么呢？不知道你在想什么，我怎么知道什么事情会触怒你呢？你总是这样，二话不说就生气，二话不说就不搭理人。"

其实这小半年相处下来，沈稚子心里已经差不多有数了，大概知道踩到靳余生什么地方会生气，什么地方他不会，所以她一直小心翼翼又锲而不舍地，在他底线的边缘试探。

莫名其妙地被她指责了一通，靳余生有点茫然。其实他什么都不想说，可他又不能甩掉她，不能拒绝她。一拒绝她，她就不开心，沮丧得像只被打湿毛的鹌鹑。

他好怕看见她不开心。

"你想听什么？"思绪兜转一圈，靳余生开口的时候，声音里难得地带了点儿小心。

眼见话题成功被自己带跑了，沈稚子一阵狂喜，然后，她畏怯地看着他，说："我想听的有好多，我们来玩快问快答。"

"嗯。"

"喜欢明里市吗？"

"嗯。"明里市气候很好。

"觉得明里附中怎么样？"

"还行。"跟以前的学校差不多。

"靳子瑜和靳余生哪个好听？"

靳余生沉默了一下："换一个。"

"那，那……"沈稚子有些失望，"你得接受惩罚。"

靳余生很纳闷，快问快答还有惩罚？这什么破游戏！

"惩罚就是，"她舔舔嘴唇，眼睛亮晶晶的，"你可以问我一个问题。"

少女眼神明亮，阳光稀薄，映得她桃花眼中光芒四溢。靳余生愣了一下神，下意识地移开目光。

沈稚子满脸期待。

他思考了很久，半晌，抿抿唇，问："那……你为什么要叫沈三好？"

沈稚子脸上的笑容慢慢消失。他的脑子到底是什么构造，怎么想了半天，就想出这么一个小破问题。正常人的思维里，难道不该趁机问八卦吗！你有没有男朋友啊、有没有喜欢的人啊！他为什么都不接茬……

沈稚子捂着脸，心塞得说不出话，表面上却还要装得很和蔼很善解人意：

"你想好了吗？真的就问这个吗？机会只有一次哦，我允许你改一遍。"

"不用了，"他想也不想，"我就想知道这个。"

沈稚子有些纠结，沈三爷的名号，是以前打架打出来的。她读书早，比同级人都要小，那时候身边也没有能说上话的女孩子。为了不被群体孤立，就跟一群男生一起玩，从小打到大。

高中之后她不再生事，这个名号却被长久地保留下来。直到后来遇见靳余生，她在教室里跟盛苒开玩笑，说让她以后叫自己"沈三好"。

那时候声音那么小……没想到，他竟然听见了，而且记到现在。沈稚子十分踌躇，担心说出真相，会被他误会成不良少女。

"我不能说，"于是纠结半天，她还是决定咬紧牙关，"说出来了，你会被吓哭。"

"万一你被吓哭了，我还得安慰你，那多得不偿失。"她言辞恳切，"换一个问题吧，你问点儿别的，下一个我肯定好好答。"

"有没有想过，"他打断她，"换一个更贴切的外号？"

她微怔："比如呢？"

阳光斜斜洒进来，在他侧脸留下一片明亮的光，靳余生转过来，眼中深不见底，却好像有隐隐的笑意："沈三岁。"

沈稚子抱着手机，开心得像个傻子。她偷偷摸摸地，把微信和QQ的昵称都改成了"沈三岁"。

一点开微信，盛苒的消息就一条条蹿出来：

"沈湛他们几个，明天要出去玩。

"圣诞节聚一聚。

"你过不过来？

"吃饭的地方还没定，你有没有什么特别想吃的东西？

"回消息！再不回就绝交了！"

末尾那条的发送时间，是一个小时前。

沈稚子忙不迭打字："对不起啊，我没看见。"

盛苒秒回："别来了，智障！"

沈稚子："……"

盛苒："你在哪！"

沈稚子正襟危坐，浩然正气："图书馆。"

盛苒完全不信："说什么胡话呢你，你什么时候周末去过图书馆！要来赶紧过来，陈年菜馆406，江连阙和骆亦卿他们也都在。"

沈稚子想了想："下次吧，今天我不去了。"

盛苒心里响起警报："你跟谁在一起？"

沈稚子美滋滋："靳余生。"

盛苒："天哪，你连休息日都不放过他！"

沈稚子沉默了会儿，慢吞吞地打字："我想从他嘴里套点儿话……你不觉得他身上秘密特别多吗？让人超级想剥开看看。"

盛苒一乐："那你把他也叫过来呗，我们帮你灌他。"

沈稚子简单想象了一下那个画面——靳余生个子高，皮肤又白，如果喝了酒，大概会脸红……一路红到脖子根。如果他站立不稳，就会靠在她身上，被她抱着，眼神迷离，毛茸茸的脑袋无意识地往她颈间蹭，像条大狼狗。热气呼出来，扑到她的耳畔，然后她会听见，他用那种低沉又饱含躁动的声音，撒娇似的喊她，我好难受啊，稚子……

她一个激灵，疯狂摇头："不要！他去了，你们只会欺负他！"

盛苒："呵，你倒很护犊子。"

沈稚子睁圆眼："那当然！我现在在他那里连昵称都有了，他叫我沈三岁！是不是特别宠溺特别好听！"

盛苒默了默，有些不忍心："你不觉得他在骂你，弱智？"

沈稚子认真思考一阵，摇头："不觉得。"

三岁有什么不好？她想来想去，还是觉得很开心。就算是委婉地骂她弱智，她也认了。

谁让这是靳余生送她的昵称。

日近晌午，沈稚子趴在桌上，无聊透顶。她从来没有这么乖过，才周六上午，她就做完了所有作业。

唉，她在心里叹息，她真是把一辈子的乖巧都给了靳余生，可他冷漠无情，根本不让自己靠近他，也不让她帮他忙。也不知道他上辈子积了多少德，这辈子才能遇见她。

沈稚子"啧"了一声，哼哼唧唧，下一秒，被一个少年的阴影笼罩住。沈稚子连忙乖巧地坐起来。

靳余生顿了顿，问："饿吗？"

沈稚子点点头，想了想，又摇摇头。如果他问，饿吗？她答，饿。然后他冷笑一声，说，饿就忍着！那不是很残忍。于是她只好假装："不饿。"

靳余生看着她，怀疑她又在心里想象邪恶的自己……也不知道到底邪恶到什么程度。他无可奈何，叹口气："走，去吃东西。"

刚刚走到社科阅览室门口，他们就见一个中年男人快步走过来，先他们一步拉开了门。目光相撞，男人面上一喜，"余生？太好了，你还没走。"说着，男人掏出一副断成两截的对联，"我这门对子前两天被风吹掉了，正好你今天在，你再帮我写一副？"

沈稚子的目光扫过他的胸牌，有些讶异，这人竟然是图书馆的馆长。

脑子里飞快地过了一遍人物关系，她猜，这份兼职大概是周有恒推荐给他的。周有恒跟市里这些搞文化产业的人，总是脱不开关系。

靳余生短暂地皱了皱眉，想推托："可我……"

"别推了，挂门里面的，不放大门。"馆长以为他要自谦，风风火火地道，"而且挂不了几天，等过段时间大年三十，我让你老师帮我写一副新的。"

靳余生抿住唇，目光落到沈稚子身上。沉默了半天，沈稚子后知后觉，发现他一直在看她，馆长也在看她。她猛然反应过来，不可思议地睁大眼："你是在征求我的意见吗？"

"没问题没问题。"沈稚子受宠若惊，"你写一辈子都没关系的，我可以等。"

靳余生没说话，写副对联本来也用不了很久，他打算速战速决。

毛笔吸满墨汁，沈稚子饶有兴致地凑了过来："我还没见过你写字呢。"

以前他和她的课程，一个在上午，一个在下午，从来都没遇见过彼此。

她单手撑脸，微微歪着头。少年十指修长，骨节明晰，拿笔时弓起的角度也很漂亮，优雅又不失风度。他垂眼看字，神情专注而认真。她便有冲动，想变成纸上的字。

"周老师以前老夸你，还说我的小师兄有绝活。"沈稚子低着头，语气中有些羡慕，"他说你能模仿别人写字。"

靳余生拿笔的手明显一僵，手背上的青筋都慢慢凸出来。可她毫无所觉，还在埋着脑袋碎碎念："这对联写的什么呀……哎，你是不是能照着周老师的字，写出一模一样的来？"

他不说话。

她终于有所察觉，抬起头："怎么了？"

靳余生垂着眼，半晌，低声说："我不能。"声音里浮动着压抑隐忍的怒气。

沈稚子愣了愣。不知道是不是她的错觉，她觉得，连他的声音都在微不可察地颤抖。

他顿了顿，说："我不会制作赝品。"

沈稚子缓慢地眨眨眼："我没有说你在制作赝品呀。"

她的声音很小心，靳余生愣了一下神，一瞬间理智回流，顿时被心头涌起的愧疚包裹住，可又不知道，该怎么解释刚刚下意识的反应。

他的恐惧，流淌在血液里。

半晌，他张张嘴，有些局促地转移话题："你往旁边站一点。"

"你又要赶我走，"沈稚子很不满，"我就知道，你每次莫名其妙地发脾气，都只是为了赶我走。"

"我没有……"他有些无力，顿了顿，还是打算跟她讲道理，"你小心一点，找个地方坐下来。"图书馆的顶楼最近在装修，连办公室里也满地都是建筑器材，他怕她被绊倒。

少年微微低着头，一手按着纸，另一只手笔走龙蛇。沈稚子直觉不该打扰他，可又十分不甘心。想了想，厚颜无耻地凑上去："行吧，那你夸夸我，就说，沈仙女今天超级无敌乖巧，都没有打扰你工作。"

靳余生："你还是站着吧。"

沈稚子气得想跳起来踢他，多讲一句话是能杀了他吗！

"你这个样子，以后会孤独终老的。"心塞到爆炸，她一边埋着头小声嘟囔，一边迈动沉重的脚步。

沙发在办公桌的另一端，中间的过道被建筑器材积压得只剩细细一条，沈稚子屏息收腹，小心翼翼地，打算从他背后蹭过去。鼻尖一软，余光突然捕捉到什么，沈稚子一愣。

离得近了，她才发现，他的棉服外套外面，竟然有一层……短短的绒毛？看着有点像珊瑚绒，可好像又不是。她伸出一根手指，试探着碰了碰，毛……毛茸茸的？沈稚子咽咽口水，感到十分震惊。这是什么材质，手感怎么能这么好……她试探着张开手，小心翼翼地，把整个手掌都放上去，偷偷摸摸地，摸一把。

他没有反应。

过一会儿，她再偷偷摸摸地摸一把。

他还是没有反应。

沈稚子舔舔嘴唇，果然，隔着厚厚的冬装，他就感受不到有人在摸他。她突然兴奋起来，捧着脸，一下一下地撸毛。天哪，如果他不动弹，她可以在这里撸到天黑，把他衣服上的毛撸秃！

下一秒，手猝不及防地被人攥住。"咦……"沈稚子低呼一声，愣一下神，就被他攥着手腕按到了墙上。

少年身形高大，正午金色的阳光在他身侧留下一道暖洋洋的边，光芒却照不到眼底。他望着她，浅褐色的眼瞳深不见底，眼里情绪昏暗不明，有铺天盖地的压迫感。

沈稚子眨眨眼，试着抽了一下自己的手，抽不动。她突然有点怂，半晌，一本正经地清清嗓子："你，你外套的手感真的好好啊。"

靳余生不说话。这个角度，她被圈在一个狭小的空间里，只能被迫抬头看他，下巴白皙小巧，睫毛微微颤动。某种程度上，极大地满足了他的……控制欲。

靳余生心头突然涌起一股强烈的烦躁。好烦，什么都做不了。

他就这么一动不动，过了几分钟，沈稚子开始心慌，她一边不动声色地朝下滑，一边企图挣脱他，嘴上还在锲而不舍地小声说："摸……摸出感情的话，我可以负责。"但他手掌用力，握得死紧……

失败了。沈稚子开始在心里计算，狭路相逢你死我活的胜算率。他们两个的身高差二十公分，他好像也学过格斗术，如果她出其不意声东击西，或许她……

下一秒，靳余生突然放开她，不等她反应过来，"沈仙女，"他移开目光，飞快地道，"去坐着，等我。"

沈稚子愣了半天，才反应过来，她摸到了他的手……她在心里雀跃地狂奔着放了一挂鞭炮，然后兴奋地给盛苒发消息：

"我摸到他的手了！

"大清早来图书馆果然会有福利啊！"

盛苒一直没有回。

沈稚子以为她是跟江连阙他们玩嗨了，就没怎么往心里去。

靳余生写完对联，把毛笔顺手扔进笔洗，将桌面收拾干净。沈稚子留神看了一眼，觉得他的字和周有恒不像。靳余生偏爱连笔，笔锋流畅，整体感强。对比起来，老人家的字就显得更大气。不过……

"你的也很好看，"她亮着星星眼，一脸陶醉地夸，"是靳余生的，都是好的。"

靳余生垂着眼，没有说话。将写好的对联交给馆长，靳余生领着她出门。

冬日的阳光稀薄透明，像隔着层霜。

走出去两步，靳余生略一踌躇，问："你想吃什么？"

"你下午还要过来吧？"沈稚子很为他着想，"那我们找个近点儿的地方吃午饭。"

他抿唇："下午不过来，去远一点的地方也没关系。"

沈稚子有些惊讶："你的兼职只做半天吗？"

"嗯。"他本来也不是因为缺钱，才来做兼职的。

沈稚子恍然大悟："也是，你这样的学霸，肯定要花更多的时间在学习上。"

"那就去市中心吧，我记得那儿有家素菜馆，手撕包菜做得超级好吃。"她回忆了一下，笑吟吟地道，"想分享给你。"

桃花眼笑起来流光溢彩，靳余生顿了顿，移开目光："嗯。"可走出去几步，他还是没忍住，低声问："你喜欢吃包菜？"他以为她是肉食动物。

"对啊！"沈稚子大幅度地点头，"我最喜欢吃手撕包菜里的肉末了，人间美味。"

靳余生语塞，OK，fine，小问题。

乘车回到市中心，沈稚子在商场找到那家店。

坐下来，服务员递上菜单，靳余生一本正经，沉声道："一份手撕包菜，不要包菜。"

沈稚子从开始吃饭，一直笑到吃完饭。

"你太可爱了，"她真心实意，"你是我在这个世界上遇到过的，第一个可以跟我爸的可爱媲美的人。"

靳余生的表情一言难尽，他总觉得，她不是在夸他。

"但是你不要丧气。虽然你们两个的可爱程度不相上下，但你比我爸爸好看很多，所以怎么算都还是你赢呀……"

靳余生打断她："你待会儿去哪？"

今天天气不错，她打算回去睡个午觉，然后出去打球。不过……既然他提起了，沈稚子还是眨眨眼："你是想送我回家吗？"

靳余生沉默，他好像没有这个意思。但是，想了想自己今天下午的目的地，似乎可以打车顺路送她回家。于是他低声道："可以。"

沈稚子不可思议地睁大眼，今天到底是个什么日子！

"好啊好啊！"她兴奋死了，"那你顺路再去我家做做客吧，我妈妈周末会亲自下厨烤点心，她做的小饼干可好吃了！而且我家后院新修了一个网球场，如果你下午没事的话我们可以在那儿打球呀，万一晚上太晚了你就住我家……"

她还没说完，手机疯狂地振动起来。沈稚子顺手按绿键，听见沈湛的声音，他停顿了很久才开口，有些疲惫，又有些颓然："我跟盛苒吵了一架。"沉默了会儿，他问："你现在在哪，能不能过来一趟？"

沈稚子微怔，下意识答应下来，挂了电话，才想起来去看靳余生的表情。

他神情清淡，像是没什么反应，周围的气压却低了一个度。

她有些抱歉："对不起啊，我堂哥要跳河，我可能得先过去一趟。"

"嗯。"

"那……"她小心翼翼，"我们还能不能一起……"

靳余生淡淡地打断她："我们不顺路。"

一扯上别的男生，去哪就都不顺路了。沈稚子悲伤得想上吊。

照着沈湛给的地址，她在江边找到堂哥。

冬日江面波光粼粼，天光清淡，光影在水上游移，沈湛悲愤交集的吼声在江上浮动。

"不就是遇见了初中的女同桌吗，我都告诉盛苒，我们分开很久了啊！那她对我'旧情难忘'我有什么办法，我长得帅是我的错吗？

"对啊，除了今天这个，我还有很多个女性朋友！可是她怎么能说我是在玩弄她们的感情！我在她心里就是那种不负责任的人？

"难道我就没有心吗！交际花不配拥有女孩子的友情吗！"

沈稚子一个头有两个大，她怀疑，沈家絮叨的技能也是祖传的，遗传到沈湛身上，还自带单曲循环系统，能把一段话翻来覆去讲三遍。好不容易等他说累了，喘着气坐下来，第一件事竟然是问她："有水没有？我有点渴。"

沈稚子挠挠脸："来之前，听你语气那么难过，我以为你要跳江。"

"所以？"

沈稚子幽幽道："你见谁围观别人跳江，还带矿泉水的？"

沈湛转移话题："今天的事，你怎么看？"

"我没有看法。"沈稚子还在遗憾，今天没能把靳余生拐回家，"我一直在想，你叫我过来的时候，我在跟靳余生告别，他情绪看起来不太好。"

"也不知道是不是生我气了……他那个人，一直都是那副样子，什么话什么事都藏在心里，我不问，他就什么也不说。"她有些惆怅，"早知道，我应该把他叫过来，一起看你跳江。"比烽火戏诸侯好看多了。

沈湛沉默了一下："你喜欢靳余生。"

沈稚子的手顿了顿："陈述句？"

"嗯。"

"那你呢？"沈稚子突然好奇，"你喜欢盛苒吗？"

沈湛陷入更长的沉默。半晌，他问："什么才叫喜欢一个人？"

盛苒也一直问他，到底喜不喜欢她。可什么才叫喜欢？被对方牵动心情，时时刻刻记挂，生活因为对方而变得不一样——那都是喜欢吗？

沈稚子想了想，撑住下巴，轻声道："我也不知道。"

她甚至到现在都不敢肯定，自己对靳余生到底是什么样的感情。她想让他看见她，却又不希望他离自己太近。距离太近，她会有压迫感。

"唉——"沉默半晌，沈家兄妹齐齐叹气。

"既然我们都不知道，"沈湛转过来，表情很真诚，"那，我再跟你讲一遍我和盛苒的故事吧。"

沈稚子感到崩溃，因为下一句话，她又听见了："就从刚刚那个，遇见初中女同桌开始。"

不知道是因为乐极生悲，还是承接了沈湛的负能量，吹完一宿冷风，沈稚子第二天就病了。坐在教室里，她像是要把肺都咳出来："我求求你，跟沈湛和好吧。"

盛苒看着她，不说话。

"我那天听他讲你们的故事，讲了一下午加一宿。"沈稚子哑着嗓子，语气很委屈，"我肯定是被他的负能量攻击了！"

盛苒不接茬。

"我本来好好的，就因为他……"她小声说，"靳余生现在都不理我了。"

盛苒没忍住："你别什么锅都推在靳余生身上行吗，你每天都觉得他不理你了，可他什么时候真的不理你过？"

每次生病，沈稚子的理智值会被拉到最低，根本没办法交流。在她的逻辑里，她说什么，就是什么。

比如现在。

她闷闷不乐，瓮声瓮气道："那他为什么没有偷偷给我送温暖，给我买药给我倒热水……是不是我咳得不够响。"

"你这人……不是吃过药了吗。"

沈稚子沉默了，抬起眼皮，看看坐在前排的靳余生。他背对着她，一整天下来，一点儿反应也没有。她突然很厌学，垂下眼："我不想上课了，想请假回去躺着。"

盛苒想了想："也行，我去帮你拿个假条。"甫一站起身，像是想到什么，又坐回来："你最好第一节晚自习结束再走。"

"为什么？"

"物理老师要来讲题。"

沈稚子痛苦地缩回去。

她其实不怕物理老师，可物理老师废话特别多，比她还能絮叨。她要是现在走了，他能拿这事儿教训她半个月。

"我真的好可怜。"沈稚子丧如鹌鹑,"没有人爱我。"

"差不多行了啊,"盛苒哭笑不得,把自己的毛毯式抱枕拆开,盖到她腿上,"睡一觉吧,最后一排,老梁看不见。"

沈稚子迷迷糊糊:"你往我膝盖上盖了什么?隐形衣吗?快拿走,我要是隐形了的话,老梁就看不见我……他看不见我,就会骂我。"

"你都病成这样了,少说两句废话行不行。"

结果老梁进来,第一个就看到了缩成团的沈稚子。

"最后一排那个同学,你们叫她醒醒。"他一边写板书一边提醒,"老师把自己晚上的时间都拿出来给你们讲题了,你们能不能上点儿心?趴在教室里睡觉是几个意思,太不尊重老师了吧……"

沈稚子岿然不动。

老梁写完板书,转过来,见沈稚子还没醒,有点儿怒了:"我说了这么多都当耳旁风?那是谁?把她叫醒,不要逼我动手啊!我说你们是不是很不满老师占用晚自习讲课?这是老师想的吗?老师不也是牺牲自己的时间……"

盛苒根本连插嘴的机会都没有,她正想揭竿而起,前排突然一声巨响。仿佛忍无可忍,靳余生皱着眉推开桌子,站起身,凳子发出刺耳的响声,大跨步地走过来。

其他人都还没反应过来,老梁也还愣在原地。只见靳余生躬下身,长臂揽住沈稚子的腰腹,把她捞起来:"醒醒,起来。"

她半梦半醒,声音软而糯:"嗯?"

一片肃静里,他的嗓音低沉,像是在哄一个小朋友:"梁老师临时有事不来了,你回家吃药休息。"

沈稚子下意识抬起头,目光还没落到讲台上,眼前铺天盖地地落下来一件外套。他手一抬,宽大的帽檐便掉下来,遮住她的视线。衣服上残留着少年的余温,有薄荷的香味。

周围同学们都惊呆了,一个个大气不敢出,瞪大眼看着今天格外热情、特别关心同学、宛如被什么东西穿魂了的靳余生,下一秒,他低声问:"还能走吗?"

沈稚子没反应过来,愣了一阵,才吸吸鼻子:"能。"

靳余生隔着厚厚的棉服把她从座位上撑起来,低声道:"走。"

走出教学楼，沁凉的夜风迎面而来。

南方已经入了冬，沈稚子本就穿得不少，外面还裹着靳余生的外套，可身上仍一阵阵发冷。走到校门口，她清醒几分，伸手摸摸自己滚烫的脸，舔舔唇："我叫我爸来接我。"

靳余生"嗯"了一声。

"你不要等我了，"她低着头，一边小声叨叨，一边作势要脱衣服，"他可能要很久才能过来，你先回去上自习吧。"

靳余生眸光一沉："穿着！"

夜色微微凉，沈稚子埋着脑袋，在夜色里缩成一朵蘑菇，她解扣子的手僵了僵，半天，才可怜巴巴地小声道："你好凶。"

靳余生移开目光，太阳穴又开始"突突"跳。沈稚子一生病，就好像召唤出了另一个人格，比她的前一个人格还可怕。前一个人格好歹干什么都还是有理智的，现在这个不管不顾，遇见谁都要撒个娇。

果不其然，她下一句话，就是可怜巴巴的一句："你一直在生我的气。"

这又是怎么突然得出的结论！

"你认为那天我是故意的，沈湛也是故意的，我们俩合起伙来玩你，根本没想着让你去我家做客。所以你一直耿耿于怀，怀恨在心。"她说着说着，连自己都快要信了，"所以你就像现在这样，逮到机会就欺负我，骂我凶我羞辱我。"

"我没有……"靳余生无力地觉得，他才是被欺负的那个。每次她听不进去他的话，他都别无他法，束手无策。到最后，他只会毫无底线地，一次又一次向她认输。

"你说没有就没有吧，"沈稚子声音轻轻的，丧气地垂着脑袋，长长的睫毛颤啊颤，"反正我也说不过你。"

到底谁说不过谁？靳余生的心塞得不行。可她可怜巴巴地缩着，又好像是在真情实意地难过，看得靳余生心里直打鼓。他短暂地犹豫了一下："我那天，是真的不顺路。"

他长这么大，从没主动跟人解释过这种事，讲起话来手足无措，又怕说不清："我没有其他意思。"

原本送她回家，车会先经过她家，再到警察局。可是修改了路线，就会先经过警局，再送她去江边。他不想让她知道他要去警局，所以那天他毫不犹豫，就拒绝了她。

沈稚子一点儿都不信，低着头嗫嚅："可江连阙送女孩子回家时，跟我说，他南极以北都顺路。"

下一秒，她悲伤地得出结论："你不是不顺路，只是不顺我的路。"

兜兜转转，话题的核心还停留在原地。

靳余生有些不明白，她为什么这么执着。明明也不是什么大事，反正他也是打车，说起来不就是拼个车的问题……他身体一顿，心里突然浮现出一个大胆而荒唐的念头。这个念头让他欣喜，也让他绝望。

"你很在意这件事。"沉默一阵，靳余生开了口。语气平静，是在陈述事实。

可下一秒，他语气微沉，便变得难以捉摸："为什么？你在意我吗？"

风吹动树影，夜空中星子寥落。沈稚子埋着脑袋，鼻尖泛红，想也不想就点头："嗯。"

靳余生呼吸一滞。

她呼吸不畅，声音软绵绵的："在意。"

靳余生双手握成拳，平直的指甲深深刺入掌心。

沈稚子头有点儿晕，埋着头揉眼，却还在不清不楚地强调："很在意你……"尾音一沉，她的身体明显晃了晃，靳余生眼神一紧，赶紧伸手扶住她。

她埋进怀里，他才发觉她滚烫得像个小火炉，这么厚的棉服，都挡不住热度。靳余生心里一突，语气沉下去："你烧到多少度？"

"三十八度二，"沈稚子认真又乖巧，"早上出门之前量的。"

"现在感觉怎么样？"

她对答如流："好极了。"

靳余生伸出两指，在她额前探了探，指尖滚烫，一触即离。他收回手，发愁，现在绝对不止三十八度。想了想，他又问："沈叔叔到哪了？"

"不知道，"沈稚子迷糊地摇头，"我十分钟前给他打电话，他说他在公司。"

靳余生当即决定："不等了，我送你去医院。"

他打电话叫了一辆车。沈稚子团在他怀里，有气无力："你为什么突然这么殷勤？是不是想拐卖我？"

"你不要拐卖我，"她声音低得像是在梦呓，"我对你这么好。"

病成这样还在想这种事……他在她心里到底有多坏。靳余生沉默了一下，神情复杂："我对你很坏？"

她吸吸鼻子："对，超凶。"

"但是，如果你以后脾气好一点的话，"她舔舔唇，主动帮他找台阶，"我肯定马上就会原谅你的……毕竟我跟你不一样，我很善良。"

为了戴帽子，她取掉皮筋，扎散了高马尾。长而柔软的黑发，从帽子里散落到白皙的颈间。她微微低着头，两只手都放在膝盖上，袖子里露出半截手指，白皙而柔软。

路灯隐藏在树影里，光线暖昧，靳余生的呼吸渐渐变缓。半晌，他移开目光，眼中有微不可察的笑意，随着破碎的光影飘散开，声音轻而缓："好。"

我脾气好一点。

对你好一点。

晚间一路通行顺畅，很快到达医院。

急诊大厅人满为患，靳余生在导医台买了本病历本，把她塞进休息区。沈稚子坐在绿色塑料椅上昏昏欲睡，脑袋在宽大的帽檐下一点一点……靳余生在她面前蹲下，想了想，还是决定叫醒她："我去替你交钱挂号，你在这儿坐着等我，别乱跑，嗯？"

沈稚子乖巧地点点头，想跑也跑不动啊，她现在走路都是飘的。

靳余生还想说什么，可又觉得她应该听不进去。他怀疑现在就算大声地骂她丑东西，她也会点头称是。

靳余生有些发愁，犹豫一阵，他试探着伸出三根手指："这是几？"

沈稚子撩起眼皮瞄了一眼，又垂下头，一副兴致缺缺的样子。就在靳余生以为她在心里默默地骂他蠢货并且根本不打算接话的时候，她突然伸出两只手，把他的手指扣进掌心。

十指相握，是许愿的姿态。

靳余生一愣。

她迷迷糊糊："你不要怕，我不会跟陌生人走的。"

时间仿佛暂停了一瞬，少女的手掌热而软，靳余生不敢动，也不知道该不该继续呼吸。

嗡——

下一秒，包里的手机疯狂振动起来。他猛地回过神，将手抽出来。动作有些匆忙，欲盖弥彰一般拉开她的背包，他飞快地将电话递到她眼前。锁屏上跳动着一个名字：A爸爸。

沈稚子的手指动了动，又摇摇头。她脸色泛红，嘴角却很苍白，一点儿力气也没有的样子。靳余生会意，替她接电话："您好，沈叔叔。稚……沈稚子发烧太厉害，我就先送她来医院了，我们在附一院，您等会儿能来急诊大厅接人吗？"

沈爸爸明显愣了愣："你是？"

"我……"他顿了顿，压低声音，"我是靳子瑜。"

急诊大厅里人来人往，后面突然有人撞了他一下，他下意识回头，看到一个穿着普通的中年男人。男人撞在他身上，碰掉了自己的资料夹。见靳余生回头，男人朝他笑笑，低声道了歉，才俯身去捡东西。神情里不见局促，也不见不安，倒有一种……莫名的戾气。

靳余生的心不自觉地一沉，目光悄然转深，眼神一直追着他上楼，直到对方的身影彻底消失在楼梯拐角。

"那个，子瑜。"沈爸爸一声低咳，把他的注意力拽回来，"你急着回学校吗？不急的话，能不能在医院先帮我照顾一下稚子？"

直觉他出了什么事，靳余生没有说话。果不其然，下一秒，沈爸爸主动解释："我刚刚开车撞树上了……就跟你打电话的前一秒。"

他还装得十分云淡风轻："不严重，只是撞碎了一个大灯，你不用担心我。"

靳余生有些无力："好。"

挂掉电话，他看看一坐下来就迷糊着犯困的沈稚子，又看看刚刚的楼梯口。楼梯口没有人，靳余生略一犹豫，咬牙问："你能站起来吗？"

他实在是不放心，虽然只有几十米的距离，可他不想让她离开自己的视线。

"能，"沈稚子只是觉得困，嗓子里像是含着炭，可精神又不是完全混沌。毕竟他叫她的时候，她脑子还很清晰，"你多叫我两声稚子，我能跳起来跟你蹦迪。"

靳余生手臂从她肋下绕过，把她撑起来，"不蹦迪。"

她很失望："不蹦迪你也可以叫啊，你怎么这么死板。"

其实刚刚还想叫的，可她又说他坏话。那就算了。

挂完号交了钱，靳余生一言不发地帮她拿了体温计，一边排队一边给她测体温。急诊的队伍很长，可走得也快。

沈稚子靠在他身上，软绵绵地嘟囔："也不知道烧到了多少度，严重的话，我会不会被……"

靳余生有些出神，没听清，低下头去问："什么？"

"我会不会被隔离？像电视剧里演的那样。"

"如果我被隔离了，"她很纠结，"你会带着零食来看我吗？"

问这问题的时候，她已经脑补了一出《铁窗泪》。她被关在医院里，像实验室的小动物一样，床头挂着一张表，每个小时都要记录体温！没有人身自由，不允许跟外界联系，她每分每秒的呼吸里，都透露着绝望！

直到某日月黑风高，他冒着被传染的风险，带着大兜零食，翻墙来找她！

她感动得热泪盈眶，他就坐在她的床头，深情款款地望着她，温柔地握住她的手，跟她说："稚子！为了我们的未来，为了世界和平与全人类的幸福，你一定要活下去！"

沈稚子都快被自己的脑洞感动哭了。下一秒，靳余生沉声，毫不留情地打断她："不要胡说。"最近又没有爆发病毒性流感，她怎么会被隔离。

沈稚子觉得空中飞来一把横刀，正中她的胸口：为什么要剥夺她幻想的权利？她埋着脑袋，闷闷不乐地"哦"了一声。

见她不开心，靳余生心里的无措又涌上来，欲言又止地舔舔唇，他看看表，低声提醒她："时间到了。"

沈稚子把温度计掏出来，柱体显示数字：39.6。

靳余生一愣，没想到她会烧得这么高。然而下一秒，就听见她兴奋的声音，"好……好厉害。"沈稚子难以置信，"我从没见过数值这么长的温度计。"

靳余生语塞，这有什么值得开心的？！

"我都快烧到四十度了，还能神思敏捷地跟你对话。"她语气雀跃，"那我不发烧的时候还得了？你以后叫我天才少女！"

靳余生的表情一言难尽。她到底是对"正常"这个词有什么误解？她从来就没有正常过，好吗。

好不容易排队排到她，他赶紧地把她拉进诊室。医生简单地做了检查，看看体温计，飞快地将病历本扔回来："去做个血常规。"

"为什么！"沈稚子原地爆炸，"为什么发烧还要验血！"

"我已经这么惨了，你们还要抽我的血！"她看起来真的急坏了，拼命辩解，"我现在很好啊，我还有力气，你不信的话，我可以给你表演一段单口相声！"

医生不搭理她，喊号叫下一个病人。

靳余生一边低声安慰她，一边翻开病历本。见上面龙飞凤舞地写着：高烧三十九度六，已神志不清。

靳余生愣了愣，哭笑不得。他有些头疼，把声音放缓："血常规是为了查病因，你听话。"

沈稚子快哭了，理智全然不在线，她无法想象自己高烧还被人抽血的画面。太惨了，宛如卖血求生的许三观。

靳余生手足无措。想了半天，他哄她："你听话，我给你变个魔术。"

沈稚子红着眼眶，看着他。

她穿着他的黑色外套，校服里面原本是件明黄色的连帽衫，帽子下缀着两条长长的带子，摇摇欲坠地落在外面。

他抿抿唇，下一秒，将带子接过来。十指翻飞，不疾不徐地，打了个蝴蝶结。他顿了顿，轻声说："你看，小蝴蝶。"

做完血常规、交完所有费用，沈稚子拿着点滴瓶出门。急诊室没有空座，她只能凄凄惨惨地，坐在大厅里挂吊瓶。

凌晨三点，医院仍然热闹得像迪厅。

沈稚子抱着靳余生的手臂，刚想入睡，就听见凌乱嘈杂的脚步声，像是一群人涌入了大厅，接着又是一阵乱响，似乎有人摔倒，接着传出惊呼，立马便有人跟着骂娘。

这么大动静……她默默地想，不是车祸送医，就是醉酒闹事打了人。

果不其然，下一秒，急诊室里又传出滔天的叫骂声。好像是这动静吵醒了其他人，邻床打点滴的婴儿也跟着加入大军，发出尖锐的哭声。

沈稚子想睡又睡不着，难受得要命。她从帽子里探出头，目光忍不住向上，又落到靳余生脸上。少年微微合着眼，正靠在座位上闭目养神，唇绷成一条线。他的睫毛在眼睛下方投下小小的阴影，看不出疲惫程度。

恢复了几分神志，沈稚子才后知后觉地想起来："你冷吗？"她声音很轻，像是在试探他有没有睡着。可靳余生还是睁开了眼，眼底浮动着清醒的关切："你冷？"

沈稚子摇头："我不冷，可你没有穿外套。"

他校服里面好像只有一件针织衫，看起来也不怎么厚。

靳余生下意识道："不用管我。"

沈稚子缩缩手，低低地"哦"了一声，看起来有点儿失落。

靳余生喉结微动，注意到她发干的嘴唇，轻声提议："我去给你买瓶水？"高烧的病人的确应该多喝水，转来转去地忙了半宿，他竟然忘了这件事。

"不要水，"她想也不想就摇头，"我要吃草莓味的可爱多。"

"好，"他很爽快，站起身，"我给你带盒奶。"

沈稚子眼里刚刚亮起来的光，一瞬间又暗淡下去，气得想抬脚踢他，可是又舍不得。

靳余生低头看她——被包裹在厚外套里，像一只懊恼又别扭的小动物。他心里好笑，隔着厚厚的帽子，摸摸她的脑袋："草莓味的。"声音里有安抚的意味。

沈稚子瞬间偃旗息鼓。她眨着眼，安静地看着他走远。过了犯困的时间，她睡意渐退，脑子反而慢慢清醒起来。点滴的效果立竿见影，体温也在慢慢降低。

沈稚子舔舔唇，慢吞吞地回忆这一整晚发生的事……有点窃喜。她低着头自娱自乐，眼前突然出现一双脚。她一乐："你怎么这么快就……"

话语突然停住——不是靳余生。

她微微一怔，抬起头。

医院便利店，与急诊大厅距离两百米。夜色深沉，周围除了路灯，没有别的光源。所以在夜晚，两栋建筑都很显眼。

靳余生步行来回，可以控制在三分钟以内。夜里去便利店的人也不多，他找东西加付钱顶多需要两分钟，他有自信，能在五分钟内回到沈稚子身边。而且，急诊大厅四面都是玻璃墙，即使隔着两百米的距离，他也可以看到她。

唯一的盲点是付款处。

所以见店员扫来扫去扫不出条形码时，靳余生连一秒钟的耐心都不想给："不能直接付钱吗？"

店员是个新手，也是第一次上夜班。闻言，有些局促地涨红了脸："对不起先生，这是我们医院的规定……"

靳余生短暂地皱了皱眉，不再说话，往回走两步。隔着两百米的距离，白色的灯光下，沈稚子还坐在原地。她微微低着头，像是在认真地观察自己的鞋，像个想象力丰富的、耐心等家长去接的小朋友。

靳余生的嘴角不易察觉地动了动。

"不好意思啊，先生。"耳畔"嘀嘀"两声，店员终于扫出了商品码，有些抱歉地道，"牛奶需要帮您热一下吗？"

他想了想："要多久？"

"很快，一两分钟。"

他又折回去一点看了她一眼，确认沈稚子还坐在那儿，才答应下来："好。"

可就是那么电光火石间，沈稚子不见了。靳余生拿着热牛奶走出便利店，眼前一花，脑子都跟着空了一下——她不见了。那么一个大活人，不可能的……靳余生用力闭一下眼，以为自己精神衰弱，已经疲惫到了出现幻觉的程度。

浓稠的夜色之下，急诊大厅依然人来人往，白色的灯光安静落地，一切如常，最后一排的塑料座位上却空无一人，连背包都消失了。可她的手机……她的手机还在他手上。

她不是自己走的。靳余生嘴角泛白。他不受控制，脑子里只剩一个念头。

他开始朝急诊大厅的方向跑。几乎同一时刻，大厅里传来巨大的玻璃破碎声。仿佛蝴蝶效应，有人挥着棒球棒用力击碎了后台的窗玻璃，火苗从药材室里蹿出来，以迅雷不及掩耳的速度，迅速蔓延开。

医院里灯火通明，一瞬间，耳边响起各种各样的叫声和呼喊声。

"急诊室着火了！"

"快打电话报警！"

"立马通知保卫处！有人故意纵火！"

靳余生头疼欲裂，眼中看不到火苗，也嗅不出烧焦的气味。他眼中的世界，现在是灰色的。

火从最里面的中药药材室燃起来，不知道会不会波及外面的诊室，人群被紧急疏散，蜂拥而出。抱着婴儿的妈妈一边皱着眉头骂倒霉，一边目不斜视地往外走。

靳余生逆着人流，假装镇定地，一间一间地打开诊室和休息室，对着空气，平静地问："沈稚子？"没有人，他便机械地关上门。

他强迫自己冷静，却无论如何都冷静不下来。记忆刻在骨子里，每打开一扇门，他都恍惚地以为，自己会闻到扑面而来的腥气——血的味道。

就像当初，他的父母死在一场蓄意肇事中。他哭不出来，只是不停地呕吐，直到吐出胃液和胆汁。

凶手作案动机不明，他作为直系亲属，被列成了高危目标。如果推测成立，那他身边的任何一个人，都有可能是凶手，都有可能在暗处……不动声色地窥视他，窥视靳子瑜。

"靳子瑜"这三个字像诅咒，会给他身边的每一个人，都带来无法想象的厄运。

冷汗顺着脊柱往下滑，靳余生慢慢扶住墙。从昨晚到现在，他滴水未进。可他想吐，想把内脏都吐出来。

嗡——

偏偏不合时宜，口袋里的手机一阵振动。他看也不看，抬手挂掉。他不该接沈爸爸的那个电话，不该在公共场合，不加掩饰地，自称靳子瑜。

嗡——

手机又振动起来，他还是挂断。靳余生半躬下身，手肘抵住胃，企图消减强烈的呕吐感。

手机还在锲而不舍地振动。

他烦不胜烦，将手机砸向墙壁的前一秒，脑海中飞快地闪过一个念头。突然想到什么，他的心脏漏跳一拍，望着来电显示的陌生号码，喉结微动，在心里祈祷了一下，才小心翼翼地按下绿键。

那头立刻响起熟悉的声音——

"余生……靳余生？"

她的感冒没有好，声音仍然软中带糯，却透过电波，抚慰他的每一寸神经。

靳余生抵在墙上，闭上眼，发出漫长的叹息。

"你还没回来吗？"她没有察觉到他的情绪，自顾自地道，"你先别过来，急诊大厅好像着火了，我不知道会不会波及到……"

"你在哪？"他打断她。

声音里有不易察觉的恐惧，和一直以来，被他小心翼翼地藏起来的，剧烈的担忧与害怕——怕失去，怕连累。

"我？"沈稚子愣了愣，才想起来解释，"我在另一边的休息室……就在刚刚那个座位的斜对面，具体……具体什么情况，你先过来我再跟你解释吧，我们开个位置共享……"

靳余生缓慢地回过神，她的声音渐渐远去，成为美妙的背景音。

他判断错了对方，虚惊一场。可这世界上，再没什么词，能比"虚惊一场"更让人如释重负的了。

他闭上眼，在心里赞美漫天神佛。今天之前，他不信神。今天之后……折寿也认了。

凌晨三点半，医院大厅灯火通明。外面停着警车和消防车，警报灯的灯光在窗外闪啊闪。

沈稚子坐在急诊室里，吸吸鼻子，烧焦的气息已经弱得快要闻不见了。

她觉得自己挺幸运。

警方办事效率很高，火势被困在药材室，没有蔓延出来。她所在的这间休息室设在二楼，开着门时能望见大厅，跟药材室呈对角线，遥遥相对，一点儿也没被波及。大半的病人刚刚都离开了急诊大厅，她坐在休息室，耳边清净了很多。

身边的年轻妈妈低着头，口中正哼唱一支童谣，好不容易把怀中的婴儿哄睡着，立刻抬头，笑意柔软地看向沈稚子："谢谢你啊，小姑娘。"

沈稚子正望着门口出神，突然被人召唤，她愣了一下，连忙摇头："啊，没关系。"

下一秒，休息室的门被人用力推开。风穿堂而过，混着湿冷的凉意扑面而来。沈稚子结结实实地打了个冷战。不等她回过神，一个高大的人影停在眼前，她被一股无形而巨大的压迫感攥住。

靳余生居高临下，咬紧牙关。大概走得太急，校服皱巴巴，胸膛剧烈起伏。他屏住呼吸，上上下下把沈稚子打量一遍。

她手上还在打点滴，领口的蝴蝶结歪歪斜斜，整个人蜷在座椅里，像朵乖巧的小蘑菇，看到他的瞬间，眼睛倏地亮起来。仿佛下一秒，就要摇着尾巴扑进他怀里。

靳余生用力地闭了闭眼，才问："你没事吧？"

沈稚子听出他的情绪不对劲，愣了愣，放轻声音："没事，你先坐下来。"

他身上有股外面带进来的凉气，让她有种冲动，想摸摸他的手。

沈稚子偷看他两眼，沉默了一会儿，决定先发制人，"我把话说在前头，你等会儿讲话小点声，也千万不要凶我。我点滴没滴完，头还在晕。"她咬咬唇，"你一大声讲话，我就想哭。"

卖惨策略百试百灵。果不其然，下一秒，靳余生身上的压迫感悄无声息地降下去几个度。

沈稚子松了口气。

"是这样，"她回忆，"刚刚你前脚离开，后脚就有一个医生过来，跟我说楼上的休息室有空位，可是输液的支撑架不够用了，问我能不能带着我的支撑架去楼上，跟别的病人共用架子。"

他安静地望着她，低低地"嗯"了一声。

"我告诉他，我要在原地等人。"她眨眨眼，神情很乖巧，"而且我的手机不在身上……我怕他回来了，会找不到我。"

靳余生不说话，呼吸渐渐平稳下来。他在脑子里想象，她一脸认真地拒绝医生的画面。

她在等他，专心而认真地等。

"可他跟我说，二楼休息室的门开着，能看到大厅。如果你回来了，我一眼就能看见。偏偏，另一位病人又很急……"她悄悄指指旁边带婴儿的年轻妈妈，压低声音，"就是她，小朋友高烧了好几天。"

靳余生看着她，一动不动。

"所以我就跟着医生上来了，"沈稚子挠挠脸，"之后很巧合，有群人闹事，医生暂时关上了休息室的门……我等他们打电话通知了保卫处，才赶紧借了部手机联系你。"

靳余生眼底微动，一言不发。他脑海中不受控制地，浮现出刚刚那个不小心撞到自己的男人，心里一瞬了然——直觉没有错，只不过，猜错了对方的身份。

沈稚子毫无察觉，自顾自地感慨："但是说真的，我觉得这波医闹有点蠢……半夜三更来闹急诊科医生也就算了，听说有个人砸玻璃示威时，竟然还不小心碰倒了明火？啧，这罪名一下子就成了故意纵……"

"沈稚子，"靳余生平静地打断她，斟酌着提醒，"医生也是陌生人。"

沈稚子一愣，脑海中有个不可思议的念头逐渐成形，她猛地睁大眼："靳余生，你刚刚进门时那副表情，不会是想打我吧？"

靳余生喉头仿佛梗住一口血……他疯了吗？为什么要打她！

"我没有，"靳余生茫然无措，心里最后一点紧张也消弭于无形。半晌，他无力地解释，"我只是担心你。"

父母去世之后，他的神经长期处在高度敏感的状态。前几天警官随口一句"不确定嫌疑人会不会逃往明里市"，像烙铁一样印进他的脑海。宛如一个不敢碰、不敢摸的触发机制，根植在他的心脏里，一旦被什么事件诱发，就溃不成军。

他不敢承认，可他其实害怕得要命。怕靠近她，又怕失去她。

沈稚子愣了愣，缓缓睁圆眼。半晌，试探着问："你……怕我被拐卖？"

靳余生叹口气，思考。四舍五入，勉强是同一个意思吧。于是他回了一个字："嗯。"

沈稚子呼吸一滞。

"我很谨慎，"她轻声解释，"那个医生脱了口罩，我确认过他的脸，和胸牌上的照片是一致的。"

靳余生眼中昏暗不明。

"他确实是急诊科的医生，我才跟他走的。"她的语气很柔软，仿佛有意安抚，"你别担心，下一次，我肯定等你回来再走。"

她看着他，眼睛亮晶晶的，黑色的瞳仁里，倒映出他的面庞。

半晌，"不要有下一次了，"他哑声说，"不要再生病。"

沈稚子快乐地点点头。

墙上的时钟不停地跳，护士和医生偶尔走动。过了一会儿，她没忍住，又凑过来，搓着手，像只忐忑的小松鼠："那我再问个问题，你别介意哈。"

"嗯。"他很警惕，直觉不是什么好问题。

"你……你背地里……其实是个黑道太子吧？"她神情认真，刻意压低声音，像是怕被别人发现他的秘密，"就是……坐拥无数杀手，冷酷无情、没有任何人能给你的内心带来一丝丝涟漪——那种？"

靳余生喉头第二口血梗住，她想象力这么丰富，为什么不去写小说。

"你别那样看着我。"沈稚子不安地舔舔唇，"我听妈妈说，靳家在临城不怎么跟其他家族交往，架子端得很高，明面上却没什么主要的产业。"

靳余生唇绷成一条线。

"所以我想，既然家族很神秘，你又……又不清不楚、不明不白地改了名字，还换地方读书。那最大的一个可能性就是……"她把所有线索聚集起来，得出一个缜密的结论，"就，你看过总裁文吗？"

靳余生茫然得像个孩子，沉默了一会儿，他选择痛苦地捂住脸。

沈稚子慌了："你怎么了大佬？"

"脑子疼。"靳余生声音闷闷的。

她以为他真的不舒服："是不是熬夜熬的？你要不要睡一会儿？"

他一动不动，半晌，沉声道："手下人不懂事，气的。"

沈稚子乐坏了。她从来不知道，靳余生也会开玩笑。而且开起玩笑来……白皙的耳根微微泛红，一整张脸都埋在手掌里，不知道是不是在偷着笑……可爱到爆炸啊！

她满意极了，夸他："你真是人间瑰宝。"

靳余生长手长脚，靠在座椅扶手上，肩膀微动。半晌，他挪开手掌，浅褐色的眼瞳里，流光清淡，有未散的笑意。

沈稚子绕了这么大个圈子，好不容易让他开心一下，正斟酌着怎么开口回归正题，他这回却像是猜到她的想法，先她一步，他低声问："你想听吗？"

每次她要说正事，都兜好大一个圈子。她对他这么有耐心，永远小心翼翼。靳余生心情复杂，心里泛酸，却又感到柔软。

沈稚子眨眨眼，脸上笑意淡去几分："嗯，我想听。"

她曾经想过，问沈妈妈。可她又很别扭，不想通过别人了解他。

靳余生嘴角微动，垂下眼。

"我父母死于车祸，警方认为这是一起有预谋的案件。凶手在逃，靳家隐而不发，对外称意外去世。"他简明扼要，"我被警方列为保护对象，改了名字。因为不想留在靳家，就来了明里市。"

沈稚子的心跟着揪起来。他的语气太云淡风轻，像是已经重复过无数遍，机械地在讲述与自己无关的事。

她想拥抱他，现在却不能。下意识地，她挑了一个最无足轻重的问题："为什么不想留在靳家？"

"不喜欢。"靳余生犹豫一下，绷紧下颌。

沈稚子于是不再问。纠结了一阵，她小声说："其实，我还是很想让你住进我家。"

他抬眼看她。

"我没有其他的意思，我只是……"不想看你活得那么累。只是暂时被人保护而已啊，为什么不愿意短暂地依靠一下大人。

他不说话，目光安静而专注。

"对了，靳余生，我给你个东西。"良久，沈稚子深吸一口气。仿佛下定决心，她从背包里掏出一张纸，"我一开始想扔了它，可是……那样对你很不公平。"

她的手在空中停了停，犹豫一阵，自暴自弃似的，还是将它递出去："我想来想去……选择还是应该由你来做。"

靳余生垂眼，接过来，展开纸张，是一张明里附中的住宿申请表。靳余生手指微顿。刚刚入学的时候，他确实跟班长提过这件事，后者也答应帮他申请。但连他都没有预料到，之后会发生这么多事，完全打乱他的想法和计划。

他思索一阵，斟酌着开口："我当时的想法……"

"稚子？"

他话没说完，一阵冷风自门口卷入。两个人齐齐抬头，见沈爸爸正裹满寒气大跨步走过来，眼中积着彻夜未眠的担忧。

沈稚子眼睛一亮："爸爸。"

靳余生站起身，不动声色地跟她拉开距离。他微微颔首："沈叔叔。"

"没事，你坐。"沈爸爸也半宿没睡，拍着靳余生的肩膀，又把他按回去。沈爸爸坐下来伸手探探女儿的额头，"你好点儿了吗？"

点滴已经见底，沈稚子穿着厚外套，被屋内的暖气闷出一身汗。她嘴角泛白，喉咙还在疼，精神却不错："好多了。"

"我昨天就跟你说，生病就别去上课了。"沈爸爸看着她，心疼又无奈，"就这一支药？"

"嗯。"

"那也差不多了，我叫医生过来拔针吧。"他说着站起身，"天都快亮了，怪我那车，一搞搞了半宿……等会儿把子瑜送回家，你们都回去睡一觉。"

提到"回家"，沈稚子心里一动，又望向他，眼中满满的探询，像只想问却又放不下面子来开口的小动物。

"我……谢谢叔叔，但我现在不回家。"靳余生欲言又止，移开目光，"我得先回一趟学校。"

还是不正面回应……他上辈子是只鸵鸟吗！沈稚子沮丧得想跳起来踢他，可是又没有力气。她自暴自弃地拉低帽子，把脑袋藏进去。

靳余生哭笑不得。

走出大厅，天边晨光熹微，泛起鱼肚白。

靳余生示好一般，主动帮沈稚子打开车门。可她没有看他，一言不发地埋着脑袋，绕开他钻进副驾驶。靳余生沉默，也跟着郁闷起来，为什么……不理他？

这种低迷的情绪持续了一路。

清晨时分空气清新，沈爸爸将车停在校门口，第三次发出邀请："时间还早呢，真不要我请你吃早饭？"

靳余生抿抿唇，目光若有似无地扫过沈稚子。她的药效重新上来，又歪着头睡着了。长发有些凌乱地从帽子里钻出来，映着白皙的下巴，更像小动物柔软的毛。

他抬眼："来日方长，今天先送她回去休息吧。"

"也行，"经过昨晚的事，沈爸爸对这个小同学的敌意减轻了很多。想了想，沈爸爸大方地发出高贵的邀请，"那你周末记得来叔叔家吃饭。"

"好，"他礼貌地笑，"叔叔慢走。"

少年立在晨光里，疏离却周到，校服的领子微微被风吹动。沈爸爸眼一眯，后知后觉地察觉到不对劲。他看看外衣单薄的靳余生，再看看副驾驶上蜷成一团的沈稚子，眼皮一跳。

"稚子，"他凑过去，心里有个猜测，"你穿的是子瑜的外套？"

沈稚子迷迷糊糊："嗯。"

沈爸爸温柔地问："你想冻死他吗？"

入冬之后，明里市夜里只有七八摄氏度，他在车上开着暖气都嫌冷。沈爸爸无法想象，靳余生昨晚就穿着这么件校服，陪着沈稚子在外头待了一宿。靳子瑜是学野外生存的吧，耐力这么好，怎么不去爬雪山。沈爸爸一边心疼，一边哭笑不得："赶紧还给人家。"

"我以为我给他了……"沈稚子迷迷糊糊，手忙脚乱地脱衣服。沈爸爸换条毯子裹住她，然后下车去送外套。

车门"砰"的一声，沈稚子清醒几分，又不太放心。她小心翼翼地，探着头往外看。

阳光破开晨雾，靳余生没走两步，就又被沈爸爸叫住："子瑜，子瑜！"他回过头，愣了一下便了然："外套不用……"现在还给我。

话没说完，沈爸爸就把棉服罩到了他身上。铺天盖地的气息，都是少女的味道，温热而清浅。

靳余生眼神一沉，话锋一转，语气也变得低哑："不用的话，就先还给我吧。"

"她一天到晚傻兮兮，你怎么也傻了吧唧的？"

靳余生抿唇不语。

沈爸爸笑骂着寒暄几句，又回到车上。靳余生的眼神不自觉地跟着追过去。沈稚子坐在车上，抱着条毛茸茸的毯子，也正在偷偷看他。目光相撞，她吓了一跳。犹豫一下，她还是沮丧地放下面子，有些别扭地朝他比口型——"多穿一点，别被冻死了啊！"张牙舞爪的。

他突然有点儿想笑。

晨光渐浓，靳余生目送车辆离开，直到视线的尽头。他在原地站了很久，纠结半晌，犹豫着，把棉服的帽子也扣下来。鼻息间香气清淡，他慢吞吞地想，护发精油，大概是玫瑰味的。

第六章 同住

我不会走，你不要怕。

沈稚子头重脚轻，回家之后一头栽倒，靠着生病逍遥了三天，刚一回学校，就被老梁召唤进办公室，然后开始了漫长的教育。

"生病嘛，跟老师解释一下也就好了，老师也不是不能理解你们，对吧？但不做作业也太过分了……

"你生个病就请三天假，那这三天的课程和笔记怎么办？老师晚上用晚自习给你们补个课吧，你们还一个个都不乐意……

"老师晚上也不是没有事情的呀，我儿子今年才刚刚上幼儿园，那他不是天天要我去接的吗，然后你看我老婆她……"

他最擅长借题发挥，不管什么事，最后都能扯回自己的家庭上。站了二十分钟，沈稚子已经开始头晕，觉得自己下一秒就要变异了。

"报告。"变异的前一秒，门口响起一声清越的喊声。少年大步走过来，停在她背后，身上有凛冽的薄荷香气，低沉的声音从头顶传下来，"老师。"

沈稚子僵了僵，下意识地挺直背脊。

靳余生跟她保持着微妙的距离，不远不近，倘若撑起手臂，就会构成一个完美的保护者姿态。她没忍住，舔舔唇，如果现在往后倒……一定会精准地降落在他怀里。

"呀，靳余生，你来得正好。"老梁眼睛一亮，"我正跟她讲道理呢，你也来听听。"

"老师，"他打断他，"那天晚自习，是我带沈稚子走的。"

"所以？"

靳余生抿抿唇，突然拽住她的手腕，沈稚子被吓了一跳。他骨节明晰，握住她时很用力，却又不至于弄疼她。下一秒，他毫不迟疑，转身就走——

"我会替她补回来。"

夜色深沉，走廊上的风凉飕飕的。

走出办公室，靳余生放开她，沈稚子有点儿晕，她想咬自己一口，检查一下是不是在做梦。

靳余生低声问："你病好了吗？"

"可，可能吧……"她小声道，"我吃了药，烧也退了。"

靳余生闻言，脚步顿了顿。她的嗓音仍然发闷，他试探着提议："如果病还没有完全好，可以再请几天假。"

"下周就要期末考了，学神。"沈稚子没有多想，笑着捅捅他，"我怎么也得做做样子，回学校拿一下资料吧？"这动作很亲昵，她没有意识到。

靳余生抿住唇。他想了想，一本正经："我可以替……"

"稚子！"下一秒，一个欢快的男声打断他。

靳余生在心里叹了口气，为什么每次说到重点，都会被人打断。

齐越站在教室门口等沈稚子，见她从走廊另一端走过来，连忙小跑着迎上去，却又不敢靠得太近，语气小心而担忧："我听你班上同学说，你病了？"

沈稚子挠挠脸，谁透露出去的，她要去打断那个人的腿。

"你怎么了？"齐越一脸关切，"身体还好吗？"

沈稚子摸摸鼻子，不太想搭话。半天，回了句："挺好的。"

齐越有些迷惑，目光落到靳余生身上，像是突然明白了什么，心头涌起一股莫名的不爽。

齐越认识他，前段时间空降的年级第一，女生们茶余饭后的热门讨论对象，短时间内在年级上引爆小高潮的人。齐越同桌的手机里，现在都存着对方的证件照，哪怕是从红榜上截下来的，也视若珍宝。

齐越没理由地有些生气："这位同学，你能不要在这里当电灯泡吗？"

沈稚子立刻瞪圆眼："你讲不讲道理？干吗突然凶他？"

"我……"齐越百口莫辩，"我只是想单独跟你说句话。"

靳余生就那么一动不动，站在她身边。无声而静默地，一句话也不说，就仿佛能把全世界都比下去。齐越认为这是种静止的羞辱，他恼羞成怒。

"不用吧？"沈稚子没想那么多，只是觉得没必要，"你就在这儿说，不行吗？"

她怕如果靳余生走了，齐越会像老梁一样叨叨。

齐越却很坚持："不行。"

沈稚子还想说什么，一直沉默的靳余生突然开了口。他望着她，语气中带些安抚："那我就先回教室。"他抬起头，目光意味不明地在齐越身上扫视一圈，顿了顿，又对着沈稚子道："处理完你和你朋友的事，记得来找我。"

沈稚子不懂："找你干吗？"

星空之下，他声音清冷，一本正经，又云淡风轻："一起回家。"

沈稚子晕了一下，猛地睁大眼。靳余生转身就要走，她眼疾手快，一把拽住他："你再说一遍？你，你要跟谁回家？"

她兴奋得想尖叫。她是在幻听，还是根本就没醒？

"你，你决定好了？"她开心得像只捡到了果子的松鼠，"今天？你确定是今天？可我，我还没把你房间的墙刷成粉红色，我还没准备好你的……"

靳余生被她拽着转过来，哭笑不得，他垂下眼："那不去了。"

"别别别，去去去！"沈稚子拽着他不撒手，"我们逃掉晚自习，现在就搬家吧？"

齐越沉默着，听到这句，终于忍不住："沈……"

"忙着呢！"沈稚子看也不看他，"你有事也等会儿再说！"

顿了一下，她意识到自己态度恶劣，轻咳一声，又正色道："我确实病了。"

齐越"嗯"了一声。

"医生说，我不能在外面久站。"沈稚子很真诚，"所以你先回去吧，我们微信聊。"

齐越沉默了很久。半晌，他垂着眼说："好。"

沈稚子兴奋得要命。

"天哪我太开心了，你怎么突然想通了啊！

"你不知道你以前一直拒绝我我有多难受！我都想把你绑架回去了！

"我这么可爱你都不想跟我住在一起，那世界上还有谁配得上做你室友！"

靳余生声音突然一沉："别胡说。"

沈稚子赶紧闭上嘴。

靳余生："我跟白阿姨说，考完试搬进去。"

"嗯嗯。"

"其余的事……"她眼睛太亮，他有些不敢看，"我们考完试再谈。"

沈稚子有些失望："不能现在说？"好不容易多讲两句话。

"去做作业吧……"他顿了顿，低声补充，"我把前几天的物理作业，连带着解析一起放在你抽屉里了。"

"你还给作业做解析啦？"沈稚子有些惊讶，"干吗这么辛苦？"

他身体微僵，半晌，转过来，神情很认真："因为是你的啊。"

这句话砸得沈稚子晕晕乎乎。

为了报答他，寒假第一天，她就起了个大早，然后认真地换衣服，扎头发，乖巧地跑到门口……等搬家公司的车。

沈湛揉着狗，语气凉凉的："呵，你被他吃得这么死，就算以后在一起，万一以后分手了，是不是要为情所困？愚蠢的小女孩。"威风堂堂嗓子里呼噜呼噜响，像是在应和他的说法。

"呵，你手上握那么多风筝线，万一哪两个风筝撞一起了，是不是就把两条线一起剪断？"她毫不留情地嘲笑回去，"愚蠢的单身'狗'。"

想到盛苒，沈湛没来由地一阵烦躁，语气渐渐颓下去："盛苒……她到现在都不听我解释。你跟她关系那么好，就不能替我说两句话？"

沈稚子很遗憾："说了也没用，她不会听的。"

盛苒那种姑娘，表面上看着和善，骨子里固执得要死，一旦是她认定的东西，无论是好是坏，都不会有回旋的余地。她的世界黑白分明，不允许有沈湛这种灰色生物存活。

"那……行吧。"沈湛叹口气，"等你跟靳余生同学感情出问题的时候，也别哭着来求我想办法。"

沈稚子不屑一顾："我怎么可能会哭。"她可是铁血硬汉。

"我说他。"

沈稚子睁圆眼："那更不可能！我超宠他。"

门铃"叮咚叮咚"响了三次，不多不少，连间隔的时间都是平均的。

沈稚子眼睛一亮，"噌"地跳起来，冲到门口打开家门，晨光顺着树梢倾落下来。身形高大的少年，穿着深色的风衣，单手提着个小手提箱，在阳光中像一棵树似的立着。

目光相撞，沈稚子按着心里狂奔的小鹿，故作冷静地摸摸刘海："你，你起得挺早啊。"

靳余生无言，不是早就约好了，他这个时候过来吗？

"你带的东西还挺多，"沈稚子睁着眼说瞎话，"你看搬家公司给你派了那么大一辆车。"

靳余生语塞，搬家公司的车都是同一型号，全那么大。

僵持两秒，沈湛笑出了声："你能让他先进来吗？"沈稚子如梦初醒，想去接靳余生的手提箱："我帮你拿吧？"

靳余生行李不多，大多是书，比一般的物件还要重上几倍。他避开她的手："我自己来。"

沈稚子一边带路，一边不依不饶："现在放寒假了。"

"嗯。"

"假期我每天早上都赖床，最早九点才会起。"

"嗯。"

"你很难这么早看到我的。"

靳余生顿了顿："所以？"

"所以你多看看我呀！"沈稚子睁大眼，"寒假八点钟的沈稚子是限量的！"

他微微抬眼，目光飞快地扫过她。

大概在家里的缘故，她的穿着很随意，头发梳成松散的高马尾，整个人慵懒而明媚。家居服上印着巨大的海绵宝宝，弧形的圆领，衣服一旦薄下来，胸口之下的弧度就变得更明显。

靳余生收住目光，神情复杂，突然觉得自己做了个错误决定，说什么也不该来的。他好想转身就跑……

"我这妹妹脑子不太好，你很早就知道。"沈湛笑着，自然而然地帮他把手提箱接过来，"担待一点。"

沈稚子丝毫不在意："你的房间在二楼，就在我的隔壁，我们离得特别近！

跟我这样的绝世美人做邻居，你觉不觉得很荣幸？"

顿了顿，她眨着星星眼道："我们只隔着一堵墙，如果你想我了，就对着墙大声喊我的名字。我听见了的话，一定会光速跑过来找你的！"

靳余生眼皮一跳，喉结不易察觉地动了动。想象到那个画面……他更想转身逃跑了。

沈湛在前推开卧室门，靳余生停住脚步，一抬眼，瞳中闯入一片薄透的阳光。

二楼的房间坐北朝南，采光很好，木色的地板绵延到窗前，靠窗的墙壁竖着一整面墙大小的白色书架，与之配套，底下还横着一张白色的长条书桌。屋内落着一张宽大的单人床，家具与床单、被罩成套，都是颜色简洁而温暖的米色。

落地玻璃门外阳光璀璨，他与沈稚子的房间共用同一个阳台。

靳余生的呼吸停了停，让人贪恋的光亮……

"这屋子前几天才叫人收拾的。"沈湛帮他把随身的箱子放在角落，招呼搬家公司将其余行李先搁在门外，"你看要是缺什么，再跟婶婶说……哦，对了，"突然想到什么，沈湛嘴角一抽，"稚子前几天说要把墙面刷成粉色，被婶婶拦住了。如果你确实想刷成粉色，也可以再叫人来刷，不用怕麻烦。"

靳余生沉了会儿："不用了，谢谢你们。"

"哎呀，谢什么。"沈湛故作熟稔地拍拍他的肩，"不过既然这是我们沈家的地盘，那你住在这儿，就要交保护费的。说吧，什么时候给钱？"

靳余生微怔。

沈稚子愤怒地拱开沈湛："你在我家住，怎么不交保护费！"

沈湛很无辜："我是沈家人！"

"难道他不是吗！"

话一出口，三个人都愣住。下一秒反应过来，沈稚子的耳根"噌"地红了。

她脑子空白了半天，才结结巴巴地道："我，我的意思是，我把每个朋友都当家里人看待，因为他们所有人都，都像我的家里人一样亲切……"

靳余生看着她。他不说话，眼中情绪莫辨。

沈稚子心里发慌："所、所以，今天晚上我约了几个朋友在外面吃饭，你也是我的朋友，要不要一起来？"

两件事，两个主题，牵强附会。

她的眼神紧张而期待，靳余生沉默一阵，还是低声拒绝："我晚饭约了人。"顿了顿，像是解释，也像是安抚。他又轻声补充了一句——

"下一次吧。"

"唉……"

暖色的灯光下，玉盘珍馐，杯盏相撞，沈稚子撑着脸叹气。

江连阙好奇："期末考都考完了，你愁什么愁成这样？叹气能叹一晚上？"

"你不懂，"她表情忧伤，手指卷起发尾，"我的堂哥智力低下，我真的很为他发愁。"

正在啃鸭锁骨的沈湛吐掉骨头，纳闷："不是，我那真不是故意的。"他哪知道靳余生这么开不起玩笑，随口说说而已，他还真生气？

"不是故意的，那就是个无意的弱智玩笑。"沈稚子眼神爱怜，"人类的潜意识比有意识更难以改变，你没有救了。"

江连阙一乐："你们在说谁？"

"一个小帅哥。"

"她的小情人。"

两句话交叠到一起，江连阙哈哈笑："所以是稚子喜欢的人？怎么不带来给我们看看？"

"本来是想带的，可他被沈湛给气走了。"沈稚子悲愤无比，一巴掌拍在沈湛手上，"你说他为什么这么玻璃心！玻璃心就算了，为什么还要长得这么好看！长得好看也就算了，为什么还撞到我心上！"

沈湛默默放下鸭锁骨……

"唉，算了，我出去洗把脸。"沈稚子摸了一手油，平静而悲伤地推开椅子，"让奔腾的流水，带走我眼中悔恨的泪。"

洗完手，沈稚子哼着歌往回走。

私房菜馆分上下三层，天井建筑，四面通风，院子里栽种着古老而巨大的洋槐。一路走过去，包厢里欢声笑语，风迎面一吹，她有些失神。不知道靳余生今晚去见了什么人……有没有好好吃饭。

她突然开始纠结，要不要给他打包一份私房菜馆的招牌蛋黄酥？不知道他喜不喜欢吃甜食……如果他不喜欢的话，她可能会再被他拒绝一次……脑子里的想法乱七八糟，跨过转角，包厢里突然传出杯盏落地的碎裂声。紧接着，一个女人喋喋不休地絮叨起来，听着很急切，像在斥责。

　　沈稚子在心里感慨，没素质，一言不合就摔东西。然而下一刻，她就听见那人拔高的声音："靳子瑜，你是真的没有良心！"

　　沈稚子一愣，身体已经先于意识，凑到了跟前。

　　包厢隔音效果其实很好，外面的人也看不到里面。但就是这样，她心里才更慌——是个女人啊！不会还是他上次那个亲戚吧！那人上次打了靳余生一耳光，这次会不会拿碎片割他的腕啊！就在沈稚子惊慌失措地打算破门而入时，她听见靳余生的声音，低而沉，缓慢而慵懒，混着她从没听过的陌生笑意——

　　"钱我可以给你啊，那你能拿什么换？"

　　沈稚子心里一突。他说这些话的时候……完全不像靳余生。

　　她不动声色地，将耳朵贴到门上。屋内人的声音低下去，她隐隐约约，听见断断续续的句子：

　　"那就不要靠近……

　　"真以为……假的……能卖那么多钱？"

　　她皱眉头，他在说什么？沈稚子八爪鱼似的扒着门，下一秒，耳畔响起一道清亮温柔的问询："小姐，请问您需要什么帮助吗？"

　　沈稚子吓了一跳，回过神看清来人，赶紧示意她噤声："嘘，别出声。"屏息三秒，好在屋内的人没有反应。沈稚子微舒一口气，转过去。服务员小姐姐穿着质地柔软的旗袍，端着托盘，面带微笑地看着她。

　　沈稚子一脸严肃："我刚刚听见屋子里杯盘落地，动静特别大，怀疑里面正在发生凶杀案，希望你们能认真查证。"

　　小姐姐笑了："307的客人失手摔碎了茶杯，刚刚打了电话叫人来收。"她目光稍稍向下，扫过托盘，示意自己是来送茶杯的。

　　"这，这样啊……"沈稚子仿佛恍然大悟，故作局促，"那没、没事，我走了。"

　　服务员笑了笑，没有往心里去，微微颔首，推开307的房门。

　　沈稚子脚底抹油，赶紧溜走。回到自己的包厢，晚饭已经进行到最后一个环节，服务员呈上蔬果沙拉，沈稚子没什么心情吃。

江连阙低头擦手，似笑非笑："你去趟卫生间去了这么久，都没把奔腾的泪水洗净？"

"眼里的泪是能洗净，"沈稚子忧伤极了，"心里的泪如何能擦干。"

骆亦卿乐了："哟，情话连篇啊我的沈？"

"等你有了女朋友，你就不会用这种语气嘲笑我了。"沈稚子哼哼唧唧地开始胡扯，"尤其是你对她一片热忱，她却对你不屑一顾，践踏你的感情，玩弄你的自尊，忽略你的感受，连她家里什么情况都不愿意告诉你，自始至终不把你当自己人……"

江连阙乐呵呵地听了半天，总算挑出个重点："不了解他家里情况？那简单啊，你让你号称无敌小霸王的搜索引擎骆驼哥哥帮你查查呗。"

骆亦卿家里搞文娱，圈子一大八卦就多，长期熏染下来，搞得他也像个谍报工作者。入土十八代的八卦，他都能找人挖出来。江连阙那边说着，骆亦卿已经开始飞快地搜寻联系人："说，名字、年龄、住址。"

沈稚子在心里掂量着，要不要告诉他们"靳子瑜"这个名字。犹豫半晌，她还是选择绕了个圈子："我想知道很多事，关于……临城的靳家。"

沈稚子回到家，已经是凌晨一点半。沈爸爸和沈妈妈出差了，要过几天才回来。客厅没开灯，沈湛心情不好，胡吃海喝，把肠胃炎吃犯了，回家的路上发起烧。他重心不稳，歪歪斜斜地撞开家门，差点儿一头栽倒在地毯上，扶住盆栽就要吐。

"你别对着发财树吐！"沈稚子赶紧踢他，"去卫生间！"她找到药给沈湛吃了，突然想到什么，又压低声音，"上楼的时候轻点儿，别把靳余生吵醒。"刚刚进门时，楼上楼下都没有亮灯，他那么热爱学习，肯定是个不熬夜的人。这个时间，他一定已经睡了。

从今天起，她家就住进了一个严格又自律的乖巧好学生……沈稚子突然觉得有点儿奇妙。

"你怎么不开灯啊，这地方好黑！"沈湛不知是烧得不太清醒还是加上吃完药犯困，翻身坐到地板上，迷迷糊糊，"我的鸭锁骨呢……"

"别吃了，大哥！"沈稚子回过神，赶紧过来拽沈湛，想把他拖上楼安置好。

"智障"堂哥一米八几的个子，健身练出一身肌肉，她抱着肩膀死活拖不动，想了想，换个姿势，扛起他的一条腿，以拖麻袋的姿态前行。

门口到楼梯口的距离说长不长，说短不短，她一路艰难地磕磕绊绊，听见沈湛后脑勺在地上摩擦的声音。她突然觉得，自己像伏尔加河边的纤夫。颓然地放下哥哥的腿，沈稚子蹲下去，爱怜地道："家里的地毯也挺暖和的，你就在这儿将就一晚？别乱跑，我去给你拿床被子下来哈。"

沈湛紧闭双眼，四仰八叉地躺在地毯上，像是听见了，也像是没听见。她刚一转过身，他陡然尖叫："盛苒！"

"大半夜的你叫什么！"沈稚子刚想骂人，沈湛却顺势翻个身，用手臂挡住脸，不动弹了。

室内一片静寂，这夜没有月光。沈稚子看着他，突然有点儿不忍心。她叹口气，抬手打开壁灯："我去给你拿条热毛巾？"

橙色的光芒柔和地倾落下来，沈湛没有说话，她就当他默认。她直起身，目光不经意地掠过餐厅，猛然撞上一个黑黢黢的人影，在黑暗中静默着，宛如鬼魅。

"谁！"沈稚子吓得破了音，退后一步，正好踩上沈湛的手。沈湛"嗷"地叫一声，她赶紧又躬下身，去检查"智障"哥哥的手。

这边动静这么大，人影却自始至终背对着她，坐在餐桌前，一动未动。

安抚好堂哥，沈稚子舔舔唇，慢吞吞地回过神。她眯着眼，试探着往前走几步："靳余生？"

壁灯光线太暗，光芒波及不到餐厅。从她的角度望过去，她只能看见一个挺拔而清瘦的背影。可她话音落地，那个影子明显动了动。沈稚子蹑手蹑脚，打开餐厅的灯，光线垂落，一室亮堂。

靳余生微微眯起眼，不太适应突如其来的亮光。他穿着件简单的衬衣，坐在餐桌前，背脊笔直。手中拿着一本书，是摊开的状态，布满密密麻麻的英文——像是在看书，可他没有开灯。

沈稚子头皮发麻，故作轻松地凑过去："你怎么还不睡？"他没有搭话，不看她，目光却也并不落在书上。

"这么晚了，还在看书呢？"沈稚子在他身旁坐下，没话找话地干笑，"难怪你成绩这么好，你们学霸是不是都长着猫头鹰的夜视眼啊？哈哈哈哈……"

靳余生一言不发，微微垂下眼。她凑过来的时候……有一股浅淡的外面的气息，扑面打在鼻息间，只有离得近了，才能闻得见。这像是某种致幻剂，让他的眼神也跟着沉下去。

他一直不说话，沈稚子心里发虚："你怎么一直不动弹啊，这么坐着不累吗？你看什么书，给我看……"

"沈稚子。"靳余生突然合上书，平静地打断她。

他注视她，眼中波澜不惊，情绪莫辨。沈稚子咽咽嗓子："嗯。"

"我给你带了夜宵。"

她微怔，这才注意到，他面前放着一个盒子。目光飞快地扫过名字，她呼吸一滞——私房菜馆的招牌蛋黄酥。沈稚子心下微动，刚想解释。下一秒，他平静地说："可是它凉了。"

夜色浓稠，屋内灯光亮如白昼。沈稚子看着他，愣了好一会儿。

"凉了可以热一热吃呀。"沈稚子眼中的惊喜像星星，一点一点积蓄起来，"你对我真好。"

她装得像模像样。靳余生一言不发，目光冷淡。

"不过你不要心里不平衡，我今晚出这一趟门，也给你带了吃的。"她两眼弯成桥，说着，就要伸手去晃他的胳膊，"就放在沈湛的背包里，我带你去……"指尖碰到他手臂的前一秒，他向后避开，声音清冷，"现在凌晨一点二十三分。"

山雨欲来风满楼，少年周身散发出一种熟悉的威压。

沈稚子手指落空，愣了愣。她放轻声音："我知道我回来得很晚，可是沈湛他不开心呀，你知道的，自从他跟盛苒吵架之后，就没有脑子了。他需要发泄，需要安慰，需要人亲亲、抱抱、举高高。"

顿了顿，她小声："可我又不能对他亲亲、抱抱、举高高……问题在于，我是个善良的仙女，我怕他想不……"

靳余生忍了忍，实在没忍住。他反驳她："沈湛上个月就和盛苒吵架了。"

沈稚子乖巧地眨眨眼。她当然不会说，这一个月来，隔三岔五，她都陪"智障"哥哥在外玩乐。要是说实话……她咽咽口水，不知道靳余生会不会打断她的腿。犹豫一下，她问："你很难以忍受，家里人夜不归宿，或者回来得很晚吗？"

不知道她是有意还是无心，可"家里人"三个字一入耳，靳余生的低气压瞬间便散去三分。

他永远没办法真正地对她发脾气。

沉默半晌，他承认："是。"

"可我平时出去玩，都是跟熟悉的朋友在一起。"她先入为主，帮他将管束的动机确立成关心，企图安抚他，"而且我不在外面喝酒，你不用担心。"

靳余生陷入沉默，他很清楚，问题与酒无关，是他自己钻进了死胡同。也许他应该把蛋黄酥放在这儿，什么都不说，直接转身上楼，剩下的由着她自己去猜。

可他一天都忍不了。

自从开始失眠，他的精神状况就变得比过去更糟糕，晚上总是翻来覆去辗转难眠，他总是自虐般地强迫自己想象：某个时间段，她应该跟什么人在一起、在做什么。热闹是他们的，一切都与他无关，他躲在暗处，总想看着她。

"不过，你说得对。"见他一直不说话，沈稚子心里很没底。她想来想去，冷静地给自己找了个台阶，"我这种柔弱的女孩子，大半夜一个人在外游荡，确实很不安全。"

靳余生还什么都没说。

"那个，"她又开始试探，"我几点钟前回来，你会觉得不晚？"

这回靳余生很果断："八点前。"

沈稚子噎住……

他是不是还活在没有电的年代！这个操作系数，难度也太高了吧！何况这还在放寒假……寒假啊！怎么可能八点前回家！他真以为全世界的人都没有夜生活吗！她沉默了会儿，试着商量："凌晨一点前行不行？"

靳余生的脸色明显冷下来。

"你，你别凶我。"沈稚子屃如鹌鹑，很舍不得地，又退了一小步，"那不然……十二点？"

他沉声："九点钟是底线。"

"那是你的底线太高了！"

"以前在我家——"靳余生的语调高高扬起，却突然在半空顿住。

她好奇："你家什么？"

靳余生默默地回忆：在他家，他必须准时回家，超过一分钟都不行；不可以在外过夜，也不准私自带朋友回家。后半句话，靳余生说不出口。因为他清楚地知道，这不是在他家。

他绷住脸，不说话。

"行吧，谁让我宠你。"沈稚子肩膀一塌，表情平静又不失绝望，"十点，不能更早了。"不等他开口，她又补充，"可是，你这样真的很不好。"她忍不住指责他，"我从来都没有跟你说过，要你晚上八点前做完所有作业，做不完就打断你的手。

"而且，你这个人真的好挑剔，凉了的蛋黄酥就不能吃了吗？这是什么规矩？

"我给你带的那盒蛋黄酥，路上也凉了啊，那你打算怎么办？扔掉吗？

"再说……"

靳余生突然抬起头："你说什么？"

沈稚子也蒙了一下："什么？"

靳余生抿唇，看着她。他眼中意味不明，不知道是藏着惊喜还是期待。

沈稚子气鼓鼓："你太没有创意了，连夜宵都跟我买一样的！"不过她也没打算瞒他，说完她站起身，从沈湛背包中掏出纸盒，将它也放到餐桌上。

两盒蛋黄酥，一模一样的包装盒，一模一样的心意。

靳余生沉默一阵，平静地陈述事实："你见到我了。"

沈稚子很奇怪，他到底是有顺风耳，还是装了什么反侦察系统？只要她在他附近，他好像永远能精准地感知到。

"嗯。"她挠挠头，很诚实，"但也只有一眼……我路过包厢，听见茶杯摔碎的声音，忍不住看了看。"

靳余生短暂地思索一阵，"她是我姑姑，"他主动解释，"我父母去世之后，遗产全都落到了我手里，所以她一直不依不饶。"

言简意赅。

沈稚子有些蒙："为什么……"突然这么主动，告诉我这些。

他顿了顿，转过来："也许你想听。"

对待他的时候，她一直小心翼翼，怕触到他的"逆鳞"。可他远没有她想象中那样脆弱，偶尔他也会希望她……能够了解自己一点，再多一点点。

沈稚子的心怦怦跳。她觉得，靳余生学坏了。

以前她主动出击，他被动接受，少年总是内敛而疏远，像高不可攀的高岭之花。可现在，他竟然开始先发制人。他只是动动小拇指，稍稍示好，她就溃不成军，一点儿赢面也没有。

沈稚子心情复杂，开心又难过，想吃几个蛋黄酥冷静一下。

手刚碰到盒子，她就听见靳余生的叹息："酥皮不脆就不要吃了，明天我再给你买一盒。"

沈稚子微怔，心里蹿出一束烟花。她乖乖把它放回去："那我这盒也不要了，明天跟你吃同一盒。"

翌日清晨，沈湛捧着自己昏沉的脑袋，起床，看到床头放着两盒一模一样的蛋黄酥。上面贴着张便利贴：

不要浪费粮食哦！

——by你可爱的、有大可爱陪着一起吃现烤蛋黄酥的妹妹。

"人间惨剧啊，真让人目不忍视。"沈湛干掉两盒酥皮点心，不满地指出，"叔叔婶婶出差才几天，你们两个就联合起来，给我吃残羹冷炙。等他们回来了，我要向他们揭发你的罪行。"

"哟，还学会用成语了？"沈稚子简直想给他鼓掌，"你少瞎扯，那两盒我们连包装都没拆。我看你拿微波炉热一热，不也吃得很开心？"

"啧，我这不是人在屋檐下不得不低头吗？"沈湛环顾一圈，"不然你问问威风堂堂，看它吃不吃别人剩下的食物。我跟你说，十有八九连它都嫌弃。"说着，他把狗招到跟前。威风堂堂摇着尾巴，蹭蹭他的手。

"你跟它比什么？"沈稚子纳闷，"它在我家里，比我爸地位都高，怎么可能吃剩饭。"

沈湛无语，说得也是。不过说到这个……"靳余生又出门了？"沈湛奇怪，"这才放假第几天，他怎么一天到晚那么多事？"

"不告诉你。"沈稚子得意地蹲下去，抱着威风堂堂挠痒痒，嘴里哼一支快乐的调，"那是我跟他的小秘密。"

沈湛刚想说话，钥匙入锁的声音响起来。沈稚子随手一拍："去，威风堂堂，给人开门。"

威风堂堂宛如一支肥胖的箭，高昂着头，欢快地摇着尾巴跑过去。一个飞扑，一头扎进靳余生怀里。靳余生被吓了一跳，钥匙落地，他被撞得后退一步。

恶作剧得逞，沈稚子咯咯笑："回来回来。"

靳余生愣了一下，躬身捡起钥匙。他身上带着一股清浅的寒气，路过沈稚子身边时，低声道："去洗手。"下一秒，将一盒蛋黄酥放到茶几上。

沈湛兴奋地搓搓手："你们最近是不是都发现这家的蛋黄酥特别好吃？感谢我吧沈稚子，最早还是我把这家店推荐给你的……"手还没碰到外卖包装袋，靳余生一个眼神扫过来，若有似无，带着寒意。

沈湛默默收回伸出去的手。

沈稚子洗了手，一边吃一边问："你的事情顺利吗？"

他今天又去了警局，警方锁定了嫌疑人，认为对方没有来明里市，进一步的搜寻还在继续。

靳余生坐下来，挑着不重要的点讲："比上次顺利很多。"

"顺利就好。"沈稚子不知道案子的具体进程，只能这样安慰他。

吃了两块点心，她忍不住，又跑去逗威风堂堂这个毛团。

"你吃吗？"她把点心放到毛团面前，顿一顿，又飞快拿开，"你不能吃，我来。"

靳余生坐在客厅里，一动不动地观察狗。他看着它快乐地跑来跑去，拱来拱去，没事就去蹭蹭沈稚子。而她半蹲着，哈士奇两只毛茸茸的耳朵在她白皙的颈间扫来扫去，狗头正对着胸口，离得近时，就在弧线上若有似无地蹭。她毫无察觉，快快乐乐地揉狗，威风堂堂发出舒服的咕噜声。

靳余生看着，喉结微动。"沈稚子，"半晌，他突然叫她，语气非常严肃，"你的狗好像发情了。"

他平静而认真："我们应该带它去绝育。"

沈稚子沉默了一会儿才问他："你不是认真的吧？"谁家的狗，会冬天发情？可靳余生并没有跟她开玩笑，他企图佐以科学论证："绝育手术，可以延长宠物的寿命。"

沈稚子默默抱紧威风堂堂，往后挪了挪。

他提醒："它看起来很躁动。"他非常认真，不打算放过她的狗。

威风堂堂毫无察觉，还在呼噜呼噜地拱她的胳膊和手掌，像是很疑惑，怎么不摸它了。

沈稚子跟靳余生对视着，眼神很悲伤。半晌，她颤着嗓子问他："你，你不想住在我们家了？"

靳余生不懂，她的思维是怎么跳跃的。思维大转盘吗？指哪打哪，随机反应？

"为什么？你才刚搬进来没几天，我和沈湛都对你不坏啊！"她难以置信。

靳余生十分茫然，"我没有。"他实在不明白，这两件事之间到底有什么必然联系，"为什么这么问？"

上钩了！沈稚子无辜地眨眼："你不知道吗？"

"什么？"

"如果带宠物去做绝育，一定得有人配合演戏的。"沈稚子好整以暇，一副热心肠为他扫盲的样子，"如果我直接把威风堂堂交给医生，它出院之后就会恨我。所以，为了不让它恨我，就必须先让冷酷无情、嗜血如命、杀人如麻的你从我手中横刀夺爱，将它抢走，然后我假装很舍不得地，在它出院后温柔地将它接走。"

需要加这么多形容词吗？虽然听起来很扯，但……靳余生眉峰微聚，试着用她的逻辑思考了一下。似乎勉强，也还可以接受。但是……"这跟我住不住在沈家有什么关系？"

"你还不明白？"沈稚子一本正经地眨眼，"如果这样做，回来之后，虽然威风堂堂不会恨我，但它会恨你。可能会对你很凶，龇牙咧嘴，一见到你就撵着咬。"

靳余生舌尖抵住上腭："然后呢？"

她一脸理所当然："家里的狗都不欢迎你了，你以后还想怎么在我家里待下去？"

靳余生沉默了一下，一时之间竟然不知道该说什么。该夸她高瞻远瞩，还是该感激她，真的很为他着想？

"但，但你也不要心里不平衡。"沈稚子犹豫一阵，舔舔嘴角，"在我家，威风堂堂的地位比我爸都高。"

靳余生沉默……那这个家庭还真是畸形啊。

"所以讨威风堂堂的欢心是很重要的，当然了，我爸妈那边也不能放松。但你如果努力一下，家庭地位这个问题其实……"她垂着脸叨叨，长发从肩后落到胸前，挡住半张脸。露出来的鼻梁和脸都很白净，眼神却飘忽不定，声音里透着纸老虎的心虚，好像自己不停叨叨，只是为了自欺欺人地掩盖某种不确定的可能性。

靳余生心下突然一动："沈稚子。"

她抬起头，眨眨眼。

"我答应过白阿姨，在沈家住到高考结束。"

沈稚子还是不说话，手却不自觉地握紧威风堂堂的毛。

他轻声说："我不会食言。"

所以……我不会走，你不要怕。

沈稚子觉得空气都甜兮兮的，像是裹着糖。她怀抱着床头那一堆小熊，举着手机在床上打滚："大苒苒！大苒苒！"

盛苒秒回："放。"

沈稚子："你说话怎么跟我哥一个样儿。"

盛苒："……"

沈稚子："你俩吵架一个多月了，你还受他影响。唉，所以俗话说得好呀，爱过的人走过的路，都刻在骨子里。"

消息编辑完成，点击发送后，屏幕上迅速跳出：你还不是他（她）的好友，请先发送好友验证请求，对方验证通过后才能聊天。

沈稚子拨通电话，气愤地指责她："你把我删了！"

那头懒洋洋地道："呵。"

"行吧，那我不跟你提他。"沈稚子略一思索，暂时放弃了帮沈湛扳回一局的想法，"跟你说点儿开心的事。"

"嗯。"

沈稚子很羞涩："靳余生接受我啦。"

盛苒根本不信："你在做梦？"

同住一个屋檐下，才更要避嫌。这道理连盛苒都懂，靳余生那种人，绝对不可能在这种情况下接受她。

"我会骗你？"沈稚子睁大眼，然后一五一十地把这几天发生的事全都讲了一遍。

盛苒沉默了很久。她小心翼翼地，企图打醒沈稚子："你要不要试着，把你给自己加的这些戏都删掉，然后想想？"

"我哪有给自己加戏！"

"比如，"盛苒平静地帮忙分析，"正常人会想，他不让你晚归不是因为吃别人的醋，只是单纯的友情提醒；他生气不是因为太在乎你，只是因为看不惯你；他想带威风堂堂去做绝育，也只是怕狗伤害到他自己。"

沈稚子皱眉："你思想怎么这么阴暗？"

"是你想太多，"盛苒倒笑了。不知道是在笑她，还是笑自己，"他又没有说过，他喜欢你。"

最后一句话像把八十米大刀，直直刺入沈稚子的胸口。

沈稚子放下手机，好心情荡然无存。

是啊，他从来没有承认过喜欢她。哪怕是类似的话，他也从没有说过。她还被他骗着，先承认了"她在意他"。沈稚子眨着眼，看着手上的熊，心里浮现出一丝不爽。他也太狡猾了……现在的状况，她根本就是零分……真是不公平。

沈稚子越想越不开心，"噌"地坐起来，然后把床头一整排憨态可掬的小熊玩偶，一个一个地翻转过去——它们真应该代替主人，好好地面壁思过一下。

黄昏时分，空中落了点儿柔软的雪。

明里市的冬天总是来得迟又去得早，难得下雪，薄薄一层积在枝头，像白色的糖霜。

沈稚子站在落地窗前，天空灰沉如铅，小区里很多小孩子见空中落雪，都三五成群地飞扑了出来。吵吵嚷嚷，成群结队，看起来热闹万分。可她的心情丝毫没有好转。

她思考了一下午，怎么去跟靳余生开口。总不能直接问"你喜不喜欢我"，万一被拒绝了，不是很没有面子？他们以后低头不见抬头见……那多尴尬。

她正举棋不定，手机一振动，弹出一条短信："我回家时带了寿司，蘸料被你爸搞丢了，你在家吗？去买支芥末吧。"

发件人是沈妈妈。

沈稚子乐坏了，小鸟似的立刻飞到靳余生门前。深吸一口气，她轻轻敲门："靳余生。"

屋内顿了顿，响起椅子移动的摩擦声。她默数三秒，眼前的门被拉开，光线争先恐后地倾泻下来。少年身形高大，穿着浅灰色的高领毛衣，微微垂着眼，好像一株笔挺的植物。

沈稚子摸摸鼻尖："外面下雪啦。"

"嗯。"

"妈妈叫我出去买芥末，可这种天气，我很害怕。"她低头用脚蹭蹭地毯，语气轻而脆弱，"我这样的雪盲……万一一个人走失在茫茫的大雪里，就再也找不到回家的路了。"

她说得声情并茂，靳余生微微皱眉，有些怀疑。今天下了很大的雪吗？怎么他完全没有印象？但他无意赘言，折身拿起大衣："走。"

沈稚子松鼠似的跟上去。

天空阴霾，风凉飕飕的，小区里不少小孩子在玩耍。靳余生出了门才发现，雪薄得连积都积不起来。忍冬叶片边角蓄着点儿白，而地上有些潮湿，却不见雪。

他默默在心里记了一笔，原来这就是她所说的，"令人目眩神迷的超级大雪"。

等来年春天下毛毛雨，他也要以"我不会游泳"为由，让她去接他。

沈稚子不知道他在想什么，她还在思考，怎么挑起话茬。见大路上小孩子们追逐打闹，她心下一动："你喜欢小孩子吗？"

"一般，"靳余生喜静，只喜欢懂事的小孩，"不喜欢话多的。"

沈稚子沉默，她是个话痨。尽管有些心塞，她顿了顿，还是锲而不舍地道："那跟你比起来，我就很厉害啦。我不仅喜欢话少的，还喜欢长得好的。"

靳余生身体微滞，目光似有若无地扫过来。

"所有漂亮的东西，我都很喜欢。"

这话若有所指，她自以为是在告白，但靳余生的面色很微妙。他觉得，她只喜欢长得好的。而且一旦到手，就会丢掉。

见他不搭话，沈稚子以为他不信。目光巡视一圈，她从孩子群里找出个漂亮的"雪团子"，连连笑着朝他招手："来来来，小弟弟。"

小男孩愣了愣，跑过来。别墅区安保做得很好，外面人进不来，这些孩子非富即贵。他也就四五岁的样子，穿得很精致，耳垂和鼻尖冻得泛红，面色白皙。

"你真可爱，"离得近了，沈稚子没忍住，轻轻捏捏他的耳朵，"你几岁啦？"

"我五岁半，""雪团子"抬眼，露出一个明媚天真的笑，"你真好看。"

男孩声音软糯，沈稚子心情大好，从口袋里捞出两颗"费列罗"："给你两颗糖。"

"那我也送你个礼物。"小男孩笑嘻嘻地踮起脚，飞快地伸出一直藏在背后的手，往她外衣口袋里塞了个东西。

沈稚子微怔，下意识地想伸手进去掏，靳余生瞳孔猛地收紧，一个箭步上前，攥着她的手腕硬拉出来："松手！"

下一秒，口袋里传出"砰"的一声闷响。沈稚子觉得自己腰上疼了一下，好在衣服穿得厚，也不是很痛。

二氧化硫的味道在空气中迅速弥漫开，靳余生脑子一热，一巴掌重重地拍到小男孩背上，发出响亮而沉闷的"啪"声。小男孩一个趔趄，差点儿就地跪下，然后"哇"的一声哭起来。

沈稚子听见哭声，才缓缓地回过神。这男孩竟然往她口袋里……塞了两枚点燃的鞭炮。她吓了一跳，靳余生的面色则阴沉得异常："伤哪儿了？"

"腰……"

他皱着眉头，手已经落到了她外衣领口，沉声道："脱衣服。"

沈稚子今天出门，穿的是件姜黄色棉服。休闲的款式，拉链藏在里面，外面束着条细细的结绳腰带，可以系成一个慵懒的蝴蝶结。靳余生手脚麻利地打开腰带，然后拧着眉头，开始拉她的拉链。

他低着头，离得近了，呼吸落到她的耳畔，痒痒的。沈稚子脑子一片空白，有点儿蒙。她不太明白，为什么风驰电掣地……就开始脱衣服了。

"那，那个……"

靳余生还在一脸严肃地解她的围巾。

可沈稚子的注意力全在对方的呼吸上，根本没办法思考。她耳根发痒，手掌抵住他的胸膛，稍稍退后半步，难得地红了脸："大，大庭广众，这样不太好？"

靳余生的手僵在半空。理智勉强回笼，他才反应过来自己在干什么。下一秒移开视线，他声音有些闷："你自己来。"

沈稚子迅速拉开拉链，她的棉服很厚，里面又还穿着加绒的毛衣，两枚鞭炮其实没有伤害到她。只是靠近口袋的那层羊羔绒被鞭炮炸黑了，外衣口袋开了线，看起来有点儿可怜，又有点儿滑稽。

她试着戳了戳自己的腰："好像没事。"她也不觉得疼。只是她确实被吓到了，有些心有余悸。

靳余生看着她，等她确认完毕，才帮她把围巾一圈圈裹回去："那把衣服穿好。"

沈稚子半张脸埋进围巾："嗯。"

靳余生的注意力稍稍转移开，小男孩号啕大哭的声音就又回到了耳朵里。靳余生居高临下看着他，眯着眼沉默了一会儿，发现火气还是压不下去。

为什么要哭？怎么有脸哭？

"啧……"他当即俯身，拽住小男孩的手腕，用力把他从地上提起来。

手腕一阵剧痛，男孩像只受惊的鸟，挣扎着胡言乱语："你，你放开我！你们敢打我！你们知道我爸是谁吗！我要让我爸爸来打你们，呜呜呜……"

靳余生置若罔闻，拖着他朝前走。男孩大概也慌了，一路扑腾着，指甲在靳余生手上留下一道道血痕，可靳余生毫无反应。

沈稚子连忙追上去："你要带他去哪？"

"打他一顿。"靳余生声音平直。

沈稚子脚步微顿，斟酌着，有点儿不知道该怎么应对现在的局面。小男孩抓住时机，鼓足全身力气，猛然一个弹跳，飞扑起来踢了她一脚。沈稚子下意识朝后躲，靳余生的注意力一偏移，男孩立刻像条鱼似的"刺溜"就从他手中跑掉了。靳余生下意识就伸长手臂要抓，被她一把拦住："我们去买芥末吧。"她语气放得很轻，像是安抚。

"再耽搁下去，妈妈都要到家了。而且其实……我没有真的被伤害到。"她话音未落，男孩像是跑得太快，又或是慌不择路，"嘭"的一声迎面撞到树上。声音之大，他们隔着几十米也听得一清二楚。

下一秒，男孩抱着脑袋，爆发出了更加凄厉的哭声。

沈稚子很平静，"不信抬头看，苍天饶过谁。"

被男孩一打断，沈稚子原本想说的话，反而有些说不出口了。她很委婉，想了很多途径，去达到自己的目标。比如今天的这个切入点，她本来可以从"我喜欢漂亮的东西"，转移到"就好像你这样的"，再顺理成章地转移到"我这么喜欢你，你喜不喜欢我呀"。

多完美，多顺畅的逻辑……结果遇见这么一个熊孩子，出师未捷身先死。她敲着脑袋，还得想别的办法……很发愁。

接近年关，超市里到处在做促销活动，人群熙熙攘攘。热闹的氛围带起一股尘世间的烟火气，把靳余生身上生人勿近的低气压也冲散不少。

沈稚子左右看看，推出一辆最大号的推车。靳余生愣了愣，有些怀疑："我们只买一支芥末？"

这个架势，像是要囤粮食过冬。

"你扶稳了，"沈稚子跃跃欲试地舔舔唇，说着就要往车上爬，"让我坐里面。"

他没有阻止，目光却不自觉地向下移："你的腰，确定没事吗？"

"你放心吧，我不是那种因为怕你担心就藏着掖着不喊疼的人，如果我很痛，肯定先挑人多的地方大哭一场，巴不得全世界的人都来安慰我。"沈稚子美滋滋地坐稳，修长的腿悬在购物车外，驼色短靴上的毛球也跟着晃，"但今天我还是要批评你，靳余生同学，你做得不太对。"

他觉得，剩下的话他可以不听了。她总是乱指责他。

"你一直知道的，我聪明绝顶，所以上学很早，比正常同级的人都要小几个月。"

靳余生抿唇，她确实比他小几个月，但话题跳跃度依然很大，他完全猜不到她想说什么。

"像你吧，跟我这种年轻美艳小少女比起来，已经是个老人家了。"她语气认真，"你知道什么叫老人家吗？就是，像我爷爷那种，日子过得很恬淡，每天喝喝茶、遛遛鸟，一年中有半年住在山上，每天出门就跟老朋友们一起下棋、养花、吹牛皮，我爸在公司里即使把天掀了他也眼皮都不动一下，地震他都懒得跑。"

"所以？"

"按照这个标准，你现在很不合格。"她终于说到了重点，"你太暴力了，一言不合就想打人。"

靳余生眼神微沉："他有错在先。"

"如果我犯错，你也要打我一顿吗？"

靳余生顿了顿，这个问题，他从来没有想过。因为他根本没办法对她发火……别说发火，就连大声说话，他都觉得自己在欺负她。所以他拒绝思考："两码事。"

沈稚子也学他的样子，一动不动，一言不发地盯着他看。桃花眼里光芒流转，倔强装得不像，倒像一只傲娇的猫。

靳余生喉结微动，须臾，还是败下阵来："你想怎么样？"语气十分挫败。

"讲道理。"她正直得像个三好学生。

他简直想笑："你报复沈湛，在门上放水、在座位上涂胶水时，怎么不讲道理？"

她眉头微皱："你怎么这么记仇。"

"呵，"他移开目光，"沈稚子，做人要讲良心。"

察觉到他好不容易回升的气压又隐隐有低下去的趋势，沈稚子心里一慌，连忙揪住他的衣角："我是觉得，你每次生气，看起来都很吓人。"靳余生垂眼，正对上她的目光，有些警惕，有些紧张，像某种发现敌情的小动物。

他抿唇："松手。"

"哦……"沈稚子有些不舍，委屈巴巴地松开手，转过去。

松手就松手，谁稀罕似的。她沉默了会儿，小声嘟囔："我们俩都住在一起了，以后每天低头不见抬头见，你就这个态度……一天到晚凶巴巴，管这管那还不让人批评，也不讨好我一下……"

下一秒，空中落下两包薯片，正好掉在她怀里。她来不及反应，身旁又落下来一盒果冻，接着是小奶罐巧克力、樱花布丁、椰子曲奇……

沈稚子乐了，仰头看他："你在干吗？"

靳余生面无表情："讨好你。"

第七章 危险

我别无他法，只想束戈卷甲。

　　超市里人来人往，许深深低着头翻货架，小声嘟囔："好像没有番茄味了……姐，你喜不喜欢原味的？"

　　"都行，反正也不是我吃，你就看着买……"对面货架一空，许时萱的目光不经意间扫过去，手顿时僵住，全身开始颤抖。

　　"其实我想每个味道都买一包，你说过年的时候，家里会来多少小孩……"许深深埋着头絮絮叨叨，说了半天，发现没人理，她抬起头，"姐？"然后她发现许时萱已经不见了。

　　许时萱在货架的另一端，背后人群喧闹，她心里发凉，血液都像是被冻住。

　　几步之遥，沈稚子坐在购物车里，够不到的零食都由靳余生帮她拿，而他在她身后推着车，偶尔俯身听她说话。他们两人之间熟稔而亲密，仿佛在共同置办年货。

　　许时萱实在是忍不住，上前一步，打招呼："靳余生。"

　　少年身体微滞，转过来。他神情很淡漠，顿了一下，才想起她是谁："嗯。"

　　许时萱笑得勉强："你们两个一起来的？沈稚子怎么坐着？腿受伤了吗？"

　　沈稚子低着头晃薯片袋子玩，不想理她。

　　"我刚刚好像听到，你们说，你们住在一起。"许时萱艰难地维持笑意，"是我听错了吧？"

　　靳余生心里有点烦，他跟沈稚子的良心问题还没讨论出结果，他说不过她，非常懊恼。而且他不明白，为什么出来买支芥末，都要一而再、再而三地遇见这些讨厌的人。他忍了忍，却仍然摆出臭脸："关你什么事？"

　　许时萱呆呆地看着他，有些难以置信。现在的他，跟刚刚面对沈稚子时的神态，完全不一样。他没有耐心……也不想应对她。

许时萱愣着愣着，突然就崩溃了。

"你们真的在同居？"她嗓音尖锐，想靠分贝打碎这个荒唐的梦，"你们有没有搞错？高三同居？

"沈稚子你妈知道你这么不自重吗？你今年才几岁就在外面跟男生同居？我要去告诉所有人，你们……"

"你闭嘴！"

不知道哪句话踩到了靳余生的底线，也或许是每一句。他怒不可遏，拳风落在货架上，充气的袋子簌簌落下来。许时萱被吓得呆在原地，眼里迅速积起泪。

"你听好，不是沈稚子跟我同居，而是我住进了沈稚子家。"他沉声道，"如果你喜欢拿这种无聊的事传播，就尽管去。到时不管出了什么后果，跟你有没有关系，我会全部记在你头上。"

许时萱噼里啪啦地掉眼泪，靳余生居高临下地说完，推着购物车，转身就走。

许时萱站在原地，一边哭，一边又觉得讽刺。鬼使神差地，她给齐越打了个电话："齐越，你不知道吧？

"沈稚子在跟靳余生同居。"

走出去几步，靳余生一直沉着脸。沈稚子舔舔唇，提醒他："你又发火了。"

靳余生微眯眼，可他没有打许时萱，而且，他像个傻子一样，企图跟她讲道理。他觉得，这已经是个巨大进步。

"生气对肝不好。"

"嗯。"

"其实我刚刚在想，如果控制不了你的情绪，我得给你找点儿补肝的食物。"她挠挠头，"但这一秒，又有个新想法。"

靳余生静静等她说，而下一秒，她转过来，神情天真，语句中带着不自知的残忍："你喜欢我吧？"

靳余生微怔，瞳孔猛地收缩。

他来不及反驳。

"靳余生，"她又重复了一遍，语气平静，换成陈述语态——

"你喜欢我。"

她故作平静，语气里藏着隐含的期待。传到靳余生耳朵里，寂静无声的场景，心头有惊雷落地。像是被拆穿了一个……他一直不想，或者不敢承认的事实。

耳畔嘈杂喧嚣，两个人的小空间里保持着微妙的平静。许久，他轻声问："如果不承认，你会不开心吗？"

"当然会啊！"

他的问句像把八十米大刀，把沈稚子心里最后一点儿希望也捅得支离破碎。

"你不喜欢我吗？"她的小玻璃心碎成了碴儿，难过地移开视线，下巴埋进膝盖，声音听着像是要哭出来，"不喜欢我，为什么要替我做那么多事？不知道我们青春期的少女，都想得多吗？"

——不喜欢吗？

靳余生背脊笔直，十指紧紧扣在购物车把手上，露出手背上青色的血管。他看着她沮丧地缩成一团，像个吸附在购物车上的毛球，他有股冲动，想碰一碰她，可手在半空悬起，迟疑片刻，又飞快地收回来。

靳余生心里挣扎又矛盾。

他最近精神状态不好，高枕不得安眠，好不容易入睡，也总是在梦见过去。

梦里更早一些时候，夏天蝉鸣柳绿，周有恒的小院浓荫蔽日，沈稚子穿一件无袖的小白裙子，用小短腿从水榭长廊的这一头跑到那一头，怀中抱着一小盒玉珠，"哗啦哗啦"响。

珠子是何见月给的，来自一条不小心被她弄断了的珠玉手链。七岁生日之前，沈稚子对它一见倾心，央求了师母许多遍，才终于在生日那一天，得到了这件于寻常小孩而言过于昂贵的礼物。

成色上乘的玉珠，细腻如同羊脂，好像少女凝白的肤色。娇滴滴的小女孩，连手中的玩物都比寻常人要金贵。

他以为沈稚子真的喜欢它。可算起来也没过多久，好像只是盛夏一场雷阵雨的工夫，那盒珠子就被她放在窗台，再也没有被拿起来过。

她的注意力被更漂亮的东西吸引走，之前的玩具，自然也就不重要了。

往往梦境停在这里，就会醒过来，他在寒冬腊月里睁开眼，惊醒时仍旧大汗淋漓，窗外月光破碎，也像一把插在心上的匕首。

午夜梦回，他反反复复，想过许多遍。也许她未曾得到时所表现出的喜爱，是真的；得到之后不再上心的敷衍，也是真的。

他自欺欺人，掩耳盗铃，一边想要做一盒她得不到的珠子，一边又在心里绝望地想，他其实远不如那盒珠子。羊脂白玉尚且能靠外貌得到她青睐，而他浑身上下一无是处，却又要命地贪恋这点儿她从指缝里漏出来的甜。

时间久了连他都快要忘记，他其实从始至终，一无所有。

短短几分钟，沈稚子煎熬得仿佛过去了一辈子。

开口之前，她几乎笃定了百分之九十九的可能性，他会承认喜欢她。因为他表现得太明显，到处露马脚，一点儿都藏不住。

可他始终不置一语，一言不发。而她背对着他，甚至看不见他的表情，最后一点耐心也跟着虚无缥缈的希望，一起被消耗掉。沈稚子沮丧地趴在购物车上，许久，闷声问："你为什么不理我？"

"我在想……"靳余生顿了顿，指节微动，"给你买多少糖，才能削减你的不开心。"

他垂下眼，抱起一大捆棉花糖，松开扶手，将购物车转了个方向。扶手抵住青灰色的墙面，靳余生绕到前面，单膝在她面前蹲下。沈稚子坐在购物车里，半张脸埋进围巾，黑白分明的眼睛跟着他上下移动，瞳中流光闪烁，充满委屈。

他在做一件从没有做过的事，有些茫然，有些无措，献花似的把糖捧到她眼前。

"能不能别老玩这种小孩子的玩意儿，你把货架买下来都没用！"外物抚慰不了她，沈稚子生气地打掉他手里的糖，眼眶发红，"你这个骗子！"

包装袋被她的动作带着晃了一下，坚硬的棱角从面前划过。靳余生躲闪不及，眼睛下方迅速出现一道细细的血痕。她明显一愣，立刻手忙脚乱地要去包里掏纸帕："对不起，我不是故意……"说着，就要伸手去碰。指尖碰上脸颊的上一秒，靳余生下意识向后一闪："没事。"

沈稚子的手僵了僵，失望地收回来。受伤也不让她摸……她低着头，沮丧得像只打湿毛的鹌鹑。

半晌，低声说："你不喜欢我，在医院里时，为什么要问我那种问题？对啊，我是很在意你，那现在呢？你确认完了，又有一个少女折服在了你眼前，你要抱着手冷笑并且开始嘲笑我的不自量力了吗？开始想台词羞辱我了吗？"

"我没有。"

事实上，面对现在的情况，靳余生完全不知道该怎么办。无论他的私心，还是他所接受过的教育，都不允许他说真话。也许换作另一个人……随便一个别的人，沈湛也好，哪怕是齐越，都能处理好现在的局面，而不是像他一样无所适从。

这种认知，本身就让他感到难过。

"那你就是不喜欢我。"沈稚子低着头，觉得自己好像一个逼良为娼的恶棍。她犹豫着纠结了很久，小声问："可你喜欢什么样……"

下一秒，靳余生表情别扭地打断了她。声音低沉，嗓音发哑，仿佛说得很艰难："正常情况下，如果我说'是'，下一步应该发生什么？"

突然拐了个大弯，沈稚子猝不及防，茫然地抬起头："跟我在一起。"这不是常识吗，这也要问？

"我以为，"靳余生明显松了口气，神情很不自在，"下一步应该求婚。"

青天白日，沈稚子仿佛被一道雷当空劈中。她磕磕巴巴，震惊让她连句完整的话都说不出来："为，为什么？"

"求婚对象，不该是喜欢的人吗？"靳余生眼中浮起疑惑。

白色的灯光倾落下来，将少年眼中的真诚映得一览无余。沈稚子人生第一次，被人堵得一句话都说不出来："求婚对象的确该是喜欢的人，可……可是，可是……"可是哪有这么风驰电掣的！

靳余生耐心地等着她结巴完。他装得很像，仿佛自己真的什么也不懂，真的是因为一个乌龙的误会，才不肯承认喜欢。仿佛一切的原因，都与她无关。

沈稚子后知后觉，半晌才回过味儿："你，你真的一直以为，互相表白完，就要求婚吗？"

"难道……不是吗？"

沈稚子看着他，迟缓地舔舔唇。少年身形高大，半蹲在地上，微微仰头看她的姿势像只乖顺的大金毛，让人丝毫无法苛责。

他也太……太可爱了吧。

"不是这样的，"心头阴霾散尽，她声音放软，"正常人的过程，应该是先互相表白，然后恋爱，再讨论求婚的问题。所以……"她小心翼翼，抬眼看他，瞳中光芒流转，"我们能不能退一步，先从恋爱谈起？"

目光相接，少女的眼睛黑白分明，清澈如溪。靳余生不止一次地想，也许她原本该是一头小鹿，或者拉菲尔前派画中走出来的女主角，出生就被赋予祝福，活成一道炙热滚烫的光，最终被另一个美好的人所拥有。

他的喉结不自觉地动了动。

"在我家，喜欢的女孩子，是要带回去结婚的。"他斟酌着开口，话说得半真半假。他强迫自己相信，并尽可能地拖延时间，"所以，我们可不可以等成年之后，再来谈论这件事？"

欲扬先抑，沈稚子的心情大起大落，连这丁点儿希望也是从绝望里挖出来的。她微怔，没有多想，眼睛立刻弯成桥："好啊。"

靳余生却开心不起来，他艰难地扳回一局，又越发感到自己的可悲。也许他能让她短暂地忘记他带来的不开心，可他无法为她提供长久的快乐。

她很努力，他一直都知道。可她朝他走来的每一步，好像都在把事物推向无可挽回的终点。约定落地，他听见"咣"的一声，猫头鹰敲响那盏根植在他脑子里的钟，一切都开始倒计时。等沙漏里的沙子流到尽头，她就会头也不回地离开，再也不会看你一眼。

就像七岁那年，她放弃那盒玉珠。

她很快就会放弃你了，你等着瞧。他慢慢闭上眼，在心里这样对自己说。

"你觉得，他说的是真的吗？"听完沈稚子的叙述，盛苒掂量着问，"就那个，'喜欢的人就要求婚'的家规？"

"平心而论，听起来很扯。"沈稚子抱着手机，咸鱼似的在床上滚，"像一个用来摆脱我的借口。"

"那你兴奋个屁。"沈稚子一回来就开开心心地给她打电话，说自己和靳余生有了不得了的进展。盛苒上次见到这种破约定，大家还不会上网好吗。

沈稚子望着天花板，沉默一阵："因为今天，我的想法转了个很大的弯。"

"我问他是不是喜欢我，他没有说是，也没有说不是。可是我表现出不开心的情绪时，他跟我说了他的家规。"

她缓慢地分析："如果家规是真的，那是既定事实，我可以等他；如果家规是假的，说明他编了个故事用来哄我，只是怕我不开心。"

"不管是哪一种……"她轻声道，"他好像都没有错。"

夜色沉寂，电话那头沉默了几秒。

"你把话都说完了，让我说什么。"盛苒笑了一声，有些意味不明，"稚子，听没听过'弥子分桃'？"

弥子瑕受宠于卫灵公，所以他深夜驾车出宫非但没有受刑，反而得到"真孝顺啊"的称赞；所以他将吃过的桃子喂给卫灵公，非但没有受到指责，反而得到"他多么爱我啊"的感慨。

加上一层喜欢的滤镜，无论有心还是无意，总能在有情人眼中读出别的意思。

沈稚子其实明白，但她拒绝承认。如果连幻想对方喜欢自己的资格也被剥夺，她也太可怜了。

盛苒还在叨叨："稚子，我现在觉得，爱情真的会使人变成戏精。可你们这样，不会觉得很累吗？"

沈稚子随手在床头一捞，这次捞到的是只无辜熊，表情天真可爱，黑豆眼与她面面相觑。她顿了顿，叹息："唯一一件我可以确定的事情是，他在逃避做选择……也许，我应该再给他一点时间。"

她一直都知道，她并不了解他。可偏偏又是因为不知根底，他不主动告诉她的事，她更加不敢主动问，所以她只能猜。可是盛苒说得对，互相猜测最耗费耐心，也耗费精力和喜欢……沈稚子一边坚持，一边担忧。

时间安静地流淌，夜色像滴在纸上的墨，缓慢地浸润开。沈稚子挂掉电话，望着天花板发呆。

不知道过了多久。

"我主动太久了。

"其实我也没有喜欢过男孩子……所以我也是第一次。

"我已经快把一百步都走完了，你能不能朝我的方向稍微挪动一点点啊？"她自言自语着，最后一句话声若蚊蝇，"你到底还需要多少时间？"

灯光安静地流泻，明明他人就在隔壁，只是一堵墙的距离。可房间里静静的，从始至终，没有回音。

夜色飞快地流走，不知什么时候起，窗外又下起了小雪。小小的冰晶打在窗户上，隐隐有声响。沈稚子在床上发了会儿呆，爬起来做作业。

至少函数题是有标准答案的，她不需要猜。

打开台灯，刚翻开草稿纸，就听见"笃笃笃"——房间门被人敲响，沈爸爸压低的声音从门外传来："稚子，你在看书吗？"

她赶紧放下笔，小跑过去开门："爸爸。"

房门打开，暖色的光线一泻千里。沈爸爸穿着家居服，立在门口，脸上表情有些疑惑。

"楼下有个小男孩，家长领着过来，说你打了他。"他语气平静，是询问的姿态，"你要不要下来看看？"

从楼上走到楼下，短短几分钟里，沈爸爸大概了解了情况。他有些惊讶，转着圈打量她："你没事吧？受伤了吗？晚饭时怎么没听你说？"

"我没有受伤，"沈稚子赶紧解释，"恶作剧不怎么严重，就忘了告诉你们。"

这件事错不在她，她于心无愧，只是有点儿纳闷。如果是她干了坏事，肯定藏着掖着不让爸妈知道，哪有上门寻仇的道理……直到她走下楼，见到坐在沙发上的母子，才恍然大悟。

吊灯光芒四溢，客厅里亮堂堂的。沙发上的女人长着张巴掌大的小脸，典型的贵妇打扮，美目之中怒意流转。而她身旁的小男孩坐得规规矩矩，眼圈发红，额头正中一大片红印，脑门高高肿起，神情委屈而畏怯，十足的受害者姿态。

只是……沈稚子短暂地愣了一下，又注意到男孩的手腕。小手白净，反向翻折，以一个扭曲的姿态，乖巧地放在膝盖上。

她突然有些想不起来……是靳余生把他的手掰成这样的吗？沈稚子满腹疑惑，趿着两只巨大的兽爪拖鞋，贴着沈妈妈坐下。

一群人面面相觑，沈爸爸轻咳一声："人到齐了，我们家就这三个孩子，您认认吧。"

贵妇嘴角微动，拍拍小男孩："抬眼看看，谁打了你。"她话说得很缓慢，声音千娇百媚，柔而不妖。

男孩吸吸鼻子，仿佛根本无须辨认，手指直直指向沈稚子："她。"

靳余生身体一顿。

沈稚子笑了笑，没急着否认："那我还挺厉害的，我练的是如来神掌吧，一巴掌给你脑门打成这样？"

小男孩噘嘴着，低下头，"哇"的一声哭起来。

沈稚子疑惑，为什么一个个的，都跟许时萱一样，动不动就哇哇大哭。是哭得响了，会显得自己比较占理吗！

贵妇急红了眼，赶紧掏出帕子帮小男孩擦泪，一边擦，一边皱着眉责怪："你们家姑娘怎么教的？就这样说话？打了人还成你占理了？怎么这么没有教养？"

我们家姑娘一直都这么教的，三观可正常了——沈爸爸在心里哼唧，面子上还是把戏做足："稚子。"

沈稚子立刻乖巧如鹌鹑："对不起。"

为什么要道歉？靳余生眼瞳微眯，心里突然涌起一股烦躁。忍了忍，忍不住。

他突然站起来，大跨步地走到厨房，倒出一杯饮料。折回身，在男孩面前蹲下。

冒气泡的饮料带着隐隐的甜味，少年身形高大，穿着温暖的长毛衣。靳余生抬手抚摸他的头，声音低哑："不要哭。"

小男孩委屈地眨着眼，打了个响亮的哭嗝。靳余生耐心地掰开他的手指，将饮料放进他手中。

男孩只有这一个台阶可以下，垂着脑袋看了一会儿，示好般地低下头，小心翼翼地将杯沿送入口中。饮料还没过嗓子，他肩膀猛地一耸，就"哇"一声全吐了出来。滴滴答答的汁水漫过衣服流到地毯上，他抽噎着，像是吃了某种说不出来的亏，放声大哭。

刚刚的眼泪是装的，靳余生迟缓地想……但这回，应该是真的哭了。

饮料迅速滴进地毯，贵妇手忙脚乱，连忙找抽纸擦。

短短几秒钟的时间，沈稚子还没反应过来发生了什么，就听靳余生冷淡地道，"不喝算了。"他冷下来，骨子里都透凉气，说什么话都像嘲讽，"一点家教都没有，也不知道谁教出来的。"

贵妇擦地毯的手一顿，脸上一阵青一阵白，好像还不明白，自己怎么就突然失去了主动权。

"你刚刚说，欺负你的人是她？"靳余生还在继续进攻，声音平淡无波，眼底也一片漠然，"你再说一遍？"

小男孩不敢看他的眼睛，拼命往后缩，不死心地小声哼："你不要威胁我，我说是她……那……那就是她！"

"那从现在起，"靳余生声音冷漠，"欺负你的人是我了。"

小男孩呕吐不止，一直到贵妇匆匆忙忙地带着他离开沈家去医院，沈稚子都没有反应过来……刚刚到底发生了什么？

沈湛愣了一会儿，最先反应过来："你往可乐里加料了？"

靳余生低低道："嗯。"

沈湛接过杯子，嗅一嗅便闻了出来，笑得不行："可以啊哥们儿？辣椒和酱油？"

靳余生脸上毫无笑意，他沉默一阵，站起身，认真而郑重地道："很抱歉，我做事欠妥。"

不管怎么看，他今天都很冲动。可是……顿了顿，他还是忍不住："但沈稚子确实没有打他。"

沈爸爸原本好整以暇，听见最后一句，憋不住笑起来："我没说稚子打他啊，维护起她来，你倒比我这个当爹的还着急？"

话里话外，半真半假，靳余生一时没听出意思，只好保持沉默。

"没事的，你先坐下来。"沈爸爸放软语气，挥挥手，"今天这个事儿，其实跟你俩没什么关系。他们母子过来的第一时间，我就打电话给物业调监控了。"

靳余生迟疑了一下，还是决定站着。

"碰瓷嘛，他们自己来招惹我姑娘，还来家门口泼脏水。本来我有点生气，正想着怎么收拾那小孩儿呢……你就先站起来，帮我呛回去了。"沈爸爸顺手倒了两杯茶，"真是闪电的速度啊，年轻人就是不一样。"

靳余生愣了一下，心头涌起巨大的茫然，他手足无措。他原本以为会有惩罚，并且很大程度上，也已经做好了被惩罚的准备，结果……

"你这样会教坏小朋友的，"下一秒，沈妈妈瞪沈爸爸一眼，打断他，"就不能教点儿正常的？"

沈爸爸秒尿："那，那你来。"

果然——

感受到某种惩罚预警，靳余生反而松了一口气。

目光飞快地从沈稚子身上扫过，她正瘫在妈妈身边，看起来有些慵懒，黑白分明的大眼睛眨啊眨，仿佛对周围的一切都毫无察觉。

没有关系，他在心里想，就算她有危险，他也可以把所有的事情和责任，都揽在自己身上。

"正确的做法，是回来之后第一时间向家长汇报，有没有受伤？"沈妈妈说着，戳戳沈稚子的腰，"你就藏着躲着呗，监控看得一清二楚，炸到哪儿了？"

"妈，"沈稚子被戳得发痒，笑着向后躲，"我真的没事。"

"他们要是今晚没找上门，你就打算一直瞒下去？"

"以后不会了，"沈稚子撒娇似的埋进她的颈窝，像只乖巧的小熊，瓮声瓮气道，"以后肯定小心翼翼，什么事情都不瞒着妈妈。"

沈妈妈在她鼻尖上蹭一蹭。

"好了好了，散会吧。"沈爸爸站起身，伸个懒腰，"既然确认了这事儿跟你们都没关系，也当面对质过了，以后那对母子如果再出什么幺蛾子，我就自行解决了哈。"

从小到大，沈稚子不想处理的事，就统统丢给沈爸爸。所以这次也不例外，她轻轻松松地点点头，抱着爸爸亲一口："辛苦爸爸了！"

靳余生一动不动，沉默地看着，像在看一场与他完全没有关系的家庭喜剧。

直到客厅里人都走完了，沈稚子"咔嚓咔嚓"地吃了小半盘甜核桃，她犹豫半晌，才敢鼓起勇气打破这种死寂："那个……你记得齐越吗？他前段时间，邀请我去参加他的生日宴会。"

"你别误会，他邀请了几乎半个年级的人。"她小心翼翼道，"一个人待着多无聊啊，在家里也没什么事干……你要不要，跟我一起去？"

许久没有回音。

沈稚子叹口气："行吧，我知道你不想去。"想到他们两个现在这种微妙的关系，她连撒娇的力气都没有了。突然有些心塞，沈稚子决定立刻逃离：

"那你早点睡，晚安。"说着，她站起身，打算回屋。

刚刚踏出去没两步，靳余生突然叫住她。他想了想，还是决定解释。

沈稚子回过头。

"我还是希望你——"他的脸浸没在黑暗里，舌根发苦，语气隐忍而克制，"九点之前，能够回家。"

杯盏相撞，KTV包厢内光线昏暗，摇晃的灯光盈盈散开。嘈杂的音乐声和交谈声、笑声碰撞到一起，像被一层玻璃罩隔远，落到耳边，都听得不真切。

沈湛收起手机，携着冷气推门进屋，第一眼就落到沈稚子身上。

包厢内开着暖气，她穿一件简单的呢子短裙，枕着白色的羽绒服，肤色白净，目光失焦，不知道在想什么，像朵缩在角落里的蘑菇。沈湛迈开长腿走过去。

"大过年的，好不容易出来一趟。"他在她身旁坐下，身上带着股雪天的凉气，把沙发压得凹下去一块，"怎么不去奔跑去跳跃？"

"我在思考人生。"沈稚子看他一眼，手指搭在胳膊上，压低声音，"你说，齐越就过个生日而已，为什么要请这么多人？"

放假之前，齐越就给她发了消息，邀请她来参加生日宴会。她跟他不算特别熟，自认算不上他的好友，本来想推托。结果他踌躇半晌，有些局促地来了一句："可你的同学们都要去。"言下之意，你不来的话，会有一点点失礼哦。

她愣了愣，当即便戳了几个同班同学的聊天窗口。得到的回复无一例外，全都是："对啊，我要去。"

她觉得很奇怪，这些人明明就不熟，怎么什么局都来。

沈湛顿了一下："你想听真实理由，还是矫情点儿的？"

"有差别？"

"真实理由是，他在炫富。"他小声，"矫情的理由是，如果邀请的人少，你就不会来。"

后一个理由，让沈稚子愣了愣。她忍不住，转眼去看齐越。

在她的印象里，齐越也一直是长相不差的那一挂。十七八岁的少年总是笔直而挺拔，他衣着规整，鼻梁上架着一副眼镜，整个人的气质很文弱，像个文质彬彬的小少爷。被围在人群中央时，拿着麦克风，神情中又带着些放不开手脚的青涩。

有人大声起哄："稚子也在呢，让他们对唱一首！"

"哈哈哈哈，唱《好心分手》吧！"

"他们上次在山上玩的那个游戏叫什么来着，咱们也来开个局啊！"

喧嚣嘈杂中，矛头突然转向了她。齐越被簇拥着转过来，像是想看又有些不敢看，目光带着些紧张，在昏昧不明的光线中幻化出欲言又止的局促。视线相撞，沈稚子微怔，心里突然泛起一股酸涩。

那是一个十七八岁的少年，看到心爱的女孩的眼神。可那样的神情，她好像从来没有……在靳余生眼里看到过。

"你刚刚发呆发那么久，就是在想这个？"沈湛见她反应迟钝，心里好笑，"他就坐那儿呢，你怎么不直接问他？"

沈稚子难得没有搭话。她发呆，当然不是在想齐越，她在想靳余生。从昨晚到现在，她想来想去，仍然觉得……靳余生在威胁她。再提前几个月，她也许会认为，那是一种甜蜜的关心与暗示。

可是回忆此前种种……她又有些不敢确定。

在不受掌控的事情上，他好像总是表现得有些失控。回想他每一次发火，似乎无一例外，都是因为事情发展超过了预期。

"那个，我问你个事儿。"沈稚子斟酌着，决定先从"智障"堂哥问起，"你会对什么东西产生控制欲吗？"

"你指哪一种？"沈湛问，"控制游戏里的小人奔跑跳跃？"

沈稚子摇头，语气有些纠结："控制别人，或者……控制自己？"

"为什么要控制别人？我有病吗？"沈湛拿过果盘，"咔嚓咔嚓"地嚼爆米花，"还有，我怎么会控制不了我自己？我的脑前额叶又没有受损。"

"算了，你闭嘴吧。"

虽然往常总是拿靳余生开玩笑，卖萌、装傻、撒娇，可是真的到了要解决问题的时候，沈稚子也有些不知如何是好。想了想，她掏出手机，输入问题：人为什么会对周围的事物，产生强烈的控制欲？

包厢里信号不太好，小圆圈转啊转，就是转不出答案。她盯着手机发呆，旁边的女生凑过来，手臂亲昵地搭上她的肩膀："稚子，去跟齐越唱首歌呗？

大家都等着呢。"

沈稚子抬眼，视线越过这个陌生女生，又与齐越撞上。他减缓了不安，不再回避与她对视。他眼中跃跃欲试，饱含期待，渴盼的神情也是少年模样。

她拒绝的话原本已经跑到嘴边，又咽了回去。沈稚子陷入短暂的沉默，在心里飞快地斟酌，怎么才能把话说得好听点儿，又不至于在这么多人面前……伤害到齐越的面子。

他并没有犯什么错。

下一秒，手机一阵猛振。沈稚子慌忙低头，见骆亦卿的名字跳了出来。天降救星，她几乎感恩戴德，连忙接起电话："喂，您好？"然后自然而然地站起身，表情为难地朝着女生和齐越的方向做了个抱歉的手势，表示自己要出去接电话。

她仿佛只是转了个弯，高挑的身影很快便消失在门口，像从没出现过一样。

许时萱看着，半晌，笑了一声，语气暧昧："齐越，你猜她还会再回来吗？"

齐越没有说话。周遭仍然喧嚣吵闹，昏暗的光线之下，少年一动不动，握着麦克风的指节微微发白。

沈稚子没有拿外套，一出门，冷意便顺着指尖爬上来。大厅里也很吵，她搓搓手，挑了个避风的地方："你查出了什么？"

"我查到的东西也不多，靳家能公开的资料也就那么点儿，该知道的你都已经知道了。"骆亦卿闲聊道，"他们那个家族吧，架子端得高，其实就是个空架子。家里头一个能养家的人都没有，前几年还能卖卖地产，这几年估计也卖得差不多了……老二老三游手好闲，前段时间又对外宣称老大急病去世……拜托，这都 21 世纪了，骗鬼吗？要我说，败落也是迟早的事。"

沈稚子忍了忍，没忍住："你说这些话时的语气，真的很像一个指手画脚的八婆。"

骆亦卿"啧"了一声："还听不听？"

"听……"

"你就让我查靳家，也没跟我说查什么。"骆亦卿哼哼唧唧，"我就广撒网地让人给我打听八卦，嘿，你别说，还真找出来一个，就是不知道是真是假。"

沈稚子努力耐着性子，等他卖关子。

"他家不是这两年没什么能卖的东西了吗？但为了撑那个架子，还得要有钱。"骆亦卿顿了顿，神秘兮兮地道，"所以他们家老大去世之前，一直在倒卖古董字画，但卖的不是真品。"

沈稚子呼吸一滞。

"——是高仿的赝品。"

这通电话打了很久，直到沈稚子觉得自己睫毛都要结霜了，才一路小跑回包厢。

渐渐入夜，不少熟悉的同学都已经离开，剩下的大概是齐越的好朋友，是群她往日不常见的面孔。她没有多想，环顾四周，问齐越："沈湛呢？"

"刚刚追盛苒去了。"

沈稚子一愣："盛苒来了？"

"盛苒来得晚，你前脚出门，她后脚就过来了。"齐越避重就轻，"后来一看沈湛也在，掉头就走，所以沈湛去追了。"

沈稚子想了想，这很符合盛苒的性格。

"我突然有点儿事，今天就先回家了……对不起。"她躬身，低头拿起自己的外套和背包，诚恳地致歉，"沈湛回来之后，麻烦你们替我跟他说一声。"

挂断电话之后，她现在迫不及待地，想回去见一见靳余生……想跟他谈一谈。

齐越微怔，随手给她倒杯饮料："先喝口水。"

"不用了。"沈稚子只想赶紧走。

他很坚持："喝一口吧。"

玻璃杯悬在面前，粉红色的液体微微晃动，波光粼粼。所有人的目光不约而同，都聚集过来。沈稚子拿包的手微微一顿，竟然在这些聚集的目光里感受到一股压迫感。

她突然警惕起来。因为她后知后觉地意识到，现在的包厢里，除齐越之外……没有任何一个她认识的人。不动声色地环顾四周，沈稚子放软语气，又重复一遍："谢谢你，我不渴。祝你生日快乐，开学见。"说着，她转身就要走。

"沈稚子。"

不知道是谁突然出了声，脚朝前伸着，往她小腿上一勾。光线昏暗，沈稚子躲闪不及，被带着绊倒。下一秒，就重重摔回座位上。

齐越连忙想要伸手扶她："沈……"可她头重脚轻，只听见一句完整的话——

"你是不是有点儿不给我们面子啊？"

手机被摔回包里，屏幕还没变黑，停在搜索引擎的问题上：人为什么会对周围的事物，产生强烈的控制欲？

因为自尊心过强、严重缺乏安全感，且……内心极度自卑。

空中飘着小雪，长街上行人寥寥。弯月渐颓，年轻人们跌跌撞撞，拥着肩膀大闹大笑。

沈湛追了两个街口，才追上盛苒。长臂挡在她面前，高大的少年气喘吁吁："我怎么以前没发现，你跑得这么快？"

入了夜，冬天的风刮在脸上，刀子一样。盛苒穿着件米色的大衣，半张脸埋在围巾里，像一只暖洋洋的小熊。

她安静地打量他，不说话。

"你看今天都下雪了，你还为了齐越特地出来一趟。"沈湛心虚地舔舔唇，"干吗急着回去呢，多玩一会儿呗。"

月光清冷，盛苒的眼黑白分明，目光也清亮而平静。

她不说话。他只好挠挠头，没话找话："一段时间不见，你好像变矮了。"

什么鬼话……

"但矮个子的女生才可爱，让人特别想拉进怀里亲亲、抱抱、举高高。"见她眼神变冷，他赶紧力挽狂澜，"所以我就是想问问你，你长得这么可爱，能不能让我抱……"说着，就伸手要牵她。

盛苒退后一步："沈湛，我们没有和好。"

沈湛立即无辜地瞪大眼："我可没同意。"

她抬头，静静地望着他。眼里没有不耐烦，却也没有别的情绪。

"行，行吧……"沈湛喉结滚动，妥协，"就算是这样，可是，你干吗把我删了，我们不是一个教室里共同奋斗的好伙伴吗！"

"男女大脑构造不一样。"盛苒嘴角意味不明地一勾,"我们女生的世界里,不会让狗留在列表里。"

白雾成霜,街边小贩渐渐开始结伴退去。夜色深沉,冷意往骨头里钻,站得久了,仿佛骨头都开始泛潮。良久,沈湛揉揉鼻子,垂下眼:"行吧,我知道了。"

"在你之前,我有很多女性朋友……是事实。"他低声道,"我的理念一直是,趁着年轻多交几个朋友——直到现在,我也不觉得有什么错,我没有对任何人不负责任。"他顿了顿,"在遇到你之前,我从来不知道,这也可能会伤害到对方。"

他望着她,放轻语气,好似哄诱:"但我可以改啊,你总不能因为一种'可能性',就对我下定论吧?那会不会对我太不公平了?"

盛苒沉默半晌,叹口气。她垂下眼,转移话题:"你手机在振动。"

沈湛一本正经,看也不看就挂断:"跟你说着话呢,接什么接,让他去见鬼。"

"你还是接吧……"这大晚上的,万一有什么急事。

"好吧,听你的。"沈湛长身玉立,一手撑在墙上,另一只手闲散地划动屏幕。故作帅气,语气慵懒,"喂?"

话筒里风声破空,靳余生的声音低沉而忍耐:"沈稚子跟你在一起吗?"

沈湛愣了愣:"没有啊,怎么了?"

"我打她的电话,没有人接。"现在已经快要十二点了,她说她会在九点前回来。她从不撒谎。

"那不是很正常,"沈湛笑了,"她在KTV,估计是没听见。"

靳余生略一沉默:"她跟谁在一起?"

"齐越吧,好像许时萱也在?"

他声音一顿,呼吸陡然变重:"盛苒呢?"像是在压抑怒气。

沈湛却没有察觉到,仍然笑嘻嘻:"盛苒跟我在一起啊,哈哈哈哈。"

"我也在附近,"靳余生努力冷静,"咱们KTV碰个头。"

"什么时候?"

雪越下越大,他的声音隐含风暴:"现在。"

其实最开始,沈稚子反应非常快。几乎是被绊倒的瞬间,她的肩膀刚一碰到沙发，电光火石间，就立即趁机借力侧翻，双腿向上，死死绞住了对方的上半身。上位十字固，那男生甚至来不及反应。

她咬紧牙关，手腕用力，下一刻，便听见关节被折断的声音。男生一声惨叫响彻包厢："啊！"

掰完就跑，趁其他人还没反应过来，沈稚子迅速放开他，就要往门口逃。男生抱着手腕蜷成虾米，豆大的汗从额角滑落，一边呻吟一边喊："抓、抓住她！别让她走出去！"

沈稚子灵巧得像只小狐狸，可惜手还没碰到包厢门，就又被人揪住头发拽了回来。头皮传来剧痛，她恨得咬牙切齿。为什么沙发要离包厢门这么远！为什么！

但，这个姿势……她被拽着后退两步，眼角流光一闪，反手便紧紧握住对方的手腕。下意识地，她想给对方来个过肩摔。可另一只手还没碰到对方的腰，她整个人就凌空而起。

下一秒，她像麻袋似的被人扔出去，重重地撞上沙发，后脑勺"嗡"的一声。

她很快坐直，艰难地挥散眼前的重影，跟后来的男生面对面，才发现……对方的体型，是她的三倍。对方站在那儿，宛如一个绿巨人。

沈稚子垮下脸。这就算她学了盖世神功，也不可能打得过啊！而且……颤巍巍地伸手数了数，她现在才意识到，包厢里这个体型的男生，竟然占了将近一半。

"齐越，"沈稚子惊了，"你是黑社会吗？"

"我……"齐越只来得及说一个字。

先前被她掰折了手腕的男生终于缓过劲儿，咧着嘴抬起头，打断他："可以啊沈三，反应够快的！"

沈稚子默不作声地抬起头，打量他。少年离她三步远，长着张她不认识的脸，高且瘦，手腕上缠一串佛珠。包厢内暖气足，他穿着件黑色的T恤衫，衣服空荡荡，笑起来有股邪气，眉眼里藏着狠劲儿。

流里流气——沈稚子愤怒地给他贴标签。

顿了顿，他又笑："小齐少爷，人我都给你摁住了，你怎么磨磨蹭蹭的，爷们点儿啊！"

齐越愣了愣，又拿起那杯酒凑近沈稚子，他微微俯下身，将杯沿凑近她，粉色的液体盈盈晃动，酒气扑鼻。

沈稚子瞪大眼："齐越你疯了？这都是些什么人？"一看就不是他的朋友好吗！齐越平时那么乖，哪里突然冒出这么多社会青年的朋友！

"我……"齐越有些犹豫，后半句话的声音压得很低，"你把它喝了，我就带你走。"

"你脑子坏了吗！"她挣扎不脱，吼他，"这什么鬼东西你就给我喝！"

"稚子，"齐越的语气几近祈求，好像连他都不知道，事情怎么会发展到现在这个地步，"你喝了吧。"

情况危急到一定程度，挣扎就会变成一种本能。他越凑越近，沈稚子不知道哪里来的力气，猛地屈膝高抬腿，击向他的下巴。齐越下意识朝旁躲，手一歪，整杯酒都倾洒在她身上，香气醉人，身旁的两个"绿巨人"好像也愣了愣，沈稚子掐准这个空当儿，用力挣脱双臂，抄起桌上一瓶酒，用力朝包厢的门掷过去。距离太远，她来不及跑过去。但如果动静足够大，就能惊动门外的服务员。这已经是下下策。

酒瓶撞上玻璃门，发出一声巨响。可下一秒，她还是被人用力拽了回去。肚子"砰"的一声撞上茶几，沈稚子腿一软，几乎痛出泪。她是吃多了吗？为什么要来参加今天的生日宴会？在家里偷看靳余生，都比参加这种鬼聚会好玩啊。也不知道现在几点了……她脑子里一片混乱，还在想，她是不是答应过他，九点钟之前回去来着？

湿漉漉的"小狐狸"在茶几旁痛苦地蜷成团，之前那人不紧不慢地走过来，在她面前停下。居高临下，他拖着受伤的手腕，嘴角一撇："我以为沈三有多厉害呢，你也就这点儿能耐。"

目光相撞，少女故作凶恶，眼睛却明晰如晨星。

他"啧"了一声，笑："纯情小少年就是喜欢这种初恋款，你们谁搭把手，刚刚那酒呢？"

沈稚子眼都急红了。齐越眼神一紧，立刻便想阻止："许光一，你不要碰……"

"她"字还未出口，一股疾风混着森气的寒，刮开包厢的门，迎面一拳，正好击中许光一脸上。这一拳打得太用力，他猝不及防，整个人几乎都被拳风推出去。还没反应过来，另一条胳膊被人朝后一掰，手肘也跟着脱了节，他抱头惨叫。

沈稚子愣了一下，甫一回神，一件外套就从空中落下来。

大衣犹带余温，靳余生在她面前蹲下，修长的手指落在领口，垂目帮她系好扣子，然后抬眼同她平视。

少年眉眼疏淡，下巴绷得很紧。他身上带着来自冬天的冷意，眼睫上仿佛积着新落的冰雪。

沈稚子努力眨眨眼，伸手拽住他的毛衣，像是怕他消失。

靳余生缓了缓，呼吸仍然有些急。不知道是走得太快，还是情绪不稳。她身上流动着可疑的酒气，他努力将声音放平，嗓子仍然发哑："你喝了什么？"

她连忙摇头："我什么都没喝。"她看起来大条，但在原则问题上其实从没有马虎过。

她平时在外面玩，哪怕只是出去接个电话、上一趟洗手间，回来之后，杯子里剩下的饮料也不会再碰。更何况是这种情况下，别人端给她的酒——她失了智，都不会往嘴里送的。

"那很好，"靳余生松口气，心中大石落地，手无意识地在她头顶揉了揉，"很乖。"

沈稚子愣愣的，血槽瞬间清零。他的气息铺天盖地，她又开始犯迷糊。

他扶着她站起来，将她交给沈湛，低声问："先跟沈湛回家，好不好？"

沈稚子摸摸鼻尖，点点头。

少年叹息："真听话。"

可她越听话，他越平息不了胸腔里的怒火。

"警察五分钟后到。"靳余生转过身，深吸一口气，低头看眼表，开始挽袖口。动作慢条斯理，优雅得像是要更衣，去参加一场晚宴。

"他们来之前，我们先解决一点私人问题。"

齐越站在角落里，还没反应过来，就被人兜头一拳，他身体一晃，鼻血就流了下来。

冷月如钩，雪还在下，长街上人影寂寥。

出了 KTV，冷风顺着领口灌进来，像只湿漉漉的手，在被酒浇湿的衣服上恶狠狠地游走。

沈稚子被沈湛半推半抱地放上出租车，仍然有些恍惚，心头飘浮着一种混沌的脱力感。

她很久没有跟人打过架了，至少在读高中之后。小时候有两年，父亲不在身边，她无恶不作，张扬跋扈，以为已经打完了这辈子要打的架。

没想到遇到这种事，她还是一点办法都没有。

眼角光影飞快地流动，沈稚子死死攥着沈湛的衣角，指甲嵌入掌心。她一动不动地盯着某处，嘴角发白，微不可察地发抖。

沈湛探头，拍拍前面的座位："师傅，暖气能再开大点儿吗？"

司机将空调数值调高，暖气盈盈，在狭小的空气中迟缓地散开。

夜色低沉，FM里主播声音柔和，播报着一则嫌犯落网的夜间新闻，絮絮叨叨地讲，以一起车祸为线索，揪出了一个不得了的文物犯罪团伙，后续报道还在持续跟进……

沈稚子愣了很久，理智和体温相互交织，半晌才想起来："我们走了，靳余生怎么办？"

沈湛垂眼，轻声安抚："给他一点信心，他会处理好今天的事。"

经过今天晚上，沈湛才发现，在过去很长一段时间里，他都不了解靳余生。即使同住一个屋檐下，沈湛也很少跟对方交流。贴着精英人设的高冷少年，大多数时候都平静得像没有情绪的神仙，对方清冷寡言，而沈湛嬉皮笑脸，好像两条永远不会相交的河。

可真正碰到沈稚子的问题时，他才发现，靳余生的情绪也会大起大落。平稳的气场好像被不可抗力干扰，即使努力保持平衡，他也能在对方眼里捕捉到藏不住的慌乱。

神仙被拉下神坛的样子……沈湛摸摸下巴，恶趣味地想，看起来很有趣。

"总之今晚的事你先别管了，回去之后，赶紧洗澡换衣服，什么都别想，上床睡一觉。"于是沈湛开始下结论，"等明天天亮了，再看要不要告诉叔叔和婶婶。"

雪花飞扬着，大片的冰晶砸在车玻璃上，隐隐有响声。沈稚子低着头，许久，轻轻摇了摇头。

"我要等靳余生回来，"她垂着眼，声音低得像是在梦呓，"我有很多话，还没有跟他说。"

不能等到明天。天亮之后，她也许就没有勇气开口了。

午夜过半，雪势慢慢小下来，屋顶积出厚厚的雪，天地万物一片银白。车灯破开雪夜的薄雾，安静平稳地驶进别墅区。

一片黑暗里，钥匙声微微响动。

靳余生动作很轻，他抖落肩头的湿气，推开门，默不作声地走进去。路过沙发，身体微顿，他脚步僵了僵，又折回去。

借着壁灯微弱的光，他看清蜷在沙发一角的少女。她身上的衣服都还没有换，牛角扣大衣微微敞着口，莹润小巧的下巴藏在里面，双眼紧闭，睡得不太安稳，睫毛微颤，脸颊上浮着不太健康的红。

靳余生心里好不容易压下去的邪火，"噌"地一声又燃起来。他皱眉，沉声叫醒她："去楼上睡。"

沈稚子半梦半醒，看见一个模糊的人影。她下意识地朝他伸出双臂："你回来了？"她没有睡醒，声音软而糯，自带一股娇气。

靳余生的身体微妙地绷紧，顿了顿，收回手："你自己起来。"

沈稚子昏昏沉沉地求抱抱，半响，没有人搭理她。她慢慢清醒过来。眼中的轮廓逐渐清晰，壁灯光线柔和，少年坐在她身旁，距离不远不近，神情疏淡，身上散发着一股凛冽的寒气。不知道是外面带进来的，还是眉眼中散发出来的。

沈稚子慢慢坐直，舔舔唇："今天晚上，谢谢你。"

靳余生没有说话，浅褐色的眼瞳深不见底。

"我……我等你到现在，是因为……"她踌躇一下，咬牙道，"有一件事，很想亲口听你说。"

他抿唇，发出淡淡的鼻音："嗯。"

"我一个朋友，以前也在临市生活。"她语气缓慢，斟酌着，给骆亦卿编造一个听起来不那么八婆的新身份，"他爸爸很喜欢买古董……尤其是古字画。"

"但是后来有一次，他爸爸买、买到了高仿的赝品。"沈稚子没有撒谎经验，说起话来磕磕巴巴，忍不住心虚地挠挠脸，"因为书画是从靳家卖出去的，他觉得没有必要追究，可、可是……总之他没有追究！但他这人话多所以到处讲，搞得大家就都知道这件事了，然后又传进了我的耳朵里。所以我很想问问你，就是，就是……你们家到底……"

靳余生安静地望着她，语气甚至有些随意："哪一个朋友？"

"你不认识，"他企图转移关注点，她不想让他得逞，"重点是，你家到底有没有卖赝品……"后半句话声音越来越低。

她有一种奇怪的负罪感，好像自己正在贬损他或者他的家人。他也许会不开心。

靳余生没有开口，透过壁灯暖黄的光线，他安静地打量她。

再看千百次，她依然跟他最初见她时没什么不同，眼睛明亮，眼神澄净，眉梢积着长久以来充足的安全感堆砌出的天真烂漫，笑起来时，是真正的"少年不识愁滋味"。

天生好相貌，命都跟他不一样。

"沈稚子，"良久，他移开视线，有些疲惫地叹息，"去休息吧。"

沈稚子垂着眼，身体微微一僵。

他犹豫了一下，低声补充："靳家的事，跟你没有关系。"

他以为那是柔和的哄诱，可落到她耳朵里，完全是另一个意思。

沈稚子揪着袖子，有些讪讪，半晌，低低"哦"了一声，然后站起身，垂眼道："那我先去睡了，晚安。"

靳余生默不作声，看着她转身上楼。沈稚子一步一步走上楼梯，手搭在扶手上，走完最后一级，肩膀突然一塌。她在楼梯口停住脚步。

凌晨三点，落地窗外积雪空明，室内寂静无声，墙上的钟嘀嗒嘀嗒走。

靳余生心里一突，当即起身，大跨步走上楼梯，扶住她的肩膀。他顿了顿，哑声道："抬头。"

沈稚子没有照做。她低着头，沉默两秒。毫无征兆地，一颗水珠从围巾里滚落，滑到两人之间的地板上。紧接着，又是一颗。

她哭得毫无声息，低着头一言不发，像沉默的指控。

"沈……"靳余生突然慌了，喉头发干，"稚子。"

她不说话，也不看他，眼泪大颗大颗地砸下来，仿佛某种透明的宝藏。靳余生手足无措，很想伸手去接。

印象里，她大多数时候撒娇装傻，眼里清清亮亮的，也总带着三分藏不住的狡黠。总归是可爱居多，让人无奈之余，也愿意陪她演下去。可时间久了他竟然忘记，她一直很清醒，也并不是铜墙铁壁。

今晚所有的事都像推倒多米诺骨牌的一只手，她的世界游走在雪崩边缘，可他毫无察觉，竟然成为压倒她的最后一根稻草。

靳余生胸口发闷："你……你别哭。"说着，就要伸手去擦她脸上的泪。

沈稚子肩膀微颤，垂着头朝后躲："你放开我。"她深吸一口气，努力平静语气，不让抽噎声从话语中漏出来。

"我只是觉得，这样对我很不公平……我不了解你，可我已经很努力地去了解你了。

"对不起，我不知道问题出在哪里……

"你什么都不愿意说，我……我也不知道该怎么办。

"它确实跟我没有关系，可它跟你有关系啊。"

内容颠三倒四，她语无伦次。一口气说了太多话，最后一个字脱口时，沈稚子的眼泪更汹涌地落下来，她几乎喘不上气。

靳余生舌根发苦。他始终态度不明，是因为他根本不知道，应该摆出什么样的态度。父母让他对关系的终结感到恐惧，为了避免结束，他企图避免一切开始。

可即使这样，他还是把事情搞砸了。现在的情况，比过去任何一个时候都更糟糕。她在哭，因为他。从来没有一个人，这样让他心碎。

他无措极了："对不起，我……我不知道我现在的状态，应该怎么去照顾一个人。"

他心里有一头困兽。

"而且，你不会喜欢……"那个完整的、真实的我。

因为我也讨厌他，所以我比世界上任何一个人，更不希望你了解他。

"你有什么资格说这种话！你根本就没有试过！"沈稚子突然很生气，猛地抬起头，眼圈发红，"你凭什么这样想我，你怎么知道，说不定我根本就不在乎……"

他目光沉静而挣扎，她突然止住话头。

沈稚子把脸埋进手掌内，颓然地深呼吸，努力平复情绪："对不起……拜托你，当我什么都没说过。"

她突然不明白为什么。其实现在的靳余生，已经比过去有了太多的耐心。

即使他依然脾气坏，可他不会再像最开始那样不停地拒绝她。她却得寸进尺，永远想要更多。想要了解他，希望他把他的想法主动告诉她。现在连他这种故作平静的、忍耐的语气，她都难以忍受。她像一个歇斯底里、无理取闹的人。

"我……我今晚可能是脑子坏掉了，我去冷静一下。"

她以为，天亮之后人就会失去说真话的勇气，可是现实状况比想象中还要糟糕，她控制不住，看见他就想哭。

最难过的是，哪怕他已经让她难过到这个地步，她还是不想放弃他。

诗人把爱描述成性、婚姻、清晨六点钟的吻。

可是不是的，爱是示弱，是摇尾乞怜，是一种让人无能为力的命中注定。是我看到他的时候无可奈何，千军万马兵临城下，我本来胜券在握、兵多将广，却只能弃甲投戈、缴械投降。

我别无它法，只想束戈卷甲。

"你，你回去吧。"她吸吸鼻子，飞快地眨眨眼，消除掉睫毛上的水汽，"我也回去，等我……我清醒一点。"说着，她后退一步，将肩膀从他手中脱离出来。

靳余生拽住她，声音几近祈求："你不会想听真话的。"

沈稚子不再说话，转身就要走。可他没有松手，死死拽着她。心里好像有一个声音，如果现在放开她，她再也不会回来。

情况不会更糟糕了。

"沈稚子，"他决定说实话，声音发哑，"我喜欢你。"

夜色蔓延，忍冬枝头白雪堆积，空气里流动着死亡般的沉寂。脑子里"轰"的一声，沈稚子触电似的回过头，不可思议地瞪大眼。

他眼神幽暗，神情认真，好像真的不是在瞎说。

她不自觉地凑过去："你……认真的吗！"

她一靠近，靳余生下意识地手一松，沈稚子失去支撑，腿一软，就从楼梯上滚了下去，脑袋"砰"的撞上茶几。她眼前一黑。

第八章 医院

我喜欢你，胜过所有事物的总和。

夜色沉寂，沈家灯火通明，一片混乱。

沈稚子迷迷糊糊，觉得自己靠在一个温暖的胸膛里。好像有人在叫她的名字，声音急切清越，一声声落在耳边。可她头疼欲裂，混混沌沌，睁不开眼，仿佛坠入深海，流入耳中的声音断断续续，像是从遥远的方向传来。

她一会儿听见沈爸爸在咆哮，一会儿听见陌生的声音，说要再量一量体温。下一刻，头碰到枕头，轻飘飘地撞入一团柔软的棉絮，她便彻底失去了意识。

再醒过来，已经是下午。

前一晚大雪袭城，今天天空格外明朗。灰色的空中挂着一轮蛋黄似的太阳，光线薄薄的，好像笼着一层白霜。沈稚子动动手指，手背传来一阵微妙的刺痛感。

单人病房很安静，阳光在白色的窗帘下游移。

她皱皱眉，睁开眼，视线顺着手背向上。一片光晕里，目光渐渐明晰，薄而透的光柱从输液瓶中穿过，从刻度来看，药物还剩一半。

她看着，发了会儿呆。理智缓慢回流，她迟缓地舔舔唇……为什么病房里只有她一个人。为什么没有人坐在她的床前，握着她的手，痛苦地阐述自己的罪孽，跟她道歉，求她原谅。这不符合基本法，她要提出控诉。

下一秒，病房门锁一声轻响。沈湛小心翼翼地探头进来，轻轻关上门。转过身，正对上她一眨不眨、亮晶晶的眼。他嘴角一勾："醒了？"说着，放下外卖盒子和外涂的药膏。

沈稚子视线扫过，确认他身后没有别人。忍了忍，没忍住："靳余生呢？"他去哪了？她还没有原谅他呢，怎么还不过来磕头认错。

"急什么，楼上做手术呢。"沈湛走过来，帮她调点滴，"你一直不醒，再等下去他胳膊就要残废了，医生看不下去，才让他先去处理的。"

"受伤的不是我吗？他做什么手术？"沈稚子一愣，不可思议地瞪大眼，"我，我爸把他的胳膊打折了？"

"你失忆了？"沈湛手一顿，感到莫名其妙，"他自己摔的啊。"

不可否认的是，重击撞到头，确实会造成短时间的失忆。沈稚子有些茫然，纠结地抱住被子，她努力地回忆，昨晚发生了什么？

靳余生说了不得了的话，她意识混沌，下意识便想跑，身体向后一倾就失去了平衡。可他反应很快，当即便伸出手来想要拽她，却被她带着一同滚下了楼梯。

沈稚子沉默一阵，若有所思地从被窝里伸出手，摸摸后脑勺，完好无损，因为她摔下去的时候，靳余生用胳膊死死护住了她的头。

她受伤的地方在额前，因为她猝不及防被抱住，惊慌失措地想推开他，脑袋滚一圈便撞上了茶几……她痛苦地缩进被窝，这还不如失忆……靳余生会不会以为她讨厌他！可是，昨天晚上事发也太突然了，在那种情况下，谁还能保持冷静啊！

"你饿不饿？"见她脸上的表情从茫然到崩溃，沈湛好笑，"吃东西吗？"

沈稚子缩成团，鹌鹑似的摇头。她好心塞，吃不下。

"我其实很好奇，特别想采访一下你们两个。"沈湛在她身旁坐下，笑意飞扬，"怎么才能把彼此搞得这么惨，宛如在演苦情剧？"

昨天他睡到后半夜，听见动静爬起来时，一推门，就看见沈稚子被靳余生抱在怀里，已经陷入了昏迷。小堂妹双眼紧闭，面色苍白，头发凌乱，衣服半湿半干，血从额角流下来，跟满脸泪痕交织在一起，要多惨有多惨。

最可怕的是靳余生，他就像是被召唤了第二人格，以一种人挡杀人、佛挡杀佛的架势，愣是用他移位骨折的胳膊，一路把她抱进了医院。

沈湛在旁边目睹了全程，整个人目瞪口呆，感天动地。

沈稚子呵呵："天知道，我一开始只是想跟他谈谈人生。"结果不知道为什么，一看到他的表情，委屈像潮水一样涌出来。怎么都憋不住。但是……"怎么没看见我爸妈？"

"婶婶回家帮你拿换洗衣物，叔叔去齐家骂人了。"

所以那不是她的幻觉，沈爸爸昨晚确实勃然大怒，响亮地骂了很久的脏话，说无论如何，都不会轻易放过齐越。思绪转一圈，沈稚子舔舔唇："我这输液，输的是什么？"

"消炎药，"沈湛答，"你昨晚有点发烧。"

"不输了，我现在好得很。"说着，她爬起来，按铃打算叫护士来拔针，"帮我叫个车，我也去齐家。我去跟齐越的爸爸分享一下，他的宝贝儿子，交了群什么朋友。"

齐越性子绵软，齐爸爸有铁腕，为人磊落正直，她必须让齐爸爸体会一下，问题的严重性。按照他爸爸的性格……应该能打得他一个月下不了地。

"更重要的是……"她掏出镜子，扒拉一下刘海，努力让自己看起来更憔悴一些，"我得趁着这一次，去向齐叔叔要一个人情。"

欢愉背后，必有惩罚。

这是靳余生十八年来悟出的、唯一的人生道理。

手术不是全麻，他自始至终都很清醒。骨科宛如施工队，护工推着他出手术室，走廊上飘满电钻声。他特地绕路，到走廊末端的病房看了一眼。

单人病房小而安静，输液架上的液体还剩三分之一，床上没有人，被子团成空荡荡的窝，小桌上还放着没有拆开的粥和点心……她走了。

他垂下眼，按亮手机屏幕，消息栏有一条未读，他立刻点开。

"我回去给你们拿换洗的衣物，顺便煲个汤。你做完手术之后别乱跑，乖一点呀，我晚饭前回来看你。^^"

发件人的备注是白阿姨……不是她。靳余生胸口发闷，放下手机。

她一定不想理他了，在他说了那种话之后。也许是他得意了太久……所以老天要收回去一点儿。

护工离开之后，靳余生在窗前坐下，愣了一会儿，心里又不受控制地浮起茫然。

直到昨晚他都以为，只要跟她保持不远不近的距离，只要不让她了解那个连他也不喜欢的自己，他就能很好地把他们的关系控制在安全范围内。他依然每天都能看到她，默不作声地留在她身边，把自己的想法藏得好好的。

可她抛来一个难题。他在说与不说之间摇摆不定，心里却又隐隐觉得，无论他告不告诉她，她都会离他而去。

他在潜意识里，为自己的结局下了一个并不乐观的预言。而这个预言，在他手里逐渐化形，最终成为事实。

靳余生垂下眼，一动不动地，看着手机屏幕。下一秒，它竟然还真的振动起来。看也不看立刻按绿键，他平复一下呼吸，才低声问："您好？"

他嗓音发哑，声音里藏着自己都没有察觉到的迫不及待。可电话那头的人的几句话，便让他的心一点一点沉下去。

夕阳西下，倦鸟归林。阳光在地板上拖出长长的残影，麻药药效还没有过，靳余生的手臂放在身侧，半边肩膀都没有感觉。他挂断电话，脑海里还在回响警官刚刚说的话：

嫌犯落网了，但案子没完。你有空的时候，再过来一趟。

靳余生陷入长久的沉默。他好像，失去了最后一个留在沈家的理由。今后……不，也许是一直以来，她并不需要被他保护，或者照顾。何况，昨晚之后……靳余生舌根发苦。

"天哪靳余生，你是猫头鹰吗？为什么总是不开灯？"下一秒，病房门被人从外推开，门口传来一声少女的惊呼。"我开灯了哦？没有灯我看不见你在哪……"沈稚子试探着问，"你会不会被亮瞎？"

靳余生愣了愣，这次竟然反应出奇快："你开。"

下一刻，白色灯光倾落，一室亮堂。他忍不住眯了眯眼，去适应流泻的光。

"你什么时候做完的手术？都不给我们发条消息。"沈稚子大步走进来，放下保温盒，"你一定也饿了吧，妈妈煲了汤，我替她带过来了。"

靳余生不说话，一言不发地打量她。

她换了衣服，也重新梳理了长发，乌黑的鱼骨辫垂在肩头，柔软服帖，全然不见前夜的狼狈。额头上还缠着未拆的绷带，下巴像是瘦了一点点，肤色被纱布衬得更白，又平添了几分病弱气。

靳余生喉结滚动，惊喜之余，又有些惊讶。

他不太明白，为什么他把她弄成这副样子，她依然没有离开他，这和他十八年的认知都不相符。也或许……她和其他人不一样。

沈稚子毫无察觉，低着头拆保温盒："外面超级冷，昨天下了好大的雪啊，不知道今天是不是化雪。我记得课本上说，化雪比下雪冷……"

她没有戴围巾，露出一截白皙的脖颈儿。

她也许有一点冷……

"你要不要躺下？我们可以床上聊。"他突然发声，一本正经地打断她，声音低而沉，带着一些哑。

沈稚子如遭雷劈，整个人僵在原地。

其实他想法很简单，如果她坐过来，离得近一点，坐到他身边，他就可以把他的被子分给她……把她裹成一个温暖的寿司卷，只露出一双亮晶晶的眼。稍微想象一下那个画面，他都要窒息了。

可空气陷入了死寂。

"我不是那个意思……"可是提到这件事，他又觉得很抱歉，"昨天晚上的事情……对不起。"

她眨眨眼："你说哪一件？"

他哑声道："每一件。"

沈稚子愣了愣，仿佛受了委屈，睁圆眼警告他："我给你个机会，你可以再说一遍。"

"我很抱歉，"他顿了顿，依言照做，舌根发苦，"对你有想法。"

"为什么！"沈稚子炸了，"你疯了吗！这件事你为什么要道歉！"

"我以为你道歉，是因为你瞒了我很多事，还撒谎骗我，说什么你家有那种谈恋爱就必须结婚的破家规！结果你跟我说这个！"她吼，"这是你所有需要道歉的事情里，最不重要的一条了，好吗！"

一口气说了太多话，沈稚子有些晕，手在额头旁虚扶一把："你不要气我，我头疼。"

靳余生赶紧扶住她，让她坐下。

她的手很软，也很凉，散发着从屋外带进来的凉气。他微怔，忍不住多握了一会儿，可还是没忍住，小声道："你让我说的……"

沈稚子气得像只河豚："我让你说这个了吗？你这个人，连道歉都道得这么没有诚意，情商低得令人发指。"

靳余生委屈，为什么又骂他。

"我说的是你撒谎的事，你直到现在，还是不愿意主动告诉我，任何跟你有关的事。"她微微蹙眉，桃花眼里光芒四溢，"挤一点说一点，有时候挤还挤不出来，你是一支快用完的牙膏吗？"

靳余生有些无措，舌尖抵住上腭。怎么躲都躲不过……迟早还是会被她发现，被她戳开。他沉默半晌，苦笑："你想听什么？"

沈稚子想了想，舔舔唇："我们昨晚说到一半，我那个朋友的事——那是真的吗？"

他看着她，目光沉静："是真的。"带点儿破罐子破摔的味道。

"你的朋友说得对。"他微微垂眼，语气平直，仿佛在说一件与自己无关的事，"靳家现在只剩一个空壳子……不，从很多年前起，就只剩一个空壳了。"

从他有记忆起，靳家就维持着一种微妙的窘迫。比上不足比下有余，前几代巨大而雄厚的财力只活在传说里，只不过瘦死的骆驼比马大，靠着变卖地产，也撑了很多年。

"至于变卖古董字画……我也想不起来，是从什么时候起了。"说是附庸风雅也好，真正喜爱也好，靳家祖上留下的书画藏品大多是孤品，昂贵而骄矜，越是稀缺，越被贵胄们喜爱。

"虽然他们喜欢，也乐得把随便一幅字都炒出天价。"靳余生嘴角微微扬起一个弧度，意味不明，"但是事实上，他们根本看不出来，那是不是真品。"

至于是不是真品，也许不重要。他们想要的，只是那个可以用来吹嘘的名号，那个失传已久的印鉴，那个如雷贯耳的书法家的题跋。

赝品能被做得多逼真？靳余生从没想过这个问题。

直到他拜周有恒为师，第一堂课教他临帖，老师看来看去，满脸不可思议："为什么你临摹，可以临得跟原作一模一样？"

人的笔迹受着笔力度、墨迹深浅的影响，很难如出一辙。同样的字体，由两个人来写，哪怕用硫酸纸放在上面照着原先的轮廓描红，都不可能分毫不差。

可是靳余生能。

他过目不忘，好像被赋予了一种奇特的天赋。见到一幅字的第一眼，就能分辨出它的纸张、笔墨、印鉴材质与湿度，然后一点儿不差地伪造出来。

沈稚子目瞪口呆，她很想问，靳余生能不能伪造出大额支票。这个技能，听起来太像电影里才会出现的情节了。

"可是，有这种技能不是很好吗？"她不解，"普通人想要都得不到，你干吗这么苦大仇深？"还一直藏着掖着。

靳余生移开视线，垂着眼沉吟半晌，好像低低笑了一声："问题是，拿这个去赚钱呢？"

同样是几百万、几千万的价格，可这个获得的利润，远比卖房子要高得多。

沈稚子眨眨眼。

"我爸是个游手好闲的公子哥，我妈没什么主见，什么都听他的。"所以从那个时候起，靳余生就一直在做这样一件，偷梁换柱的事。

"问题是……"他抿唇，"我一点儿都不想。"

这是一种欺骗，又仿佛一种亵渎。

更早一些时候，家中老人教他遵守家规，他从小耳濡目染，听到的从来是仁义礼智、不欺暗室。可他所在做的每件事，都与认知不符。他挣扎而矛盾。

沈稚子无辜地眨眨眼："你可以拒绝啊，不能跟父母好好沟通吗？"

靳余生舌尖抵住上腭，像是不知道该说什么。半晌，他有些颓然，"也许你不能理解……但我的家庭，跟你的不太一样。"他斟酌，"在我家，长辈是绝对的权威，不可以忤逆。"

沈稚子眼神清澈，一副不太能理解的样子，像条乖巧的小萨摩。

他犹豫一阵，还是决定解释，"你见过竹枝吗？那种，春天发芽的，尖尖细细的绿色植物……"他努力让形容得显得贴切，"打起来不会留疤。"

韧性又不失力度，挥下来时耳边有破空声，落到皮肤上，沁出的血珠也是细细的，像连绵的雨。

"可我其实……"他声音发闷，"是一个很怕疼的人。"

父母很少用真正的戒尺，似乎植物用起来更顺手。比如刚刚开始学写字、总也握不好笔时，再比如做作业时不自觉地低头、背脊慢慢躬下去时。竹枝的反应永远很及时，未必有什么实质性伤害，可心理战术永远占上风。

经年累月，他沉默着，成为一头被驯服的兽。

沈稚子不知道该说什么，眼睛有点儿热。她隔着被子，握住他的手："我能的，能理解。"

"因为，"她轻声说，"我妈妈也生在一个那样的家庭里。"

外表光鲜，背地里鸡毛蒜皮，兄弟姐妹每笔账都要算得一清二楚。辈分等级鲜明，大家长高高在上，制订一堆莫名其妙的规矩。

"小的时候……有两年，我爸出国不在身边，我就跟我妈回她家住了一小段时间。"她有些心虚，挠挠头，"嗯……咳，后来……后来那群亲戚惹怒了我，我就把他们打了一顿。"

靳余生眼神十分微妙。他在心里掂量，她的"惹怒"，究竟是哪种层级。

"你不要用那种眼神看着我！"注意到他的目光，沈稚子超级无辜，"我只是吃着饭不小心把筷子弄掉了而已！他们就让我跪祠堂……我的天！有没有搞错！疯了吗！我那年都十四岁了！青春期少女不要面子的吗！"

靳余生失笑，安抚性地拍拍她的手背。其实他也跪过，但他不打算说。

"不过，"他企图转移话题，"白阿姨现在很开心。"

"因为她有我爸爸呀……"沈稚子快乐地嘟囔，"我爸爸很正常也很开明，他对她很好，我很喜欢我爸爸。"

"等等，我也对你很好！"下一秒，她突然抬起头，画风急转，"可你却因为这种莫名其妙的事，三番五次地拒绝我。"

"你是不是觉得，你身上背负着沉重的家族秘密。"沈稚子很严肃，"你的家像一个黑洞，吸走你所有精力，使你失去了爱别人的能力。"

听起来好苏啊，他仿佛总裁文里背负血海深仇的家族弃子。

靳余生哽了一下："不是。"

"我……我有很多缺点。"他顿了顿，嗓音发哑，说得很艰难，"每多说一句话，都觉得会被人讨厌。"

所以，他宁愿把她所有的行为归结于心血来潮，甚至怜悯，都不敢认为她喜欢他。因为连他也不喜欢他自己。

"但是，"沈稚子皱眉想了半天，无法理解，"你有什么缺点？"

他明明不抽烟喝酒，不闹事打架，成绩好，颜值高，人品上也没什么污点……突然想到什么，沈稚子有些震惊，目光迟疑地向下移，移到他被被子覆盖的地方。

靳余生沉默了一下，还是决定提醒她："我给你一个来自男人的忠告，不要一直惦记异性的这个部位。"

沈稚子心虚地摸摸鼻子："那，那是因为什么？"

他停了停，声音涩然："我没有桃花眼。

“不会写史诗。

“身上没有薄荷的味道。”

“而且，我有一个非常奇怪的天赋。”他说着，神情又变得茫然，“其他人都没有……我跟他们不一样。”

沈稚子目瞪口呆，眼神从好奇慢慢转为震惊，再到不可思议。他为什么会认为，这些都是缺点？她喘不上气。长久以来，在她的印象里，江连阙蠢兮兮，沈湛吊儿郎当，骆亦卿总是闲散的，偶尔大惊小怪，像只上蹿下跳的猴。

可靳余生不一样，他永远寡言而隐忍。像燃烧的冰，或沉默的海。他好像永远比同龄人，少一点点少年气。他小心得过分，连“你喜不喜欢我”，都不敢直接问。一句话在心里滚无数遍，脱口变成一句不痛不痒的——

“你很在意我吗？”

永远留着三分余地，总以为她会摇头。

沈稚子心情很复杂，轻声道：“那不是缺点。”那是礼物。

“可我父母，是因此而去世的。”他垂下眼，“他们出车祸那天……原本，是要去跟一个买家做一场交易。”

“我有时候会想，如果我没有这种多余的能力……”他说，“我的父母也许还活着。”

我不杀伯仁，伯仁因我而死，一切都是他的错。

“不是的！”沈稚子打断他，“你的父母会出事，是因为贪心和懒惰，跟你没有关系。”

“虽然我平时也经常把锅推给你……”他蠢得让她心疼，“但你能不能别把这些乱七八糟的责任，全都揽在自己身上！”她语气急迫，嗓子几乎破了音。

靳余生迟疑地皱皱眉：“是这样吗？可我的心理咨询师跟我说，‘也许是因为你不配’。”

父母刚刚去世的时候，靳余生的情绪积压到崩溃的边缘，在警局做量表，心理指数几乎项项超标。量表比不上专业测定，能测定的情绪时间段也很有限。他自认为没有上升到药物治疗的级别，就选择了心理咨询。

大多数时候，他陈述，咨询师只是听，偶尔问一两个问题，让谈话能够进行下去。

他说得很艰难，仿佛把十八年来所有的困扰一次性倾吐完，每每讲到无法进行的地方，他望着窗外透亮的天，沉重地深呼吸，如同涸辙之鲋。离开临市之前，他最后一次问："所有的事……都是我的错吗？"

咨询师想了很久，反问："你相信宿命论吗？"咨询师不愿承认自己技艺不精，将话说得十分委婉："也许你命里没有，或不配得到。"

也许你天生不被祝福，天生不配快乐。

他沉默了很久，恍然："啊……是这样。"

失败的心理咨询像无用的刮骨疗毒，他遭受二次酷刑，也在心里彻底否认了"倾诉"的意义。

不要告诉别人。

什么都改变不了，也许还会有惩罚。

那一次在天文台研究所，他看着沈稚子和盛苒离开，将自己的手掌也放了上去。

秋风扫落叶，巨大的落地窗外树木成荫，科技馆内空无一人，他只能听见自己的心跳。

他站了很久，平静地说："我不喜欢她。"话出口的同时，仪器瞬间过电，蓝色的光在透明的球体上游移一圈，集中地击向手掌。

掌心酥酥麻麻，他却迟迟没有放开手。

他想，那是指示，也是惩罚。

他喜欢什么，就会想要靠近什么。可一旦靠近，那件事物就会离他而去。我的命中，越美丽的东西我越不可碰。

沈稚子听得气急败坏，嗓子急得破了音："你找的什么垃圾咨询师！"怎么能给病人这种心理暗示！明明他已经够消极了啊。沈稚子简直想再哭一场。

"你的咨询师，还跟你说什么了？"

靳余生垂眼看她："他说，我的性格缺陷会阻碍亲密关系的建立……也许无法修复，终生如此。"换句话说，他大概率会孤独终老。

沈稚子气得发抖。这到底是什么垃圾咨询师？他寻求抚慰，却被一遍又一遍地伤害。

"那就不修复。"深吸一口气，她站起身。白色的灯光从她耳朵边倾泻，如同温暖的流水。

她的声音不疾不徐，"我不喜欢史诗，桃花眼我已经有了，至于最后一项……你从没问过，我也就没说过。"她深呼吸，"我喜欢你，远远胜过喜欢薄荷。"

靳余生一愣。

"也许……也许不止。

"我还喜欢吃热牛奶上面那层皮，喜欢闻橘子皮的香气，喜欢狄更斯书里的句子。"她吸吸鼻子，眼神明亮又认真，"但是，我喜欢你的程度，胜过喜欢它们所有的总和。

"不管怎么样，都喜欢你……

"最喜欢你。"

靳余生几乎要停止呼吸。

他好像在这一刻死去，又在下一秒醒过来。

从小到大，父母总是在对他说，如果你成绩不好，就没有人喜欢你了；如果你输掉比赛，就没有人喜欢你了；如果你不听话，就没有人喜欢你了……

从来没人对他说过，不管怎么样，我都喜欢你。就算你不完美，我也想亲吻你的伤痕。

他张了张嘴，像是想说什么，半晌，声音低哑，每个字都咬得艰难：

"我也是。

"喜欢你……

"最喜欢你。"

比你喜欢我，早很多很多。

沈稚子非常动容，然后她说："行吧，那你把手伸好。"

靳余生一愣："干吗？"

"报仇，"她语调轻松，开始捋袖子，"上一次体检，你打我那一下，我要还回来。"

靳余生愣了半天，才反应过来她说的是哪件事。

"已经很久了。"她真的非常记仇。

沈稚子笑眯眯地从包里抽出一个小笔袋。他猜测，她是要抽钢尺。

"知道你怕疼，我轻点儿打。"

靳余生无可奈何地沉默两秒，移开视线，认输一般地伸出手。他皮肤很白，手背上交织着淡蓝色的毛细血管。她兴奋地接过来，捧进手中。

靳余生由着她搓手，若有所思地想，以后，他一定管不住她……他可能会被家暴。下一秒，毫无防备地，手背一软，温热的气息一触即离。他猛地睁大眼。脑子里轰然一声，天塌地陷。

白色的灯光下，沈稚子看看他手背上的唇印，满意地擦擦嘴角的口红："盖完章——"

靳余生不敢动，屏住呼吸。天长地久，好像就这一个瞬间。

她心满意足，像只抖着胡子得意洋洋的小猫："从现在起，你是我的了。"

沈稚子用光速提出申请，把自己的病床挪进了靳余生的病房。病床带轮子，推起来特别方便。

这次不仅同住一个屋檐下，他们甚至成了室友。两张床的距离满打满算，也不超过半个手臂。她十分感慨："哎呀，想不到我离你最近的一次，竟然是在医院里。"

靳余生咬牙切齿："沈稚子。"

鹌鹑少女脖子一缩，很无辜："骨科病房这么紧，给人家医院腾点儿地方出来嘛。"

他不说话，眼神微沉，充满警告的意味。

"而且，你想想啊，"她舔舔唇，"万一你半夜觉得肩膀疼，我就睡在你旁边……不是，我的意思是，我离你离得近，还可以讲故事给你听。"

她说这些话的时候，眼里盛满笑意，狡黠灵动，像一只雀跃的小鹿。

靳余生沉思片刻，想出个办法："这样，我们来做一个约定，明确具体地规定一下，哪些事情是高压线，在你成年之前不可以做。"

"那很快的，"沈稚子不以为意，"下学期开学就是成年礼了。"明里附中每年三月，都要为高三备考生进行一次集体的成年礼。既是前十八年的回顾，也是对未来的祝福。

他不急不慢，打断她："我说的是二十岁那个'成年'。"

沈稚子震惊地抬起头："靳余生，刑法里十六岁以上的都是妇女了，你知道吗？"

"不知道。"他只知道，二十岁才能领证。

"那……"沈稚子心塞地摆摆手，委屈巴巴地退后几步，"那你不用跟我讲你的高压线了，我用脚趾头都能想象到，肯定不让亲不让抱。"

"嗯。"

他竟然云淡风轻地说"嗯"？！沈稚子想来想去想不到骂人的话，恼羞成怒。

"那你自己在这里住吧，我把我的床推走。"她伤心地吸吸鼻子，说着就要伸手去拿自己的病历，"我把毛巾留给你，你晚上麻醉药效过了之后要是觉得疼，就自己眼含热泪地咬着毛巾死扛，躺在床上辗转呻吟，孤单寂寞地望着天边，直到天空翻起鱼肚白，千万千万不要告诉我。"

靳余生一言难尽，无法想象她描述的画面。

沈稚子磨磨蹭蹭，把床挪出来一点点，余光见他毫不动弹，心里沮丧透了。半晌，从牙缝里挤出一句小声的："你稍微主动一点能死吗……"

靳余生微怔，神色旋即软下来。他看她一脸纠结，下意识地觉得，应该哄哄她。可是他从没学过……怎么哄女生。犹豫一下，他轻声提醒："你口红没有擦干净。"

沈稚子愤怒地擦擦嘴角，白皙的手背从嘴角用力拭过，残留的西柚色印痕又被抹掉大半。

"还是没有擦干净。"

沈稚子气得想踢他："不擦了！"一遇到问题就转移话题，他是鹌鹑吗！

少女气鼓鼓的，像只愤怒的小狐狸，尾巴都气得乍了毛。

靳余生心里觉得好笑。下一秒，毫无征兆地，他突然躬下身，一手扶住她的肩膀，另一只手指腹用力，轻而缓地从她嘴角擦过。余温尚存，他的手骨节分明，带走最后一点点红印。然后——落在自己唇上。

他停顿了很久。光线从眼前筛落，他微微合着眼，压在唇瓣上的两指修长漂亮，像是在感受某一种转瞬即逝的气息。

时间仿佛被按了暂停键，沈稚子睁大眼，屏住呼吸。

他放开手指，"我总觉得，太早把这些事做掉……也许对你不太好。"靳余生有些局促，眼底却流动着藏不住的温和，"我怕你现在脑子不清醒，成年以后清醒了，又后悔，来找我寻仇。"

沈稚子刚想反驳，就听他又道——

"不过，这样你就可以当作……"

少年耳根有些红，灯光映在他白皙的脖颈儿间，声音低哑，闷闷的。

"我们已经互相盖章了。"

沈稚子没想到，自己一语成谶。后半夜，靳余生还真的被疼醒了。

他这些年疼的次数多，已经对痛感不再那么敏感。可麻药药效一过，体内的痛感细胞们好像也在一瞬间跟着活了过来，呼朋引伴地叫嚣着，带来的痛感排山倒海。

夜色深沉，房间里只开着一盏光线荧荧的小夜灯，是沈稚子从家里带来的。灯盏做成了蜗牛的形状，向空气中喷洒加湿水雾，带着玫瑰香薰的气息暗暗浮动。

靳余生半边身体都快要疼得失去感觉，他借着微弱的灯光，盯着沈稚子看。

灯光昏昧，少女的眼睫长而鬈翘，下巴小巧，皮肤白皙，漂亮得好像一幅画。

她睡相极佳，躲进被窝就不再动弹，呼吸平稳，如水的长发散在白色的枕头上，好像流动的绸缎。

靳余生喉结滚动，忍了忍，没忍住，伸出一只手，帮她把露在外面的半条胳膊塞进被窝。

病房里开着空调，即使不盖被子，也不会觉得冷。可他太疼……需要做点别的事情，转移注意力。

没想到就这么轻微的动作，还是把沈稚子惊醒了。她睫毛微颤，眼睛还没睁开，就低声问："你疼吗……"好像是潜意识的反应，一直在等他麻药的劲儿过去，然后爬起来，好好安慰他。

靳余生心里软得一塌糊涂："不疼。"

她迷迷糊糊："说实话。"

靳余生无奈，她连半梦半醒的时候，都觉得他在骗她。他突然有些挫败，决定认输："疼。"

"那，那我给你讲个故事。"讲了两句话，沈稚子好像稍微清醒点儿了。她动动肩膀，慵懒地睁开一只眼，半醒不醒地，桃花眼亮晶晶，"很久很久之前，有一个公主……嗯，她貌美无双，英勇无敌，能上青天揽月，能下五洋捉鳖，每年都斩获很多恶龙的首级，挂在城墙上供人观瞻。"

靳余生不想听了。这个故事，开端就很奇怪啊！

"有她在，王国的治安特别好。"沈稚子小声打个哈欠，眼睛蒙上一层水雾，湿漉漉的，"虽然这样的生活很没意思，但过日子嘛，谁不是瞎过呢。就这样啊，一天一天又一天……突然！她遇见了生命中的真爱！"

靳余生安静地听着，小蜗牛灯昏暗的灯光下，他眼底带着自己都没有察觉到的温和。

"公主的真爱，当然是小王子啦。这个小王子呀，长得特别特别好看，美艳动人得霹雳无敌，好看得让人想犯罪……公主生气地想——'世界上竟然有比我好看的人，我要把他绑架回去！'。"

靳余生有些迟疑，怎么越听越不对劲。他是不是应该给她故事中的主角……寻找一下生活原型。

"但公主很快就发现，小王子活得并不开心。"她娓娓道来，编得跟真的一样，"小王子每天坐在阁楼上绣花，其实都是哭着绣的，眼泪滴滴答答地流在地上，会变成珍珠和钻石，被狠心的姑姑拿去卖。"

哦，那小王子应该不是他，他不会绣花，眼泪也不会变成宝藏，靳余生微笑。

"公主心疼坏了，决定救他脱离苦海，于是暴打他的家人，把他带离了那座吃人的古堡。"

说到这里，沈稚子很陶醉。就在他以为她要拿出经典结局"从此过上了幸福美满的生活"时，画风急转直下，沈稚子突然道："可就在小王子脱离了家人的管束之后，他性情大变，不听公主的话，开始放肆地熬夜！

"他疯狂地失眠，一宿一宿地不睡觉，还拉着公主讲故事，不让她睡！美丽的公主也被熬出了黑眼圈和鱼尾纹，她急坏了，到处寻求民间良方，宫殿里一时之间挤满了各国代购！

"可是她还是太天真了！"她闭着眼讲故事，语气还很悲怆，"熬夜丧失的胶原蛋白，哪里是面膜和精华能补回来的呀——她，一代妖姬，终于变成了一个苍老的丑东西！"

靳余生心情非常复杂。他很后悔，他就不该给她拉被子……僵在原地，半晌，没听见后文。他忍不住，低声问："然后呢？"

"然后公主没忍住，就……"沈稚子迷迷糊糊，声音又软又糯，"就告诉他……"

靳余生静静地听着，还是没听见结局，只听见沉稳的呼吸。他转眼看过去，她的头歪在枕头上一动不动，胸腔微微起伏，大概是又睡了过去。少女下巴白净，睫毛浓密，团在被窝里，像一只盖着大尾巴的小松鼠。

窗外又开始飘雪，砸在玻璃上，隐隐作响。

靳余生盯着她看了一阵，声音在狭小的空间里小声响起，温柔而低沉——

"然后公主没忍住，就告诉他：你看，生活把你熬老，把我也熬老了。

"我们两个谁也没能逃过岁月，跑过时间。

"你脸上的皱纹真不好看，可我戴上老花镜，挨得近了再仔细看看，才发现——

"呀，你老了之后，竟然是这个样子。

"我年轻时眼光真好，你现在，原来成了这么个可爱的老家伙呀。"

不知道是他声音太低，还是她真的累坏了，睡得很沉。他一字一句不疾不徐，最后一句话，眼神落回她身上。他看了她很久，低低道："年轻时也可爱。"

怎么都可爱。

我上天入地，就只喜欢你。

沈稚子受的是皮肉伤，出院很早。靳余生却一直在医院住到年后。

其间，齐爸爸带着伤痕累累的齐越来过一趟，打的旗号是道歉，但沈稚子不想见齐越，打发走了。那时候，她正在病房里削苹果。

娇生惯养的小女孩，连水果都没有亲自切过，放在手里，满地都是削断的果皮。靳余生看不下去："我自己来吧。"

"你是一个残疾人！"沈稚子睁大眼，"怎么能让你干这种粗活！"

他顿了顿，换个说法："我削给你吃。"

沈稚子立刻羞涩地交出苹果："好的。"给他一个献殷勤的机会。

他接过来，用不太能发力的那只手拿着苹果，另一只手旋转刀锋，果皮薄而均匀地从刀下落下。

沈稚子看得呆了。这个人明明连早餐都不会做，刀工竟然这么好。

去完皮，他把苹果切成小块倒进透明饭盒，撕开一盒酸奶，也跟着倒进去。

沈稚子披着件大大的格子披风，半个人都裹里面，大眼睛眨啊眨："这算水果沙拉吗？"

他将牙签递到她面前："嗯。"勉强算吧。他只是觉得，她那么挑剔，不给点儿别的甜头，可能连苹果都不愿意吃。

沈稚子垂着眼，睫毛抖动，细声细气："连草莓都没有……你就拿这种低贱的水果做沙拉，敷衍我。"靳余生的手停在半空，突然有点儿想不起来，今天最开始，到底是谁要给谁削水果来着？

他沉吟片刻，咨询她的意见："我现在去给你买盒草莓？"

看他好像认真了，沈稚子赶紧接过饭盒："不用，我只是戏瘾上来了。"苹果沙拉酸酸甜甜，她一边吃一边提醒他："以后我再这样，你记得陪我演。"

他正心情复杂，下一刻，牙签戳着苹果，举到眼前。他沉默了一下，抬眼看她，眼神似笑非笑。

沈稚子从没干过这么小女生的事，正心虚，就听他问："我现在是不是需要配合你，演一个手不能提的残疾人？"

她想都没想，摇头，"不是，"顿了顿，又补充，"你应该演一个，连被人喂东西都要忍不住从小姑娘身上揩油的，老流氓。"

四下寂静，温暖的阳光在房间内流动。

靳余生默不作声，眼前的少女眼睛清澈，神情无辜而严肃，又带着点儿"你不亲我就打你"的嚣张。

可爱得"令人发指"……他看着看着，眼底浮起几分笑意。下一刻，他微微垂首，没有理会苹果，稍稍偏头，薄唇辗转着，落到她的手指上。握着牙签的手纤长白皙，阳光照上去时温润可爱，如同价值连城的美玉，他不想放开。

沈稚子愣愣的，几乎要停止呼吸。

他吻得轻缓而理智，翻来覆去，仔仔细细，仿佛在压抑某种于表层之下流动的情绪，用慢动作来掩饰真实想法。

沈稚子的耳根"噌"地一红。她突然后悔了，挣扎着想把手抽出来。靳余生一乐，咬住苹果。沈稚子腿一软，差点儿跌进他怀里。

他低哑的声音在头顶响起："我的人设，不是老流氓吗？"

哪有这么好看的流氓！她脸颊发烫，正飞快地思考反击方案，就听病房门"嘭"的一声响，盛苒清亮的声音响起来："我来看你啦，沈稚子！"

盛苒突然噤声。

因为一进病房，她就看见靳余生拽着沈稚子的手，眼角笑意还没有收，似笑非笑，温柔得跟她记忆里判若两人。而沈稚子膝盖微曲，半跪在床榻前，披风被扯开了大半，眼睛亮得出奇，耳根红成晚霞，神情明明恼羞成怒，看起来却娇羞万分。

如果不是在做梦……盛苒掐了自己一把，那这一定是个平行空间，生活着盛苒从没见过的靳余生和沈稚子。

"打扰了，我好像不小心走进了时空裂缝。"盛苒干脆果断地捂住脸，转身出门，"不过我瞎了很多年了，你们不用在意我，请继续。"

沈湛后脚一进门，就听见她这么说自己，忍不住微微皱眉："别乱说话。"

盛苒立刻呛他："我不瞎的话，怎么会跟你当朋友？"

沈稚子趁机将手腕夺回来，把披风整理好，慢慢平复心跳。

盛苒带着两大兜零食，把它们堆积到床头小茶几。看着宛如怀春少女的沈稚子，她很感慨，"来之前，沈湛跟我说，你俩演苦情剧呢。"顿一下，意味深长地道，"我看不像。"

"你也不差呀。"沈稚子正襟危坐，一脸严肃地扯扯领子，"你说说你，来看我就来看我吧，还拖家带口。"

盛苒回过头，轻飘飘地扫了沈湛一眼，沈湛摸摸鼻子。盛苒于是转回来，若无其事地转移话题："你看班群没有？老陈找你好几天了。"

"放着假呢，找我干吗？"

住院的这段时间，沈稚子的手机，有跟没有一样。靳余生像个老家长，其他事情都好说，唯独在学习的事情上，没有一点儿余地。

她最开始还打着小算盘想，寒假这么短，她还想多玩儿几天。万一作业做不完，就从中间撕几页……反正那么厚的练习册，老师也发现不了。可是这个想法一说出口，靳余生一张脸就迅速冷了下去，之后整整两天，愣是没有跟她说话……她只能洗心革面做好人，放下手机写作业。

"开学就是成年礼了啊，今年的主持人还是你，"盛苒解释，"老陈要跟你商量具体计划。"

沈稚子个子高，外貌出挑，又有小时候参加过朗诵比赛的经历，上高中以来，年级上有什么主持活动，老陈都第一个想到她。

"还有小礼服，你也得尽快定下来。"盛苒道，"马上要开学了，再迟就会来不及。"

事情突然变多，沈稚子有些苦恼。"一件一件来，"她想了想，"今天时间还早，我们先去把礼服定下来。等我晚上回来，再给老陈打电话。"

盛苒站起身："那我跟你一起去。"既然是挑裙子，当然不能没有小闺密在场，说着，就要伸手帮她拿外套。

靳余生垂着眼，身体微微顿了顿，他犹豫一下，没忍住："九点。"

沈稚子愣了愣，乐坏了。

她抱着衣服，兔子似的蹲下去，眼睛清澈明亮，仰头看他："你不要担心，我带着手机，你可以随时给我打电话，我一定会接——不打也没关系，我会在晚饭前回来的。"

他相信她："嗯。"

沈稚子眼中笑意流淌："我带着好吃的，回来跟你一起吃晚饭呀。"

靳余生看着她，良久，喉结动了动，觉得自己好像……被人捧在手里哄。于是他想来想去，默默在心里做了一个决定。

今天的晚饭，他要吃得稍微久一点……就勉勉强强，吃到天亮吧。

一走出住院部，盛苒就尖叫起来："这段时间里，发生了多少我不知道的事？你们进展怎么这么神速！"

因为她摔了一跤……沈稚子觉得很蠢。

"具体过程说来话长……"

解释清楚缘由，盛苒恍然大悟："难怪许时萱和齐越，这两天约好了似的天天来找我，又都不说理由，只说什么……让我把消息转达给你。"

沈稚子漫不经心地绞着头发玩："什么消息？"

"道歉的消息。"

沈稚子默了默，笑了，"让他们留着那句没有任何用的'对不起'，去跟警察说。"

"齐越好像已经没事儿了，可许光一还在局子里待着……"盛苒问，"这事儿你是怎么想的？"

"齐越本来就不是主谋，他那天的反应比我还尿。年轻人谁没个年少轻狂的时候，他爸已经把他带回去暴打一顿并禁足到高考结束了，加上先前靳余生打他的那一顿……"沈稚子摸摸下巴，突然想起，自己还从齐叔叔那儿空手套了个人情。她一边想，一边哼哼唧唧，"我好像不是太亏。"

"至于许时萱……"她微顿，"我给过她很多次机会了吧？她接二连三地做错事，总有一次是要付出代价的，哭一哭就想天下太平？哪有这么便宜的事。"

家人和学校没能教会你的事，总有一天，会有别人教给你的。

盛苒顺着她的逻辑思考一遍，觉得她说得也没错。

可是……"许时萱还会再来找你的。"她提醒她，"你记得准备好武器，把她扫地出门。"

沈稚子没太把盛苒的话放在心上，因为事实上，新学期刚开始时，许时萱没有回校上课，而沈稚子并不关心理由。

距离高考只剩三个月，开学考与成人礼的时间离得很近。回过头便让人心生恍惚，仿佛是观棋烂柯十二年，一转眼竟已经走到了十八岁的尽头。

早春的校园，张灯结彩，柳絮纷飞。阳光通透明亮，一层层从树叶的枝丫间筛落，带下毛茸茸的小白团。

礼堂后台一片混乱，到处是嘈杂的喊声。

"那个灯光，灯光往哪儿瞎打呢！你照到我眼睛里了！还照！"

"谁看见我台本了！我的台本怎么又不见了！这个地方是不是有时空裂缝啊我的天！"

"撒开手！那是眼线笔啊！你怎么能拿它写字！你还是人吗！"

沈稚子司空见惯，镇定自若，心里却还是有一丝丝紧张。她冷静地握着自己的手腕，告诉自己，不慌，不慌，多大点事。一边想着，一边整理好自己粉白色抹胸小礼服的裙摆，深呼吸，然后郑重地穿上高跟鞋，颤巍巍地站起来，抖着膝盖走两步……再走两步……很好，很好。

她心中雀跃，正打算露出喜悦的神情。下一秒，重心一歪，猝不及防便朝前扑出去。

"哈哈哈，我的天。"盛苒眼疾手快接住她，毫不意外地笑弯了腰，"真不是我说你，你摔下来的时候，就像倒了一堵墙。"

"干吗非要搞双这么高的高跟鞋，你打算上天跟太阳肩并肩？"

盛苒跟沈稚子做了几年朋友，以往也不是没见过沈稚子穿高跟鞋。沈稚子个子本就不矮，加上几公分的高度，整个人都变得挺拔而秀丽，气质出众。可这次的高跟……也太高了。盛苒觉得，沈稚子穿上这个之后，可能有一米八几。

沈稚子坐在凳子上，不甘心地舔舔唇，"我要借着这个机会，去完成梦想，强吻靳余生……别那么看我，我早就想这么干了。"她揉揉脚踝，还好没有崴到，"以前老是够不着，今天好不容易顺理成章，有个送到眼前的机会。"

盛苒懒得接茬："可他不是还没来嘛，你先把鞋换回来呗，等会儿老师肯定要叫你去对词，你再摔一跤怎么办？"

沈稚子想了想，也是。她把高跟鞋脱下来塞进手提袋，重新穿上白色的帆布鞋。脚掌落回实处，心里的底气都足了不少。可刚一站起来，一个小学妹慌慌张张冲进后台，被电线一绊，身体前扑，就一脚踩在了她的鞋上。白帆布鞋瞬间留下一个巨大的黑脚印。

沈稚子噎住。

小学妹慌了，赶紧道歉："对不起对不起，我不是故意的，学姐……"

"算了，没事。"意外情况嘛，她能理解的。只是……她看着黑印，有点愁，不想这么去见靳余生。好像显得她很懒，连鞋都不刷。舔舔唇，她不甘心，又把那双高跟鞋掏出来，暗搓搓地穿上。

盛苒："你迟早摔成弱智。"

沈稚子不以为然："这话留给你自己听吧，我又不是没穿过高跟鞋。"说着，她站起来，像模像样地朝前走了几步，还很得意："你看，我现在不是比刚才好很多了吗？只要你不在前面挡着我，我……嗷！"话没说完，脚踝就又朝旁一歪。

但这一回，沈稚子没有摔进小闺密的怀抱。她微微垂头，看见的是规整熨帖的黑色衬衣和笔直而修长的腿。鼻息间有清淡的薄荷味流动，揽住她的人是靳余生。

丢人丢到家了……沈稚子愣了半天，慌忙放开他："你……你放开我。"

靳余生今天穿得很正式，正装挺括，眼如墨玉。一路上，不知道招来了多少女生的目光。眼下被她推开，他有些疑惑，眼底写着疑问。

"那个……医生说，"沈稚子挠挠头，没有忘记前几天医生的嘱托，"你手臂受伤，至少半年，左手都不能拿重物。"

靳余生怔了怔，眼神微沉，好像很不喜欢她这个形容："可你不是重物。"

是宝物。

沈稚子愣住，后知后觉，周遭空气都泛出一股甜味。他为什么……这么，这么撩人。

然而靳余生本人毫无察觉，他的关注点一直在她那双有些过分的高跟鞋上。他顿了顿，忍不住提醒："离成人礼开幕还有两个小时，你先把鞋换下来。"现在穿成这样，连路都走不了。

沈稚子委屈巴巴地拿出手提袋，将帆布鞋给他看："可是我的鞋，刚刚被一个妹子踩到了。"意思是，不想换。

靳余生眉峰微聚："换。"

沈稚子"哦"了一声，慢吞吞地把鞋换下来。看着那个巨大的黑印，她还是不太爽。闷闷不乐地低着头，一直忍不住看。

靳余生沉默着，没有说话。良久，他轻轻叹口气，按住她的肩膀："你坐下。"

沈稚子云里雾里："啊？"然后被他半拥着，放进了沙发里。

后来过去很多年，许时萱一直记得这一天。

这一天距离高考正好三个月，学校举办了成人礼。阳光和煦，早春的一切都欣欣向荣，她穿过整个学校，想要来礼堂参加一下成年礼，并拜托沈家在许光一的事情上网开一面。

可她一走到礼堂后台，就看见了靳余生。

骄矜冷漠的、沉默易怒的、高高在上的靳余生，正低着头，半跪在地上，小心而虔诚地，拿着湿纸巾……给沈稚子擦鞋。

第九章 成人

我今天也很喜欢你。

成人礼在体育馆举行，馆内气球飘扬，阳光透过高高的穹顶投射下来，光柱落到橙色的木地板上。距离正式入场还有半小时，工作人员在馆前的楼梯上铺好红地毯，架起相机。沈稚子乐坏了，拽着盛苒就打算出门拍照。

"你今天化妆了吧？"盛苒凑近看看，果断拒绝，"我不要跟你一起走，那会衬得我很丑。"

沈稚子五官轮廓本就好，舞台妆的眼线把桃花眼外形拉伸，口红提亮肤色，鼻梁打上阴影，整个人越发明媚得不可方物。

沈稚子深以为然，于是她捧起裙子，转身去找靳余生。

靳余生微微皱眉，竟然一脸严肃："我也没有化妆。"意思是，他去了，也会被衬得很丑啊。

沈稚子喉头一噎："你不要这么没有自信。"

他独自坐在后台，神情寡淡，气场清冷，灰色的正装笔直，与地面垂直，只是低着头刷消息，也好看得像是从平行空间里穿越来的神仙。虽然他没有指名道姓地说是在等谁，可一堆人里就数他最显眼，每个小姑娘路过，都要有意无意地多看两眼。

靳余生抿住唇，不再推辞。

沈稚子拉着他往外走，兴奋得像只小喜鹊，一路絮絮叨叨：

"你昨天不是跟我说，你今天上午请假不在嘛。我就自己去吃午饭，吃了一碗面。

"不知道为什么，吃完之后，我全身上下都是辣条的味道……那个面的味道，穿透力真的超级强。

"我看成人礼下午三点才开始，就飞快地跑到盛苒宿舍洗了个澡……换完衣服之后，往手腕上涂了一点点香水。"

话语微顿，她踮起脚尖，一本正经地把手腕凑到他跟前："我觉得自己香喷喷的，就像一朵可爱的小娇花，不瞒你说，连我都想抱着我自己亲一亲。"带着点儿暗示的意味，香水的气味特别，随着她的动作，在他鼻息间散开。

靳余生一抬眼，就对上她认真又带着小紧张的表情。他失笑，反握住她的手："不涂香水也很好闻。"

沈稚子的脸"嚯"地红了，一言不发地低下头，任由他牵着走。

哦，现在不要亲亲、抱抱、举高高了。靳余生觉得很好笑。他一反击，她就秒怂……可爱的家伙。

走出场馆，大片大片的阳光，不留余地地倾落下来。初春天气很好，天空蓝得像凝固的蓝宝石。空气中飘浮着可爱似棉花的柳絮，小小的，毛茸茸的。

距离入场还有一小段时间，门前人影寥落，学生不多。红毯蜿蜒着铺到楼梯最后一级，尽头是一道充气拱门，上面写着一句话：欢迎来到成年人的世界。

沈稚子清清嗓子："是我淫者见淫吗？这句话怎么有点色情。"

靳余生难得没有反驳。沈稚子挺直背脊，很郑重地握住了他的手，故作沧桑道："你是个好孩子，来，陪朕再走走帝王路，好好看看这天下。"

靳余生想避开她，但她毫无察觉，入戏很深。一边走，一边问："你十八啦？"

他突然想起来，上一次她是不是说，要他陪她演来着。犹豫了一下，靳余生咬牙："嗯。"

"那是个大小伙子了。"沈稚子在他手背上拍拍，和蔼地道，"离宫之后，打算干什么呀？"

靳余生觉得很羞耻，咬着牙，尽量把句子缩短："恩师举荐，文物修复。"

沈稚子微怔，突然反应过来："等等，你说什么？"

"恩师……"

"杀青了！换白话文！"

靳余生顿了顿，解释道，"周老师前段时间问我，高考完想要报什么志愿，我说还没决定。"他微顿，"他就问我，有没有兴趣读古书画修复，将来，跟他修复文物的朋友共事。"

周有恒的朋友全是业界大拿，随便拉一个出来，都是不得了的人物。

沈稚子懂得轻重，睁圆眼睛看他："你喜欢文物修复吗？"

你喜欢吗？

靳余生短暂地出了一下神。

好像这些年听了太多这样做不对、那样做不行，头一次听到有人问他，你喜不喜欢？

"很难说，"于是他打算实话实说，"我的心情很复杂。"

他接受的教育里，从小就很贴近那一派正道正统的家国情怀，他打心底热爱脚下的土地，但矛盾之处在于，欺骗他的也是它。他的认知与他所接触到的现实，在很长一段时间里都相距甚远。即使他敢说自己还剩一点儿未凉的热血，可这种"不符"始终存在，干扰着他的判断。他不太确定自己的态度。唯一能确认的一点是，当周有恒提到这件事时，他的第一反应是……

"我想问问你，"靳余生有些局促地顿了一下，舔舔唇，"喜不喜欢北方？"

如果接受周有恒的提议，他大概要在北方工作一些时日……十几年，或者更久。

"喜欢呀，"沈稚子没有多想，"我也打算考北方的大学。"

靳余生微微松口气，若有所思地点点头，在心里把这个项目列入"可以考虑"。

红毯即将走到尽头，摄影师在后面叫："那两个小同学！你们回一下头啊！"

阳春三月，惠风和畅。

沈稚子下意识回过头，眼前暖阳和煦，迎面刮来一阵风，轻飘飘地带起她的刘海。几根头发落下来，扫在眼前痒痒的。她一边按住刘海，一边咯咯笑起来："我特地做这个刘海，就指着它帮我遮伤口呢，结果还是被风吹起来了，好讨厌啊。"

靳余生转过去，看到远处松涛碧翠，近处散着一地金黄的阳光。

光芒最盛处，少女穿着粉白色的小礼服，膝盖处交叠的两色隐隐约约，裙褶朦胧如流水，束腰掐出盈盈一握的腰身。再往上，她的锁骨干净漂亮，细颈纤长，皮肤白皙得好像没有瑕疵的美玉。她站在光芒里，笑得无忧无虑，好像比光还要耀眼。

他出了一下神，好像微风吹过，就听见快门定格声。

摄影师惋惜地大叫："哎呀你干吗一直看着她啊！人家女生笑得那么好看，你也看看镜头嘛！"

"哈哈哈，可我觉得这照片很好啊！"助理凑近取景器，大笑，"看得我都想结婚了！"

后来过了很多年，哪怕它旧了、卷了边，被人摩挲得失了真，那张照片，也一直躺在靳余生的钱包夹层里。

照片里，少女眼神清澈，笑得开怀；少年长身玉立，半侧着身。春日盈盈，他一动不动地看着她，目光如海，像是入迷，也像是被蛊惑。

那时他们十八岁。

他们没有过去，也看不见未来。

关于"以后"，还有无数种可能性。

红毯走到尽头，沈稚子被摄影师说得有些脸红，忍不住偷偷捅捅他："你是不是突然发现我貌若天仙？"

靳余生差一点儿就承认了，但他想了想，又觉得不对，闷声道："不是突然。"是一直都这么觉得。

沈稚子愣了愣，心里噼里啪啦地炸开巨大一串烟花。

她兴奋极了，开始胡言乱语："我也不是特地要在你面前卖弄美色，主要是我脑袋上这个伤口虽然拆了线，但还没有完全恢复……我怕它留疤，我还想当飞行员呢，你也知道的，他们招飞体检都……"

靳余生身体猛地一顿。他停住脚步，有些不敢相信，声音都冷下来："你再说一遍。"

沈稚子不明就里："不知道会不会留下疤？"

他沉声："后面那句。"

她有些发愣，不太明白，他怎么突然就生气了。

"我……我还想当飞行员？"

"你……"确认自己没听错，靳余生差点一口气没上来。他觉得自己像个劳心劳力的老家长，不管在背地里策划多少关于未来的事，到头来，还是会被熊孩子一句话打破。他努力耐住性子，"为什么想当飞行员？"

这哪有为什么？就是想啊！沈稚子小心翼翼："我，我想上天看一看。"

靳余生呼吸困难，特别想问问她，知不知道航空意外的致死率是多少，知不知道这个高门槛的行业有多危险，知不知道……如果她去读航空院校，会跟他分开多少年。

他深呼吸，冷静地拉开她的手。

沈稚子像一只无措的鹌鹑。

"对不起，"他心情复杂地舔舔唇，扶住她的肩膀，"你稍微给我一点时间，让我冷静一下。"顿了顿，又补充，"成人礼结束，我就回来找你。"

沈稚子有点儿委屈："你能不能告诉我，你现在在想什么？"

每次都这样，他一生气，就找个角落自己坐着，一言不发地生闷气，连哄他的机会都不给她。

他语气平静："在想，怎么才能让你连第一轮体检都过不了。"

沈稚子一个激灵，赶紧挥挥手："那你还是去冷静一下吧，快去。"

成人礼所占的时间不长，很快就结束了。

三个环节中只有第一个是领导讲话，后两个环节需要家长参与，沈爸爸和沈妈妈都没有缺席，可沈稚子心里还是有点儿酸酸的。结束第一个环节后，靳余生来向沈家父母打招呼，一如既往地礼貌而疏离。碰完面，他就以自己有急事为由，离席而去，不知所终。

她从他脸上，从来看不出他的情绪。可她觉得，他不会开心的……全场其乐融融，只有他的父母双双缺席。

亲子拆信环节，她叹口气，郁闷地低下头。拆到一半，才觉得不对："这好像不是我写的信……"翻过来一看，发现信封上写着：靳余生。

沈稚子没有窥探别人隐私的喜好，但信封里的纸不知怎么，飘飘悠悠地落了地，她连忙躬身去捡，拿起来之后，却整个人如遭雷劈，愣在原地。

成人礼一结束，沈稚子立刻直奔后台。

手机上果不其然，有条短信："有急事，别等，我晚饭前回家。"发件人是靳余生，时间是两个半小时前。

她愣了愣，有点儿雀跃，却开心不起来。坐着发了会儿呆，还是忍不住按绿键。忙音响了几秒，他很快接起来："您好？"少年的声音低沉清越，沈稚子有些犹豫，问："你在哪？"

"我……"靳余生在心里估测一下地理方位，报了个离公安局比较近的地方，"我在江边。"

沈稚子声音有些闷："我能去找你吗？"

"你没回家？"他有些意外。

"嗯，我让爸爸妈妈先走了。"

靳余生短暂地顿了顿："你在学校等我，我来找你。"

她骗他："可我已经在车站了，正打算上车。"

"那就在车站坐着，等我去找你。"

沈稚子垂下眼，有些沮丧："你在生气吗？为什么？为了飞行员？"

隔着电话，靳余生看不到她的表情，可这种语气让他感到无措："没有。"他的闷气生不了多久，但总是要跟自己较很久的劲。

"那为什么不让我去找你？"

靳余生微顿："发生了什么？"

明明刚一接到电话，就察觉到她情绪不对劲，可他实在是不想在电话里问这个问题。因为隔着电磁波，他什么都做不了。他想在她身边，摸摸她的脑袋，或者揉揉她的手。

"靳余生。"她突然道。

"嗯。"

"我今天也很喜欢你。"

他愣了愣，哭笑不得，刚打算回她"我也是"，就听她又小心翼翼地道："所以你能不能跟我说实话，看在我这么喜欢你的分儿上。"

靳余生扶住额头，飞快地对记忆进行倒带，找到了问题所在。他这回很诚实："我在公安局。"

"嗯。"

"还是因为之前那个案子，具体情况比想象中要复杂一点。"他尽量详细地解释，"我一直以为我父母是在跟人做交易时出事的……可似乎不是这样，嫌疑人的口述里，他们那天没有交易，倒好像是……在谈判。"

她埋着头，略一犹豫，咬牙道："运动会的时候，我们请假偷偷溜走，去临城玩吧。"

话题跳跃这么大，靳余生不太理解："这么突然？"

"都说故乡是一个人的根基所在。"沈稚子抓抓头发，胡乱编造，"我觉得，要让你一时半会儿转性，实在是太难了。但如果回故乡重造一下，说不定能发生根本上的改变。"

靳余生愣了愣，以为她是在委婉地指责他。他屡教不改地生闷气，还再一次骗了她。他好笑，放软语气："我会改的。"

"可我确实想趁着运动会，出去玩。"沈稚子脚尖蹭着地，小声道。

其实在给靳余生打电话之前，她先联系了骆亦卿，开门见山地问，能不能找到靳余生以前的心理咨询师。

骆亦卿的回复是，"你放过我吧，虽然我消息灵通，可我家不是搞情报工作的，也不是什么都能打听到啊！何况……"他提醒她，"稚子，心理咨询一定是签了保密协议的，你找到了人也没用，什么都问不出来。"

她丧如鹌鹑，但也清楚，他说的是事实。虽然仍然摸不清根本的问题所在，但她觉得，她已经很接近正确答案了——那个关于靳余生的"密码"。

只差一点点了，她不想放弃。

靳余生想了想，答应她："好。"正好他讨厌集体活动，不想参加运动会。

沈稚子点点头，说了再见，正打算挂电话。

"稚子。"他突然叫住她。

"我会控制我的情绪。"

沈稚子愣了一下。

"我……"他深呼吸，"我再努力一点。"

我会改。

你不要沮丧。

成人礼过后，天气一天一天回暖，随着气温回升，高考越发逼近。

沈稚子吊儿郎当到现在，终于开始焦虑。她对自己没多高要求，可倒计时的数字越小，她就越想得到高分……想要更高更高的分。好像有一种无形的压力积在头顶，让她迫不及待地想破土而出，用力地发芽，然后势不可挡地，长成一棵大树。

所以吃完午饭，她犹豫一下，还是回了教室。翻开没做完的试卷，沈稚子微怔，见底下压着一张陌生的纸条。

她拿起来，快速读了几个字，读到"你要不要脸？除了有一张脸还有什么？都被人给……"，后面的话太难听，她不再往下看，淡定地将纸条团成团，扔进垃圾桶。

拿起笔捧住脸，她想了想，又有点儿好笑。唉，马上要高考了，还在做这些无聊的事。

虽然不知道是谁，但她十分同情这个字写得奇丑的同学。肯定是成绩很差，干脆放弃了吧。做完两科作业，她心满意足，趴在桌上睡了一觉。

打过午休结束铃，班上的同学们陆陆续续回到教室，沈稚子在一片嘈杂里岿然不动，直到被人用力推醒。她睡眼蒙眬，还没看清眼前的女生是谁，一个纸团就被大力扔到面前："拿着你的纸条！你好恶心啊，怎么把它贴在黑板上！生怕别人不知道吗！"

沈稚子无语，OK，fine。

她不想知道是谁无聊到了穷凶极恶的地步，翻垃圾桶把它找回来，贴到黑板上。但是……

"下次如果不是地震或者着火，我建议你别叫醒我。"她懒洋洋地打哈欠，桃花眼蒙上一层水雾，"我起床气重，一生气就想打人。"

女生轻哼一声，回了自己的座位。

短暂的沉寂过后，教室里响起许多碎碎念——

"纸条上的内容是真的么……啧。"

"我觉得是真的，她又不住校，就算在外面跟人同居，我们平时也发现不了。"

"但沈家也挺有钱啊，而且她不是喜欢靳余生？图什么。"

"图乐子吧可能，她身边的男生一直挺多的呀，呵呵呵。"

不知道是她刚刚睡醒格外清醒，还是其他人声音太大，沈稚子听得很清楚，她感到一言难尽。大家是不是高考压力都很大？就一件屁大的事，也能传得这么离谱，还带颜色的。

她深吸一口气，正打算拍案而起，班长就风风火火冲了进来："稚子，稚子。"他一边说，一边飞快地在她桌上铺好宣纸和镇纸："快帮我题两个字，老陈上课前急着要。"

沈稚子很嫌弃："在这儿写？"都不焚香沐浴，找个清风翠竹的地方？

"别嫌了，这是运动会的预热项目，被老陈给忘了，下午就要交——你赶紧瞎题两个字算了，写什么都行。"

沈稚子沉默半晌，毛笔吸满墨，照他嘱托，瞎写。班长靠在她身旁，低着头，看她写。从后面看过去，两个人手臂挨着手臂，距离近得快要贴到一起。

靳余生走到教室门口，沉默了一下。他单手插兜，若无其事地走过去，停在两人身后，微微躬身，伸长手臂从两个人中间穿过，开始……掏她的抽屉。

沈稚子一低头，见抽屉里多了半截手臂，吓得一抖："你干吗？"

靳余生探着身子，一言不发，把她的抽屉翻得乱七八糟，半晌，在众人疑惑的目光里直起身，面无表情地问："我忘了带钥匙，你把家门钥匙放哪儿了？"

教室里一片死寂，所有人都目不转睛地盯着这个角落。

沈稚子脑子转不过弯："马上要上课了，你回家干什么？"

"拿张卷子。"他声音清淡。

几秒钟的时间，其他人恢复意识，教室里的空气重新开始流动，碎碎念更加激烈——

"天！所以跟沈稚子同居的人竟然是靳余生吗！"

"气得咬手帕！早知道我也主动点儿了，她拱走了我们年级最大的白菜！"

"少胡扯，明明沈仙女比较可惜好吗！靳余生有什么好的啊！不敌我五分之一的帅气！"

沈稚子毫无察觉。她很早就修炼出了这种技能，面对靳余生的时候，能自动屏蔽全世界的声音。

"是我昨晚借走的那张物理二模卷吗？"她很认真，不想让他为这种莫名其妙的理由而缺课，"我带来了，就是昨晚睡得太晚……有点恍惚，忘了夹在了哪本书里。你这节课要用吗？要的话，我给你找找。"

无形的刀最致命，话音落地，又是一把八十米大刀。有女生捂住胸口，做中箭倒地状。这个信息量，也太让人窒息了。

靳余生："嗯。"

宣纸上墨痕半干，沈稚子说着，就要去翻背包里的书。"你等会儿再找，"班长急了，"先把这字给我写完，就差一笔了你看……"靳余生眼神轻飘飘地扫过来。

班长咽咽口水，突然有些虚："你，你先找卷子，我不急。"

沈稚子躬身找书，班长怕她不小心碰倒砚台，将墨水提起来拿远。宣纸一抬，一张皱巴巴的纸条被带着，飘落到地上。沈稚子愣了一下，脸瞬间变白。她想捡，胳膊还没伸出去，就被一只修长的手抢了先。

靳余生挺直腰，在手中展平纸条。他垂着眼，脸上情绪莫辨。

"余生，"她小声，紧张地试探，"虽然我不嫌弃你，但你这个习惯真的不太好。怎么能随随便便捡垃圾？"说着，她就伸出手，像是想要把它拿回来，"来，给我，我替你扔了它。"

靳余生没有动弹，沉默如同一汪深潭。他像是在想什么，思考了一阵，将纸条放进口袋："我替你扔。"声音清淡，好像没有怒意，这样才更可怕。

沈稚子知道，他认得班上所有人的字。模仿的前提是了解，他能模仿名家，就同样能将每个人的字拆筋扒骨。所以他陷入思考，大概是在脑子里寻找作案人。

"余……"

她还想说什么，被他打断："卷子。"

沈稚子尿如鹌鹑，闷闷地从课本里抽出来给他。他接过去，看到她的表情，有些无奈，又忍不住低声强调："别慌，我不打人。"

沈稚子眨眨眼。

他哄："你好好听课。"

也许是因为昨晚和中午都没睡够，沈稚子脑子不太清醒，所以她站着上完了整个下午的课。

三轮复习到最后已经没什么新东西，可再旧的题型一样能年年翻出新花样，她仍然感到头疼。撑到晚自习前，实在撑不住，她抱住盛苒的手，求她："你帮我掐着表行不行？我睡十分钟。"

"十分钟够吗？"盛苒顺势揉揉她，"我看你这几天精神都不太好，要不要多睡会儿？"她很了解沈稚子，她不说浑话的时候，就是真的累了。

"疯了吗？"可沈稚子嘟囔着，已经将脑袋落了下去，声音越来越低，"我还好多作业没做。"

盛茜没有呛她，转头看她，白色的灯光热烈流淌，少女睫毛下有小小的阴影。沉默一阵，盛茜轻声道："你会考得很好的。"

高考不会辜负努力的人。

沈稚子歪着脑袋，没有回应。晚自习尚未开始，她的座位靠近门口，不停有人进进出出，斩断流畅的灯光。于是她变得很不安稳，眼前有什么东西一晃一晃，忽明忽暗，在睡梦中也慢慢皱起眉。

盛茜坐在沈稚子的前排，没有注意到。但盛茜注意到，靳余生很快站起身，走过来，停在了沈稚子身边。盛茜一愣，抬起头，教室内灯光明亮，挺拔的少年神情寡淡，领口露着衬衫的立领，微微垂眼，目光落在手中的小单词本上——他在背单词。可他为什么不在座位上背，要跑到这儿来……几乎下意识地，盛茜转头去看沈稚子。

灯光斜着打下来，被靳余生的身体挡住。天然的屏障完完全全阻隔了光源，沈稚子压着试卷趴在桌上，呼吸平稳，眉头不自觉地舒展开。

盛茜看着，心头突然一热。很多年之后，她在微博上看到这样的话题：你青春期时，遇到过最撩的事是什么？底下的评论五花八门，有人说是走过整个操场去收一封来自远方的信；有人说是生理期时抽屉里多了一袋红糖；有人说是打开自习室的门，两个人视线相撞那一瞬间。

可她想来想去，竟只能想到这一晚、这一幕。

窗外黑夜长寂，屋内亮如白昼。少女趴在桌上，疲惫地陷入梦乡；而少年沉默地立在她桌前背书，不动声色地为她挡光。

是什么？

是我和他一起，有栉风沐雨，有同舟共济，自始至终朝着一个方向，都在用力地生长。

我们会成为两棵树，根绵延千里，叶在风中相依。

她的青春时代远去时，他们仍在记忆里鲜活着。

生生不息的，是爱情。

沈稚子和靳余生"同居"的消息不胫而走。

老陈了解了他们的家庭情况之后，挥挥手，不再追究。本来也不是什么天大的事，何况马上要高考了，这些私事，他根本不想管。

但遇到难得的八卦，没有人能免俗，年级上传出无数个版本。结合纸条上的内容，背地里把话说得能有多难听，就有多难听。

沈稚子懒得往心上去，该干什么干什么。反正她马上要毕业了，那些背地里碎碎念的人，她很快就再也见不到了。然而第三天，就有更大的八卦，把"同居"的事压了下去——

整个一班，每个人都收到了匿名纸条。内容不尽相同，笔迹却跟沈稚子收到的那张一模一样。全班女生都收到了，除了许时萱。

事件突然微妙起来。

沈稚子不知道这件事。临近高考，她两耳不闻窗外事，反射弧长得惊人。直到新一轮月考结束，各科课代表发答题卡，状似无意又好像心照不宣地，一起漏掉了许时萱的那一张，她这才觉出不对来。

"发生什么了？"沈稚子不明白，"许时萱不是跟她的小姐妹团挺好的嘛，怎么突然没人搭理她了？"

许时萱所有的答题卡都被人放在了讲台上或柜子顶，各个科目分散开，甚至有几张掉在垃圾桶里。许时萱急得面红耳赤，站在柜子底下踮起脚尖够不着，却没有人愿意帮她。她狼狈至极，好像一夜之间变成了透明人。

"因为自己作，"盛苒懒洋洋的，像是不太想提，"她给每个人都写了纸条，把班上能骂的全骂了一顿，也不知道什么毛病。"

沈稚子一愣："什么时候的事？"

"就……前几天，你收到纸条那几天。"

"可我收到的是张匿名纸条，连我都不知道是谁写的。"沈稚子较真，"你们怎么那么肯定？"

"因为全班只有她没收到啊。"盛苒认为逻辑非常简单，"排除所有不可能的人，剩下那个就是凶手。"

"可你也说了，班上的女生都收到了纸条，只有她没收到。"沈稚子思维清晰，"如果作案人真的是她，为什么不把自己也隐蔽起来？她故意暴露自己让大家一起孤立她？图什么？"

盛苒被她绕晕了，沉默半晌，眼睛突然一亮："咦，是欸。"

"你说得是很有道理，不过，"盛苒微顿，"我认为，没有人关心真相。"下一句话，她说得很暧昧，"大家高考压力都这么大，需要一个发泄口。"

沈稚子手一顿，心情复杂起来。

处在群体中时，如果一个人被塞了纸条、被指责"你怎样怎样不对"，其他人的反应会是"这样确实不对，我们应该谴责这种行为"。但如果所有人都被塞了纸条、被指责"你们各有各的不对"，"纸条"本身就失去了意义，群体恼羞成怒，会反向对发出诘责的个体进行攻击与孤立。

真相如何并不重要，大家所求只是步调一致。他们需要围观矛盾，以此进行站队，去证明自己对"群体"的忠心。无论孰黑孰白，"大多数"永远是正确的。也是……可供人利用，可支配，可算计的。

沈稚子在很多年前就明白这个道理，但她仍然感到不适。她纠结了很久。纠结到半夜，还是跑到阳台上，敲响了靳余生的门。

他与她的卧室只隔着一堵墙，共用同一个阳台。卧室通向阳台的门是两扇推拉式的落地玻璃，敲起来声音清脆，胜在隐蔽。

阳台上星光如醉，须臾，她听见他推开椅子，"唰"的一声拉开窗帘，推开玻璃门。

少年个子很高，宽肩窄腰，休闲的家居服勾出流畅的身形，灰色的薄毛衣温暖舒适，卡其色长裤衬得整个人都很挺拔。他头发湿漉漉的，像是刚刚洗完澡，眼睛里也浮着一层水雾，声音依旧很低："怎么？"

沈稚子犹豫了一下，"余生，"她舔舔唇，下定决心般地抬起头，"我突然想见你。"少女眼瞳亮晶晶，他心里一突，下意识退后一步。

"你……"靳余生假装没听见，警惕地转移话题，"你行李都收拾好了吗？"

"收拾好啦。"

对于两个人打算在运动会时请假去临市玩的事，沈妈妈并不反对。她认为高考前很有必要进行放松，甚至打算让沈湛跟着一起去。沈湛拒绝了，他不敢跟着去。

"那你早一点睡。"靳余生想了想，好像没什么好交代的，打算结束谈话。

沈稚子两只手挂在玻璃门上，磨磨蹭蹭："余生……"

"嗯。"

"今天我看到许时萱了。"

她离开学校的时候，许时萱还在哭，趴在角落里，无人问津，像一个被遗忘的洋娃娃。

靳余生抿住唇，大概猜到了她要说什么。

她轻声问："纸条是你写的吗？"

他不否认："是。"

"那……"

"也许你认为这种方式并不正确。"他打断她，声音清冷，"但她很过分。"他无法忍受。

平心而论，他已经比过去温柔了太多。他的信条里并不存在"不能打女生"这种规矩，放在过去，他不会这么迂回。

"没有呀，"沈稚子连忙睁圆眼，摇头，"我为什么要怪你。"她舔舔唇，小心翼翼地道，"我只是很怕你生气。"

靳余生失笑，抬手揉揉她的头，低声叹息："去睡吧。"

沈稚子犹豫一下，把后半句话咽回去。

她想，他也许暂时没有找到更合适的解决方法。可他一直在改变，一切都会变好，她应该再给他一些时间。所以沈稚子没有再说什么，笑吟吟地向他道过晚安，开开心心，转身就打算走，走出去两步，突然想起什么。

"啊，对了，"她转过来，眼中笑意流动，明亮得胜过一室星光，"我今天也很喜欢你。"

靳余生喉头一紧。他其实不太明白，她为什么每天都要重复这句话。

可是他很喜欢听，想再听一百年。

第十章 成长
永不放弃爱与被爱的心。

翌日清晨，下了点儿小雨。飞机在雨中起飞，在雨中降落。靳余生出机场的第一件事，是先买一把伞。单色折叠伞，不如直柄伞那么"遮天蔽日"，他个子又高，刚好能把两个人一同罩进去。

时近清明，雨珠打在伞面上，声音很轻。空气中流动着蓬勃的水汽，一路行道树都被染得郁郁葱葱，叶子像洗过一样。沈稚子深深地吸一口气，听见靳余生问："你想去哪玩？"他在临市生活了很多年，可以免费当导游。

沈稚子笑吟吟："我们去找你以前那个心理咨询师吧，把他找出来打一顿。"

她张牙舞爪，靳余生心里有些好笑。默不作声地盯着她看了一会儿，轻声道："换个地方。"

沈稚子敛了笑，清清嗓子："那，我们回你的学校吧。"

"为什么？"

"我想看看你以前生活的地方。"

从机场到临市一中，有一辆大巴直达。今天是工作日，车上人不多。雨刷缓慢地斩破雨雾，道路两侧的行道树在雨中招摇，车辆行驶在一片摇晃的绿意中。

沈稚子有些紧张："今天周三，你的同学们应该都还在上课吧？你带校园卡了吗？我们能进得去吗？"

"门房大爷认识我。"他声音清淡。

"你们门房大爷记性真好。"她感慨，"附中的保安都不认人，只能记住来学校最早的和走得最晚的。"他没有说话。她突然意识到，"你以前在学校，也去得最早、走得最晚？"

"嗯。"

"难怪你成绩那么好。"

她两眼弯成月牙，不遗余力地夸他："你真棒。"

靳余生微微垂眼，看着两个人交叠的手，没有抽开。

车上的空间狭小而安静，刚上车时，广播里放了几分钟临市的旅行指南。现下周遭空寂，只能听到雨水打在玻璃上的声音。

她舔舔唇："等会儿我们到了地方，会不会遇见熟人？你要介绍你的朋友给我认识吧？我到时候怎么跟他们自我介绍呀……"

他声音很低："不会。"

"啊？"

"不会遇见朋友，"他顿了顿，"我没有朋友。"话音落下，雨好像突然下大了，噼里啪啦地打在车窗上，将窗外摇晃的树影模糊成一片。

沈稚子愣了愣，偷偷收紧扣在他手背上的手，好像一种无声的安抚。可她这副小心翼翼、欲言又止的样子，让靳余生莫名其妙地口干舌燥。

他忍不下去了。下一秒，他反扣住沈稚子的手，起身转个方向，另一只手按住她背后的椅背，膝盖抵住她的座位。他把她整个人都圈进怀里，迫使她抬头看他，声音低而哑："你好像有话要跟我说。"

这些天来，一直是这样。她总是几次三番想开口，却又三缄其口。他一直在等，等到等不了。

少年的眼瞳深不见底，气息铺天盖地。他突然这么近距离地凑过来，沈稚子下意识向后躲了躲，发现避无可避。

雨还在下。

他压低声音："成人礼那天，到底发生了什么。"

她很肯定，这不是一个问句。因为她察觉到危险的气息，加重的呼吸，和一点一点延伸的压迫感。沈稚子扶住他的肩膀，双眼看向他，将声音放轻："那天的亲子互动环节，我不小心拆错信封，看到了你'写给父母的信'。"

雨点骤急，靳余生瞳孔猛地收缩。

她又摇头："我觉得，不该是这样的。"

高架桥下车行如蚁，潮湿的水雾令世界都模糊了。

靳余生的眼底开始出现裂纹，他突然明白了一件事。

我今天也很喜欢你。

潜台词是，所以拜托你，请好好活着。

KTV事件之后，沈稚子读了很多书，关于心理学，关于心理咨询，甚至包括一部分患者自述。"高控制欲"源于什么？答案早在那晚就给出了，源于高自尊、缺乏安全感和深重的自卑。

可高控制欲会带来什么？她得到的答案是——一定程度的自毁倾向。

心理学的模型涉及概率，并不能解释所有问题。可当她尝试着将他代入，很多无法理解的行为都变得有迹可循。

她明白了，为什么靳余生明明不缺钱，之前却还要一直打工——他需要跟人保持交流，需要有人气的环境，去转移自己的注意力。她甚至明白了，在超市的那天，他为什么会拒绝她。

他尚有理智，未必真的想追随父母而去。可他的潜意识里始终流淌着一条暗河，写满"我不配得到幸福""快乐的事都不属于我""得到的结果必然是失去"。

每当事物开始朝着好的方向转变，他就立刻怀疑真实性，并尽他所能地让事情变得糟糕，把她推开，再对自己说："看，果然如此，她不喜欢我。"

她不知道为什么会这样。暗河之下，好像藏着一个支离破碎的小男孩，那才是真正的阻碍，也是真正的"密码"。

雨水打在玻璃上，激出明亮的水花。

靳余生慢慢平静下来，心情复杂，却又软得一塌糊涂。他眨眨眼，额头缓慢地凑近，向下抵住她的额头。离得近了，她眼中清明，黑色的瞳仁像透明的琉璃。呼吸交缠，他低声说："对，我确实写过。"

她把所有事，都猜得分毫不差。

父母去世后的很长一段时间，他"枕戈待旦"——只不过他的枕头底下不是武器，是接受心理咨询时，在某个流程中写下的"给父母的信"。

"但那已经是很久很久之前的想法了。"说完，他眼底微潮，安抚般地低下头，碰碰她，"放到信封里存起来，就是因为，不再那样想了。"

少年的手掌反扣在她的手上，仍然维持着那个像是"壁咚"的姿势，距离贴近，眼神认真。被他这样看着，她有些脸红，反而不知道该说什么好了。沈稚子移开视线，有些局促地挠挠头："我只是……很担心你。"顿了顿，小声地道："但每天都很喜欢你，是真的。"

靳余生声音很低，竟然带着一点点难得的笑意："我没有想要自杀。"

现在没有，今后也不会。

在 KTV 那晚，他与齐越对峙，就已经大彻大悟。

爱使人忘忧，也令人惧死。

临市一中离市中心不远，修了一扇气派的大门。高大的梧桐树层层叠叠，种满校园内外。雨天不上体育课，操场上空寂而安静。

得到了看门大爷的放行，她兴奋得像只上蹿下跳的松鼠，一路往前冲。"我从没去过别人的学校呢。"沈稚子眼睛亮晶晶的，顺着大路大踏步，"只要一想到我正在走你走过的路，就觉得浑身上下充满力量。"

她微顿，眼睛弯成桥："好像能看到你以前在这里，吃饭、背书、散步、打篮球的样子。"

伞外雨幕潇潇，靳余生没有搭话，摸摸耳垂，莫名有些烫。

她这么兴奋，让他也放松了很多。事实上，他对故地没什么感情。因为搜索枯肠，也找不到开心的回忆。他在这里生活了很多年，日子千篇一律又没什么温度，分数像现在一样高，朋友像现在一样少。

哪怕以中考状元的成绩直升高中，老师让他上台讲话，他看着台下的人头，也一句话都说不出来。大家真心实意地为他鼓掌，鼓励他开口。可夸赞他的话听进耳朵里，又像流水一般远远遁去。

他无话可说，也接收不到别人的好意，不能像任何一个得了第一名的小朋友那样雀跃，仿佛一个阴森森的怪物。

"啊哈，"他有些出神，突然听见沈稚子一声惊呼，笑容满面地朝他招手，"快来看，看我发现了什么？"他走过去，目光一扫，看见宣传栏里的照片。

一中的初中部，后来几年出过榜眼、出过探花，没再出过状元。所以即使三年过去，时光荏苒，他的照片也还留在那儿，仿佛定格了一个少年的岁月。

沈稚子搓着手，有些感慨。照片里的靳余生穿着校服，面无表情，神情寡淡得像是全世界都欠他钱。可看起来真的好嫩，皮肤像是能掐出水。不过……

"怎么你小时候就这么严肃？"照片里的少年薄唇紧抿，一点儿弧度都没有，"天生长着一张老干部的脸。"

靳余生低咳一声，刚想说什么，余光一扫，突然看到沈稚子的腿。她穿着件有些紧身的牛仔裤，布料附在修长的腿上，勾勒出流畅漂亮的线条。可是有一块地方，颜色明显比周围深。他微怔，将伞推出去："你拿一下。"

沈稚子云里雾里，还是乖乖接过来。下一刻，靳余生脱下外套，把衣服围到她腰上，袖子绕到小腹前，打了一个结。沈稚子一愣，突然意识到什么。

他以为她要脸红，下意识地开始思考，说点儿什么来化解尴尬。结果下一秒，就见她面色惨白地拽住他的衣角，颤抖着问："我是不是……流产了？"

靳余生喉头一噎，差点儿给她跪下："你能不能不要瞎说！"这人戏瘾怎么说来就来？

"可是妈妈说，牵手就会有宝宝。"她像是有些纠结，故作羞涩地捧住脸。

靳余生心头有苦说不出："你在这儿待会儿，别乱跑，我去给你买东西。"

她乖巧地点头，确实没有乱跑。然而沈稚子从来不是吃素的，他离开不过一刻钟的时间，她就跟两个初中部的男生打起来了。靳余生脑子发热，急忙将她拉开。劈头盖脸就是一句："你怎么走哪打哪，现在不怕流产了？！"

两个男生猛地抬头，一脸震惊。然而看到靳余生的脸，他们又是一愣。流产不是重点，重点是，为什么，他们眼前的男生，好像跟橱窗里的状元……长着同一张脸？

"他们欺负同学，"沈稚子心里不爽，踢踢两个男生，"让他们自己说。"两个男生二打一也没打赢，嗫嚅着不敢出声。

靳余生这才注意到，旁边还站着个矮个子小女生。女生穿着青白色的校服，马尾有些乱。她长相一般，眼睛却很好看，明亮而倔强，透着一股不服输的神情。

也许刚刚发生过一场幼稚的纠纷。

见两个男生迟迟不出声，女孩子上前一步，声音细细地向沈稚子鞠躬："谢谢学姐。"

"我不是你的学姐，我是你学长的家属。"沈稚子大大方方，从靳余生的衣服口袋里掏棒棒糖给她，"开心点儿，再被人欺负就打回去，喏，送你一颗糖。"

"谢谢你。"女生礼貌地接过去，看到小熊图案，忍不住笑着揉揉鼻子，"啊，好像小孩子。"

坐实了身份，两个男生的表情从惊疑变成狂热，"靳……靳学长？"靳余生微微皱眉，警惕地退后一步。两个男生更加肯定，"你，你真的是靳子瑜！"下一秒，几乎是热泪盈眶地扑上前来，"让我们摸摸手好不好！"

靳余生无奈……这是什么怪癖好。

沈稚子凶恶地威胁："敢碰他手指头，我就打你们哦。"

"学姐你不知道，我们学校，流传着一个传说。"男生赶紧解释，"考试前如果能摸到学神靳子瑜的手，少则多考两百分，多则红榜前三见！"

　　这是哪个痴汉传出来的流言，她摸了他那么多次，没见成绩突飞猛进啊。刚想开口，就听他毫不留情道，"假的。""真实版本是，"他面无表情，"摸我的手会怀孕，不论男女。"

　　事后沈稚子笑到抽搐，靳余生全程冷着脸，她笑够了，轻轻捅捅他："你是不是觉得我特别多管闲事。"

　　"是。"他直说。

　　沈稚子有些委屈，低头踢地上的石子："因为我初中的时候，没有人来救我呀。"所以遇到这种情况，就特别想帮帮别人。

　　靳余生愣了一下。

　　"你不是一直想知道，'沈三'的名字是怎么来的吗？"她吸吸鼻子，"初中时来的。"

　　"我跟你不太一样……那时候，我成绩很不好。"她有些局促，挠挠脸。"在一所很差的学校里。很差的学校啊，意思就是……真正在学习的人很少，大家总在干别的什么事，总之，心思都不在学习上。"

　　"似乎总是这样，每个班级里都有个人，是默认要被欺负的。"她皱皱眉头，"可能是我看起来年纪小……总之，不知道为什么，就成了那个倒霉鬼。"

　　靳余生沉默着，看着她。雨已经停了，空气清新潮湿。她向前走，柔软的发丝在风中飘。

　　"那两年我爸爸不在身边，妈妈带着我，住在白家……我很不喜欢白家，但也没有别的办法。"

　　"那时候，他们也欺负我……"她一笔带过，"还有沈湛。"青春期的男孩是非观并没有那么强烈，他认为那只是普通的恶作剧。

　　"不过，"沈稚子眨眨眼，"后来我一个一个地打回去了。"欺负她的人，她一个也没放过，她后来变得很能打。

　　靳余生一言不发，抓住她的手，放在掌心揉了一会儿，低声问："后来呢？"

　　"后来我爸爸回来了。"她说，"他没有生气，只跟我讲了一句话。"她安静地看着他，"他说，'离开就好了'。"离开这个地方，就好了，以后再也不会遇见他们了。

你相信吗？可考试就是这么神奇，做几张卷子而已，你从此会跟这些无目标的、不懂得生活的人，活在两个世界里。只要向上生长，就会跟他们不一样，你会比最高的那棵树还要高。

一阵风吹过，带动树枝，落下几滴叶子上的雨水。水珠滚到她的手背上，晶莹剔透，像神赐的宝藏。他微微低头，拂落水珠，声音很轻："沈叔叔是一个很好的人。"

风吹动刘海，鼓起他 T 恤衫的衣袖，像扬起了帆。

她停下脚步，眼神安静得如同雨后的空气："你呢？你还有什么未完成的事？你心里的小男孩，为什么一直没有被治愈？"

"我？"靳余生也停下来，仿佛感到好笑。他微微抬眼，"你有没有看过一部电影，叫《猫鼠游戏》？"

她听过，斯皮尔伯格的电影，从真实事件取材，讲述一个游走在灰色地带的天才。他擅长伪造文件，利用谎言四处行骗、换取巨额回报，他偷窃，伪装，狡猾而难以捕捉，却也孤独得像个孩子。

"我觉得连弗兰克，都比我活得好。"他微顿，"至少在他的家庭里，他曾经很快乐。

"可我的家人……永远在争吵。我的姑姑，我的嫂子，我的亲戚们……没完没了，无休无止。"为各种各样的大事小事，鸡毛蒜皮，算计到一分一毫。

从他童年有记忆起，无论什么季节，阳光透过天井漏进来，光线就会变冷。宅子里一年四季是没有温度的，青苔蔓延到门槛下，一团一团的暖光都泛出清冷的绿。

过了许多年，他无意间读到张爱玲的书，才找到更确切的形容。那是神仙洞府，里头一天，外面已经过了一千年。可这一天与一千年也没什么差别，日日相同，全无活力可言。

"我起初觉得，这没什么不对的。"

"可当我开始交第一个朋友，就发现，"他微顿，"什么都不对。"

为什么别人成绩进步，会被夸。为什么别人做了好事，会有奖励。为什么他没有……他什么都没有。

他的父母只看最终结果，他就也学着，不再去关心过程。他的父母否定他没有回报的付出，他就也学着，不再去做没有意义的事。无论是游戏、社团活动，还是多余的社交。

他觉得这都没什么错，唯一的遗憾是，他羡慕别人的快乐。

《猫鼠游戏》里，弗兰克的父亲总是对他说："To the moon。"字幕组把它翻译成，一步登天。可他更喜欢直接解释成"去月亮上"。

去月亮上，看不见别人的热闹，就不会显得自己孤独了。

"余生……"沈稚子有些担忧，握着他的手，不知道该说什么。下一秒，她就又被他打断。他蓄足了力气，像是要一口气，一次性，把所有话都说完。

"前几天，警方跟我说，我父母那个案子结案了。

"我当时的想法其实是……总算结案了，我不用再接收任何跟他们有关的消息了，他们真的让我好累啊。

"警方说，我父母背地里跟一些文物走私犯有联系，那天也是去见他们的，跟古书画交易没关系。可等他说到真相的时候，我已经不想再听下去了。"

"我的父母到底是好人还是坏人，是中介还是卧底，我不想知道了。"他深吸一口气，咬住牙，"这么多年，我觉得，我就像塞利格曼的那条狗。

"在他们眼里，我做什么事都是错的，我永远爬不起来。

"我是一个垃圾……我应该住进垃圾桶。"

他想到哪说到哪，开始语无伦次。沈稚子从没见过这么没有逻辑的靳余生，她有点慌。

"余生……"

"我想让她抱一抱我……"他却没有停，直到最后一句话，在空中顿了很久，声音慢慢低下去，轻而冷，"但她从不抱我。"

校园里清冷寂静，水珠从树叶间滚落，滑到脖颈儿间。风带起耳边的碎发，沈稚子毫不犹豫，飞扑着陷进他怀里，死死抱住他。

她的直觉没有错。他的潜意识是一条暗河，河底埋着一具小男孩的尸骨，被定格在漫长的岁月里，永远哭泣，永远无助，永远是不被爱的姿态。他是极端的完美主义者，不被夸赞，高高在上，感受不到寻常人追求过程的快乐。

沈稚子不管想多少遍，都难过得要命。透过一层薄薄的布料，指尖传来他体表的温度。

"如果你是垃圾，我就去捡垃圾。"她的眼睛湿漉漉，清亮认真，声音却很轻，"可你不是。"

他垂眼，瞳仁幽深得像黑曜石，安静得像一片深海。

"你是靳余生，不是靳子瑜，更不是一个别的谁。"她说，"你已经不是那个小男孩了，现在所有的选择权都在你手上，你可以选择 to the moon，也可以选择待在地上。"

遇见他之前，她一直以为，"成长"意味着付出，意味着向上，意味着比树还要高。

其实不是。

终其一生，我们唯一在做的一件事，是与过去的自己和解。离开家庭的负面影响，撕掉贴在身上的标签，抛开从出生起便刻在骨子里的烙印，和阻碍我们获取幸福的一切——

行走在人间，真正需要的，也许只是一种痛过之后，依然能够热爱世界的能力，和永不放弃爱与被爱的心。

他望着她，心里软得一塌糊涂，却突然想起什么："橱窗里的小人，是你画的？"

"唔……"沈稚子摸摸鼻子，"你看见了？"

刚刚走过来的时候，他无意间瞥了一眼。看见橱窗里那张中考状元的照片旁边，多了个小火柴人。画得很丑，五官难辨，勉强能认出是个梳着单马尾的女生，死皮赖脸地黏在他身边。他还以为，是哪个初中生的恶作剧。现在看来，也许……

"因为橱窗里的靳子瑜，他看起来好孤独。"沈稚子以为他不喜欢，有些局促地挠挠脸，"我只是觉得，我帮你画一个小人的话……"

"他以后就不是一个人了。"

哪怕是十五岁的靳子瑜，我不在他身边的、孤独的、没有朋友的靳子瑜。

我也想跨过时光，去拥抱他。

靳余生长久地沉默。

水汽氤氲，白气在余光之外飘散，仿佛电影若隐若现的开端。他突然低下头，握住她的手。他的声音低沉而轻和，带着前所未有的温和，像是一句难耐的叹息："你确实是沈三好，这里很好，那里也很好。

"在我眼里时……最好。"

"沈稚子，"他说，"你到底什么时候才能到二十岁啊。我等不及了。"

"后来呢？"

午后的阳光刺得视线内发白，落地窗外人流如蚁，咖啡馆内，机器慢吞吞地磨咖啡豆，背景是首低回的歌。

阮牧星听得有些入神。她放下采访大纲，望着眼前清俊的男人，身体微微前倾，脸上浮现出好奇。

"后来……"他的手放在桌面上，露出腕表的一角，像是思考了一下，才道，"她真的去当了飞行员。"

"可，B市没有飞行学院啊。"阮牧星有些意外，"难道这些年，你们一直异地？"

"确切地说，是从大三开始。"他纠正，声音低而沉，"她读飞行员班，前两年理论课，跟我同校。"后来她回了飞行学院，而后是漫长的证件考试和航线飞行……那才叫遥遥无期。

阮牧星恍然大悟。她想了想，偷偷在备忘录里添加一笔：女朋友也是学霸。

"所以，你们两个现在的状态是……"她斟酌一下，没忍住，"一个上天，一个入地？"

靳余生陷入沉默，神情十分微妙。好像被说到了什么非常不想提的事。半晌，有些挫败："是的。"他不想承认，然而这是事实。他们现在的距离，非常非常遥远。

阮牧星还是第一次，在他脸上看到这种类似语塞的表情，她乐坏了。

入夏之后，借着一档综艺，文物修复在国内爆红。节目里播放了一个几分钟的小纪录片，莫名其妙地带红了这个镜头只有十几秒的小哥哥。明明他连句台词都没有，在纪录片里也只是露了下巴和手，面庞一闪而过，却还是被眼尖的妹子们截图，为他疯狂了很久。

果然，好看的脸，走到哪里都会成为关注点啊……阮牧星在心里感叹。何况，他也并不是只有脸。高学历和漂亮的家世，哪个标签都很吸引人。

"不管怎么说，"预约时间已经超过了半个多小时，阮牧星多多少少有些歉意，打算结束采访，"今天真的非常感谢您，能在百忙之中抽出时间，来配合我做采访。"这话说得官方又客套，小姑娘双手合十，两眼弯成桥，笑起来时酒窝浮现，竟然也很讨喜。

靳余生抿唇，示意般地点点头，好像有些心不在焉，心思不知道落在哪里。

"但是，走之前……"阮牧星犹豫了一下，还是不甘心。起身起到一半，她又坐回来，"我还想再问您一个问题——你们都谈这么久的恋爱了，您喜欢她什么呀？"

靳余生微微抿唇，抬头望过来。他的目光向来很凉，带着种拒人千里的意味，像探究，又好像能看穿人心。

"不是，我没有别的意思。"阮牧星以为他误会了，赶紧摆手，又有些不好意思，"因为……我没谈过恋爱，所以很想借着这个机会问问，什么样的女生讨男孩子喜欢。"

在她看来，能谈恋爱超过三年，都是超级了不起的事。何况这一对，竟然还异地。她真的非常好奇，对方是个什么样的女生……是神仙吧。

靳余生沉默着，手指无声地在桌上敲，竟然真的帮她想了想。他觉得，自己好像比过去有耐心了很多。

"但这是个概率问题，"他思考一阵，提醒她，"不见得会遇见类似的人。"

阮牧星理直气壮："算概率之前，我要先收集样本啊。"

好吧。

靳余生于是直说："因为她夸我的声音，很好听。"

这个理由有点儿怪，阮牧星忍不住皱皱眉。阮牧星以为他会说，因为女朋友可爱，或者漂亮，甚至是脑子聪明。

"夸你？夸你的人不是很多吗？"

他沉默一阵，声音非常非常低地说："也许因为……只有她不一样。"

离开咖啡馆，靳余生开车回工作室。

B市的夏天很热，蝉鸣聒噪，一声高过一声。驶过洋槐的树荫，纷纷扬扬的青白色小花随着风落下来，于无声处，像一场巨大的雪。光影摇晃，他被阮牧星追着问了一上午，脑子不太清醒，眼下不受控制地，感到有些恍惚。

这是本科毕业第二年。

这一年他留在B市读研，成了半个古书画修复师。而沈稚子专心致志地考证上天，留在了民航。其实自大三之后，两个人就聚少离多。所以算起来……手指搭在方向盘上，他有些出神地想，应该有半年没见过了。

上一次还是去年过年……在明里市，他们向沈爸爸和沈妈妈摊牌。晚饭后，他被沈爸爸留下来进行深夜谈话，沈稚子趴在门口偷听。

那好像也是很遥远的事了。如果不是阮牧星借着采访的名义问起，他甚至不敢去算，他们已经这么久没见过面。

拔出钥匙，靳余生将车停在门口。

工作室闹中取静，被簇拥在一树一树的槐花里，绿意缠绕，亭台水榭，偶尔会让他想起很久之前，周有恒的家。那时候推开门，会有唇红齿白的少女扑上来，满脸兴奋地问他——

"师兄，你回来啦？"

明亮的光线透过天井落下来，他短暂地出了出神。树影婆娑，他愣了一阵，才看清站在院子里，那个眼睛明亮、穿着简单白T的矮个子少年。

靳余生说不清为什么，心头陡然涌起一阵失望，潮水一般，无情地将他包围。

"师兄你可算回来了，你去了好久，我以为你要跟那个记者聊到地老天荒呢。"白术毫无察觉，甜甜蜜蜜地迎上来，"你今天下午就不出门了吧？我刚刚又把他们昨天送来的那幅画看了一遍，我想我们可以从今天下午先开始做……"

白术低他两届，晚几年进工作室，大学与他同校，论辈分也能叫他一声师兄。小师弟心思格外活络，嘴巴又甜，身上带着股小动物的机灵劲儿。工作室里的人都喜欢他，靳余生也不例外。

只是现在的情境下，他邪火未消，不太想搭理："明天。"

白术微怔："今天下午不行吗？你还有事？"

"嗯。"

白术沉默了一会儿，可怜巴巴地放开他的胳膊，声音小小地道："那行……行吧。"反正白术也没办法，又求不动靳余生。从白术认识这个师兄的第一天起，就怀疑，对方是一个活死人。

白术长得奶，从小到大被人夸萌，小时候想吃什么、玩什么，卖个萌就能拥有全世界。原以为能以萌"治国"一生一世，没想到刚刚毕业，就在靳余生这儿碰了铁板，管白术说什么求什么，到了师兄这儿，就三个字——

"哦，嗯，是。"

惜字如金，丝毫不为白术所动。

偏偏他这个常年没有表情的师兄，一直以来成绩优异，业务能力还强得令人叹为观止，他又打心眼儿里佩服。

白术垂头丧气的，打算回屋。往前走两步，突然想起什么："对了师兄，今天晚上傅千霜的生日宴会，你去不去？"

靳余生正拿着手机低头打字，顿了顿，没忍住："那是谁？"他为什么要去参加一个陌生人的生日宴会。

白术沉默三秒后，不可思议地尖叫："追了你一年多的那师妹啊！跟我同一届的，白白净净的那妹子，你一点儿印象都没有？！"

"哦……她啊。"

其实他没有印象，但他懒得说话，所以他重新低下头，简明扼要："不。"

心塞的白术："行吧。"他走到门口，又停住："过几天，千霜还有个毕业的饭局，几个老师也在，所以你最好还是去一趟吧。我到时候会提醒你的，你记得提前把日程空出来。"

靳余生不说话，似乎打算装作没听见。

"师兄。"白术求他。

半晌，"嗯。"靳余生发出个不轻不重的鼻音。

总算得到一个非否定的答案，白术感动得快哭了，觉得自己还能再救救他："但是……真不是我说你，师兄，你真的应该走出门，多看看外面的风景，多去跟那些可爱的漂亮的女孩子们打打交道，而不是一直拿着你那个手机……手机是吃人的黑洞！不会送你女朋友的！不会的！"

不知道靳余生看到了什么，他话音刚落，他突然勾起嘴角，笑起来。笑容轻而浅，像春风拂开第一树柳枝，十里冰川的积雪次第消融，露出好看的面庞。

白术看呆了。青天白日，他师兄……别是被鬼附身了吧。

然而下一秒，他就看到靳余生凑近手机，发了一段语音，"对，你说什么都对。我就是禽兽，斯文败类，表里不一，满脑子下流的事。"声音温和，带着点儿前所未有的笑意。"但如果你航班到了 B 市，敢不来找我……"他笑得春风拂面，语气却非常认真，"我就……"

白术站在原地，愣了半天。浑身僵硬，同手同脚地转身进屋。

——肯定是被鬼附身了，肯定是。

靳余生的心情突然变得很好。沈稚子的航班下午经过 B 市，有四个多小时中转时间，他计划去见她一面。这个时间，来得及做很多事。

下午光线明亮，机场大厅人来人往，不同肤色的人拎着行李箱，在人流间穿梭。

靳余生拿着手机翻聊天记录，一边看一边等。时间定格在三小时前，他被阮牧星的问题难倒了，整个人郁郁寡欢："沈稚子，你再不来，我就老了。"

她回得很快："你别急呀，我这几天生病了。"

"感冒了吗？有没有吃药？"

"不是……我怀疑我患上了手机焦虑症。"

"……"

她很正经："也不知道，是不是因为手机里有你。"

"……"

"靳余生症候群。"

他乐坏了，你来我往，不知道谁先起的头，就开始插科打诨。靳余生用手指扒拉屏幕，没有忍住，眼底又浮起笑意，心情愉悦得像是藏着一只云雀。

他微微抬眼，目光从大厅掠过，不经意瞥过挂钟，愣了一下，低下头，确认手机时间。

距离沈稚子所说的降落时间，已经过去了半小时。而以往她一下飞机，就会立刻发消息在家里的群中报平安。他不禁皱了一下眉头。也许航班延误了……指骨抵住下巴，靳余生努力说服自己，不要瞎想。

下一秒，手机振动。他微微舒口气，刚想放松心情，低下头，跳出来的却是阮牧星的消息：

"不好意思，又来打扰您啦靳老师！

"刚刚我的报业同行跟我说，有架飞机自动化设备失灵，备降在了B市机场。我注意到，您女朋友也在那家公司！

"所以我就想，我……我能恬不知耻地联系她，要点儿一手消息吗？"

靳余生愣了愣，脸色慢慢变白。他咬住牙，克制着打字："航班号。"

阮牧星飞快地回过来一串数字。

靳余生握着手机，陷入沉默。许久，眼眶开始发红。

——沈稚子在飞机上。

第十一章 惦记

我只是希望，她来日降落到我怀中。

沈稚子的脑子不太清楚。

飞机被强风切断自动驾驶装置、飞速下降时，她恍惚一瞬，好像在梦里回到了遥远的少年时代。

那时阳光总是明亮，窗外的树木永远向阳。光斑从树梢滚落，花香馥郁的季节，连少年的笑脸都比别处好看。也不记得是第几次了，放学之后，她又被堵在教室后门。那时她和他已经做好了高考的规划，一切都明朗而可观，好像只要牵起手，就能走到一切的尽头。

少年身形高大，影子一点一点地吞没她，气场冷冽，声音低哑，似笑非笑——

"来，我低头了，强吻我啊。"

沈稚子袖子捂住嘴，拼命地眨着眼后退。她是个"嘴炮王"，虽然嘴上天天喊着想强吻他，可等他逼近，她又怂，不敢真的亲。所以一直到高考结束，也没真的亲到。

他一直在她身边，她也没觉得可惜。好像这些年那一直是这样，总想着来日方长，什么时候不能亲。可等真正命悬一线的时候，她满脑子都是，她好像没有认真亲过他。如果这次能平安着陆，她一定要亲个够。

想着想着就想哭……哭着哭着就醒了，泪眼蒙眬地睁开眼，沈稚子正打算不管不顾地大哭一场，就发现自己躺在一个温暖的怀抱里。

她休克的时间很短，救护车刚刚离开机场，正驶向医院。她被人抱在怀里，对方双臂箍得很紧，她的耳朵紧紧贴着他的胸膛，隔着薄薄一层布料，能暧昧地感受到他的体温。

沈稚子慢吞吞地动了动，想爬起来。然后毫不意外地，被人一把按回去。

"你还想去哪？"声音低而沉，像是压抑着怒火。

她微微抬眼，正对上靳余生的眼睛，他的瞳仁明明是浅褐色，此时却黑得像团墨。沈稚子闭眼缓了缓，慢慢地倒带，回忆刚刚发生了什么。

这本来是平平无奇的一个下午，她照常工作、出发前做检查、发消息给父母和靳余生报平安。一开始很顺利，飞机稳步上升，飞行开始平稳，空乘问她需不需要来杯饮料。她正想回答"我想要一杯像小姐姐你一样可爱的果汁"，下一秒毫无征兆，像是上天授意要来暴打她的不要脸，耳畔"嘭"的一声巨响，挡风玻璃瞬间就在眼前消失了。

她不可思议地睁大眼。

强风在一瞬间卷入驾驶室，点燃一场可怕的风暴。风声切断自动驾驶装置，飞机以每小时 350 公里的速度加速向下俯冲，机舱门掉在仪表盘上，狂风呼啸，空速表催命似的闪红灯。她耳朵"嗡嗡"作响，甚至听不清客舱传来的尖叫。

也就短短几秒钟的事。

等她再回过神，机长半个身体已经被吸了出去。沈稚子想把他拉回来，可她够不着。

两分钟的时间，飞机已经以 400 公里／时的速度冲到了 11000 英尺。她向地面发信号，空管中心似乎回了什么话，可她同样听不清。耳朵里只剩风声。有什么东西混在风里，飞快地从她脸颊两旁刮过，刺得脸生疼。沈稚子坐在副驾，脑子里一片空白。一边靠本能拼命控制飞机，一边在心里瞎想——

真刺激。

总算遇见能向子子孙孙代代相传的传奇事迹了。

如果她能活着下去的话。

她就这么一路瞎想，像是凭着求生的本能，也像是借着冥冥之中的好运，奇迹般地活着着陆在 B 市机场。飞机停稳，轮子没有爆胎，也没有冲出跑道，一切顺利得不可思议。空乘站在她身后，良久，发出劫后余生的赞叹声。

阳光苍白地打下来，沈稚子在原地坐了一会儿，等医护人员把半挂在机舱外的、早已陷入昏迷的机长抬走，才神思恍惚地走出驾驶室。劫后重生，踏在地上的感觉都很不真实。她膝盖发软，很想跪下向天磕三个响头。往前走了没两步，余光里一个黑影从救护车旁大跨步走过来，手用力一拉，一把就将她按进怀中。

男性的气息铺天盖地，他抱得极其用力，几乎是咬牙切齿："沈稚子。"声音低得吓人，混杂着担忧、害怕，甚至疯狂。

她心里软得一塌糊涂，想安慰他一下，手悬到半空，身体一塌，又无力地落回去。她深陷在他的怀抱里，彻底失去了意识。须臾，在救护车上醒过来。

窗外阳光明亮，光线透过晃动的窗帘，映照到眼睛上。

沈稚子醒过来时，下意识地眯着眼想抬手挡，可稍稍一动手臂，就发觉自己整个人都被他圈在怀里，绑定得死死的，宛如一个无解的人形锁。她挣脱不开，待脑子稍微清醒点儿了，小心翼翼地舔舔唇："我没想去哪，只是有点渴，想喝水。"

靳余生不说话，面无表情地抬起眼，手中的力道丝毫没有放松。旁边待命的医护人员会意，主动帮忙倒了杯水。他腾出一只手，接住纸杯，放到她嘴边："张嘴。"

沈稚子大惊失色。她赶紧低头确认了一下，自己有没有断手断脚，或者瘫痪。如果她没有残疾，他为什么连杯水都要喂！不过好在……动动手，动动腿，都还是有感觉的。

她在心里泪流满面，理所当然地提议："我自己来。"

靳余生面无表情，伸长手臂，"啪"的一声将纸杯放回小桌上。他动作很大，几滴水珠泼洒到杯子外面。

沈稚子一个激灵："行吧，你来。"像只瑟缩的小动物，浑身的毛都跟着抖了抖。

靳余生一言不发，将纸杯拿回来，垂下眼，轻而缓地凑近她。沈稚子乖顺地低下头，嘴碰住杯沿。他喂得很慢也很专心，她一松开嘴，他就立刻放低水杯，生怕水渍洒出来，弄湿她的衣服。他一如既往体贴入微，可沈稚子抖抖睫毛，还是委屈："我们很久不见了。"

"但是面对久别重逢的女朋友，你一点儿都不温柔，还凶我。"电视剧里面，劫后余生不应该玩儿命拥吻吗？怎么到了她这里，连亲亲抱抱都没有？"你不仅吓唬我，还控制我的人身自由，连水都不给我喝。"

她说得很认真，靳余生也承认那是事实，因为他快疯了。顿了顿，他压低声音，喉头发涩："高三的时候，我们做过一个约定。"

"哪个？"

情侣们恋爱中做过的约定，宛如天上的星星，不给点儿暗示，她怎么可能猜得到。

"我允许你报考飞行，"他沉声，"唯一的底线是，不能受伤。"

沈稚子恍然大悟："哦……这个。"

她十八岁的时候就觉得，他无理取闹。天上会发生什么，又不是她能控制的。但她天真地以为，自己有生之年不会玩脱。所以当年随口一扯，就答应下来了。但是……

她狡辩："我没有受伤呀。"

受伤严重的是机长，高空两万英尺，零下十九度，他半个身体悬挂在外，面临着严重的缺氧和冻伤。可沈稚子很走运，她被牢牢固定在座位上，自始至终坐在驾驶舱内，身上最厉害的伤，也只是脸和手臂上的擦伤。

靳余生一言不发，垂眼看她，唇绷成一条线。阳光从背后落下来，勾勒出青年流畅的下巴线条。

一段时间不见，他好像更白了。远离了学生时代，气场变得更冷，有股无言的威严。沈稚子没忍住，抬头亲亲他的喉结。

靳余生触电一样，全身绷紧。

"我好想亲你。"沈稚子小声道，"在飞机上时就想，要是等我下去了，我一定要好好地亲……唔。"

他吻住她。

他嘴唇很热，带着无法压抑的浓烈，深情而用力，毫无章法，几近贪婪地感知她的气息，也无声地加强一种认知。

她还在他的世界里。

在他怀里。

下了车，靳余生一路抱着她进医院。

飞机备降不是大事，但挡风玻璃碎裂，就成了一场飞行事故。媒体们闻风而动，迅速聚集到医院门口，长枪短炮不一而足，救护车一停稳，就立即蜂拥上来。

靳余生皱了皱眉头，将沈稚子的脸转个方向，按进自己的胸口。

沈稚子陷进一股清爽的薄荷味："你不要掩耳盗铃，我还穿着制服。"是个人都能认出，她是MK航空公司那架失事飞机的副驾。何况机长现在神志不清，那所有的问题就理所当然地会抛向她。

靳余生皱皱眉头，挡着她的脸走下车，大步穿过人流。一堆记者和医护人员跟在后面追着他跑。沈稚子窝在他怀里，小声偷笑："明天标题党们就会危言耸听地登'震惊！MK航空迫降，竟是因为副驾在飞机上跟男朋友做那事！'。"

靳余生噎了一下，加快步伐："你闭嘴。"

他抱她上楼。

除了沈稚子和昏迷的机长，有几名客人在客舱内也受到了不同程度的撞伤，连上整个机组，都要做全身检查。本来就拥挤的医院，一瞬间变得更加拥挤。等待检查的时间里，靳余生竟然还神通广大地帮她申请到一间单人病房，沈稚子惊讶极了："你怎么办到的？"

他避而不答，把她放到床上，揉脑袋："你先睡一会儿。"

"可我不想在这儿睡。"沈稚子拍拍床，嫌硬，"我想去你的公寓，睡你的床。"

靳余生有些为难，不太放心。她现在看起来的确生龙活虎，可高空的冲击很大，谁也说不清，会不会对身体机能产生隐患的副作用。他哄："你先在医院住两天。"

"可是住院很没有意思啊，而且我真的没受什么伤！"沈稚子是真心嫌烦。她现在用脚趾头都能想象到，如果她住在医院，肯定每天要面对一波又一波的领导慰问和采访邀约。而且……

"为什么百般阻挠，不想让我住你家？"

"我……"靳余生刚要开口解释，手机突然振动起来。

他安抚地摸摸她："乖乖等我两分钟，我接个电话，马上回来。"

沈稚子郁郁寡欢地点点头。结果他前脚出门，后脚就有一个矮个子女生，偷偷摸摸打开门，小心翼翼地走了进来。沈稚子眼皮一动，转眼看过去。

是个年轻小姑娘，唇红齿白，脖子上挂着工作证，穿着简单的白T和牛仔裤，马尾高高扎起，利落又干净。

"不好意思，打扰啦。"小姑娘走进病房，先规规矩矩地给她鞠了个躬，"我是JC传媒的实习记者，叫阮牧星。"

"很抱歉以这种方式偷偷溜进来，因为我之前给靳老师发消息，问能不能采访您，被他拒绝了。所以只好趁他出门时……偷跑过来。"她有些不好意思，挠挠头，"不知道能不能短暂地耽误您一小会儿，做个采访？"

沈稚子捕捉到一个词："靳老师？"

"啊，是这样。"阮牧星笑着解释，"先前那档文物修复的综艺走红之后，我做靳余生的稿子，就采访了他。"

沈稚子踌躇着，心里头有点儿别扭。

他不是不喜欢记者，也不喜欢跟陌生人说话……吗？

白术费尽口舌，最终也没说动靳余生。他很抱歉："我尽力了，他就像一个无限循环的拒绝副本。"

傅千霜勉强地笑笑："没事，他那个人，嘴硬心软。"

这话说得很巧妙，仿佛她比日日跟靳余生朝夕相处的白术还要了解他，彰显大度之余，又想再等等。

徐柚忍无可忍："你别等了，靳余生不可能来的，他要来了，才不正常。"

与席间这些小师弟小师妹不同，徐柚跟靳余生同级，她比白术和傅千霜更靠近靳余生，可两个人做了四年多同学，她从没见他多看过哪个女生一眼。搞不懂这些小姑娘，一天到晚，到底都对靳余生抱有什么奇怪的期待。

"所以赶紧吃饭吧，"徐柚劝她，"别等他了，不然得等到下辈子。"

"师姐，"傅千霜有点灰心，"靳师兄到底喜欢什么呀？"为什么不管她怎么做，对方都无动于衷。

徐柚不假思索："喜欢他女朋友。"

白术筷子都吓掉了："他有女朋友？他哪来的女朋友？！"他的女朋友，不是那堆价值连城的古董字画吗？

徐柚更纳闷："你师兄当年差点儿连婚都求了，你不知道？"

"我连他女朋友的面都没见过好吗！"白术炸了，"我一直以为他女朋友是他幻想出来的！"

"等等……是我忘了。"经他这么一说，徐柚突然意识到，"他女朋友大三就离校了，那时候，你们都还没入学呢。"

白术他们和沈稚子之间差着两级，沈稚子大三离开的时候，白术和傅千霜都还没入校。

席间沉默几秒，有人起了兴趣，小声问："靳师兄的女朋友，是个什么样的人啊？"

"是个……"徐柚搜索枯肠，竟然找不到形容词，"挺可爱，也挺聪明的……小机灵鬼？"

她跟那个女生接触不多，寥寥几次，只记得对方张扬又明朗。要让徐柚形容，她能想到冰川上的阳光、夏天的溪水、寒夜的星星，却想不到确切的形容词。好像没什么标签，能往那个人身上贴。

"那，"傅千霜表情不太好看，"他女朋友现在在哪？"

"我也不知道。"徐柚努力回忆，"他女朋友读的是飞行员班，我只记得，靳余生大四快毕业的时候，她还特地回了一趟 P 大，给他过生日。"

就是那一次，靳余生准备好了戒指，打算求婚。

"可是，"白术好奇，"靳师兄现在不戴戒指啊。"

"嗯，因为他女朋友第二天就走了。"徐柚云淡风轻，"他求婚时，她没有来。"

夕阳染红天边，赤色的光柱在光洁的地板上游移。空调"嗡嗡"响，向外喷吐凉气。

阮牧星语速飞快："飞机出故障的时候，你第一反应是什么？"

"把机长拉回来，"沈稚子挠挠脸，有些窘，"不过……呃，我失败了，我手太短，够不着他。"

好在他的双腿被座位卡住，没有整个人都飞出去。

"再之后呢？"阮牧星飞快地眨眨眼，好像很期待，"那么紧急的情况，电光火石一瞬间，你脑子里就没有闪过什么特别强烈的念头吗？比如很想再见一见恋人或者家人？"

"你看太多言情小说了……"她戳穿阮牧星，"正常人脑子里最强烈的想法，肯定是拉平飞机，不要英年早逝。"当然了，对沈稚子来说，其次的想法就是……她舔舔唇，疯狂地想亲靳余生。

阮牧星语速很快，拿出速战速决的架势。可她问得再快，也没有靳余生回来得快。收起手机推门进屋，他一看到阮牧星，眉头就不自觉地皱起来。屋子里冷气很足，沈稚子背对着他，与她面对面，姿势安静又乖巧。

心里不受控制地涌起烦躁，靳余生言简意赅："出去。"

"靳……"

他沉声："不要让我说第二遍。"

阮牧星怂了，低低地应了一声"哦"。

跟他打过几次交道，她也差不多摸清了他的狗脾气。能说一个字决不说两个，能拒绝的事决不答应，只有谈到他的女朋友时，话才会稍微变多一点儿。

妻奴，她在心里骂。

靳余生的眼神很凉，令人如芒在背。阮牧星小声跟沈稚子道别："谢谢你，再见啦，仙女姐姐。"说完，她脚底抹油飞快溜走。

靳余生没有看她，径自走过去，放低声音："医生刚刚跟我说，叫你去做检查。"说着，他躬下身，手从她手臂下绕过。

他身上带着一股外面的热气，沈稚子有些抗拒："我可以自己走……"话没说完，身体一轻，还是被他抱起来。他抱着她穿过走廊，引得其他人纷纷注目。

沈稚子有气无力："你不嫌热吗？"

靳余生不说话，唇绷成一条线。

"你又在生什么邪气？"她哭笑不得，伸出手指戳他胸口，"你真的是个小公主……"

"阮牧星应该跟你说过，我拒绝了她的采访。"声音不见怒气，只是凉。

他也不太能说清楚为什么，劫后余生，仿佛被点燃了某个一直以来他都不敢碰的点。看到她和别人在一起，变得非常难以忍受。

"是啊，你拒绝了，那然后呢？我把她打一顿赶出去吗？"沈稚子觉得这个人莫名其妙，"你放开我，真的好热。"

靳余生闻言，还真的把她放了下来。可他跟着她进诊室，亦步亦趋，黏糊糊的，像块化开的糖。

医生见怪不怪，坐在旁边捂着脸笑："她受的伤应该不严重，小伙子你不用这么慌张的。"

沈稚子回头看他一眼……随便吧。

肉眼可见的伤口都是皮肉伤，医生简单开了药。除此之外，她还需要做全身体检。等待 CT 的时间里，沈稚子才想起来，她的手机还在靳余生那儿。先前在机场，他自称家属，拿走了她所有的财物。

"那个，我的手机是不是还在你包里？"他一言不发地坐在她身边，宛如一尊漂亮的雕塑。沈稚子舔舔唇，摸摸他，"你能不能帮我拿一下？"

"手机也散热，"他没有动，眼神冷冷地扫过来，"你不嫌热？"

走廊上没有空调，沈稚子是真的热蔫儿了，被他堵得无话可说。她一言不发地按住他，探身去拿放在另一边座位上的包。她压到他身上，靳余生的身体微妙地绷紧了一下，沈稚子没有察觉到。

在机场接到她时，他第一时间就给沈家父母发了消息报平安，所以她并不担心爸妈。可一打开手机，仍然看到二十多个未接来电，来自盛苒。她吓了一跳，赶紧打回去。"嘟——"的拨号音刚结束，盛苒飞快接起来，声音里几乎带着哭腔："谢天谢地，你总算接电话了，你没事吧？"

沈稚子心里软得一塌糊涂："没事。"怕她不信，又主动解释："受伤严重的是我们机长，他的身体堵住了风，我没受到太严重的物理攻击。"

"那就好那就好。"盛苒在电话那头谢天谢地。

沈稚子想了想："你还在 B 市吗？过几天，出来见一面好不好？"

"我明天就要去台北了，今天是我在 B 市的最后一晚。"盛苒微顿，吸一口气，"稚子，我们现在见一面吧。"

算起来，沈稚子已经很久没有见过盛苒。

高中毕业后，同学聚会一年一次，大多数时候分隔两地，人也从来无法完全到齐。只有见到故友，才发觉时光飞快地流走。

沈稚子坐下来抱抱她，眼眶发热："为什么突然要去台北？留在 B 市读研不好吗？"

"有个交换生项目，"盛苒习惯性地帮她点苏打水，为自己点了一杯酒，"我正好也想换个地方住一阵子。"

"因为沈湛？"

"不是。"

在沈稚子的印象里，这些年，沈湛和盛苒一直分分合合。两个人似乎在高三毕业后就在一起了，沈湛大学出国之后，也一直保持着联系。可后来不知道为什么，总是忽远忽近。

盛苒轻描淡写："我们很早就分手了。"

"什么时候？"沈稚子微怔。

"大三或者大四？不记得了。"她挠挠头，像是有些懊恼，"异地恋本来就很容易分手，我跟他一直这么拉拉扯扯，还是分了比较痛快。"

沈稚子闻言，猛地抬头盯住她，睁大眼，脸色发白。

盛苒愣了一下才反应过来，赶紧摸摸她："我不是在说你，你不要慌。"

酒吧里灯光摇晃，光线暧昧，背景乐却安静舒缓。盛苒一只手撑住额头，微鬈的长发从肩后落下来，灯光照在脸上，显出异样的颓靡。她沉默一阵，若有所思："其实，我一直想问一个问题。"

"嗯？"

"这么多年，你和靳余生……"

沈稚子移开视线，心虚地摸摸鼻子。半晌，小声地道："也许。"

"有就是有，没有就没有。"盛苒一脸蹊跷，"这种事情，怎么也许？"

"因为说实话，我觉得有。但……"沈稚子很纠结，"我印象很模糊，事后总怀疑，那段经历是我自己幻想出来的。"

靳余生的二十二岁生日那晚，她喝了太多酒。

她的记忆里，她好像对他说了什么话，他在公寓里，小心翼翼地亲吻她。可她醒过来之后，整个人都像断了片一样，对前一晚的记忆，只剩零星的片段。她只记得他在亲她，发了疯似的，按在各种地方亲。

"问题是，如果……了的话。"盛苒觉得奇怪，"不可能一点儿痕迹都没有啊，你就算再迟钝，身体感觉不到吗？"

"我感觉到了呀。"沈稚子醒过来，也不是没在自己身上看到吻痕，但是……沈稚子睁圆眼，"但别的可能性也很多呀，他可能抱着我睡了一宿，饥渴难耐地亲我，但没做到最后一步……总之，我对过程没有印象，就不能靠着结果倒推过程。"

盛苒一口老血梗在喉头："您……您说得有理。"

"可是，"她停了停，仍然无法理解，"你干吗不直接问他？"

"挺想问的，但我……我不敢。"沈稚子纠结地咬着吸管，"如果没有的话，不是显得很尴尬。

"而且那天，我醒过来就发现自己躺在他公寓的床上，但旁边一个人都没有。他就给我留了张纸条，让我先吃饭，别等他。"

"如果前一晚真的那什么……"沈稚子咽咽口水，"他怎么能这么冷酷无情？"

"还有，我其实是逃课去给他过生日的，没敢告诉他……结果下午就被老师发现了，紧急召唤我回学校。所以……我没等他回家，就跑了。"沈稚子紧张兮兮，"这个事儿不管怎么看，都很像是我睡完就跑。"

"我没脸提，"沈稚子屁，"所以就一直悬着，我们俩一起装糊涂。"

盛苒愣了半天："您二位真棒。"怎么两个人都能蠢到这种程度。

"不过……"微顿，盛苒又有些意味不明，"我跟沈湛，如果能像你们一样糊涂，或许也会很好。"

沈稚子面露不解。

"你的喜欢，让靳余生变成了另一个人。"盛苒看着台上的吉他手，眼中流露出无限的落寞，"我很羡慕他，也很羡慕你。

"我和沈湛永远不可能保持那样的情感状态，因为他始终有所保留，对我进行评估，一旦天平失斜，就立刻全身而退。

"他高高在上，骄傲自矜，永远不肯低头，不肯示弱。"

不肯摇尾乞怜，不肯义无反顾地爱。到头来，他们两个半斤八两，谁也不比谁聪明。

耳畔音乐缥缈低回，盛苒低下头，听见酒吧里的歌手抱着旧吉他，声音沙哑，在唱一首杨千嬅的歌。

唯求与他车厢中可抵达未来 / 到车毁都不放开 / 无论历经任何伤害 / 由我决定爱不爱……

祈求天父做十分钟好人 / 赐我他的吻 / 如怜悯罪人……

暧昧低沉的光影里，盛苒笑着，垂眼叹息："他真可怜。"

顿了一会儿，又低声补充："我也是。"

靳余生来接沈稚子时，夜已经很深了。

夜色浓稠，电台的声音被降得很低，沈稚子有些惆怅。晚间新闻也在报道迫降事件，把死里逃生形容成航空史上的奇迹，事故原因还在排查中。

靳余生沉默着开车，光影将他清俊的侧脸切割成两部分。她舔舔唇，小声开口："我今天看到阮牧星，觉得她好年轻，年轻真好。"

靳余生顿了顿，没忍住："你也不老。"她明明只比阮牧星大两岁。

"可越年轻的人，选择会越多。"

靳余生沉默着，琢磨她的意思。

"我在飞行学院的时候，遇到一个女孩子，高考成绩比我稍微低几分，没能进P大的飞行员班。"她轻声道，"她从大一开始跟男朋友异地，可是大四的时候，他们还是分手了。"

靳余生十指扣紧方向盘，忍耐着，不说话。

"那天晚上，她就坐在宿舍里，不开灯，一个人哭。"她慢吞吞地说，"她跟我说，那个男生告诉她，其实他很讨厌异地，早就不想跟她在一起了，一直在等她开口说分手。"

靳余生忍无可忍，很想问，所以呢？但话一出口，还是成了："嗯。"

她有些无厘头："刚刚盛茵跟我说，她和沈湛也分手了。"

"我很害怕，有时候会想……"沈稚子神情茫然，揪揪头发，"万一我们最后没能在一起，你会不会觉得，我浪费了你很多时间。"

话音刚落，响起一阵刺耳的摩擦声，车猛地急刹。她的身体猛地前倾，又被安全带拉着拽回来，"砰"的一声，重重地摔在座椅的软枕上。她脑子空白了一下，下一刻，脑袋被人强行转过去。

靳余生呼吸不稳，声音隐忍而克制："你什么意思？"

他眼睛黑得像团墨，灯光照不进去，深处无声地酝酿风暴。

"我……"

"沈稚子。"他沉声打断她，"我认为，我们应该对彼此负责。"

她愣了愣，脑子"轰"的一声……一个激灵，口不择言："所，所以你过生日的时候，我们到底有没有……"

"没有就不需要负责吗？"靳余生眼神变暗，滚烫的呼吸近在咫尺，脸色变得不太好看，"为什么你总想着分手的事？"

"因为……"沈稚子被他问得愣住，过了很久，才后知后觉地反应过来。微妙的喜悦是从心里升起的，绕了很大一个圈，最后才抵达唇齿。她眨眨眼，一脸认真地指出，"我哪有总想着，我只是阐述一下事实。而且你能明白的吧？

因为我真的很喜欢你，所以才会这么在意……"

她没有说完，他低下头，吻住她。

熟悉的气息铺天盖地，她清楚地感受到他呼吸的节奏，温热的气息洋洋洒洒，像一张小小的网，将两个人笼罩进去。他吻得并不用力，唇齿相碰，用一种彰显占有的姿势将她困在怀里，眼中的光晦暗不明，仿佛受到蛊惑。

夜风带一点凉意，车内漏进皎洁月色，乌云不见踪影。

她脸颊发烫，过了很久，靳余生放开她，额头仍然抵着她的额头。

他指腹还停留在她的下巴上，嗓子有些哑，声音很低很低地说："不会分开的……不想分开。"

我这一辈子，都是你的。

靳余生带沈稚子回到自己的公寓。

他很大方地让出了卧室，允许小女朋友在大床上肆意打滚。

沈稚子一觉醒来已经是中午，卧室里安安静静，阳光在窗帘下游移。床头放着一件靳余生的衬衣，她左右看看，随手套上衬衣爬起来。洗漱完走出卧室，在空气中嗅到流动的香气。

沈稚子眼睛一亮，蹭蹭蹭跑过去。

"醒了？"厨房里光线明亮，今天是一个大晴天。靳余生系着卡通围裙，闻声转过来，看见她身上刚好遮到大腿的衬衣，忍不住低笑，"坐那儿等我一下吧，马上就好了。"

"好。"沈稚子乖巧地点头，眼尖地瞥见锅里炖着一只鸡，小小的房间里香气四溢，浅淡的中药气息徐徐飘散。

下一秒，靳余生放下锅盖，挡住不断腾起的白汽。他听着咕噜咕噜的冒泡声，像是突然想到什么，又走回她身边，居高临下，从桌下抽出一个旧旧的笔记本："送你一件礼物。"

沈稚子接过来，发现是本日记。她愣了愣，随手翻翻，本子里写着零散的句子，最后几页却出奇地统一，是一堆"正"字。写得很用力，工工整整、带着忍耐，像是咒语。

"底页这些字，是在下咒吗？"沈稚子好奇，"怎么一个字写这么多页？"

靳余生正向小锅中倒牛奶，闻言，捏着纸袋口的手微微一颤。他以为她会先看他前面的日记，到时候顺理成章，他就能解释底页给她听……却没想到，她一上来就问最后一页的事。

靳余生有些心虚，摸摸鼻子，表情变得可疑又不自然："分开的时间里，每当我想……接吻，就画一笔。"然后想着，以后总有机会的。

沈稚子微怔，脸颊瞬间蹿红："你……你把它拿走！我不看了！"

"你惦记了我多久？！"

靳余生没有回答，听到这一句，却特地转回来，意味深长地看她一眼："越年轻越血气方刚。"

"那……那你以前还让我别老惦记你？"她气急败坏，"明明是你惦记我！"

靳余生熄火端起锅，见她气得像只颤抖的河豚，可爱得让人想抱在怀里亲。他心里好笑，微微躬身，将小锅放在她面前。

沈稚子正思考人生，没好气地道："你干什么？"

靳余生垂眼："皮。"

"你才皮！"

他顿了顿，帮她抽出双筷子。

沈稚子接过来，低下头，才发现牛奶用小锅煮过，表面浮起一层凝结的皮。心头暴走的小人偃旗息鼓，她眨眨眼，忍不住伸舌头舔舔，心情又有点复杂："那么久的事情，你还记得啊……"

其实她只提过一次，说自己喜欢热牛奶上那层皮，可他一直记得。

"嗯。"靳余生云淡风轻，把其他几道菜也盛出来，帮她换了一小碗汤。汤汁清亮，香气诱人。姜丝和天麻填在鸡腹中，入口有一点点苦，滚到舌根，带起回味无穷的香。

沈稚子眼巴巴地看着他："你以前连早餐都不会做。"

"嗯。"

"你这几年好像变了很多。"沈稚子想了想，不太敢确定，挠挠头，"或许是我的错觉。"她抬手，乌黑的长发从肩头垂落，蓬松柔软，掉到衬衣上。

靳余生抬眼，看看她。

他喜欢看她穿棉质的衣服，睡裙也好，打底的T恤衫也好，总会衬得她很小很年轻，整个人都失去攻击力。他对软绵绵的东西没什么执念，可他爱惨了这样柔软的沈稚子。

她还在苦恼地想，自己错过了多少不知道的事。他突然站起身，凑近她，舔掉她嘴角的奶渍。于是沈稚子迅速得出了结论："但你依然是个骗子。而且，你真的很坏。"

　　"以前天天在脑子里开小剧场也就算了。"沈稚子低着头翻他的日记本，有理有据地指责他，"更气人的是，你上大学之后，竟然天天诅咒我挂科。"

　　靳余生没有说话，沉默着，把她放到自己怀里。

　　"但你的愿望全部落空了，哈哈哈哈，我从来没有挂过科！"沈稚子乐坏了，企图靠宣读日记来公开处刑。

　　她声音不大，得意洋洋：

　　"8月12号，希望她挂掉商照考试。

　　"9月3号，……她过了。

　　"1月26号，希望她下学期被停飞。

　　"3月1号，……她没有。"

　　透着薄薄一张纸，仿佛能看到他被打脸的表情。沈稚子没忍住："哈哈哈哈哈。"

　　靳余生移开视线。

　　她兴致高涨，再朝后翻两页，却发现缺了一页。

　　"这一页是什么？怎么撕了？"

　　"写错了字。"靳余生舌尖抵住上腭，声音很低。

　　她没有多想，继续向下读。

　　"7月3号，徐柚跟我说，飞行员毕业时的通过率只有百分之二十，所以她很可能会留在地面上……但愿如此。"

　　沈稚子捧着日记，笑得像只小狐狸："那你要失望啦。"果不其然，再往后翻几页就是："为什么百分之八十的淘汰率，她都能通过。我非常费解。"

　　她刚想嘲笑他。下一句话却是：也非常难过。

　　她愣住。

　　再往后。

　　"8月7号，梦见高中。她成绩很好，没办法给她讲题。醒过来之后，想到她现在成绩也很好，就很沮丧。"

⋯⋯⋯⋯⋯

"8月28号，天气不好。看完了《空中浩劫》的第一百三十八集。今天什么也不想做。"

⋯⋯⋯⋯⋯

"9月2号，被白术骗了。他总想给我介绍女朋友，可我明明有女朋友。很生气，骂了他。如果她在，一定不希望我生气。那我就可以趁机亲她。"

⋯⋯⋯⋯⋯

她突然有点儿读不下去，胸口发闷。因为后面的内容，好像全都直接或者间接地，跟她有关。跳过几页，翻到最后一段话。

"最近总是梦到过去的事⋯⋯在很长的一段时间里，都误以为，如果她成绩不好，就能留在我身边。

"可她是永远优秀的沈稚子。

"我只是希望她⋯⋯

"来日降落，能到我怀中。"

沈稚子拿着日记本，愣了半天。

在她的记忆里，靳余生似乎永远是隐秘的、沉默的。

无论是她以前闹别扭吵架，他在雪地里默不作声地跟着她走回家，还是高中时代话剧节，他拿走她喝过水的纸杯，只为偷走一个吻。他永远静默，难以捉摸。似乎从来没有这样直白地、赤诚地，把自己扒开给人看。他表达情绪的同时，把绝对的信任和忠诚也双手奉上。好像破罐子破摔，不管不顾地耍了一场赖——

反正我也没有别的了，我就是这么喜欢你。如果你无法接受，请拿好我送你的那把刀，来杀了我。

沈稚子心情有些复杂。

靳余生沉默一阵，见她欲言又止，果断地把日记收起来："先吃饭。"

他的厨艺出乎预料地好，沈稚子本来有些心不在焉，吃了两口，竟然情不自禁地点起星星眼："太犯规了，你连蒸蛋都能做得这么好吃。"

"你真棒！"她笑眼盈盈，像是在哄他，"贤惠的靳靳。"

他吃饭很安静，不说话的时候，厨房里只有煮玉米的轻微气泡声。可是顿了一会儿，先忍不住的依然是沈稚子。她舔舔唇，像是发现了什么不得了的事："你看，你一把勺，我一把勺，我们从不同的方向开始吃，就会在盘子里相遇。"

靳余生微顿，目光飞快地从蒸蛋盘上扫过，蛋已经被她挖走了一个角，剩下的在盘中冒热气。他想也不想，低下头，咬住她的嘴角。

意思是根本不需要那盘蒸蛋。

他怎么就不能走走自己的套路……沈稚子有些心塞。

"我其实是想借着这盘蛋，来表达，"她推开他，眨着眼，"我们总会相遇的呀。"

离地两万英尺，又有什么关系。不管走多远，我总是会回到你身边的。

靳余生微怔，表情稍稍缓和，仍然没什么好情绪。会回来又怎么样，并不能改变一年里有半年在天上的事实。他已经忍了这么多年，仍然难以忍受。

"你不要怕呀，我们还有很多时间。"沈稚子毫无察觉，勾着他的小拇指撒娇，"吃完饭之后，你先把我的衣服给我，我回趟医院，去看看我们机长，就回来好好地陪你玩……这几天都没联系他们，听说他醒了，也不知道具体情况什么样……"

靳余生身体微顿，看过来，眼神冷冷的，写满"休想"。

"那你别碰我的腰，"沈稚子表情平静，挪开他不安分的手，"我自己坐着哭一会儿，你不要安慰我，也不要跟我说话。"

"晚上有一个饭局，"她往旁边挪挪，他就也跟着挪挪，手臂仍然环在她腰上。良久，声音低得发闷，"想带你去。"

二十多岁的青年，成绩优异、低调富裕又无不良嗜好，人品没得说，长相还清俊得要命，独来独往，身边的人每一个都致力于为他相亲。研究院的老师尤甚，且一点儿也不相信他"已经有女朋友"的说法。整个研究院都坚信，他的女朋友是自己想象出来的。

他决定，这次无论如何，也要让他们看看真人。她这么好，他也就舍得让他们看这一次。

"去啊去啊，我跟你一起去。"沈稚子飞快地眨眨眼。"但是，"她清清嗓子，犹豫了一下，"我还是想先去看看我们机长。"

"我下了飞机之后一直在想，虽然他是被动的，但当时如果不是他，半个身子挡在那儿……我即使不被冻伤，受的伤也一定会比现在重。"机长半个身体悬挂在外，挡住了绝大部分风，最直接的攻击，全都集中在了他身上。可她除了外伤刮伤，像个没事人。

靳余生不说话，眼瞳是浅浅的琉璃色，却没有情绪。他看了她一会儿，低头吻住她的唇，意料之内地，鼻息间传入一股牛奶气息。

不太想从她嘴里听见别的男人的名字……

"你别……先别亲。"他的气息带着攻击性，沈稚子一接吻就犯迷糊，连忙把他推开，"我，我觉得必须跟你说清楚。"

"虽然很久之前，早在高考报志愿时，我们就在这件事上有分歧……"她衣服有些乱，局促地挠挠头，"但哪怕现在，发生了这样的事，我依然很喜欢天空。

"我暂时不太能说清，飞行员对我的意义到底是什么。

"从小到大，我父母都对我很好。他们很爱我，我也很自由。

"我……我喜欢这种感觉。"

逆风上天，云层之上，澄澈而自由。拥抱广袤的空气时，像一个永远年轻、永不服输的少年。

"但是，"她抬眼看他，眼睛湿漉漉的，像只懵懂却认真的小动物，"不管怎么样，我都不会离开你。"

"你好像很没有安全感。"她安抚性地握握他的手，不敢太用力，怕他又精神失常似的按住自己，"但我有很多，没关系，我可以分你一点——或者你想要的话，全给你也行。"

她望着他，眼睛亮晶晶的，像个小太阳。

靳余生沉默一阵，反握住她的手，比他的小一些，十指柔软，手腕白细。喉结微动，他落下一个吻，哑声道："如果你离开，我就把你抢回来，锁起来。"

天涯海角也要追回，日日夜夜，做他一个人的收藏品。

第十二章 降落

他独一无二，他无可替代。

研究所最近在修复一幅古画，是个长卷，计划放在八月展览。

酒过三巡，席间谈起，傅千霜娇气地埋怨："要不是靳师兄，我才不参加这个项目呢。"

古书画修复是件烦琐的工作，只要处于空气中，文物就永远都在被损毁。他们永远修复不完，只能尽可能地延长它们的寿命，像在做一种虚无主义的无用功。

靳余生眉目寡淡，对明显的示好无动于衷。旁边的老师却徐徐笑了："那你以后工作都叫上你靳师兄，看着他就动力十足，说不定能把展览提前。"

"老师！"傅千霜被一句话说红了脸，无恶意的笑声在席间散开。

靳余生始终没什么反应，眉目轻淡，像隔着一层难以飘散的雾。

傅千霜想了想，仍有些不甘心："师兄，前几天我生日，你怎么没来呀？"

靳余生的手扣在桌面上，衬衫袖子微微卷起，腕间的表盘折射出蓝色的光。表面上没有动静，心里其实有些烦躁——他不明白，已经八点多了，沈稚子怎么还不来。她的机长，难道长得比他还好看吗。

"师兄？"见他没反应，傅千霜又试探着问了一遍，声音很小。可下一刻，就见他放在桌上的手机一响，靳余生立刻条件反射似的挺直背脊，一边实际迅速又假装不动声色地接起电话，一边朝身边的人低声道抱歉，然后起身，离席而去。她在他眼底，捕捉到一闪而过的开心与放松。傅千霜心情微妙。

再回来时，他身后跟了一个女生。目视个头不算矮，但靳余生实在太高，将她一米六八的个子也衬得娇小。

二十出头的小姑娘，穿着白色长袖和浅色的牛仔背带裤，长腿笔直，全身都裹得很严，露出来的肌肤却白里透红。她没有化妆，乌黑的长发散在背后，尾端有一点鬈，鼻梁高挺，眼角很饱满，漂亮得像落着星光的湖水，带点儿不沾尘世的明亮。却因为过于明媚，整个人都透出股稚气。

傅千霜差点儿脱口而出，这是你妹妹吗？可是……视线向下稍稍移动，她就看见，两个人是十指相扣的，亲昵而富有暗示性的姿势。

傅千霜咬住唇。老师先反应过来，带头起哄："呀呀呀，这小姑娘是谁呀？"其他人如梦初醒，也都跟风。

靳余生眼里难得带了点儿稀薄的笑意，像经久的雾气终于飘散。他握着她的手，低声介绍："这是我的女朋友，沈稚子。"他自己也没有察觉到，明明声音很低，却带着小孩子考了一百分的自豪。像是在对外炫耀，他拥有世上最昂贵的宝藏。

别人都没有，只有他有。

"哎呀，以前没见过，名字取得真好听。"唇红齿白的小姑娘总是招人喜欢，老师很兴奋，"你父母一定很宠你。"

"为什么？"沈稚子不明白。

"稚子稚子，希望你一辈子是个小孩子吧？"老师笑着道，"这得多财大气粗的父母，才能担得起你一辈子长不大。"

席间一时间飘满善意的笑声。靳余生没有说话，眼底微微动了动。

所有人的注意力都被吸引过去，傅千霜想了想，倒杯白酒，笑着拂开人群："老规矩，来晚了是要罚酒的哦，我帮你满上啦，要三杯都喝完哦。"

靳余生一直觉得，酒桌文化是毒瘤。但沈稚子没什么感觉，她其实很能喝。于是乐呵呵地，就打算接。靳余生赶紧挡住："她不喝酒。"

"开车来的？"

靳余生唇一抿，摇头："不是。"

"那怕什么？这一直是我们的规矩呀。"傅千霜眨眼睛，"来嘛来嘛，只喝三杯，很少的。"

呵。靳余生冷笑一声，像是在嘲笑她贫瘠的想象力："她开飞机。"

傅千霜噎住，这算什么？另类炫富吗？她家也不穷，飞机不是买不起，可谁敢在B市拿它当代步工具……谁敢啊！傅千霜再看沈稚子，眼神都变了。

"小姐姐你这么厉害，开飞机啊？"白术看着她的脸愣了一阵，突然想起什么，"等等，你是不是最近微博上很火的那个……那个女副驾？"

沈稚子很久不看微博了，她有些茫然："啊？"

"就是，就是微博上最近都在传，有个超厉害的副驾小姐姐，拯救了一架客机。"新闻配图是张侧脸，可白术回忆起来，竟然觉得越看越像，兴奋得颤抖，"不会……不会就是你吧？"

"我……"没想到会在这种地方被提起，沈稚子有些局促，"也许吧。"

老师听了，带着几分惊奇，表情变得十分赞赏："厉害了，英雄出少年！"

她笑笑："是我运气好。"承了上天恩泽，才没有英年早逝。

"可是——"傅千霜突然发声打断，无辜地眨眨眼，"可是很多人都在说，因为副驾是个女孩子，机长才会受那么重的伤。他们都说，女生不配做飞行员。"

傅千霜天真地抬起眼，问："你觉得呢？"

沈稚子愣了一下，刚想跟她进行一下学术探讨。靳余生就皱起眉，语气不耐："你无不无聊？"一句话斩断她所有话茬。

傅千霜感觉八十米大刀穿胸而过，血槽瞬间亮红灯。她噎了一下，吊着最后一口气，不甘心地问："你觉得呢？"

小姑娘表情很不服气，沈稚子突然乐了。虽然她觉得，没必要跟一个活在幻想里的小女孩计较，但……摸摸靳余生的骨节，沈稚子忍不住，也学着对方睁大眼："我听他的，他说得特别有道理，我很赞成。"神情天真而无辜，像只偷了小鱼干之后，还要栽赃嫁祸给别人的猫。

靳余生心里好笑，忍不住抬起手，揉揉她毛茸茸的头顶。他很喜欢这种依赖感，哪怕是故意装出来的。亲昵的动作落到傅千霜眼里，激起浓烈的醋意。她失神地"哦"了一句，坐下去，开启了一整晚的郁郁寡欢。

包厢内灯光明亮，酒桌上推杯换盏。在徐柚激愤地表达了"靳余生除去美貌一无是处，狗脾气又不好惹"的观点后，沈稚子深以为然，迅速与她建立起革命友谊。

傅千霜坐在角落里，耳畔欢声笑语，自己仿佛被隔离在外。她咬着唇，手机放在桌下，犹豫了很久，点开一个微博私信：

"那个，我想投个稿。"

饭局结束，已经很晚。吃饭的地方离住处不远，B市是座不夜城，城中堵得厉害，靳余生又喝了酒，索性将车留给代驾，两个人一起走回去。

灯影阑珊，人流汹涌。

不知道这几天在准备开什么会，城中的安检好像比前段时间更严格，沈稚子被靳余生牵着，企图去分辨街上那些小哥哥们的肩章。她看来看去，肩章没什么新意，肩章上的脸倒一个个的大有文章。她感慨："我觉得长安街，应该改名叫小哥哥街。"每一个的颜值，都能直接拉去出道。

靳余生垂眼看她一会儿，声音很低："你说什么？"

沈稚子一个激灵，突然清醒过来。她旁边站的人是靳余生，不是盛苒或者沈湛，不是可以跟她一起对男性颜值进行评判的人啊。

"我说，"她巧言令色，"长安街一如既往地好看。"

夜色里，女生装得很乖巧，眼睛明亮，背后万家灯火，连她也像电影里翻着毛边的老照片。靳余生轻轻捏捏她的脸，决定不追究："你吃饱了吗？"饭桌上，老师好像对她的职业很感兴趣，追着问了很多问题，一顿饭下来，她没怎么动筷子。

"天气太热，我不怎么饿。"沈稚子摇头。但提到饭局，她又想起傅千霜，"对了，你那个师妹，是不是缺心眼啊？"

"哪个。"

"姓傅的那个。"

靳余生的表情更加茫然。他停下脚步，又问了一遍："哪个？"

这副认真的姿态，莫名其妙地取悦了沈稚子。她立即变得大度："没事，你当我没问。"他连名字都记不全，她才没那个闲工夫，跟路人甲较劲。

路灯隐在繁盛的槐树树冠里，灯光柔和，穿透浓稠的夜色。走出去一段路，靳余生像是后知后觉，突然开口道："没有其他人。"

"什么？"沈稚子没反应过来，他的神经突然搭到了哪儿。

"没有其他人，"他认认真真地重复，"只有你一个。"路灯光影昏黄，透过浓密的树荫，倾洒在他脸上，映出奇异的执着。

沈稚子愣了愣。过去这么多年，他还像当初那个认死理的少年，眼神平静，执拗得让人哭笑不得。也让她开心得无法呼吸。

"我没有往那个方向想。"她眨眨眼。

靳余生别开脸。他还是不习惯说这种话，耳根无法遮掩地泛红。

"我也只有你一个啊。"沈稚子开开心心，小跑着拽他的袖子角，"我走在路上，从来都不看别的男生。偶尔他们朝我抛媚眼，我都飞快地闪开，或者接住之后扔掉呢。"

刚才是谁说，长安街应该改名叫小哥哥街。隔着一层薄薄的衬衣布料，传来无法忽视的热度，靳余生忍了忍，忍不住："你确定不饿吗？今天来得也晚。"

沈稚子认为，他的重点在后半句上。所以她乖巧地解释："我去医院的时候遇到了记者，被拦着问失事缘由，耽误了很久……等机长身体好点儿，也许要开一个新闻发布会。"

"不过，应该要不了多久。"她微顿，"他的身体已经比前几天好很多了，他的夫人赶过来后，把他照顾得很好。"

靳余生眼底微动，飞快地皱了一下眉。也许是他想法太阴暗。但……他希望那个机长能在医院里多躺一段时间。勉勉强强躺个三五年吧，躺到靳余生连孩子都有了，就……

"所以我很快也能回天上了！"沈稚子毫无察觉，跃跃欲试，"我这样的仙女，就该待在天上啊！"

靳余生的脑洞一瞬间烟消云散。他的想法很不现实，一时半会儿，打消不了她对飞机的喜欢。他陷入沉思，怎么才能……徐徐图之。

尽管沈稚子说不饿，回到公寓，靳余生还是热了一杯牛奶，看着她喝下去。热牛奶助眠，她本来就缺觉，洗完澡走出浴室，眼都快睁不开了。

他把她按在怀里，帮她把头发吹干。手一松，她就慢吞吞地滚进被窝，像只软绵绵的小狐狸。小熊睡衣边缘微微卷起，纤细的小腿在外面晃。

靳余生掀开被子一角，他按熄床头灯，从背后抱住她。沈稚子迷迷糊糊，嫌热："撒手……"

靳余生不说话。

沈稚子被折腾醒了，利落地抱着枕头爬起来："我要去隔壁睡觉。"

靳余生哭笑不得，捉住她，一把拉进怀里："让我多看你一会儿。"语气有些无奈。

沈稚子终于不吭声了。他把头埋进她的颈窝，嗅她发间好闻的玫瑰香气。

良久，闷声："我喜欢你。"

"我也是。"她抬手摸摸他。

他沉默一阵，哑声道："我有一点……难过。"

沈稚子心一揪，脑子里警铃大作："怎么了呀？"

"明天要回去工作。"长卷的修复进入最后一个环节，已经开始着手布置展馆。

临近暑期，大家变得更忙，沈稚子觉得这很正常，不太能理解，他难过什么。

"七点出门，十二点回来，有五个小时看不见你。"下一秒，他叹，"心慌。"

沈稚子突然有点心累。她默默放下"今宵彻夜帮他想办法解决问题，大家一起对抗难题"的打算，开始思考人生。他以前没有这么黏人的。她也就半年不在他身边而已，他怎么成了现在这个样子。沈稚子不知道该说什么。她似乎漏掉了一个点……那个"点"像楔子一样埋在时间线里，影响着之后每件事的走向。

可她不知道是什么。

直到靳余生腻歪够了，恋恋不舍地抱着枕头，一步三回头地离开卧室，她还在想这件事。她越想越清醒，实在想不通，干脆拿手机出来刷微博。

备降事件过去没几天，媒体们又在疯狂地采访机长，事件热度自然居高不下。

沈稚子看了阮牧星写的采访稿，态度中立，没有偏颇，所以稿子也不温不火，评论区冷冷清清。浏览量真正高的，是另外一个女性账号。标题取得很唬人，叫作"她都开着飞机救下68名乘客了，你还在家生孩子"。坦白地说，沈稚子不明白，这个标题前后两部分，有什么必然的对立关系。

但文章的内容，比标题唬人得多。

跟阮牧星的报道不同，这篇文章言辞生动、用语恳切，生动地描述了机舱内发生的一切，把备降事件描述成一桩惊天动地的大事，将副驾驶沈稚子的心理活动全盘托出，毫不吝啬笔墨，把她夸成一个顶天立地的女英雄。如果沈稚子不是亲历者，她都快要信了。可文章里形容的那些紧张情绪、从中学时代就树立起来的独立观念，她是真的统统都没有。她折回去看看对方的ID，再三确认，自己没有接受过这家媒体的采访。

太棒了。原来这年头，写报道也可以靠想象。沈稚子一言不发，滑到最下面，点开数字庞大的评论区。点赞最多的评论像水军似的，一溜夸赞她帅，说她才是女生们想活成的样子。

沈稚子心情有些复杂。再顺着向下翻，她发现，傅千霜也不完全是在逞口舌之快。小姑娘缺心眼，的确陈述了一部分事实。

八十四码：呵呵，已经受够女司机了，真的不懂为什么航空公司要招女生飞行员，这女的没有过硬的关系，她就是卖身也上不了飞机。

不想说：你们以为机长干吗带个女副驾？不就是好看吗，天上多无聊，指着她解闷呗。

今天也很积极：说什么代表女同胞光荣，都是屁话，其实真实原因，你们都懂。

⋯⋯⋯⋯⋯⋯

这些评论放在这篇文章底下，理所当然地被呛得很惨。因为看这篇文章的，几乎全是妹子。在数量上，她们有压倒性优势。

Yoonsul：把他顶上去，给你们看看活体杠精。评论区有人简直刷新我三观，互联网真是把麦克风放到了广大智障手中。

辰橙子：平时一个二个不出声，一到这种时候笑得比谁都猥琐。涉及性别歧视的时候，他们每个人都很能说，不就开个玩笑吗，你怎么这么敏感，我呸。

头头家的阿纹鸭：你们从评论区就能看出女生的生存环境有多恶劣，女人不努力就只能被逼跟这种男人结婚最后生不如死，努力爬上去了还要被他们评判你是不是走了后门。

阿绰的猫：多大脸啊？多长个器官还长出优越感了？你们是一天到晚幻想靠它上天吗？怎么不说沈稚子是个人妖？

⋯⋯⋯⋯⋯⋯

最后一句，沈稚子笑出了声。她想了想，打个哈欠，放下手机。这场骂战莫名其妙，没几个人真的在讨论事件本身。从根源上来说，跟她没什么关系。她只是一个被蹭的热点而已，她决定闭嘴。

可是第二天，她还是被拱上了热搜。因为同一个 ID，在大清早发了一段录音。

他们都说，女生不配做飞行员，你觉得呢？

录音里，沈稚子的声音闲适。

他说得特别有道理，我很赞成。

阮牧星打电话过来时，沈稚子正在吃早餐。沈稚子本来想多睡会儿，但生物钟不太允许。几乎是靳余生前脚出门，她后脚就睡不着了，盯着天花板发会儿呆，索性爬起来。看看时间，她有点惋惜。早知道睡不着，她就应该在他出门之前，亲亲他的。

她趿着兔子拖鞋进厨房，锅里热着一碗燕麦黑枣粥，熬得很浓，香气四溢。旁边的盘子里放着两个玫瑰卷，半截玉米，和一颗切开的蛋。她拉开冰箱，果不其然，最显眼的地方，透明盒子里装着码得整整齐齐的水果沙拉，上面贴着一张便利贴：常温放半小时再吃。

沈稚子拿出透明盒子，见后面还有一小碟芹菜豆腐干，心情顿时很好——有种已经结了婚的感觉。

坐下来两分钟，阮牧星慌慌张张呼唤她："仙女姐姐！你看热搜了没有！"

她含混不清："正在看。"

前一晚还在夸她的妹子们一夜倒戈，磨刀霍霍。画面蔚为壮观，令她啧啧称奇。

"怎么办啊仙女姐姐？"阮牧星很慌。

"她们瞎掰，关你什么事。"

"可她们的材料是从我这里来的啊！"

哦，原来是这么个玩法。新闻材料再加工，厉害。

"不慌，"沈稚子说，"等我吃个饭。"

吃过饭，她洗完碗，把没吃完的食物放回去，玩了会儿游戏，安抚一下靳余生同学的情绪，才慢悠悠地打电话给江连阙。

她打私号，对方接得很快："嗯？"声音低沉，懒洋洋的，一如既往骚气的语调。

"小伙子，"沈稚子悠闲地道，"传媒好玩吗？干得怎么样？"

一别数年，对于故友们的职业走向，她时常感到迷幻。她高中时觉得，哪怕全世界的富二代都回去继承家业了，江连阙也一定不会回去。然而结果是，他不仅回去了，还在传媒领域混得风生水起。倒是骆亦卿，不仅没有继承父辈的人脉和资源，竟然远离贵圈，拿起手术刀，成了一名外科医生。

世事无常呀。她感慨极了。

"好玩得很。"江连阙似笑非笑，"你身体怎么样？检查结果都出来了？有没有什么问题？"

"你能把今天这事儿给我解决了，我的身体就不会出问题。"沈稚子说，"解决不了，我就去找秦颜，相约跳湖，自杀证道。"

听她这声音，估计也不着急。江连阙眉梢一耸，笑了："我是那种很容易受威胁的人？"

"也不是，"沈稚子揪揪头发，"就是，应付这种事吧，我觉得你肯定比我有经验。"他的天才小女友，可是高中时起，就不停上热搜的人。

江连阙顿了顿，发现无法反驳："音频我已经送去做鉴定了，报告今天之内就能出来，你少安毋躁，等我消息。"

"好呀，谢谢你。"反正音频是被人处理过的，沈稚子不担心，道谢倒是真心实意。想了想，她又问，"对了，营销号靠什么赚钱啊？"

"要说这个，其实大家现在都差不多……靠流量吧，人就是钱。"

"哦——"她语气拖得长，若有所思，"那，造谣判多久？"

"我这个人，弱得很，也干不了别的了。"她语气清淡，"就，让法律制裁他们一下吧。"

江连阙虽然看起来不靠谱，但他和骆亦卿一样，都是效率很高的人。沈稚子决定听他的，等一等。

公司还没有完全排查出事故原因，她尚在休假中。没事干……好想打电话给靳余生，可是又怕打扰他工作。她百无聊赖，发了半天呆，起身去书房。

靳余生的工作区，像他本人一样冷淡。但大概考虑到她也会用到，书柜有一半是留给她的，整体装潢仍然偏柔和。

她随手翻书，把靳余生所有的物理、化学课本都顺着翻了一遍。大学时他喜欢把单页笔记夹在书里。他笔记很工整，字体也漂亮，期末时总是被同学们抢着复印。她就这么坐着翻看靳余生的课本，看了一上午。

日上三竿时，她琢磨着，江连阙估计快把事情给解决了。她起身，抬手想把最后一本课本放进书柜，塞到一半，却卡住了。手微顿，她把书重新抽出来，低头一看，才发现里面还有一本书。尺寸比课本小一号，藏得十分隐秘。

她抠出来，有些意外，是她大学时买的《夜航西飞》。可能是放错了，才被塞进了靳余生的柜子里。随便一翻，她就看到他夹在书里的摘抄：

"矛盾的是，人们为了获得永恒，就必须保存那些最为转瞬即逝的东西。"

——笨蛋。她笑。

刚想把它放回去，沈稚子突然发现，背面好像还有字。

她漫不经心地翻过纸。

——"她说她要嫁给我，我很开心。"日期是他二十二岁生日那天。

沈稚子的脑子"轰"的一声，一片空白。

沈稚子有些恍惚，她想起一桩旧事。

大二那年大雪封城，她去参加班级聚会，出来时已经很晚了，靳余生去接她，牵着她在雪地里走。她喝了些酒，有些迷糊，絮絮叨叨，不知怎么，扯到班上的情侣。

"我们班长好像喝多了，废话比我还多，说让我们能分手的赶紧分，反正也走不到最后……

"胡扯！现在呢？现在我们不是一样好好的……

"那些人就是吃不到葡萄说葡萄酸，他们嫉妒我……"

靳余生认为她说得很对，可她没有戴手套，手很凉，他所有注意力都在她的手上。他握住她的手，把它们藏在自己的口袋里，还要分心扶着她，担心她摔倒。所以他始终没有搭话，耐心地听她说。可得不到回应，沈稚子开始心虚。

漫天大雪里，她红着脸，仰着头拉住他："你为什么不理我？你也觉得班长是对的吗？"

路灯昏黄，雪花在暧昧的光线里飘飞。她的眼睛实在是亮，喝过酒之后，水洗过一样，像天边的寒星。于是靳余生停下脚步，眼神也变得温柔。

"没有。"他说，"他胡说，你是对的。"

"我也觉得我是对的。"沈稚子立刻笑逐颜开，"谁还没幻想过几个结婚对象啊，能不能走到最后，那是另一码事好不好。"

长街寂寥，鹅毛大雪将世界隔离在外，街上行人匆匆，没人在意他们。这种氛围太适合告白，靳余生喉结动了动，故意低声道："我就没有幻想过。"

"在你说你喜欢我之前。"他微顿，声音很轻，"我一直觉得，自己这辈子不会有机会结婚。"这话过于委婉，又太曲折。沈稚子晕晕乎乎，没太听懂。所以她误会了他的意思，"为什么？你害怕结婚吗？"

"嗯。"意外的是，他竟然点了点头。只不过回音很淡，点到即止，没有多说。

她有些懵懂，一片雪花飘飘扬扬地落下来，掉在沈稚子脖颈儿处，慢吞吞地化开。那股冷气持续到几年后的现在，她拿着那页被撕下的日记，才迟缓地意识到——

靳余生对"契约关系"，一直很执着。

在他童年期与青春期的十几年里，亲密关系始终意味着伤害与逃避，他交付真心、绝对忠诚，却从来换不回等额的关爱与照顾。这让他在经年累月与家庭的持久战里，渐渐失去自信。

他相信未来也许会有一个人，让他爱到骨子里，值得他交付绝对的忠诚与信任，牵动他的每一寸情绪，成为他精神上的一部分。但他并不相信，那个人会用同等的感情，来回馈他。所以他一边渴求，又一边想要逃离，渴求得到安全感，却又害怕自己因为另一个人，完全失去自控力。

沈稚子很早就意识到了，所以她从不对他轻易许诺，话一旦出口，拼了老命也一定会做到。因为她知道，他会把她说的每一句话都当真，哪怕再幼稚，哪怕再不可思议。

不可以骗他。

可是……沈稚子心情复杂地看着手上那张纸，记忆回流，终于想起他二十二岁生日那晚，她对他说了什么。

那天她喝得烂醉，他扶她回公寓，被她一个趔趄，带倒在玄关处。他有些无奈，想将她抱起来。她却搂着他的脖子，伏在他的耳边，笑吟吟地问他：

"我嫁给你好不好？

"靳余生，我好想嫁给你。

"你明天就来娶我，行不行？"

中午的阳光劈头盖脸。B市总是在堵车，靳余生看着眼前的长龙，心里有些烦。等红灯的间隙里，他没有忍住，低头看微博。

半小时前，JC文娱的总裁江连阙发了一份音频鉴定，内容很正经，但他语气很贱，不动声色地嘲笑一个女性大V，连内容真假都没分辨清楚，就拿出来盲狙，实在蹭得一手好流量。

靳余生记得江连阙。高中的时候，这人送过沈稚子一条狗。

靳余生眼神沉了沉，评论区的骂战比清晨时分更加精彩，妹子们泾渭分明地分成了几派，吵起架来喋喋不休。江连阙似乎是故意的，他那种贱兮兮的语气也分走了一部分注意力，让沈稚子的热度稍微回落下来一点。

一群蠢货。靳余生抬手松一松领带，心里还是烦，好不容易从车流里杀出一条血路。

回到公寓，他推开家门，空调的凉气扑面而来，沈稚子像只乖巧的小狐狸，视线相撞的瞬间，她的眼睛明显亮起来"你回来啦！"像一直在等他回家一样。他心头的阴霾顿时烟消云散。

她帮他拿东西，靳余生顺势揉揉她的头，换了鞋，往厨房走。沈稚子跟在后面，亦步亦趋："我挺想给你做饭的，可惜我不会。"

看到案板上的菜，他愣了一下，听见她得意地道："所以我把所有的菜都洗净切好了，你快夸夸我。"女生眼睛湿润充满渴盼，像无辜的小鹿。

他摩挲几下她的下巴，声音里笑意浮现："夸你。"

"你好没有诚意啊。"她嫌弃。

"怎么才算有诚意？"

"我想想……我今天看到一个游戏。"沈稚子略一思索，眼睛一亮，"我的手指往哪边指，画面里的小人就跟着往哪边转。不如，我们来玩个真人版吧。"

靳余生有些无奈："听起来有点儿蠢。"

"那你玩儿吗？"

"玩。"

他坐下来，像一只大型犬类，脑袋跟着她手指的方向动。沈稚子乐坏了，左左右右没完没了，他反应很快，乐此不疲。最后一个手势，她一个急转弯，手指方向转朝自己。靳余生毫不犹豫，探过身，将吻落到她唇上。

把打情骂俏、撒娇耍泼一系列事情都干完，沈稚子终于可以一边吃饭，一边跟靳余生讨论正事。

"江连阙专门搞这个的，所以我才请他帮忙。你千万不要想别的，我跟他真的就一条狗的关系。"她解释，"我很怕你冷静不下来，爬过网线，拧掉那些键盘侠的头。他们实在是人多势众，那么多人头，你会拧得很累的。"

靳余生似笑非笑。她还很认真："你太累的话，我会心疼。"

"不拧。"靳余生给她剥了两只虾，"吃饭。"

沈稚子"哦"了一声。

过一会儿——

"处理完这些事，我们去求个平安符吧。"

"好。"他答应得很快。但沈稚子十分警惕，"你是不是不信这个？"

"没有，"他抿唇，"我以前在庙里，也求过签。"那是多久之前的事了？父母去世，仿佛发生在上辈子。

"灵吗？"

他顿了一会儿，淡淡地道："我不信神。"

好吧，她知道了，那八成是不灵，"就当留个念想嘛。"

不知是哪两个字戳到他，靳余生的手顿了顿，垂下睫毛，没有说话。他其实没什么午休时间，是非要回来给她做午饭，才强行赶回来。几乎是吃顿饭的工夫，就又要走。

沈稚子摸摸他："过几天，我陪你一起去工作吧。"

"我的工作很烦琐，也很没意思。"他十分委婉，"但过几天长卷展出，我会叫你一起来看。"

沈稚子笑吟吟地答应下来，送他离开。回到房间，她拿起手机，热搜竟然还在对骂……真是热闹，精力旺盛。她由衷感慨。

上午刚刚上热搜时，MK 公司的公关就给她打过电话，问她有没有自己的想法，如果没有，就由公司官方来摆平。

她推拒公司的公关，然后联系了江连阙。这件事本就跟 MK 公司没有关系，甚至跟她也没有关系。她只是提供了一个热点，一个风口。可现在看来……江连阙一时半会儿，并不能完全让这个话题销声匿迹。

她打电话，懒洋洋的："江总，肥水不流外人田，帮我开个直播行不行？"

"干吗？"

"普及义务教育。小学生的三观也是个巨大的市场，现在全被营销号攻占了，你不觉得错失了商机吗？"

挂断电话，沈稚子发会儿呆，又联系了周有恒和何见月，拜托他们寄样东西过来。

事情真多呀，沈稚子想。不过没关系，一件一件来。

"其他东西我倒是都能给你，可'那个'是被你自己弄坏的呀，我得再找人修复一下。"何见月有些犯难，"你可能得多等几天。"

"没关系，"沈稚子算算时间，"不赶时间，什么时候修好了什么时候给我就行。"

"这么多年了。"何见月笑道，"你怎么突然想起找'那个'？"

屋外阳光炽热，窗帘晃动。沈稚子想着想着，嘴角无意识地勾起来："因为，我遇见了想求婚的人。"

古画修复如期收尾。傅千霜送走了那群央美的大佬，研究所冷清下来。

"结束了！我要给自己放长假！"白术又顺着长卷看了一遍，怎么看怎么漂亮，怎么看怎么喜欢。

他开心得想跳起来转圈，元气满满地冲过去抱住靳余生："师兄！师兄！这是我毕业之后完成的第一个作品！它真好看啊！我们今晚出去开个局，庆祝一下它的重生吧！"

靳余生垂着眼洗手，有些心不在焉。过了足足有三秒钟才反应过来，他皱眉："松手。"

白术蔫不唧地垂下手。

徐柚立刻笑出了声："离你师兄远点儿，小心被他的暗能量吞噬。"

"不是昨天还好好的……"白术不解，"噫，难怪今天千霜那么主动要去送人，出去躲风头了吧？"肯定是感受到师兄的低气压了，师兄生起气来，好可怕的。

"那也是她自找的。"徐柚冷笑。

"怎么了？"白术小心翼翼地凑过去，小声问，"上次饭局，不是都把话说清楚了吗？我看师兄介绍完她女朋友之后……千霜也没再缠着他啊。"

徐柚含着根棒棒糖，修长的双腿交叠搭在桌子上，一脸关怀地看着他："噢，我的小可怜，你从来不刷微博吗？"

"我……"

他话音未落，傅千霜就推门走了进来。女生身形娇小，额角有汗，几缕头发粘在额头上，身上带着一股外面的热气。

白术连忙帮她倒水："央美的老师们都走了？"

"嗯。"她接过来喝了一口，消去几分暑气，目光不自觉地，又转向靳余生。他站在窗前整理桌面，微微低着头，侧脸神情寡淡。窗外的槐树郁郁葱葱，光影交织着照射进来，青年身形颀长，背脊笔直。

她犹豫了一下，小声道："师兄。"

他没有反应。

她咬住唇："对不起。"

三个字，她憋了一整天。也不是找不到开口的机会，可他根本不理她，不管她对他说什么，他都熟视无睹。一对上他面无表情的脸，她就什么话都说不出了。以前虽然敷衍，可好歹也会敷衍几个字，现在他连几个字都懒得说。她有些茫然，但除了沈稚子的事，又想不到别的理由，只能来道歉。

"我……录音不是我剪的。"她解释，"我没想到他们会那样断章取义。"

靳余生觉得奇怪。她发一段莫名其妙的录音给一个女性大V，干什么呢？祈福吗？

"我知道你肯定很生气……"傅千霜咬咬牙，"可你能不能不要怪我？我没有别的想法啊。"

靳余生突然有点烦，她话怎么这么多。下一刻，他把所有的东西归位，转过身。傅千霜惊喜地抬起头。他面无表情："让让。"傅千霜差点儿哭起来。

白术赶紧打圆场："师兄，你别怪她了，千霜也不是故意的，年轻人嘛，谁还没个冲动的时候？何况我们以后还要同组工作，她……"听到这里，靳余生打断他："老师没跟你说？"

"什么？"

靳余生不说话，目光直直地看过来，没什么温度。白术一个激灵，心里突然有个猜测："师兄，你，你不会是提了申请，把我俩弄到别的组去了吧？"

靳余生沉默着，舌尖抵住上腭。其实沈稚子说得没错，打架是最没用的方法。摒弃原始的暴力，他作为一个成年人，其实有无数种方法，能让不想看见的人在眼前消失。

文明开化，她教他的。

靳余生一言不发，从白术身旁擦肩而过。这姿态更像是默认。白术慌了，还在他身后跟着叫："师兄，师兄……"

靳余生抬头看看表，时间不早不晚。平心而论，这段时间，他每天都想迟到、早退、旷工。他现在就想回家。说走就走，刚刚拿起外衣，徐柚突然叫住他："喂，你等等！"她神色有些惊奇，拿开棒棒糖，手机屏幕转向他："你看一眼，这是你女朋友吗？"

观看直播的人数逐步攀升。

沈稚子有些紧张。ID 是江连阙给的，她平时不看直播，不太懂常规操作。屏幕上有人给她打招呼，她小心地打回去："嗨……你们好啊，我是沈稚子，前段时间 MK 公司那架迫降飞机的副驾驶。"

屏幕上立刻噼里啪啦地跳出：

"小姐姐棒棒的，但我还是想问，职场歧视确实存在对吧，平权问题你到底是怎么看的？镜头里怎么只有你啊？MK 公司叫你自己来做公关的话也太垃圾了吧？"

"你关注这段时间那个理工院校高考分数差值的事件了吗？你当时肯定也遇到了吧？你怎么想的？我们都觉得超过分啊，凭什么男生可以比女生分数线低那么多！"

"你跟那个大 V 到底什么情况，录音到底是真是假，你们谁在蹭谁的流量？你签营销公司了吧？我真的特别好奇，你能说一下吗？"

…………

沈稚子无奈，问题这么多，这些人怎么不去当记者。

"咳，我知道，你们都想知道备降事件的原委。"于是，她决定省略开场，"别急，我就是来说这个的。不过……"她抓抓头发，又有些苦恼，"我这人废话比较多，你们多担待着点儿。这样，我先给你们讲个故事。"她清清嗓子，真的开始讲故事，"这个故事，是我小时候，我爸爸讲给我的。"她轻声道，"叫《纸袋公主》。"

评论刷出一溜："我们看直播不是来听你讲故事的，求您快点儿切入正题。"

她视若无睹，语气慢悠悠的。

"这个故事呢，讲一个霸道公主，和一个柔弱王子。"

"故事一开头，公主和王子就订了婚。"她微顿，"可他们并没有过上幸福的日子，因为火龙袭击王国，把城堡烧成渣渣，然后掳走了王子。"

评论一串"666"。

靳余生在屏幕这头，默不作声地看。心里想，这个设定，果然跟她给自己讲的童话故事，一样清奇。

"于是公主捡了一个纸袋，做成衣服穿在身上，踏上了拯救王子的征途。

"她去找火龙决斗，想要夺回自己的柔弱未婚夫，却接连几次，都失败得很惨。"

"她打不过火龙，但她没有放弃。"她微微笑，"在第 N 次决斗里，她终于找到火龙的弱点，打败大反派，救出了男主角。"

弹幕还在刷："我们都知道肯定是 HE（幸福结局）了，求你快讲正事。"

可下一秒，剧情急转直下：

"然而，公主因为战斗而狼狈不堪，王子看了她几眼，嫌弃地说'你身上都是灰，好丑喔'。"

弹幕静了几秒，爆炸出一串"这是什么男人"。

这个反应，沈稚子很满意。

"所以结局是，公主恶狠狠地反击了回去，问他'你是很帅，但你连恶龙都打不过，你是个没用的家伙'。"她放轻声音，"然后，他们取消了婚约。"

弹幕上抗议的声音逐渐开始减少。沈稚子觉得，他们大概猜到她要说什么了。

"那个时候，我很不解，问爸爸，我为什么要那么辛苦地去救他？公主也有很多种啊，睡美人多好，我不可以做那种躺在城堡里、等着王子来吻醒我的小公主吗？我爸爸就笑了，他说，'当然可以。'"

"他说，'你可以成为你想成为的任何一种人，但前提一定是——'"她顿了顿，"你已经足够了解自己。"

你需要懂得，做每一个选择的利弊。

"那句话，支撑我走到今天。"

她沉默一阵，抬起眼："所以，为什么我一个女生，要跑来做飞行员？没有理由，我就是想上天。这是我的选择，我喜欢飞行，事实证明我做到了，突发事件也没有造成事故——我不认为，自己选错了职业。"

观看直播的人数还在疯狂上涨。弹幕刷得太快，快到她几乎看不清。

"不不不，我们都觉得小姐姐特别帅啊！"

"说你有问题的人才有问题！"

"你的专业素养很硬了！毕竟你救了全机人啊啊啊！"

"那又怎么样呢？录音的事呢？还是没有解释啊！"

"录音的事，江连阙还在做鉴定，我们可以一起等一等。"她笑笑，"剩下的争论点，无非是性别歧视和平权问题。"

沈稚子顿了一会儿，开口道：

"这个行业到底存不存在性别歧视？说实话，我很难评判。

"我读书早，毕业也早，刚开始工作的时候，是MK公司最年轻的飞行员。"

"那个时候很多事情做不好……可是有很多人，一直在帮助我。我的教练啊、老师啊、师兄啊……我爸爸和我的男朋友，都是男性。"想了想，她又补充，"友善的。"

"有一次，我一个前辈返校，饭局上聊起天，她跟我说，有些乘客不能理解'女机长'，飞行途中为了避免乘客投诉，有的时候，她会换男性去做广播。"

"我很紧张，就跑去问我的老师，以后我是不是也会遇到这种奇怪的乘客。"她微顿，"他反问我，'驾驶舱里分什么男女？'"

弹幕爆炸了：

"对啊分什么男女！"

"老师超棒！"

"他说得没错。但我从不否认，男女性别带来的天然差异。"她继续道，"在飞行中，男性有更强壮的体能，是事实；女性忍受疼痛和耐寒的能力远超男性，也是事实。

"我从不觉得自己是个英雄，我只是在做一份很普通的工作。我遇到的任何问题，在别的行业里也同样有可能存在，并不仅仅是因为性别。"

"而且……"像是突然想到什么，她微顿，"另一个事实是，这些年，民航的女飞行员的确比过去多了不少。"

她看着屏幕，停了一会儿：

"这个世界没有你们想象中那么好，但也没有想象中那么糟糕。

"在我看来，'独立'是一个精神概念。别轻易把别人当标杆……有自己的想法时，怎么走都不会错。"

她不再看评论。顿了一阵，深吸一口气：

"我不知道有多少人能听到我今天说的话……你们把它当成一句鸡汤也好，一句废话也好。

"我跟你们一样年轻，世界是属于我们的。

"没有风的时候，请一定记得，追风而去。

"而不是站在原地——"

她一字一顿："等风来。"

做完直播，沈稚子卸了微博。跟女性大V的攻讦战由江连阙和阮牧星代劳，后续事件沈稚子没再关注。公司的公关也没有再来找她，那事情应该勉强算是解决了。

她专心致志，等何见月给她寄快递。结果快递没等到，先收到一个公司表彰。表彰的奖励，是一笔奖金。沈稚子把那七个数字翻来覆去地数，感动极了："余生，我现在是一个有钱人了。"

靳余生好笑："嗯。"

"来，坐到大佬腿上。"她财大气粗，"叫一声小富婆给我听听，给你加零花钱。"

靳余生还真的站起身，走过去。青年身形高大，穿着柔软的家居服，在她眼前留下一小片影子，声音低而清淡："小富婆。"

沈稚子赶紧撑住他："你还真坐？我这种小身板，怎么能承受得了你的重量。"他坐到她身旁，想了想，认真地问："你确定不能？"语气很耐人寻味。

沈稚子也想到什么，耳根突然红了。把脸藏在抱枕后，她小声嘟囔："禽兽！"

"对，我是。"他眼中浮起清淡的笑意，把她抱过来放在腿上，手臂一圈圈进怀里，"我的工作告一段落，你想去哪玩？"她的假期还没有结束，他想二十四小时跟她待在一起。

"在家也行。"外面真的好热。

他认真地思考一阵："好。"

她狐疑："这么爽快？"

"对，我学了新的……"

沈稚子要疯了："那我们还是出去玩吧！"

靳余生没有意见，当场订了车票。可临行当天，展览出了问题，他不得不大清早赶回研究所。沈稚子眼巴巴地看着他："我能去找你玩吗？"他之前说过，要带她去看修复完的成品的。

"太热了。"他揉她，"你多睡会儿，晚一点再过来。"

她点头答应，结果这一"晚"，晚到了下午三点多。

下午过半，博物院内人头攒动，特展的长队从上午排到现在，一点儿不见变短。

靳余生戴着工作证站在门口，黑衣长裤，修长的手指扣在手机上，看着三分钟前沈稚子发的那条"我马上到了"，有点儿迷茫。

博物院进门，有两道安检。按照那个速度……等她进来，应该已经闭馆了。他没有忍住，打电话商量："我觉得，特展那幅画画得挺一般的，要不，你想想我们晚上去哪吃饭吧？"言下之意，你别来了，我们去别的地方玩，行不行。

"不要，"沈稚子异常执着，"我一定要现在去找你。"

"那你开个共享，我过来找你。"

"你别老是把我当弱智，我又不是不识字，"她小声，"我能找到路的。"

这阵子来博物院的人，都是来看这个特展的。标牌巨大，瞎子才找不到路。

他感到挫败："两道安检要查很久，我去陪你等安检。"

"哪有两道？"沈稚子比他还茫然，"只有一道，而且很快啊。"

"你走的不是午门？"

"我坐车去错地方，刚刚跑到景山公园了。"她很欢快，"所以出租车司机送我回来，走的是西华门，避开了一波安检。"言语间满满的得意，好像在炫耀，你看我是不是超级聪明！

他无话可说，在心里默默地想，以后绝对不要单独放她出门。可嘴上还只能夸："您路子真野。"

"您过奖了！"

一刻钟后，小姑娘欢快地跑过来。她穿了条鹅黄色的无袖连衣裙，马尾高高扎起，露出光洁的额头，荷包蛋形状的小包挂在肩上，稚气得像个还没毕业的大学生。

靳余生心下微动，很想摸摸她。他迈动长腿，刚要往她的方向走，沈稚子突然大叫："你！站着别动！"

他停住脚步。

"张开怀抱，让我助跑一段路，再扑进去！"

他无奈地笑着，张开双臂。一团热气冲进来，他后退半步，抱紧她。微微垂眼，靳余生下巴蹭蹭她的发，低声问："你今天好像很开心。"

"因为我们机长出院啦！"她双眼笑成桥。

靳余生脸一僵，笑意消减下去。

沈稚子毫无察觉，开开心心地拽着他往前走："他各项身体数据都很正常，心理指标也没问题，我很替他开心。"

靳余生被她牵着，有气无力地想，那你怎么不替我难过一下呢，也太悲伤了，这真是个悲惨世界。

"我听说，你们这次展出的画，新中国成立以来只展览过五次。"沈稚子雀跃得像只鸟，"那我们两个都是活在历史里的人啦！"

"嗯。"

太惨了，他不想说话。

"我听说，这是中国十大名画之一！"

"嗯。"

"我听说，画的作者只有十八岁！"

"嗯。"

沈稚子终于觉出不对，停下来："你怎么这么敷衍？"

靳余生摸摸鼻子："你都……听说完了啊。"还让我说什么。

沈稚子想了想，今天心情大好，决定不跟他计较。可看到实物的时候，她还是发出了感叹声。十二米长卷，色彩热烈，青山绿水，豆大的人物也栩栩如生。

"天！"她惊呼，"你们天才都这么苛刻吗？这也叫'画得挺一般'？你是在羞辱王希孟吧？"她微微低着头，展馆里有空调，可后颈依然沁着薄汗。靳余生伸手帮她顺头发，将发尾撩起来一点，让风通过。他顿了一会儿，才道，"嗯。"

顺着展柜向前走，馆内人头涌动。她似乎感慨颇多，他要靠得很近，才能听清她在说什么。

"他十八岁的时候好厉害呀，我们十八岁的时候，在做什么？"

耳畔喧嚣嘈杂，他俯身在她耳侧，轻声道："我十八岁的时候，跟你在一起。"

那是他这一生的壮举。

沈稚子认真地想了一阵，反握住他的手，笑嘻嘻道："好吧，那八十八岁的时候，我们也要在一起。"

"送你件礼物，让王希孟也做个见证。"

手腕传来一阵凉意，一切猝不及防。等靳余生看清腕间的东西，他脑子里"轰"的一声。

排山倒海，天塌地陷，就这一个瞬间。

沈稚子握着他的手，摩挲着他腕间那串玉珠手串，轻声补充："这个东西呀，是古董，跟王希孟一个朝代的。我问过老师，羊脂白玉，男孩子也可以佩戴。"

靳余生不懂："为什么要……"

"珠子坏了可以换，你不一样。"

她低着头，不停地重复这一句话，像个出了 bug（问题）的机器人："你不一样。"

他独一无二，他无可替代。

靳余生握紧她的手。

她看到了他的日记，她从来不知道，他对这些东西有过这样的执念。时光无法倒流，可她想尽她所能地，把所有失去的都补偿给他。

"我向公司提了申请，以后多飞 B 市的航班。那样也许可以多一些时间，跟你在一起。"

"我很喜欢天空，"她轻声说，"但我也很喜欢你。"

靳余生忍不住，把她按进怀里。展馆内嘈杂喧嚣，有人停下脚步，小声议论这对颜值惹眼的恋人。可他听不见其他声音。

十八岁的江连阙在机场里告别年少的恋人，说他想要改变世界，肃清行业规则；

十八岁的沈稚子梦想飞行，说她成不了英雄，但想做一个不那么无聊的大人；

十八岁的靳余生第一次真正意义上与"文物"打交道，他比任何人都更加清楚，放到广袤的宇宙和漫长的历史里去看，他们是多么微不足道。

可他在这个短暂的瞬间里，感受到了奇异的永恒。他和她都真实存在过，即使百年过后变成一抔黄土，他也曾经与她并肩，经历风雨，站在人流中，看过世间风光。

他向前修复盛世，她向后创造盛世。他们转瞬即逝，可"活着"本身，就是一道丰碑。

"靳余生，我现在很清醒，所以我要再说一遍。"沈稚子抬眼，望着他，一字一顿，"我想嫁给你，你能不能来娶我？"

她可以做纸袋公主，也可以做睡美人。她愿意拥抱天空，也愿意为一个人降落。

靳余生几乎要停止呼吸。他停了很久，才有些艰难地哑声道："我以为你不想。"

提到那晚，沈稚子满心懊恼："我是真的喝多了……"

"我爱你。"话没有说完，被他打断。

目光相撞，她在他眼中，再一次看到了那片燃烧的海，疯狂的、浓烈的、温柔的、小心翼翼的。她踮起脚尖，歪着头笑："我也是。"

靳余生托住她的后脑，深深地吻上去。

耳畔响起小小的惊呼声。

唇齿辗转，靳余生想起他更年轻一些时，在寺庙求签。签文内容他一个字也想不起来了，解签的人告诉他，未来你会遇见她，她会是一个神。他一直不信。直到现在，才明白，失去的真的会回来。

后来每当想起那个人，就觉得——

岁月终归待我不薄。

余生也算有家可归。

——正文完——

番外一 游乐园

B市入伏后，天气一日热过一日。

从小到大，沈稚子都受不了太热的天气。气温一升高，她也跟着变得蔫不唧的，吃不下东西，饭量减少三分之二。

靳余生很发愁。他每天看着她在空调底下打滚，又眼巴巴地趴在窗户前想出去玩，手指一碰到窗玻璃，立即便被暑气逼退。想来想去，他榨了半杯酸梅汁，凑过去，摸着她的脑袋商量："要不，我们找个避暑的地方，去度假吧？"

"好啊！"沈稚子原本还蔫不唧的，听见这话立刻满血复活，兴奋地接过玻璃杯。小心翼翼地舔了一下，果汁酸酸甜甜，冰冰凉凉，杯子里飘着几块浮冰，叮咚作响。她喝了几口，舔舔唇："你看北极怎么样？"

不仅够冷，还有可爱的石油、驯鹿和北极熊。运气好点儿，说不定他们还能遇见圣诞老人。

靳余生想了想，有些心虚地挪开目光："换个地方。"

"为什么！"失望。

"夏天的北极，没有夜。"

沈稚子短暂地愣了愣，痛苦地捞过抱枕，捂住耳朵。她大概猜到了他要说什么。

她突然体会到了当年盛莳的心情。把脸埋在抱枕里，沈稚子一动不动，决定装死到底。靳余生心里好笑，替她放下水杯，手指落在她发间，一下一下地顺毛。

大四那年为了考试，她连头发都剪短了，还特地发了照片给他——留着短发的沈稚子站在飞机前，笑容明朗又利落。后来就这么放着长，竟然又长到这么长。头发重新长长的时候……她也回来了。

他心下微动，想亲一亲。

下一秒，她又猛地抬起头，眼里冒绿光："等等，你前几天不是告诉我，徐柚送了你两张欢乐谷的门票？"

她这一抬头，差点儿磕到靳余生的下巴。

"嗯。"靳余生顿了顿，没忍住，"可你昨天还说，这种天气进行室外活动，会死。"

那她也不想天天在家……心理活动，沈稚子没有说出口。

他垂眼看了她一会儿，捏捏这儿捏捏那儿，还是很想把她藏起来。半晌，他亲亲她的额头，低声道："周末阴天，我们周末再去。"

然而遗憾的是，天气预报骗了他们。真到了周末，气温一点儿不见降低，太阳火辣辣，直逼四十度。沈稚子坐在窗边，看着外面的热浪，忧愁到呕吐："太残忍了。"刚一张嘴，口中塞进来一小块菠萝。天气炎热，烤鸭店送的果盘淹没在半盆冰块里，白烟袅袅向上，带出清浅的白气。

靳余生放下牙签，擦了擦手："还去欢乐谷吗？"

"去。"

她不甘心。难得有这么长的假期，真的好想出去玩。

菠萝冰镇了很久，放到嘴里甜得沁人心脾，沈稚子一边慢吞吞地嚼，一边放任注意力四处游移。观察了半天，她低声说："你看，这家烤鸭店可以表演现场片鸭肉。"

"很多店都能。"

会大老远跑来吃烤鸭的，大多是外地游客和外国人。时间一长，食物也被赋予了别样的文化特色，许多店都自带表演。

"我是不是也叫一个？"沈稚子舔舔唇，有些紧张，"有几个片鸭肉的师傅，也长得好好看。"

靳余生张了张嘴，有些无力："你消停一会儿。"

主食未上，两道甜品先端了上来。杏仁豆腐是店内招牌，口感比布丁更软，杏仁的香味渗在奶黄色的豆腐里，香气清淡而诱人。沈稚子低着头，勺子刮在小陶碗的内部，把第一口递给他："给你。"

面前突然出现一把勺，她表情认真，动作自然，靳余生微怔，心头一热。低头接过来。

好吧，他想，屁大的事啊，原谅她。

然而下一秒，厨师就推着小推车停在了两人面前。北方的小哥，身形高大，皮肤白。脸上表情清淡，微微低着头确认桌号，睫毛在眼下打下小小的阴影。他低声问："48 号桌？"

"对对对，是我。"沈稚子兴奋极了，"我叫的鸭。"

小哥没有赘言，微微点头，开始片鸭肉。

各行各业均可以熟能生巧，他手中握着把小弯刀，下手很快，手法干净利落。须臾之间，整只烤鸭便只剩骨架，摆盘也漂亮得不像话。

沈稚子感动极了。

"我，我刚刚点菜的时候，问那个小姐姐，能不能让他们这儿最好看的厨师来给我片鸭肉。"她扯着靳余生的袖子，语无伦次，想为这家店的服务爆灯，"天哪，天哪，B 市这么多好看的男生，他们为什么不出道啊？"

靳余生沉默了一会儿，他转移话题："吃饭。"

沈稚子"哦"了一声，缩回去。顿了一会儿，没忍住，她又做贼似的摸摸他的手："可是我觉得，他们都没有你好看。"

靳余生没有动弹，看着她。她低着头，神情认真，嘟嘟囔囔："B 市风水养人，这里的菠萝和这里的你，都比别的地方甜。"

靳余生凝目看她，很受触动。然后趁她不注意，他偷偷打开评分软件，找到这家店……给了个一星差评。

靳余生一直都觉得，沈稚子对游乐园有种奇怪的执念。

大学时他们一起去厦门玩，她一下飞机，第一件事就是找方特梦幻王国；再后来去上海旅行，她看旅行攻略时，第一个看的也是去迪士尼乐园的路线。

"像一个长不大的小公主……"

欢乐谷游人如织，小孩子们抱着巨大的棉花糖跑来跑去，阳光倾洒下来。

她兴冲冲地走在前面，他跟在身后，有些无奈地笑着，牵她的手："你慢一点。"一个小时后，这冷静自持的四个字，变成了颤巍巍的："你……慢……一点……"

沈稚子收住腿，打消了第五次去坐海盗船的念头。手掌攀上他的背脊，她来回摸了摸，忧心忡忡，小心翼翼："你还好吗？是不是中暑了？"

靳余生的表情一言难尽。她也就仗着天气热，仗着今天欢乐谷里的游客不算太多，仗着排队时间不长，恨不得长在海盗船上。

"我给你买杯饮料吧，你坐一会儿。"他来不及拦，她就小动物似的蹿了出去。

冷饮店离长椅不远，她飞快地跑出去，又飞快地端着柠檬水跑回来。午后绿树成荫，耳畔落着悠长的蝉鸣。沈稚子折身回来时，身形颀长的青年坐在树影深处，婆娑的光影摇晃着落到他眉眼间，阳光被筛成圆形的光斑。他长手长脚，轮廓疏淡，一动不动地盯着某处，神色恢复了往日的平静，看起来安静而疏离。

她搓搓手，想偷偷凑过去，还没靠近，就被他发现了。目光相撞，她眨眨眼："你在看什么？"

"对不起，我可能真的有点中暑。"他回过神，答非所问，有些懊恼地接过她手中的冷饮，"谢谢你。"

沈稚子在他身旁坐下来，"哗啦啦"地晃杯子里的冰。半晌，声音有点儿闷："不要说对不起。"

"啊……"他愣了一下，很快反应过来，"好。"过了一会儿，见她还是不动弹。忍不住问，"不去玩吗？"

"游乐园哪有你好玩……"沈稚子蹭来蹭去，小声嘟囔。

他捏捏她的手，正要开口，两个小朋友从树林里一路蹿出来。五六岁的小孩子，白得像两个小雪团，拿着水枪互相玩闹，一边笑一边跑。她眉梢微动，恍然大悟："原来你刚刚在看这个。"

靳余生低低"嗯"了一声，不否认。

沈稚子犹豫了一下，舔舔唇，小心翼翼地问："我们以后……也会有？"话说完，她又有点儿后悔……会不会显得她很饥渴。

"会。"

她脱口而出："什么时候？"

靳余生沉默……

沈稚子想跳起来给自己一耳光。她在说什么！

可他也只是顿了一下，就低下声，不厌其烦："很久很久，很久很久，很久很久之后……"

行了行了，她看出来了，他是真的很不想要孩子。她转过去不再看他，咕噜噜地吸杯子里的饮料，像一只气闷的猫。

靳余生舌尖抵住上腭，有些好笑。"我只是觉得，"他顿了一下，似乎不知道该怎么形容，"太早了。"

他的小公主，明明也还是个小朋友。不过……

下一秒，他说："我们回去之后，把证领了吧。"

石破天惊，沈稚子一口柠檬水差点喷出来。她愣了一下，涨红着脸，睁圆眼："你连婚都没求，就想骗我嫁给你！休想！"

靳余生没有说话，目光向下，落到她的手上。她正捧着饮料杯，十指白皙，指尖还滚着杯沿落下来的水珠，软软的，带着些潮气。

鬼使神差，他想起大学那一次，她偷偷做美甲，在小指上画了一朵低调又不起眼的小白花，得意洋洋地发照片给他，说自己肯定不会被发现。结果第二天就被老师看到了，然后毫不意外地挨了一顿骂。之后她还真的，再也没动过她的指甲。

靳余生有些出神。

画展之后，他一直在想这些事。他总觉得，自己跟她分开太久了。可是回过头想一想，她其实从来没有离开过，她一直在他触手可及的地方。从遥远的少年时代，到他真正地成年。她和他的人生一直缠绕在一起，像两棵树纠葛在地下的根系，支撑着彼此未来风雨同舟的几十年。

靳余生没有忍住，抓住她的手，放在嘴边亲了亲。于是沈稚子再一次，毫不意外地心软了。

"不求也可以。"她开始考虑，要不，她向他求个婚算了。反正她也只是想体验一把求婚的感觉，谁求不都一样。

"我们去北极吧。"他望着她，突然开了口。

绿意摇晃，蝉鸣悠长，他的目光安静而认真："我想去世界尽头，向你求婚。"

"你是不是口误，把北京说成了北极。"

"没有。"微顿，他又有些局促，"其实我……准备过一次求婚，大四的时候。"

"只不过，没求成。"他又说。

沈稚子倏地睁大眼，满脸不可思议："这么大的事？！你就一个人藏着！"

难怪现在不管她怎么暗示，他都无动于衷。她把所有招数都试了一遍，就差没有掐着他的脖子，求他跪下了。她好想跳起来打他。

靳余生摸摸鼻子，有些心虚："嗯，后来想想，觉得的确太草率了，应该从长计议。"

沈稚子欲言又止，忍来忍去，忍不住："不用从长计议……"

他随口说一句，能不能嫁给我。她都可以四舍五入成他求了一个婚。

"不一样的，"他敛眸看她，轻声道，"我好像从来没有对你说过这些话……总是找不到时机。"

大多数时候，都是她在告白。她太清楚症结所在，想方设法帮他解决问题。可他好像，从来没有好好地表达过自己。

"因为太喜欢你，所以很多事情，反而不知道该怎么做。"他声音很轻，"这么多年，也没有认真地告过白。"

蝉鸣一声声落在耳畔。有风吹过，高大的国槐开始落花，小小的一团团，绿意盎然。

"可是其实，我想把全世界最好的东西都给你。"他微微屏气，声音很低，虔诚而认真。

"我现在不想要小朋友。"

槐花落到眼前，沈稚子屏住呼吸。望着他，不敢眨眼。

"我现在……只想认真地喜欢你。"

小王子告别飞行员，回到自己的星球，那是童话结局。在他的故事里，小王子与狐狸互相驯服，互为羁绊，他为它留在人间，再也没有回 B612 星球。

她是他的狐狸，也是他独一无二的玫瑰。

她是人间天堂。

盛夏漫长而宁静，人群喧闹的声音远远的，像被隔在另一个世界。他的目光太过专注，又太过安静。沈稚子望着望着，眼眶突然开始发热，"哪有你这样……"突然想到什么，她慌张地睁大眼，"你，你是不是觉得，一次性把这些话说完，以后就再也不用说了？"

"你，你透支了后半辈子的情话？"她揪住他的袖子，急得快要哭起来，

"那我，我以后是不是再也听不到这种话了？"

她真的在好认真地慌张。靳余生心情复杂，哭笑不得，亲亲她的眼角。顿了一会儿，温柔地道："没有，还有好多。你想听的话，我可以说上八十年。"

沈稚子愣愣的，还是觉得很幻灭。她不敢相信到语无伦次："我……我以为，像你这样的人，我……我一辈子都听不到这些话。"

靳余生又开始怀疑，他在她心里，到底是什么样子。他是魔鬼吗？

"我小时候，特别喜欢游乐园。"沈稚子眼巴巴看着他，眼里蒙着层水雾，"那时候觉得，就算有天大的不开心，在游乐园里玩一圈，也就能开心起来了。"

靳余生轻轻"嗯"了一声。

"可是后来，我发现，其实不用去游乐园，看着你也能很开心。"她揉揉鼻子，"你比游乐园神奇多了，我什么都不需要做，只要看到你，就会想笑。"

靳余生微怔，觉得自己的心都要化了。那到底是什么心情呢。也许是……虽然说不出理由，但跟你这样的人在一起，实在太开心了。比全世界的游乐园，唐老鸭和米老鼠加起来——都要开心。

"我想这辈子，都能这样开心。"

夏风熏热，枝头的槐花一朵一朵地落。他徐徐笑开，声音落到耳边，低而沉稳。

"我的荣幸，靳夫人。"

十八岁的沈稚子张扬明媚，除了学习成绩，就只对好看的东西感兴趣。她在某个春日午后提着水桶跑过走廊，与时光里一个神奇的节点相撞，遇见命中注定的余生。

在她晕乎乎地想着"他真好看，好想据为己有"的那几秒里，四目相对的瞬间，少年默不作声，也在心里闪过那样的念头——

她应该是他的公主。

他想做她一生的游乐园。

番外二 尽余生

从北极回来之后，靳余生和沈稚子领了结婚证。

两个人商量来商量去，决定将婚礼安排在第二年初夏。

"那样的话，大家来参加婚礼，穿裙子不会冷。"沈稚子的小算盘打得噼里啪啦响，"而且等到夏天，苒苒的交换期应该结束了，可以让她来做我的伴娘。"

靳余生亲亲她："听你的。"

婚纱要提前定做，婚庆公司和设计师准备了很久，终于在初春时，通知两人去试衣服。沈稚子在北城没有别的女性朋友，干脆叫上徐柚。

于是试衣服时，靳余生理所当然地被排除在了试衣间外。他不爽极了，拽住沈稚子的手腕，声音很低很低地问："我真的不能进去吗？"

"当然啊，"徐柚吐槽，"你见哪个新娘试衣服，新郎在旁边盯着看？"

靳余生的唇绷成一条线，微微抬起头，面无表情地扫她一眼，里面写满警告。

徐柚立刻闭上嘴。

"余生，"他看起来有点儿委屈，沈稚子心里乐坏了，软声道，"我换件衣服，很快就好啦，不会消失的。"

说着，她踮起脚尖，在他右脸颊轻轻碰一碰："今天也喜欢你。"

靳余生顺势环住她的腰，哑声："左边也要。"

沈稚子一双桃花眼笑得弯起来，旁若无人地扶着他的肩膀，在左脸上也亲了亲。

这对恋人实在太惹眼，周围的店员们小声窃窃私语，徐柚肉麻："靳余生你也太夸张了吧，一天到晚黏黏糊糊的……"

靳余生没有立刻回复，他垂着眼又跟沈稚子说了几句话，捏捏她的手，才放她进试衣间。徐柚尾随，也要进去，被他一把逮住。

"我知道，你没有谈过恋爱。"靳余生的声音平缓低沉，他慢条斯理地整理袖口，"所以无法理解，有家室的感觉，是多么愉悦。"

徐柚正想开口，又听他非常同情地道："希望你有生之年，能够体验到——

"什么叫作，恃宠而骄。"

徐柚无语："那您可真是太了不起了。"

沈稚子为这场婚礼订了两件礼服，一件中式、一件西式。但看到店里其他款式时，她又很想试试别的。试着试着，就试到了黄昏。

徐柚的审美仅适用于瓷器，除了跑前跑后地帮她提袋子、戴首饰，并不能在衣服的事情上帮上什么忙。而问起靳余生，他总是一本正经："每一件都很好看，如果你喜欢，我们可以全都买回去。"

沈稚子沉默了会儿："我们不需要攒这么多婚纱。"

靳余生指出："我们每一年都可以办结婚纪念日。"

徐柚："我为什么要蹲在这里吃狗粮。"

店长看出新娘举棋不定，拿出镇店之宝，小心地帮她试穿："也许您可以试试这条。"

那是一件月白色的鱼尾礼服，钉着很多剔透的小珍珠，裙子设计大胆，裹着腰身勾出线条，裙摆蜿蜒到脚踝，大片地露出光洁的背部。

店长双手微震抖落裙摆，沈稚子转过来。

店内都静了一瞬。

她皮肤很白，生有一对漂亮的蝴蝶骨，背部光滑且线条流畅，胸线和腰线都被礼服完美地衬托出来，只是站在那里，就已经光芒四射。

偏偏沈稚子自己毫无察觉，睁圆双眼，还在征求另外两个人的意见："我穿这个好看吗？"

徐柚正想开口，身边的靳余生突然放下杂志，迈动长腿，走过去。灯光温柔地垂落，他站在巨大的穿衣镜前，挽住她的手。

"你又忘了。"靳余生望着她，声音很轻，瞳仁黑漆漆的，"还差一件东西。"

沈稚子微怔，下意识地伸手摸脖颈儿："我没忘记戴项链呀……也化妆了。"

靳余生身姿挺拔，一脸认真地勾着她的手，侧过脸去吻她，声音低沉悦耳："你忘了牵先生的手。"

沈稚子的耳根蓦地红起来。

以往也不是没见过长相好看的客人，可是夫妻两人都长得这么惹眼，就没那么常见。店员们发出小声的惊呼，沈稚子突然有点不好意思。

她抬头看他，眼睛亮晶晶的："那你喜欢这件衣服吗？"

靳余生不假思索："我喜欢你。"微顿，他压低声音："你怎么样都好看。但这件衣服不行。"

"婚礼那天，同学们都会来。"说着，他的手掌落在她裸露的肩膀上，指腹温热，颇有暗示意味地来回摩挲一下，低声叹息，"不过，如果你只穿给我一个人看，我不介意布料更少一些。"

沈稚子："那算了……我们还是换一件。"

夏天来临时，婚礼如期举行。

沈稚子不喜欢麻烦，没有邀请太多人。尽管如此，父母以及好友们，还是天南海北地赶过来。

盛苒是最先到的。她作为交换生的学习时间已经结束，并以高分顺利毕业。

"那毕业之后，会留在这边工作吗？"沈稚子坐在床边，提起这个，有点儿兴奋，"如果生活在同一个城市，我以后就可以经常去找你玩。"

"暂时还没有确定。"最好的朋友马上就要被别人牵走，融入另一个人的人生，盛苒的心情微妙极了，开心又难过，俯身拥抱她，"今天你才是主角，我们可以晚一些，再聊我的事。"

婚礼正式开始时，她和徐柚一起帮沈稚子提裙摆，将沈稚子送到大厅。宴会厅内铺满红色软毯，两壁刻有华贵的浮雕。

沈稚子站在门口，努力深呼吸。本来以为不会紧张……然而当宴会厅内响起音乐，爸爸走过来挽住她的手时，她还是心跳如雷。

沈爸爸敏感地察觉到："稚子，你是不是很紧张？"

"是……是的。"

"那我们现在转身出去吧，"沈爸爸很舍不得他的小姑娘，"爸爸养得起你，爸爸可以养你一辈子。"

沈稚子沉默两秒，道："不，你快点牵我过去，我十八岁就想嫁给他了，你别让他等太久。"

靳余生就站在他们对面的不远处。

他正装出席，身形挺拔，气质清峻，整个人英俊得不像话，仿佛行走的模特海报。像少年时代一样，他等着她过去，牵他的手。

目光在空气中相撞，他眼中浮现笑意，露出近似惊艳的神情。沈稚子的耳根又烫起来。

所有人的目光都落在她身上，她一步一步地，朝他走过去，握着爸爸的手，停在他面前。

"余生，"爸爸有点难受，格外郑重地道，"前十八年我都把她养得很好很可爱，可是十八岁时她遇到你，心就不在我这里了。"

沈稚子哭笑不得："爸爸……"

"我把她交给你。"沈爸爸说着说着，开始哽咽，"你不要让她变样子，不要让她难过。"

靳余生很郑重地道："请您放心。"然后他动作很轻却很坚定地，握住了沈稚子的手。

像之前安排好的那样，他们逐一进行婚礼环节。过程并不复杂，交换戒指，父母致辞，敬酒，然后是新人宣言。司仪将麦克风递到靳余生手中，全场都不约而同地沉默下去，屏住呼吸。

"坦白地说，今天这场婚礼，我期待了很久，也等了很久。"他眼中笑意浮动，目光落在沈稚子身上，轻声道，"现在真好。"

场中响起善意的笑声，她也正抬眼望他，腰肢被礼服掐得很细，桃花眼弯成小月牙。

"我……少年时代，过得不太好。"靳余生声音不大，声音低沉而温柔，"前半生不知道什么是圆满，不知道故事走到什么地方，算是结局。"

直到遇见你。

"后来每次遇到重要的决定，峰回路转，拨云见雾，回头看到的都是你。"

"我啊，我这一生……"靳余生停了停，目光深情，声音突然辗转着低下来，

"是因你靠岸。"

沈稚子的眼眶莫名发热，想起他向她求婚时，也曾站在千万年的北极冰川上，这样郑重地，一字一顿地，向她读兰波的诗。

"我永恒的灵魂，注视着你的心，纵然黑夜孤寂，白昼如焚。"

愿你我此生如此地极昼，永不低头，永无日暮。

"我把余生交给你。"

和风穿过庭院，窗外阳光正好。大片的日光倾泻在他肩头，模糊而温暖。

沈稚子千头万绪，不知从何说起，说来说去，只剩一句："我爱你。"

"接吻，接吻……"

在亲朋好友热烈的欢呼声中，他掀开她的头纱，吻下去。

气息相融，十指相扣。

——至此余生，你是我的柳暗花明。

番外三 不归人

2017 年的冬天，盛苒只身一人，住在台北。

这是一座可以用脚丈量的城市，冬雨连绵，她频频回忆起初中地理书上的句子，亚热带季风气候，冬季温暖，雨量偏多。

与她合租公寓的女孩儿叫杜蘅，是个北方人，平日里大大咧咧，无话不谈，什么都爱同她分享。下雨又没有课的时候，空气潮湿，盛苒就也安安静静，与她共享一副耳机。

刚到台北的那些日子，盛苒混沌地爱着林夕，天底下求而不得的人都是同一副模样，句子写得热烈又无畏，像是得了失心疯。

但凡未得到 / 但凡是过去 / 总是最登对
欢喜伤悲老病生死 / 说不上传奇
恨台上卿卿或台下我我 / 不是我跟你

荤素不忌，盛苒听得热泪，每句词都好像在唱自己。杜蘅扯下耳机，眉头皱起来，眼中浮起天真的困惑："林夕为什么这么惨？"盛苒微怔，然后笑。

盛苒想起很久很久之前，沈稚子也曾经用这样的语气，像模像样地指责她："想点儿好的不行吗？你思想怎么这么阴暗？"

于是盛苒敛眸，轻声答："怨憎会，爱别离，求不得，谁都没办法。"

窗外雨声骤急，今夜台风过境。

杜蘅放下耳机，手指无意拂过她的指尖，为冰凉的触感惊叹出声。杜蘅嘟嘟囔囔地爬起来，一边为盛苒倒热巧克力，一边耸着鼻子摇头："沉浸在自己的小世界里，很容易滋生负面情绪的。你真应该多出去看一看，我们学校那么多青年才俊。"

杜蘅没听过她的故事，但也断断续续地了解到，她曾有过一段不太容易放下的旧情。年少的恋人总是难以忘怀，杜蘅能明白，也能理解。她折身将热巧克力递出去，盛苒低眉接过，温声道谢。

这个角度，杜蘅看到女生白皙的耳垂，盈盈润润的，像成色上乘的羊脂白玉。大概是为好友不甘，杜蘅心里突然涌起一股恨铁不成钢："不跟身边的人谈恋爱也没关系啊，转移一下注意力，去网上看小哥哥也一样。"

提到小哥哥，杜蘅突然变得鬼鬼祟祟。抱着手机钻进毯子，杜蘅献宝似的调出相册里的图："你看，最近成立了好多偶像组合，男孩子们一个赛过一个地好看。"

"我喜欢好多人，在那些人里，就最喜欢他。

"他的眼睛真的好漂亮好漂亮——"

视线扫过手机屏幕，盛苒默不作声，两手端着热巧克力，心里几乎是有预感的。杜蘅手指微动，沈湛的脸就这么猝不及防，出现在她眼前。

隔着一道屏幕，他对她笑。比记忆里的年少时代更加耀眼，沈湛的桃花眼在很久之后，成了粉丝们追捧的记忆点。那眼笑起来是有光的，简直让天地万物齐齐失色，隔着屏幕也能感受到蓬勃的朝气。

"是很帅啊，"良久，盛苒语气平静地发出感慨，不着痕迹，笑着接茬，"可惜我没有少女心，也没力气追星了。"

风带着雨珠，噼里啪啦地打在窗玻璃上。杜蘅喋喋不休，盛苒的注意力慢慢偏移，看着窗外蔓延的水汽，不受控制地开始走神。

那是多久之前的事情了……

沈湛还不是少女们手机里的新生偶像，他带着她满世界乱跑，在圣地亚哥跳伞，在拉斯维加斯跨年，在太平山顶看夜景。印象最深的仍是香港，维多利亚港一眼望去纸醉金迷，排队坐缆车的人又多又杂。入夜之后山风凛冽，他打开大衣把她裹进怀中，将她的下巴按在自己的胸口。

"好冷啊，"他一边叹息，一边笑着握住她的手，放进他的口袋，"我们都是小动物，应该抱在一起互相取暖。"

那时盛苒静悄悄的，没有说话。可她从他胸前抬起头，看到的，就是那样一双眼。漂亮的、温柔的、带笑的，比寒星还要明亮，那么耀眼。

后来她一个人生活，也不是没爬过山。可台北的繁华只有一隅，她偶尔感到冷清，还是会怀念少年的体温。但也是隔了这么多年，她才明白，那些热闹和温柔，其实全都是他一个人的。连同那道体温，都不属于她。

2010年，盛苒十八岁，读高三。

她的好友在这年为一个神仙似的男生发了疯，观星的车在研究所停下，全车人都下去了，只有沈稚子还在磨磨蹭蹭，不肯放开那个高瘦的少年。盛苒心里好笑。

班长拿着花名册点名，四处寻找失踪的沈稚子。盛苒站在队伍末尾，剥了颗糖，含混不清地提醒："她到了，还在车上。"班长会意，低头打钩，下一刻，例行公事地点到盛苒的名字。

"到！"

风拂过林梢，阳光跳跃着滚下来。两道回应的声音，一男一女，遥遥重合在一起。女生带着点儿漫不经心，男生声音低沉，难得正经。盛苒愣了愣，抬头看过去，草木萧萧，正正对上一双桃花眼。就那一双眼，后来变成多少少女魂牵梦萦的求不得。

"对不起，"视线相撞，沈湛立刻反应过来，"我听错了。"

他演得好，把脸上那几分错愕与局促表现得恰到好处，盛苒信以为真。于是她眨眨眼，凑过去："沈湛？"

啊，真好，她记住他的名字了。一定是因为他在车上，给了她那颗糖。沈湛弯着眼笑："对，"顿了顿，有些懊恼，又像是为自己开脱："我们两个的名字，发音实在是太像了。"

"像吗？"他的语气太诚恳，她还真的一点儿都没有多想。

"当然！"十八岁的沈湛信誓旦旦，急于证明。

盛和沈，苒和湛，姓氏贴得这么近，是个人都该分不清前后鼻音；名字里又带着如出一辙的"an"，命中注定地押韵。

盛苒信了他的邪。

但是最开始，她没想过跟他恋爱。不是她自惭形秽，而是这个人太耀眼，高高在上，目下无尘，像是什么都入不了眼。可邪门的事就这么砸到她头上。

体育课自由活动，班长的排球脱了手，不小心砸到她身上。班长道歉的话还未脱口，就先收到了沈湛别有深意的威胁："你往哪儿打呢？"

"Wow……"

大家都没有恶意，盛苒却在四起的暧昧目光里愣了很久，才缓缓地反应过来。

对视的瞬间，她在他脸上捕捉到细微的局促，像是情窦初开。她突然心软了。直到很多年后，盛苒想起她在天文台对沈稚子说的那句"我不喜欢他这款"，脸还火辣辣的。

自己打的……

那时能有多爽，后来就有多疼。

沈湛是个"交际花"，盛苒早就知道。沈家除了祖传桃花眼和大长腿，还靠基因代代传递着超乎寻常的人际交往能力。

他朋友多，可谈起恋爱来，却跟盛苒想象中完全不一样，偶尔也会局促紧张，耳根发红。

她第一次踮脚尖吻他的时候，他紧张得手都不知道该往哪里放，像个没有恋爱经验的小男孩。她第一次觉得，二世祖人设也挺可爱。

进入冬天之前，他带她去赛车。

是夜寒星高悬，室友们早就睡了，不知道刚回国的小少爷是怎么绕过了门卫的视线，半夜跑到宿舍区，小心翼翼地拿石子砸她窗户。她穿着睡衣拉开窗帘，就看到男生远远地站在楼下，见她开窗，兴奋得像个考了满分的小孩子。

隔着浓稠的夜色，他快乐地向她比口型：太好了，你还没睡！下来呀，大哥哥带你出去嗨呀！

盛苒合上窗帘，按灭台灯，心跳如雷。不知道是怀着什么心情，她人生第一次做出这样大胆的行为，绕过宿管逃出宿舍，坐上了少年的机车后座。

他帮她拉紧外套，系好头盔，不忘趁机摸一摸柔软的发。

寒风凛冽，盛苒忍不住眯起眼："要出去玩吗？怎么这么仓促？"

沈湛低笑："因为之前一直没有谈拢，刚刚才定下来。"她没有问他"未谈拢的"是什么事。

"下次一定提前通知你，坐好啦！"话音刚落，引擎轰鸣，她的身体随惯性后倾。她赶紧抱住他的腰，听见少年明亮的笑声。

午夜过半，路上行人稀少，天空澄澈安静。盛苒耳中充斥着轰鸣声，长发被风带起来，挡住视线，不太能看清前方的路。可她目光向上，还是看到了他的侧脸。

比背后的星空好看。

夜晚的高架桥上很安静。他换了车，将她塞进副驾驶。盛苒晕晕乎乎，夜风拂过鬓发，带点儿痒。沈湛将油门踩到底，车辆如同离弦的箭，引燃隐藏在胸口里的炽烈情绪。

她正要开口，余光之外"嘭"的一声，不等偏头去看，又是"嘭"的一声。一束束焰火在清寂的夜空中炸开。耳畔风声迅疾，她听见沈湛的笑声："你看，我给你放了一把焰火。"

双重刺激，心脏已经快要跳出喉咙，他的声音裹在风里，她不大能听清，却还是下意识道："庸俗……"

"哈哈哈哈是很俗气啊！"沈湛减慢车速，转过来，一本正经地笑着问，"那你喜不喜欢？"

盛苒笑而不语，少年是这个世界上最美好的生物。

那时候，她这样想。

仔细数一数，还没在一起时，她和沈湛的确有过非常亲密的时段。

他在其他人面前装得越云淡风轻，她越想看他私下里哼哼唧唧的样子。可爱得要命，她也喜欢得要命。

那时沈稚子还在为靳余生而发愁，每天像朵阴暗的蘑菇一样躲在角落里碎碎念。

直到寒假之前，学校给整个年级都挂上钟，开始进行高考倒计时。靳余生作为学生代表，在誓师大会时被请上台发言。高大而耀眼的少年，穿着校服穿过人群，当着全校师生领导的面走上台，拿出演讲稿，看两眼，又折起来，收回去。

他沉默一阵，抿唇，不疾不徐地说："我给大家读首诗吧。"校领导来不及拦，他已经开口了。声音低缓，像一条明净的河，在众人屏住的呼吸中流淌。

"一月你还没有出现／二月你睡在隔壁／三月下起了大雨／四月里遍地蔷薇……"

是林白的《过程》。校领导吊起来的那口气，立时松下去。他们其实很怕，怕这种沉默寡言的好学生，突然来个一百八十度大反转，当众念小黄诗。

靳余生语速不快，轻缓而认真，像在诉诸心事。

"……十一月尚未到来／透过它的窗口／我望见了十二月。

"十二月——"

声音落地，他却突然改了词。

"与你有关。"

众人微怔，礼堂里一片低呼。

没有人规定《过程》只能被理解成情诗，校领导大可以把诗中的"你"解释成大学，解释成他是在展望未来，未来与名牌大学有关。可盛苒却心头一突。她忍不住，转头去看沈稚子……她竟然堵着耳朵，在专心致志地背单词。

礼堂的录音设备这么好，三百六十度环绕立体音，所有人都听见了，偏偏就她没听到。

"稚子，"盛苒心情复杂地拍拍她，"你有没有听见什么声音？"

"啊？"沈稚子像只惊弓之鸟，匆匆忙忙地摘下耳机，"你说什么？"

"靳余生上台讲话，你不听吗？"

"因为，主要是……"沈稚子看看演讲台，又看看她，小心翼翼道，"我不太喜欢这种万人瞩目的场合。"

"你不明白，我的心情，是想把他收进口袋藏起来，只有我能亲亲、抱抱、举高高。"她捏着单词本，犹豫了一下，害羞地道，"像这种场合，这么多人看着他，我会嫉妒，想把在场所有人的眼睛都捂住，让他只能看着我。但我又不可能捂住你们的眼睛，所以我只能逃避现实，捂住我自己的眼睛……"

盛苒："蠢货。"

誓师大会结束后，沈湛照旧，送盛苒回宿舍。

在学校里，两个人永远保持着微妙又恰到好处的距离，那天之前，盛苒觉得，这种状态也很好。这种小心翼翼又若即若离的亲密状态，只有青春年少时，才有机会体验。可誓师大会之后，她频频想起挂在教室里的高考倒计时，和靳余生那种明眼人都能看出来的、欲说还休的眼神。

她突然想问："沈湛，高考之后，你怎么打算？"

高高在上的小少爷，平日里吊儿郎当惯了，千军万马的独木桥对他来说不是什么难事，他选择远离。

"我出国啊。"他坦然且平静，将话说得自然而然，带着点儿天真的意味。

盛苒一颗心都坠下去。她很犹豫，踌躇半晌，难以理解地问："那我呢？"你对未来的规划里，有我吗？

沈湛被问住了。他站在原地，愣了一会儿，似乎从没想过这个问题。

他竟然被问住了！盛苒的血液往脑子里冲，他从来都没有想过这件事？

那天他们在宿舍楼下僵持了很久，久到宿管要关门，跑过来叫她。

她的脑子乱成一团，先入为主地为他定了罪，而后不管他怎么低声强调"我从没想过我们会分开"，她都一句话也听不进去。

他规划的未来里没有她。

盛苒想不管不顾地大哭一场，高高在上的自尊心却不肯放行。她不是被娇宠着长大的小姑娘，不会下意识地用眼泪撒娇，逼对方退步，只能以"对不起，让我想一想"为结尾，故作优雅、实则狼狈地暂时退场。

而沈湛的前同桌，在几天之后，为盛苒压上了最后一根稻草。

即使冷战，盛苒依然维持着基本的社交礼仪，与沈湛一起出席朋友的生日宴会。沈湛从临市来到明里市，怎么也想不到，会遇到自己的某个前同桌。

预想中的修罗场没有出现，盛苒很平静，烈焰红唇的前同桌更平静，席间甚至全程没有出现言语交流。直到盛苒不小心弄洒了果汁。她低声道歉，中途离席清理。在洗手间洗完手，一抬头，她就从巨大的镜子里看到那个尾随而至的，身形高挑的女生。四目相对，后者微笑。

盛苒心情有些微妙，对方很漂亮，是极具攻击性的那种美，让人想起漫山遍野的虞美人，但看她的眼神没有恶意。

"别盯着我，我不会打你的，也没兴趣吵架。"

"虞美人"朝她笑笑，走到她身旁，双手在感应龙头下捧成碗状。盛苒挪不动脚步，等着她开口。过了很久，"虞美人"洗好了手，才在吹风机的呜呜声里，慢条斯理地道："我其实有一点点意外，但也只有一点点。"语气似乎颇有遗憾。

盛苒不知道该说什么，"虞美人"好像很了解沈湛的过去。

"我知道我不该说这种话，可你看起来很小，很能激起人的保护欲……唔，也包括我。""虞美人"笑笑，"所以我很想多一句嘴，也许你们感情正好，但亲爱的，听我一句，别跟沈湛太较真。"

"我能看出来，他现在是真的很喜欢你。"

这一点，"虞美人"并不否认。

但"虞美人"顿了顿，又慢悠悠地道："可你必须清楚一件事，他在过去对待每个人时，都是这么认真。"

问题陷入了死循环，盛苒变得难以分辨对错。"虞美人"走了很久，她还站在原地发呆。"虞美人"的话好像一个诅咒，丝丝缕缕，缠绕在心头。她很清楚，那不是在示威，或者炫耀。

而是在陈述一个……盛苒一直清楚，却不愿意承认的事实。

盛苒删了沈湛的联系方式。寒假开始，她投注更多的精力在复习和高考上，生活恢复往日的平静，沈稚子偶尔不动声色地提起沈湛，被她四两拨千斤地避开。

盛苒她爱少年，可少年们总是要长大的。

新年之前，她陪母亲采购年货，半路上，接到齐越的电话。语气很急："沈稚子出事了，你快过来。"她连忙问清地点，匆匆忙忙，就要打车往那边赶。

然后几乎是下意识地，想要联系沈湛。可他那边太吵，竟没听见铃声响。

盛苒满怀心事，拂落肩头薄薄一层霜，快步走进KTV。包厢里牛鬼蛇神，沈稚子根本就不在。可她看见了沈湛。

他坐在角落里，身边没有人，眼睛定定地盯着某处，像是在发呆。光影摇晃，他若有所觉，抬眼望过来。目光相撞，他短暂地一愣，眼中立刻燃起火焰。可盛苒站在原地，却满心满眼都是……她掉进了陷阱？

"联合齐越骗我。"她面色一冷，掉头就走。

沈湛放下手里的杯子，立刻起来追。

漫漫长夜，街头行人稀疏，积起千堆雪。沈湛像条甩不掉的尾巴，没完没了，喋喋不休，跟在她身后。他对她说了很多很多话。讲他的过去，他对别人的态度，他对她的态度。

盛苒默不作声，安静地听。后来她自己也想不通，怎么就轻而易举地心软了，是哪一句话呢？

"你总不能因为一种'可能性'，就对我下定论吧？

"那对我太不公平了。

"你不可以欺负我。"

到底是哪一句呢？可就是这么轻而易举。茫茫大雪，不怪他言语动人，怪她太容易心软。盛苒恍恍惚惚，想起刚刚在KTV里时，听到的那首歌。

大概是我失忆，并没记起我做过的事——原来不是杨千嬅唱着玩的。

那晚之后，两个人还真和好如初。假装什么事都没发生过。

沈湛没有高考压力，但成绩也还算不错。更多的时候，他想方设法帮她减压，送她礼物制造惊喜，偶尔一起讨论题目，日子一天天过去。盛苒假装看不见裂痕，鸵鸟一样地逃避现实。

高三最后几个月，沈湛办完手续离开了学校，独自回家准备雅思考试。

"高考后见。"他在校门口挑了个摄像头拍不到的角落，笑着将她拥抱进怀中，"你一定能考得很好。"

类似的话，她也曾对沈稚子说过。可是许多年后，盛苒偶尔还感到奇怪，高考冲刺阶段，明明有那么多伙伴陪在身边，她细细回忆，竟然只觉得是孤军奋战。

好像总是缺点儿什么……

又好像没有。

最后一个月，学校开始为高三的学生准备免费的加餐，经费充足，食物精致而诱人。沈稚子的胃口却在夏天的高温里降低到冰点，饭量越来越小，好像失去对饥饿的感知能力。

盛苒太了解她，知道那是老毛病，初中起养出的坏习惯，连沈稚子自己都没有办法。可靳余生坐不住。于是盛苒第无数次在中午经过教室，第无数次看到靳余生拿着试卷，坐在沈稚子身边。他帮她带午饭，每天的食物都不太一样。

教室里有人自习，他便将声音放得很低。

"书上说，没有胃口的时候，可以少食多餐。

"你觉得，一天吃八顿怎么样……

"你放心，每一顿的饭量，都会很少的……"

那时候靳余生多有耐心，沈稚子没有胃口，他就一点一点地看着她吃。

盛苒站在檐下，再回过神，夏天已经过去了。

借沈湛吉言，盛苒高考考得不错。

拍毕业照那天，他特地从旧金山赶回来露了个面，就为在毕业照中刷个脸。拍完照的第二天，他立刻又飞了回去。单程两万块的机票，说来就来，说走就走。

盛苒对此向来迟钝，又或许是他体贴，没有让她真正感受到距离。她没有太多地接触过他的圈子，寥寥几次，印象却很好。他的朋友们家境优渥，每一个都礼貌而优秀，风度被良好的教育与充足的金钱滋养起来，每个人都是各自领域内的高手，温文尔雅，博学多才，一点儿也没有偶像剧想象出来的嚣张跋扈。

几乎让她生出错觉，她跟那些人是同类，是可以共生的。

可是开学前夕，父亲问她，坐火车还是高铁，买一等座还是二等座的时候，她突然感受到这种委婉的差距。像她和沈湛之间那道裂痕一样，哪怕她不去看不去想，也一直都是存在的。

她只能像鸵鸟一样，努力逃避现实。

大学异地的那两年，沈湛一遇到假期，就跑回来找盛苒。

她带着他在北京的大小胡同里乱窜，带他吃他没有碰过的小吃，看着他的脸因为豆汁的怪味而皱成一团。

"这玩意儿怎么做出来的？绿豆怎么能做出酸味？"

盛苒捧腹大笑："因为本来就是废渣发酵了啊！"

"我能……吐了吗？"

假期更长一些的时候，他带她往国外跑。

他热爱冒险，热爱一切新鲜刺激的事物，无论是在皇家峡谷大桥抱着她蹦极，还是千里迢迢地找到那位声名远扬的英国厨师，只为尝一尝他用岩浆烤的牛排。

他骨子里年轻，骨子里不肯服输。

二十岁那年，他为她过生日，她委婉地提起："我从没有见过你的父母。"

旋转餐厅外群星璀璨，他的声音温柔而低沉："现在太早了。"

此后，盛苒再也没有提过这件事。她把自己当作末日的囚徒，享受最后的狂欢。这种连她也不知道该怎么形容的关系，一直维持到沈湛二十二岁。

契机是，他突然想要出道。

他是在同学聚会上突然提起这件事的，毕业后，知道沈湛和盛苒在恋爱的人不多，所以大家都很积极，积极地祝福沈湛。盛苒却没有来由地红了眼眶。饭桌上杯盏相碰，她坐在离他不远的地方，一杯接一杯地喝酒，喝到两颊泛起桃花，喝到班长心里犯怵，上前夺她的酒杯。

"我高兴啊，你让我多喝一点……"

直到沈湛扶着她走下楼，在大堂里，半抱着她坐下，远离了人群，她还在低声嘟囔。

"我高兴……"

沈湛垂眼，习惯性地摸摸她的头发："苒苒，你不开心吗？"

"没有，我高兴得很。"她深吸一口气，艰难地拍拍他的肩膀，"你有了新的人生目标，我为你感到自豪。"说完，头便低下去，长发挡住半张脸，没有动静了。

沈湛微怔，终于察觉出不对："到底怎么了？"说着，他伸手去扒她的头发。

手指擦过脸颊，湿漉漉的。沈湛一愣。

"盛苒……"

"我已经不是十八岁了，沈湛。"她平静地开口，语气却很冷静。眼泪流满脸，声音里听不到哽咽。"我曾经以为……以为我不会老。"

沈湛愣了很久，后知后觉反应过来，突然慌了："盛苒，你不要那样想，不管我以后做什么，我们都能在一起的，不是吗？"

"沈湛，你醒醒。"她却笑了，"从高中，到毕业，到我们……纠缠不清这么多年。"

"你从来没有变过。"

沈湛一动不动，看着她。

"我从来……不能改变你。"

墙上时钟跳动，夜深了，再美的妆也会残。她不顾形象，眼妆被泪水晕开，脸上却始终是带笑的。

"我们分手吧。"她说得很平静，也很认真，眼睛清亮，像是没有醉过，"这一次，你要祝福我，不要心软，不要回头。"

"盛苒……"

"沈湛，你听我说完。"她最后一次握他的手，安抚性地碰一碰他干燥的掌心，"每个人，这辈子，都会遇到一个非他不可的人。也许未来，你会遇到一个人，你做她的军棋，她成为你的王后。

"可是现在很遗憾，你的'非她不可'，不是我。"

他从没有真正读懂过她，或者深入地理解这段关系。就像他不明白她删掉他的联系方式时有多绝望，她早就预知到了他们的未来，早料到会有这一步，她企图及时止损，却被他一个拥抱就拉回身边。可兜兜转转这么多年，又能怎么样。沈湛一直是沈湛，他就是这样的人。

他爱所有的人，也不爱任何一个人。他对每段关系都全情投入，因为他从来不曾向任何人妥协，也不曾为谁做出改变。在他眼中，没有谁是特别的。

他可以跟任何一个看着顺眼的女生做同样的事，告白，牵手，拥抱，上床。

他只爱他自己。

连他都不明白，盛苒却看懂了。

她大可以继续装傻，当作没有看透，陪他玩，陪他心血来潮，纵容他一切的自由，让他就做一个长不大的少年。

可她这么爱他。

她无法忍受，深爱的人不爱自己。

进入 2018 年，沈湛因为一档综艺，突然红遍了全国。盛苒找了家公司实习，过朝九晚五的生活，家里人安排相亲，她也学着不再推拒。

日子流水一般过去。

进入夏天，腾讯正式下线了 QQ 宠物。

世间好物不坚牢，一切聚散终有时。她站在人来人往的街头，有一瞬的迷茫，不懂就这样不知不觉，是怎么过去了这么多年。一个时代在她背后轰然落幕。

她的第十三个相亲对象，是一个跟她一样的上班族。对方姗姗来迟，比她想象中英俊很多，笑容恬淡，一边松领带一边道歉："对不起，公司临时有事，我来迟了。"

她仰着头，露出恰到好处的笑容："没有关系。"

例行公事，每周都要来一次。

她搬出自己的模板，开始做自我介绍。话说到快要结尾，那个先生望着咖啡馆内邻座的手机屏幕，竟然有些走神。她忍不住提醒："徐先生？"

"啊，对不起。"仿佛如梦初醒，他立刻致歉，"你们的名字有一点像，我最开始，差点儿以为他在叫你。"

盛苒偏头看过去，邻座是个高中女生，表情痴迷，手机屏幕正在转播一场演唱会。屏幕中的青年帅气耀眼，对着夜空，纵情地大喊："沈湛——我爱你——"粉丝们情绪沸腾，也齐刷刷地跟着他叫。

盛苒微怔，继而笑了："他叫的不是我。"

是啊，沈湛爱她，爱他想象中的那个，年轻而朝气蓬勃的她。他自私而骄矜，爱也爱得这样过分。

"那我也做个自我介绍吧。"那个英俊的先生笑笑，把话题揭过去。

灯光偏暖，几乎是不受控制地，盛苒的视线穿过他的肩膀，落到那个手机屏幕上。透过窄窄一方屏幕，仿佛看到遥远的高中时代。

沈湛穿着蓝白校服，躲在高高的书堆后面，趁着语文课偷偷补觉。他的腿太长，在书桌下弯曲成一个不太舒服的姿势。

靳余生喊了报告推门进教室，把沈稚子的物理作业仔仔细细擦干净后收起来，然后走到她的桌前，帮她把抽屉里擤鼻涕的卫生纸团全都清理干净。

那时她们十七八岁，是最无畏的年纪。

盛苒一手转着笔，一手捧着下巴，盯着靳余生想，到底什么时候，她才能遇见这样的爱情。这样纯粹的、热烈的、不肯回头的……独一无二的爱情。

成年男女，各自有故事。聊着聊着，竟然聊到恋爱史。她没有提自己，说起别人，表情却十分怀念："高中的时候，我目睹了一场还未成形的恋爱……是我最好的朋友。"

徐先生眉梢一耸："是什么样的？"

"也许……惊心动魄？"想起往事，她眼中笑意浮现，"其实我一直都很羡慕她，能拥有那样的爱情。"十字打头的年纪，就拥有相约白首的能力，多让人嫉妒。

"那后来呢？你遇到了吗？"

"后来……"盛苒顿了顿，"我不再期待了。"

过了二十五岁，她开始学着，更爱自己。

"没有人会因为失恋心碎而死，"她笑，"可见爱情不是生活必需品。"

"听起来，你像是有一段不太愉快的刻骨铭心的过去。"徐先生笑意斐然，"我也有过刻骨铭心的过去，你想知道吗？"

盛苒学聪明了，报以狡猾却礼貌的笑："过去的事，就让它过去吧。至少我知道，未来我们会很好。"

"成长"对每个人的意义都不同，对于盛苒来说，接受自己的平庸与普通，是最难的事。在她十七八岁的时候，她想要强烈的感情、纯粹的爱，像靳余生，或者沈稚子。可不该自己遇到的，就是遇不到。她盛苒命里没有那样的人。

她不得不承认一个事实。

这个世界上，并不是每个人，都有机会成为英雄。

在我还那样年轻的时候，觉得一个人、一句话、一个眼神、一个微笑，就是一辈子了。

转过身才发现，一生竟还那么长。

都是说来话长。

不如两两相忘。